MOLLY KATZ

Ohne jede Schuld

Buch

Die Nerven der Anwältin Angela Diamond liegen blank: Ihr gewalttätiger Ex-Ehemann versucht mit jedem noch so infamen Mittel das Sorgerecht für ihre Tochter Nina zu bekommen. Seine Drohungen treiben Angela in den Wahnsinn und gefährden Ninas ohnehin instabiles emotionales Gleichgewicht.
Zudem betrauert sie den Tod ihrer Schwester, als Jim Fell, der Bruder von deren Ehemann Sean, eines Nachts ermordet wird. Die Polizei verdächtigt sofort Sean, den reichen und erfolgverwöhnten Besitzer einer bekannten Restaurantkette. Die Familie Fell bittet Angela, Sean zu verteidigen, doch Angela lehnt ab. Als Sean des Mordes angeklagt wird, fleht er Angela an, ihre Meinung zu ändern. Doch die junge Anwältin will unter keinen Umständen mit dem Fall in Berührung kommen. Vor Jahren war sie in Sean verliebt, gab jedoch die Hoffnung auf, als der sich für ihre Schwester entschied und diese heiratete. Es ist allerdings weniger die erlittene Enttäuschung, die sie vor der Übernahme des Mandats zurückschrecken lässt. Angela weiß, dass Sean nicht der Mörder ist. Sie weiß auch, dass sie sich der Verpflichtung, ihn zu verteidigen, nicht entziehen kann. Doch wenn ihre Verteidigung fehlschlägt, muss sie der Polizei den richtigen Täter ausliefern. Und dieser Täter ist sie selbst…

Autorin

Molly Katz, geboren und aufgewachsen in New York, studierte an der Universität von Boston und arbeitete als Fernsehjournalistin. Sie veröffentlichte zahlreiche Storys in der New York Times und in der Cosmopolitan, bevor sie mit ihren Romanen auf Anhieb die Bestsellerlisten erstürmte. Sie lebt als Schriftstellerin in Westport, Connecticut.

Von der Autorin sind außerdem als Blanvalet Taschenbuch erschienen:

Auf Liebe und Tod (35065)
Vor aller Augen (35728)
Rühr mich nicht an (35598)

Molly Katz

Ohne jede Schuld

Roman

Aus dem Amerikanischen
von Leo H. Strohm

BLANVALET

Originaltitel: Presumed Guilty

Umwelthinweis:
Alle bedruckten Materialien dieses Taschenbuches
sind chlorfrei und umweltschonend.

Blanvalet Taschenbücher erscheinen
im Goldmann Verlag, einem Unternehmen
der Verlagsgruppe Random House GmbH.

1. Auflage
Deutsche Erstausgabe Dezember 2003

Umschlaggestaltung: Design Team München
Umschlagfoto: Zefa/Indien
Satz: Uhl + Massopust, Aalen
Druck: Elsnerdruck, Berlin
Verlagsnummer: 35971
LW · Herstellung: Heidrun Nawrot
Made in Germany
ISBN 3-442-35971-6
www.blanvalet-verlag.de

Prolog

Samstag, 20. Januar 2001
0.05 Uhr

In Harrison im Bundesstaat New York fällt ein schwarzer Jaguar nicht weiter auf, auch nicht mitten in der Nacht, es sei denn, er fährt zu schnell.

Die Gestalt am Steuer dieses Wagens achtete sehr sorgfältig darauf, nicht zu schnell zu fahren oder sonst irgendetwas zu tun, was Aufmerksamkeit erregen könnte.

Der Wagen schnurrte die Anderson Hill Road entlang. Ab und zu erfassten seine Scheinwerfer die Augen eines Rehs. Der harte Winter hatte die Tiere so hungrig gemacht, dass sie ihre übliche Vorsicht vergaßen und sich weiter als sonst aus ihren Schlupfwinkeln wagten. Der Wagen verlangsamte seine Fahrt, um nicht mit einem der Tiere zu kollidieren.

Dann tauchten in der Dunkelheit die verfallenen Steinsäulen auf, die etwa zwanzig Meter vor der versteckt gelegenen, alten Zufahrtsstraße standen. Der Wagen blieb fast stehen und bog dann langsam in die Einfahrt ein. Schaukelnd gelangte der Jaguar über den rissigen, von Schlaglöchern übersäten Asphalt zu seinem Versteck.

Die Scheinwerfer schreckten drei Ricken auf, die an einem fast schon kahlen Nadelbaum nagten. Die Gestalt stieg aus und hörte, wie sich die aufgeschreckten Tiere entfernten. Gleichzeitig fuhr ihr die Angst wie ein Blitz in die Eingeweide.

Es dauerte eine Weile, bis dieser lange Augenblick der Lähmung überwunden war.

Hier zu erstarren wäre eine Katastrophe. Aufzuhören war ausgeschlossen.

7.50 Uhr

Sean Fell starrte die Tasten des beigefarbenen Telefons auf dem Schreibtisch seiner Eltern an, ohne sie wirklich wahrzunehmen. Es hätten auch Scrabble- oder Dominosteine sein können. Der Hörer, der jahrelang gute und schlechte Nachrichten überbracht hatte, fing an zu flimmern, als Sean näher trat und versuchte, sich an die vertraute Zahlenkombination zu erinnern, mit der seine Schwägerin Angela zu erreichen war.

Ich stand in der Tür zum Zimmer meiner Tochter. Es gibt nichts auf der Welt, was stiller ist als die Ruhe eines schlafenden Kindes.

Ich betrachtete Ninas Gesicht und das kleine Kinn, das unter einer Ecke ihrer zerknitterten Kinderbettdecke versteckt war. Jedes Mal, wenn meine Tochter einatmete, hob sich die Decke ein wenig. Vollkommen entspannt, wie ein Kätzchen, lag sie da und reiste durch das Land der Träume. Ich heiße Angela Diamond. Meinen Mädchennamen habe ich auch nach meiner Heirat mit Barry behalten … vermutlich aus einer Art professioneller Hybris heraus. Ich wollte eben die Rechtsanwältin sein und nicht Frau Doktor. Zumindest habe ich gedacht, dass das der Grund sei. Aber mein Unterbewusstsein hatte meinen Ehemann wohl schon damals etwas genauer betrachtet und gewusst, was geschehen würde.

Bevor ich Barry verlassen habe, hatte Nina eine eigene kleine Wohnung in unserem Vierzehnzimmerhaus in Rye. Der Schrank in ihrem leuchtend rot gestrichenen Badezimmer reichte vom Fußboden bis zur Decke und war voller Badezimmer-Spielsachen, unter anderem ein Feuerwehrauto, das mit Wasser spritzen konnte. Nina war richtiggehend vernarrt in Feuerwehrautos. In ihrem an das Badezimmer angrenzenden Spielzimmer hatte sie noch eines gehabt. Es war so groß wie ein VW-Käfer, hatte einen Fahrersitz und ein richtiges Lenkrad, und auf dem Rücksitz saß ein Dalmatinerhund.

Nina konnte Stunden in diesem Feuerwehrauto zubringen. Wenn sie keine Lust mehr hatte, am Lenkrad zu drehen und die Sirene heulen zu lassen, dann kauerte sie sich tief in den Sitz und fing an zu lesen.

An der Rückseite des Hauses, gleich links neben der Terrasse, hatte ich auf einem sonnigen Fleckchen einen Gemüsegarten angelegt. Wenn ich von der Arbeit nach Hause kam, dann verbrachten Nina und ich eine Stunde zwischen den warmen Pflanzen, bekämpften die Blattläuse, jäteten Unkraut und ärgerten uns über die räuberischen Kaninchen und Rehe, die wieder einmal durch den Zaun gebrochen waren. Wir überprüften unsere Schneckenfallen, von denen einige tatsächlich etwas nützten – so zum Beispiel die gefüllten Biergläser, die wir in der Erde vergruben. Schnecken lieben Bier, so sehr, dass sie schließlich in unsere Gläser geplumpst sind. Diese »Schneckencocktails« – so hat Nina sie genannt – mussten wir tagtäglich ausschütten. Ihren Sinn für einen eher derben Humor hat sie von mir geerbt, und so haben wir angefangen, Schneckenwitze zu sammeln, die wir uns kichernd gegenseitig erzählten.

Früher hatte ich das Kichern nicht erzwingen müssen.

Aber jetzt wohnten Nina und ich in einem kleinen gemieteten Häuschen mit zwei Schlafzimmern. Es stand in der Clay Street in Rye, in einer Gegend, die Barrys Mutter einmal eine »Wohnwagensiedlung« genannt hatte. Die Ecksteine der Stufen an der Eingangstreppe sind ausgebrochen, und das Weiß der Außenfassade ist mittlerweile sehr viel gebrochener als bei seiner Entstehung vor zwanzig Jahren. Die auflandigen Winde haben Ruß in die Risse der Fensterläden und der Bretter aus Holzimitat getrieben.

Für die große Feuerwehr war hier kein Platz. Sie stand immer noch bei Barry.

Die Hoffnung auf einen Garten hatte Nina noch nicht aufgegeben.

Aber das Häuschen gehörte mir, und seine wenigen Zimmer hielten keine verborgenen Überraschungen für mich bereit – keine Wutanfälle, keine absurden Forderungen, keine verbalen Tätlichkeiten.

Vorsichtig machte ich ihre Tür zu und ging wieder in die Küche. Ich knipste das Licht an, um dem smoggedämpften Tageslicht etwas nachzuhelfen, kniff die Augen zusammen und knipste es wieder aus. Dann stützte ich mich auf die Arbeitsplatte neben der Spüle und schaute zum Fenster hinaus.

Auf der Straße herrschte eine friedliche Samstagmorgenstimmung. Vereinzelt waren in den Vorhöfen, am Straßenrand und unter den Schaukeln der Nachbarn vereiste Stellen zu sehen.

Der Umzug war für Nina zwar eine große Umstellung gewesen, aber eigentlich war ich froh, dass sie hier spielen konnte und nicht auf die verwöhnten, von Kindermädchen umsorgten Bälger aus unserer ehemaligen Gegend angewiesen war. Meine Schwester Sarah hatte denselben Gedanken gehabt. Auch sie hatte befürchtet, dass die Kinder, die sie noch bekommen wollte, unter einer überprivilegierten Umgebung Schaden nehmen könnten.

Aber jetzt war Sarah an Krebs gestorben, und Kinder würden keine mehr kommen.

Ich machte die Spülmaschine auf und fing an, die gespülten Sachen in die Schränke zu räumen, möglichst ohne etwas zu zerbrechen oder fallen zu lassen. Das war meine Spezialität, und Sarah hatte sich über meine bunte Mischung aus unterschiedlichsten Gläsern jedes Mal köstlich amüsiert.

Das Telefon klingelte.

»Ange?«

Die gepresste Stimme am anderen Ende der Leitung gehörte Sean. Unter Qualen hatte er diese einzelne Silbe ausgestoßen, und sie traf mich wie ein Schlag.

»Ange! Jim ist tot! Mein Bruder ist tot!«

Ich hörte sein durchdringendes Schluchzen, klammerte mich daran, keuchte, hielt den Atem an.

»Was … was ist passiert?«, stieß ich erstickt hervor.

Sean versuchte zu sprechen, gab auf, versuchte es noch einmal. »Sie glauben … sie glauben, dass es um den Jaguar gegangen ist. Der Wagen ist verschwunden. Jim … man … man hat ihn draußen gefunden, an seinem Parkplatz. Dad hat ihn gefunden. Er …«

Erneut erfüllte sein Schluchzen mein Ohr, drang mir in die Seele. Wie oft hatten Sean und ich während der vergangenen Monate, während Sarahs langsamen Sterbens und danach, schon miteinander am Telefon geweint? Meine Schwester, seine Frau …

Sean hatte seine Stimme wiedergefunden. »Sie sagen, dass er irgendwann nach der Party niedergeschlagen worden ist.«

Gott. O Gott. »Bist du bei deinen Eltern?«

»Ja. Mom und Dad sind… sind… kannst du rüberkommen?«

»Natürlich«, sagte ich heiser.

Ich ließ mich auf einen Stuhl fallen. Mein Mund schmeckte nach Benzin. Tränen liefen mir über die Wangen, tropften auf mein Flanellhemd und meine Jeans.

Das Schluchzen brach aus mir heraus, genau wie bei Sean, und ich schlug die Hände vor den Mund, damit Nina nicht aufwachte.

1

Sonntag, 21. bis Montag, 22. Januar 2001

Detective Red Straker hatte Hunger. Noch kein Frühstück, nur einen schnellen Schluck zu süßen Kaffee, den ihm einer der Uniformierten irgendwann gegen Sonnenaufgang angeboten hatte. Er hatte sich eigentlich schon seit Stunden selbst noch einen besorgen wollen, war aber immer wieder davon abgehalten worden.

Jetzt musste er mit der Dienstbesprechung beginnen, obwohl er zu diesem sechsunddreißig Stunden alten Mord nur verdammt wenig zu sagen hatte. Die anderen Detectives sowie ein paar höherrangige Streifenpolizisten saßen gespannt wartend um den Tisch im Konferenzraum der Polizeiwache in Rye.

Sein ganz persönlicher Eindruck war, dass es bei diesem Fall um etwas ganz anderes ging als um einen bei der Arbeit gestörten Autodieb. Aber von seinem Team, das aus sechs professionell und in der Mehrzahl von ihm selbst ausgebildeten Beamten bestand, konnte er nicht erwarten, dass sie seinem Gefühl vertrauten. Er musste sie über den aktuellen Stand der Ermittlungen informieren, ihre Vorschläge sammeln und daraus einen Aktionsplan für die nächsten Schritte formulieren.

Ohne Essen würde er überhaupt nichts zustande bekommen.

Red Straker stand auf. Er war größer als die anderen, aber spindeldürr, ohne das kleinste bisschen Fett auf den Rippen. Wenn seine Mutter Shirley noch leben würde, dann hätte sie ihn bekocht und ihn mit fetttriefenden Sandwiches versorgt – aber er hätte trotzdem nicht zugenommen.

»Ich weiß nicht, wie's euch geht, aber ich brauche jetzt unbedingt was zwischen die Zähne«, sagte er.

Detective Mary Sable griff nach dem Telefonhörer. Sie war eins fünfundsiebzig groß, langbeinig und trug einen langen, blonden Pferdeschwanz.

»Ich bestelle, du bezahlst.«

»Heute ist Sonntag. Die Abteilung bezahlt.«

Sie ließ sich wieder auf ihrem Stuhl zurückfallen.

Red sagte: »Heißt das, du bestellst doch nichts?«

Sie lächelte und wies auf die uniformierte Polizistin, die neben ihr saß – braune Haare, blaue Augen und frisch manikürte Hände. »Cassidy bestellt. Stimmt's, Denise?«

»Befehl ist Befehl«, sagte sie. »Wie wär's mit Magermilchjogurt natur für alle?«

Während alle durcheinander schrien, nahm sie einen Stift und schrieb die Wünsche der einzelnen Teammitglieder auf. Als sie die Bestellung schließlich aufgegeben hatte, holte Red sein Notizbuch hervor.

»Wir fangen jetzt an und machen eine Pause, wenn das Essen kommt. Esst euch satt, wer weiß, wann wir das nächste Mal was kriegen.«

Kurz nach zwei Uhr setzte ein kalter Regen ein. Detective Sable betrachtete die nassen Scheiben an der einzigen Fensterfront des Raumes. Es sah ganz danach aus, als würde ihnen das Wetter den gesamten Fall verhageln. Erst gab es am Tatort weder Matsch noch Schnee und somit auch keine Spuren, und jetzt, zwei Tage später, musste die Suche bei diesem Sauwetter fortgesetzt werden. Nicht, dass es überhaupt noch etwas zu finden gab. Red hatte Recht, wie meistens. Sie mussten hinter die Menschen und die Beziehungen kommen, die mit diesem Mord zusammenhingen. Ein toter Ex-Polizist mit einigen schwarzen Flecken in der Vergangenheit … prominente Familie, der Vater Universitäts-Präsident … die seltsame Mitbewohnerin des Opfers … andere weibliche Wesen scheinen keine Rolle gespielt zu haben, weder in der Gegenwart noch in der Vergangenheit … keinerlei Hinweise auf homosexuelle Verstrickungen …

Mit eingeschlagenem Schädel auf dem Anwesen seiner Eltern bei der Harrison University aufgefunden, im Anschluss an eine Feier anlässlich ihres Hochzeitstages, die im Schwimmbad des Hauses stattgefunden hatte und mehr gekostet haben musste als ein vierjähriges Studium …

Red ließ seinen Blick über den Abfall auf dem Tisch gleiten – Einwickelpapier und Brotrinden, eine Hot-Dog-Tüte, seine leere Sprite-Dose.

Die Spuren in diesem Fall waren wie dieser Haufen Müll – ein Stückchen hiervon, eine Ecke davon. Die Familie des Verstorbenen, seine Arbeit, das Wohnverhältnis, die narbige Geschichte eines unsteten, zornigen Mannes.

Das alles mussten sie unter die Lupe nehmen.

Officer Elliot Duhart bemerkte Reds Gesichtsausdruck, dachte aber, er gelte dem Durcheinander, und machte sich daran, den Tisch abzuräumen und den Abfall wegzuwerfen. Er war der Jüngste in der Abteilung und achtete sehr darauf, welche Signale sein Chef aussandte. Die anderen Team-Mitglieder warteten schweigend ab, welches Vorgehen er ihnen vorschlagen würde.

Also gut, dachte Red, sie sollen ihre Aktion bekommen. Er griff nach seinem Notizbuch.

»Die Party-Besucher«, sagte er. »Wenn sich beim ersten Gespräch absolut kein Hinweis ergeben hat, dann streicht ihr die Person. Jede andere wird noch einmal vernommen, und zwar von einem anderen als beim ersten Mal. Gebt also die jeweiligen Namen weiter. Im Augenblick sind die Hauptverdächtigen weiterhin der Bruder des Opfers, Sean Fell, sowie die Eltern, die Mitbewohnerin, die Kollegen aus dem Restaurant, das Personal und die beiden Frauen, die während der Feier neben den Brüdern gesessen haben, also die Tante und die Schwägerin, diese Rechtsanwältin. Da ist noch jede Menge zu erledigen.«

Er blickte von seinen Notizen auf. Duhart wischte mit einem Papiertuch den Tisch sauber. Die anderen schrieben mit. So sollte es sein. Das war eines seiner zentralen Gebote: Alles aufschreiben. Das, was man im Kopf hat, wird oft genug verwischt, vermischt, vergessen.

»Elliot«, sagte Red, »in dem Tisch kann man sich schon spiegeln. Schnapp dir einen Stift. Sable bringt dich auf den Stand, sobald ich fertig bin.

Der persönliche Hintergrund des Opfers, damit lässt sich eine Menge machen. James Fell hatte insgesamt elf Jobs in vier verschiedenen Berufen, so viel haben wir zumindest bis jetzt ermittelt. Wenn wir erst mit den Familienmitgliedern und den Partygästen gesprochen haben, stoßen wir wahrscheinlich noch auf mehr. Deshalb gehe ich diesem Fall von vorne nach hinten vor. Okay, dann wollen wir mal die Leute einteilen …«

Detective Sable wollte zu »Citywide Olds«, einem Oldsmobile-Händler in Yonkers, aber sie hatte sich verfahren. Es war schon peinlich, wie oft ihr das passierte. Allerdings war der südliche Teil von Westchester auch enger und dichter besiedelt als die mittleren und nördlichen Teile des Verwaltungsbezirks – mehr Straßen, mehr Menschen, stockender Verkehr, schnellere Entscheidungen am Steuer.

Ausfahrt vier vom New York Thruway, das hatte ihr der Geschäftsführer von »Citywide Olds« mit Reibeisenstimme mitgeteilt. Allerdings gab es drei solcher Ausfahrten: Vier A, Vier B und Vier-Nord.

Sie entschied sich für Vier A und merkte sofort, dass ihre Entscheidung falsch gewesen war. Allerdings konnte sie jetzt nicht mehr zurück, sondern musste das Kleeblatt einmal umfahren, bevor sie einen neuen Versuch starten konnte. Sie hatte keinen Streifenwagen genommen, also behandelten die anderen Verkehrsteilnehmer sie genau so rücksichtslos wie alle anderen auch. Als sie am Ende der Auffahrt langsamer wurde, sah sie im Rückspiegel, wie ihr eine junge Frau in einem Chevrolet Geo den gestreckten Mittelfinger zeigte und mit den Lippen ein deutlich erkennbares »Arschloch« formte.

Schließlich war sie in der Gegenrichtung wieder auf dem Thruway. Hier gab es nur eine Ausfahrt Vier, und die erwies sich als die richtige. Vielleicht hatte der Geschäftsführer ja versehentlich gedacht, sie käme aus Richtung Norden.

Möglicherweise war er auch einfach nur ein Idiot.

Sie entdeckte den Autohändler auf der rechten Seite und zwang sich, langsamer zu fahren und tief durchzuatmen. Aggressivität war jetzt sicherlich nicht förderlich.

Sie stellte ihr Auto ab und betrat den Ausstellungsraum. Tief sog sie den Geruch nach frischem Leder und Wachs und einem Hauch von Abgasen ein. Sie konnte sich noch gut daran erinnern. Während ihrer Zeit als Vorstandsassistentin hatte sie sich alle paar Jahre ein neues Auto leisten können.

»Ich habe einen Termin mit Ivan Lambert«, sagte sie zu der Empfangsdame. »Er erwartet mich. Detective Sable.«

Die Frau drückte auf eine Taste an ihrem Telefon.

Daraufhin trat ein Schwarzer mit schütterem Haar aus einem der kleinen, mit Glasscheiben versehenen Büroräume hervor, die sich hinter dem Tresen befanden.

»Mary«, sagte er und reichte ihr die Hand.

Sie seufzte. »Ivan.«

»Kommen Sie rein.«

Als sie sich gesetzt hatten, sagte Ivan: »Es geht also um James Fell. Musste wegen seines Jaguars dran glauben, hm? Wie ist er denn an so einen Wagen gekommen?«

»Ich glaube, es war ein Geschenk.«

Ivan grinste. Dabei ließ er zwei makellose Zahnreihen sehen, die vermutlich schon eine Menge Oldsmobiles verkauft hatten. »Das überrascht mich nicht.«

»Wieso nicht?«

Ivan lehnte sich nach hinten und zeigte auf seine Urkunden und Auszeichnungen an den Wänden des Büros, das kaum größer wirkte als die Büros der Verkäufer. »In diesem Geschäft muss man den Arsch hochkriegen. Jim hat immer gerne dummes Zeug gequatscht. Und herumgemeckert. Man hatte immer das Gefühl, dass er nur so lange Autos verkaufen will, bis er etwas Besseres gefunden hat.«

»Könnten Sie rauskriegen, wie lange er hier beschäftigt war?«, fragte Mary. »Und warum er gegangen ist?«

»Schon passiert. Zehn Monate. Es wäre wahrscheinlich sogar noch kürzer gewesen, aber mein Vorgänger hat sich sehr schwer damit getan, Leute zu entlassen. Ich war damals stellvertretender Verkaufsdirektor. Dabei habe ich auch Jims Kundengespräche mitbekommen. Manchmal hat er genauso viel Mühe auf die Anbahnung neuer Kontakte verwendet wie darauf, Autos zu verkaufen. Aber wer kauft schon bei jemandem ein Auto, der seinen Job hasst? Letztendlich war genau das auch der Grund, weshalb er gefeuert worden ist.«

Die Gespräche mit den Kollegen wollte Red selbst führen. Jim hatte für zwei Polizeibezirke in Connecticut gearbeitet – in Stratford, wo er in der Regel Nachtschichten übernommen hatte, und anschließend kurz in Fairfield.

Er wartete bis Montag. Die Leiter der lokalen Polizeiposten waren an den Wochenenden unauffindbar. Kurz vor zehn hatte er Glück und erwischte Chief Don Dean vom Revier in Stratford in seinem Büro.

Red sagte: »Ich bin Detective in Rye, New York, und bearbeite den Mord an James Fell. Wenn ich richtig informiert bin, hat er eine Zeit lang für Sie gearbeitet. Kann ich heute im Lauf des Vormittags mal vorbeikommen?«

»Na, klar. Bis jetzt hat uns hier noch keiner eine Leiche gemeldet. Ich bin also im Büro und such schon mal seine Akte raus.«

Als Nächstes rief Red in Fairfield an, aber der dortige Leiter, Chief Vincent Pangia, war unterwegs. Schade, es wäre praktisch gewesen, beide Reviere in einem Aufwasch zu erledigen. Er hinterließ eine Nachricht, dass Pangia sich nach seiner Rückkehr umgehend bei ihm melden solle.

Das Polizeirevier in Stratford war ähnlich idyllisch gelegen wie das in Rye – ebenfalls am Long Island Sound und mit einem vergleichbaren Postkartenblick aufs Meer.

»Und ich habe immer gedacht, wir wären das einzige Revier mit guten Muschelfanggründen«, sagte Red zu Don.

»Und die Sonnenuntergänge«, erwiderte der. »Wozu braucht man da ein anständiges Gehalt, angesichts solcher Schönheit?«

Bullenballett, so nannte Red dieses kurze und in der Regel sehr unterhaltsame Geplänkel, bevor man zur Sache kam. Chief Dean war ein hervorragender Tänzer.

»Ich hab sie mir gerade noch mal durchgelesen«, sagte Dean und klopfte mit dem Zeigefinger auf eine Akte auf seinem Schreibtisch, »obwohl es eigentlich nicht notwendig gewesen wäre. Ich kann mich sehr gut an James Fell erinnern. Nicht, dass Sie mich für zynisch halten, aber es haut mich nicht gerade vom Sessel, dass von all meinen ehemaligen Mitarbeitern ausgerechnet er ermordet worden ist.«

»Warum?«

Chief Dean sagte: »Am Telefon haben Sie sich als einfacher ›Detective‹ vorgestellt. Aber Sie leiten die Ermittlungen, stimmt's?«

»Stimmt.«

»Dann ist das hier für Sie. Ich habe sie kopiert.« Er schob Red die Akte zu.

»Sehr gut, danke. Aber lassen Sie uns noch ein bisschen weiterreden. Wie gut haben Sie Officer Fell gekannt? Was haben Sie von ihm gehalten?«

Dean strich sich die grauen Haare zurück. Sein Gesicht war das eines Mannes, der das, was er erlebte, registrierte und akzeptierte, ohne es unbedingt zu verstehen oder es verstehen zu wollen.

Er sagte: »Ich habe James direkt nach der Ausbildung übernommen. Er war ein Heißsporn, aber ich dachte, dass er nach ein paar Wochen Praxis ein wenig ruhiger werden würde. Trotz der Zweifel seines Ausbilders war ich optimistisch. Und irgendwie hatte ich auch Recht. Er war ein ziemlich guter Polizist. Aber er war voller Zorn. Er hat zornig hier angefangen und hat sich die ganze Zeit über nicht verändert.«

»Zornig worauf?«, fragte Red.

»Wer weiß? Mami und Papi. Gott.«

»Ist er gefeuert worden?«

»Er war kurz davor, und das wusste er auch. War einfach zu aggressiv. Also hat er das einzig Richtige gemacht. Hat sich in ein anderes Revier versetzen lassen, bevor es zu einer Entlassung kommen konnte. Ich glaube, nach Norwalk. Oder nach Fairfield.«

»Fairfield. Mit denen rede ich auch noch.«

»Vinnie Pangia. Wir spielen zusammen Boccia. Richten Sie ihm einen Gruß aus.«

Officer Elliot Duhart war stolz auf seine taktischen Fähigkeiten im Verhör. Er war relativ neu bei der Polizei, war aber schon immer ein aufmerksamer und verständnisvoller Zuhörer gewesen.

Er hatte sechs Partygäste auf der Liste, die alle zum zweiten Mal verhört werden sollten. Die taube Dame, mit der er gerade eine anstrengende Stunde verbracht hatte, konnte er streichen. Jetzt stand er auf der Eingangstreppe eines riesigen Backsteingebäudes mit schwarzen Fensterläden in Scarsdale. Er hielt einen Sitzplan der Party in der Hand, woraus hervorging, dass die Dame des Hauses am Nachbartisch direkt neben Sean und Jim Fell gesessen hatte.

»Ihr vollständiger Name lautet Karen Paillard Crawford?« Sie saßen in einem Zimmer, das aussah wie ein Handarbeitsraum. Damit hatte er seine Erfahrungen. Seine Großmutter in der Bronx hatte ebenfalls einen Handarbeitsraum gehabt. Es wusste nicht, ob sie darin tatsächlich viel genäht oder gestrickt hatte, aber es war ihr Zimmer, ihre Zuflucht gewesen, die sie aufgesucht hatte, wenn sie nachdenken oder weinen musste. »Sie sind Nancy Fells Schwester, ist das richtig?«

»Ja«, sagte die Frau. Sie hatte sich ordentlich zurechtgemacht, die Haare saßen so, wie sie sollten. »Ich bin die Tante von Sean und Jim.«

»Ich weiß, dass Sie bereits mit einem anderen Beamten

gesprochen haben. Aber ich habe noch ein paar zusätzliche Fragen.«

»Das ist schon in Ordnung.«

Er fragte sie nach der Geschichte der beiden Brüder, wie sie als Kinder gewesen waren. Über die Schulzeit konnte sie nicht viel sagen.

»Ich habe damals die meiste Zeit in San Francisco gelebt. Erst während der letzten fünf Jahre habe ich meine Schwester und die Jungen öfter gesehen, wenn auch nicht sehr oft, aber … auf Familienfeiern und so.«

»So wie letzten Freitag.«

Sie holte Luft. In ihren Augenwinkeln erschienen Tränen. »Ja.«

»Ein Hochzeitstag ist ein sehr fröhlicher Anlass«, sagte Elliot, »sollte man zumindest meinen. Jedenfalls keiner, an dem Brüder sich streiten sollten.«

Vorsichtig sagte die Frau: »Ich glaube, Jim konnte gar nicht anders.«

Elliots Erwiderung kam genauso vorsichtig. »Inwiefern?«

»Er … er wusste sich einfach selbst nicht zu helfen, im Gegensatz zu den anderen in der Familie. Manche Menschen sind eben so. Sie müssen sich Anregung, Nahrung, Anteilnahme ständig von außen holen. Andere haben das nicht nötig.«

»Also«, meinte Elliot mit Blick auf ihre fest gefalteten Hände. »Wie haben Sie das gemeint: Er konnte nicht anders?«

Eine Träne bahnte sich ihren Weg ihre Wange hinab und zog eine Spur durch das Rouge. »Wir haben uns schon immer Sorgen um Jim gemacht. Er war so rastlos. Ständig hat er alles kaputtgemacht … wurde wütend, fing Streit an. Jede Kleinigkeit hat er sofort als Beleidigung aufgefasst, und dann musste er gleich auf sein Gegenüber losgehen. In solchen Fällen hat er gesagt: ›Wenn du mich schlägst, dann schlage ich doppelt so hart zurück.‹ Er war richtiggehend stolz darauf, wie ein Kind.«

Elliot beugte sich nach vorne. »Was genau war es, was Jim nicht ändern konnte?«, wiederholte er sanft.

»Sein Verhalten gegenüber Sean. Sean hat ihn immer unterstützt und ihm geholfen. Und seine Eltern genauso. Aber er hat es einfach nicht geschafft, seiner Familie gegenüber dankbar zu sein, ja, er konnte nicht einmal ihre Güte akzeptieren. Es war, als hätte er gar keine Vorstellung davon, was Güte ist. Sie können sich nicht vorstellen, wie gewalttätig sich Jim an diesem Abend aufgeführt hat. Man konnte ihn quer durch das ganze Schwimmbad hören …«

2

Freitag, 26. Januar 2001

Sechs Tage nach dem Mord rief mich Ninas Lehrerin im Büro an.

»Ihre Tochter macht einen niedergeschlagenen Eindruck, Mrs. Diamond. Sehr viel stärker als bisher. Sie hat gesagt, sie sei bei einer Beerdigung gewesen.«

»Ihr Onkel ist gestorben. Sie hat ihn sehr gern gehabt. Sie wollte unbedingt mitkommen«, sagte ich. »Aber ich hätte es nicht zulassen sollen. Es tut mir Leid.«

»Geht es dabei nicht um diesen Mord im Zusammenhang mit dem Autodiebstahl an der Harrison-Universität? Dann war Ninas Onkel also der Sohn des Universitätspräsidenten.«

»Das ist richtig.«

Ich hörte, wie sie heftig schnaubend den Atem ausstieß. »Kein Wunder, dass sie vollkommen durcheinander ist. Ihre Familie taucht ständig in den Medien auf. Und das ist der zweite Todesfall innerhalb kurzer Zeit, nicht wahr?«

»Meine Schwester ist vor drei Monaten an Krebs gestorben. Ihr verwitweter Mann Sean ist der Bruder des Ermordeten.«

»Das tut mir wirklich sehr Leid, für Nina und für Sie. Schon für einen Erwachsenen sind solche Schicksalsschläge nur schwer zu verkraften, was muss das erst für ein Kind in ihrem Alter bedeuten... ganz abgesehen davon, was Ihre Trennung für sie bedeutet. Ich möchte sie gerne zu Sharon Fine überweisen. Das ist unsere Schulpsychologin.«

Ich rieb mir die Stirn. Dann fiel mir ein, wie Nina heute Morgen am Frühstückstisch gesessen hatte, wie sie eine einzelne Erdbeere in ihrem Müsli hin und her gewälzt hatte und schließlich aufgestanden war, ohne einen Bissen zu essen.

Ich legte eine Hand vor meine brennenden Augen, als könnte ich meine Gefühle damit zurückhalten.

Am liebsten hätte ich das Büro verlassen, wäre zur Schule gefahren, hätte meine Tochter geschnappt und wäre mit ihr weitergefahren, ohne anzuhalten. Wir hätten uns irgendwo ein kleines, gemütliches Häuschen gesucht, und die einzigen Toten um uns herum wären Schnecken gewesen.

Die Sprechanlage auf meinem Schreibtisch summte. Ich überhörte es.

»Mrs. Diamond?«, bohrte die Lehrerin nach.

»Ich... ich werde darüber nachdenken.«

Eine Schulpsychologin, das bedeutete Tonbandaufnahmen und Akteneinträge, goldene Gaben der Ent-Privatisierung, mit denen Barry wunderbar jonglieren konnte. Aber meine Krankenversicherung deckte nur das Minimum ab – optimal bei Lebertransplantationen, aber hoffnungslos bei Psychotherapien. Ich wollte Nina schon längst in Behandlung geben, das Geld dazu würde ich allerdings erst ab Mai haben, wenn mich die Sozietät zur Teilhaberin gemacht hatte. Es war schrecklich, Nina leiden zu sehen.

Meine Sprechanlage summte erneut. Eine Minute später klopfte es an die Tür, und Detective Red Straker trat ein. Ich hatte ihn erst am Samstag gesehen, bei den Fells. Kathy, meine Sekretärin, stand direkt hinter ihm.

»Angela, er ist einfach an meinem Tisch …«

»Das sieht sie selber«, sagte Straker und setzte sich auf das Sofa vor meinem Schreibtisch.

»Einen Augenblick bitte«, sagte ich zu der Lehrerin. Ich blickte Red an. »Ich telefoniere. Falls Sie mit mir sprechen möchten, dann warten Sie bitte im Vorzimmer. Sobald ich fertig bin, können Sie hereinkommen.«

»Prima«, sagte Straker. Er stand auf und ging ohne Umschweife hinaus.

Ich blickte auf die geschlossene Tür. Der Detective war der Letzte, mit dem ich jetzt zu tun haben wollte.

Wieder dachte ich an Nina und wie sie ohne etwas im Magen zu haben vom Küchentisch aufgestanden war. Ich stellte mir vor, wie die Lehrerin diese Szene beobachtete und mich, die unfähige Mutter, kopfschüttelnd betrachtete.

Hör auf damit.

Ins Telefon sagte ich. »Ich weiß, dass Nina eigentlich eine Therapie braucht. Aber da gibt es … persönliche Dinge zwischen ihrem Vater und mir, die es schwierig …«

»Sie meinen das Geld?«, fragte die Lehrerin. »Entschuldigen Sie meine direkte Ausdrucksweise. Ich spreche mit vielen Eltern, und diesen Satz höre ich öfter. Meine

Aufgabe besteht darin, dem Kind zu helfen. Warum wollen Sie nicht öffentliche Hilfe in Anspruch nehmen? Sharon Fine kann Sie an eine städtisch geförderte Einrichtung überweisen ...«

»Genau das habe ich auch vor«, unterbrach ich sie. »Aber ihr Vater ist dagegen. Er ist selbst Arzt, und er möchte, dass Nina, wenn sie denn behandelt werden muss, privat betreut wird.«

Die Lehrerin atmete hörbar aus. »Wie gesagt, Mrs. Diamond, mir geht es um Nina. Ich habe kein Interesse daran, mich in die persönlichen Belange von Eltern einzumischen. Nina braucht Hilfe, und ich hoffe, dass Sie dafür sorgen, dass sie diese Hilfe bekommt.«

Das Gespräch war beendet, aber ich hatte das Telefon immer noch in der Hand. *»Aber ich bin nicht so, wie du denkst!«*, wollte ich hineinschreien.

Ich musste Detective Straker hereinlassen. Am liebsten hätte ich Kathy gebeten, ihn wegzuschicken – mit irgendeiner Ausrede, dass ich eine Grippe bekomme oder vor Gericht muss –, aber das hätte das Verhör nur für kurze Zeit hinausgezögert. Im Gegensatz zu Versicherungsvertretern vereinbaren Kriminalpolizisten nicht erst höflich einen neuen Termin.

Erneut ließ er sich auf meinem Sofa nieder. Er war über eins achtzig groß, mit einem unverhältnismäßig kleinen Kopf und einem spärlichen, blonden Haarkranz. Angespannt, wie eine Sprungfeder, saß er da.

Ich sagte: »Sie hätten hier nicht einfach hereinplatzen dürfen.«

Er nickte. »Ich wollte nur sicher gehen, dass Sie mich auch zur Kenntnis nehmen. Dieser Fall macht mich wahnsinnig. Sie ...« – er deutete mit dem Finger auf mich – »... haben mir nicht alles gesagt.«

»Was habe ich Ihnen nicht gesagt?«

»Sie haben mich mit Anwaltsgelaber zugeschüttet. Und alles in Watte verpackt.«

Er stand auf und sagte mit spöttischer Falsettstimme: »Sean und Jim haben sich auf der Feier am Hochzeitstag ihrer Eltern gestritten. Ach ja, Brüder sind und bleiben eben Brüder.«

Seine Stimme wurde wieder normal. »Von jemandem, der beruflich im selben Bereich wie ich tätig ist, erwarte ich eine offene Zusammenarbeit. Sie hätten mir sagen müssen, dass zwischen den beiden eine rücksichtslose Rivalität bestanden hat. Am vergangenen Freitagabend sind einige äußerst hitzige Sätze gefallen.«

»Das habe ich Ihnen sehr wohl erzählt!«

»Sie haben gesagt, sie hätten sich über die Arbeit und darüber gestritten, wer den Eltern das schönere Geschenk gemacht hatte. Nach Ihren Worten war das nichts weiter als eine Art Sandkastenrangelei!«

»Ich habe Ihnen jedes Wort erzählt, das ich gehört habe.«

»Sie können sich wirklich nicht daran erinnern, wie Jim Sean wegen seines Geldes beschimpft hat? Wie er ihn einen ›reichen Sack‹ genannt hat? Wie er sich über den Tisch hinweg auf ihn gestürzt hat, um ihm direkt ins Gesicht zu brüllen?«

»Das habe ich nicht gesehen. Wenn überhaupt, dann muss das passiert sein, als ich gerade auf der Toilette war.«

»Sie sind während des Streits auf die Toilette gegangen?«

»Eigentlich hatte ich gedacht, er sei vorbei.«

Straker sagte: »Ein Toilettenbesuch genau zur rechten Zeit. Wollen Sie jemanden decken?«

»Wer könnte denn dieser Jemand sein?«

»Sean könnte dieser Jemand sein!«

Ich warf mich in meinem Sessel nach hinten zurück, als hätte er einen Gegenstand nach mir geworfen.

Er sagte: »Zunächst haben wir uns alle auf diese Diebstahlgeschichte eingeschossen. Aber mir hat sie von Anfang an nicht gepasst, und sie passt mir immer weniger. Das Ganze riecht überhaupt nicht nach Autodiebstahl. Es riecht vielmehr nach einem Familienstreit, der außer Kontrolle geraten ist. Soll ich noch deutlicher werden?«

»Das will ich hoffen.«

Straker beugte sich vor. »Sean ist eine Art Pfadfinder-Sohn, Mamis und Papis Liebling. Hat gute Noten, hilft alten Damen über die Straße. Und geschäftlich wird alles, was er anfasst, zu Platin. Er baut zwei schwer angesagte Restaurants auf. Er legt sein Geld umsichtig an. Mit fünfunddreißig ist er Multimillionär. Äußerst großzügig der Familie gegenüber.

Jim hingegen ist der Looser. Das Einzige, was er jemals fertig kriegt, ist ein Sandwich. Er verkauft Autos und wird gefeuert. Er wird Polizist und kündigt. Alles, was er anfasst, geht schief. Seine Eltern sind voller Energie und Tatendrang, und sie schämen sich wegen Jim.«

Ich schüttelte den Kopf. »Bruce ist Akademiker durch und durch und Nancy eine brillante, ebenfalls sehr anerkannte Person …«

»Verschonen Sie mich. Wir haben fast mit jedem gesprochen, der auf dieser Party war. Wir haben alles Gesagte analysiert, genauso wie das Nicht-Gesagte. Letzteres klingt übrigens ohrenbetäubend laut. Was alle diese Freunde und Verwandten nämlich übereinstimmend *nicht* sagen, ist, dass Jim das schwarze Schaf der Familie war.«

Ich blieb stumm.

Er fragte: »Wie dicht bin ich dran?«

»Es … es gibt Menschen, die das so sehen.«

Straker ließ ein abfälliges Schnauben hören.

»Hören Sie«, sagte ich, »ich möchte mich mit Ihnen nicht über irgendwelche Gerüchte bezüglich der Fells unterhalten. Ich kann Ihnen nur sagen, was ich gesehen und gehört habe, und das habe ich bereits getan. Aber jetzt möchte ich wissen, was *Sie* eigentlich andeuten wollen.«

Er blickte mich für einen langen Augenblick an. »Ich nehme an, dass Sean und Jim ihre Meinungsverschiedenheiten mit nach draußen genommen haben. Jim hat Sean immer weiter beleidigt. Aber dieses Mal ist er zu weit gegangen. Sie haben miteinander gekämpft, mit allen Mitteln, und Sean hat seinem Bruder den Schädel eingeschlagen. Als ihm klar wurde, dass Jim tot ist, da hat er den Jaguar irgendwo versteckt, damit es wie ein Autodiebstahl aussieht. Dann ist er nach Hause gegangen und hat gewartet, bis die Leiche gefunden wird.«

Ich schüttelte schon den Kopf, bevor Straker fertig war. Mir war schlecht.

Einmal bin ich mit Sean vom Krankenhaus nach Hause gefahren. Unterwegs hielt er an, um eine Schildkröte von der Straße aufzuheben und in Sicherheit zu bringen. Ich habe ihm jeden Tag dabei zugesehen, wie er vorsichtig und zärtlich meine sterbende Schwester gebadet hat. Das war ihm lieber, als sie der Pflege der Schwestern zu überlassen, die es manchmal eilig hatten und meiner Schwester dabei wehtaten.

Ich suchte nach Worten, gestikulierte und sagte schließlich nur: »Ausgeschlossen.«

»Das sehe ich anders«, erwiderte Straker. Er lehnte sich zurück und holte sein Notizbuch aus der Innentasche seines Jacketts. Ich hatte gesehen, wie er sich während der Befragung der Familienmitglieder am Samstag ständig Notizen gemacht hatte. Er blätterte, suchte nach etwas und hatte es anscheinend gefunden. Einen Augenblick lang las er.

»Sean war vier Jahre lang mit Ihrer Schwester verheiratet. Wie haben die beiden sich kennen gelernt?«

»Sarah war Kellnerin im *Sandcastle*, dem Restaurant, wo Sean Geschäftsführer war, bevor er das *Bobby's* eröffnet hat. Dann ist sie dorthin gewechselt. Und mit der Zeit sind sie ein Paar geworden.«

»Was hatten sie für eine Beziehung? Haben sie sich gestritten?«

»Nur die üblichen Meinungsverschiedenheiten. Ich würde sogar sagen, weniger als das.«

»Und keine Kinder? Wieso nicht?«

Ich wollte schon sagen, dass ihn das nichts anging, aber mir war klar, dass damit niemandem gedient war. »Sie wollten eigentlich gerne Kinder haben. Aber es hat einfach nicht geklappt.«

»Hat Sarah Jim gemocht?«

»Sie hat ihn jedenfalls nicht nicht gemocht. Sie… ich glaube, es hat sie belastet, dass Sean sich so viele Gedanken über ihn gemacht hat.«

»Inwiefern hat er sich Gedanken gemacht?«

»So, wie man sich eben über einen Bruder Gedanken macht, normalerweise über den jüngeren Bruder. Und das war wohl auch ein Teil des Problems.«

Ich hielt inne, überlegte noch einmal, ob ich das, was ich drauf und dran war zu sagen, auch wirklich sagen wollte, und entschied mich dafür. Straker hatte sich bereits ein Bild gemacht, das ich durch die Schilderung der wahren Umstände nur verbessern konnte.

»Sie haben die Situation im Prinzip schon richtig erfasst. Nur war sie in der Realität weniger schwarz-weiß. Sean ist ein sehr mitfühlender Mensch. Er ist großzügig. Er hatte ein schlechtes Gewissen, weil er als der Jüngere trotzdem der Stärkere und Erfolgreichere war. Ihm war klar, dass es für Jim wichtig gewesen wäre, sich unabhängig zu machen, dass es ihm gleichzeitig aber sehr schwer fiel. Er konnte einfach nicht nein sagen, wenn Jim Geld oder einen Job brauchte. Und dann hat er sich wieder mit der Frage gequält, ob er das Richtige getan hatte.«

Straker lächelte dünn und mitleidslos. »Damit sagen Sie nichts anderes als ich auch. Die Sache ist schwarzweiß. Sie packen sie nur schon wieder in Watte.«

»Aber zwischen Ihren und meinen Worten gibt es einen entscheidenden Unterschied: Sean trug keinen mörderischen Groll in sich.«

»Das können Sie doch nicht wissen.«

»O doch, das kann ich.« Ich stand auf und ging zum Fenster, kämpfte gegen die aufwallenden Gefühle an. Unten auf der Straße führte ein sehr alter Mann einen Pudel aus. Er wartete geduldig ab, bis der Hund genug geschnüffelt und gescharrt hatte und schließlich das Bein hob. Genauso geduldig wartete Straker darauf, dass ich weiterredete.

»Als meine Schwester im Sterben lag, habe ich viel Zeit mit Sean verbracht«, sagte ich. Dann musste ich mich unterbrechen, um zu husten. »Nacht für Nacht haben wir zusammen geweint. In einer solchen Zeit offenbart man sein wahres Ich. Man kann es nicht verhindern. Versuchen Sie nicht, mir weiszumachen, dass ich nicht ganz genau wüsste, wozu Sean in der Lage ist und wozu nicht.«

Dr. Barry Carnows neue Mitarbeiterin klopfte an die Tür. »Hier kommt Ihr Kaffee, Herr Doktor.«

»Kommen Sie rein.«

Abbie machte die Tür auf und stellte das Tablett auf den Konferenztisch aus leuchtendem Kiefernholz, der genau so blank und makellos war wie der Rest des Büros. Sogar der Schreibtisch des Doktors war poliert und perfekt aufgeräumt. Das Sofa neben dem Tisch war mit einer graubraunen, frischen Seidendecke überzogen, der Zeitungsständer daneben war leer.

Sie wickelte das Brötchen aus, nahm den Deckel vom Kaffeebecher und brachte ihm die Sachen an den Schreibtisch.

»Ich esse hier drüben«, sagte er und stand auf.

Abbie trat zurück und sah zu, wie er einen Stuhl zum Tisch hinübertrug. Er war ein begeisterter Sportler, das sah sie an den Bildern an der Wand, die ihn beim Skifahren und Laufen zeigten oder auf dem Fahrrad, mit einem kleinen Mädchen im Kindersitz. Er bewegte sich auch wie ein Sportler. Er hatte intensive, braune Augen und dunkle Haare, die am Ansatz silberig schimmerten.

Er griff nach dem Brötchen und blickte es stirnrunzelnd an. »Ich wollte doch eines ohne Mohnkörner haben.«

Sie schüttelte schuldbewusst den Kopf. »Stimmt. Das tut mir Leid. Ich lasse sofort ein anderes kommen.«

»Nicht nötig.« Er begann die schwarzen Pünktchen mit dem Fingernagel abzukratzen. »Ich habe eine chronische Dickdarmentzündung. Kann keine Körner essen.«

»Ein Facharzt für Magen-Darm-Erkrankungen mit einer chronischen Dickdarmentzündung? Das ist aber ungerecht.«

Er lächelte sie an. »Mein Darm weiß ja nicht, dass ich Arzt bin.«

Abbie lächelte zurück. So langsam fiel die Anspannung von ihr ab. Als er sich wegen der Mohnkörner beschwert hatte, hatte ihr Magen sich zusammengeballt – eine dieser Millionen Kleinigkeiten, die man lernen musste, wenn man einen neuen Job anfing. Aber sie lernte schnell. Sie würde ihm nie wieder etwas mit Körnern bringen.

Chief Vincent Pangia schielte auf den rosafarbenen Zettel mit Detective Strakers Telefonnummer. Er schob den

Rückruf schon eine ganze Weile vor sich her. Jetzt hielt er den Zettel in seiner wunderbar gebräunten Hand … Barbados. Mann, wie entspannt er sich dort gefühlt hatte. Sonne, Palmen und keine toten Bullen.

Schließlich drückte er auf die Lautsprechertaste und gab die Nummer in Rye ein.

»Morddezernat, Sable«, sagte eine Frauenstimme.

»Hier ist Vincent Pangia aus Fairfield. Ich soll mich bei Detective Straker melden.«

»Hallo Chief. Er erwartet Ihren Anruf. Einen Augenblick, bitte.«

Red übernahm das Gespräch. »Chief Pangia?«

»Vinnie, bitte. Ich glaube, ich weiß, weshalb Sie angerufen haben.«

»Also, zunächst mal soll ich Ihnen Grüße von Don Dean ausrichten.«

Pangia lachte leise. »Mein Boccia-Partner. Verdammt langweiliges Spiel. Aber immerhin hat man so einen Grund, sich zu treffen. Also, was ist James Fell zugestoßen? Ich war ja verreist, wie Sie wissen.«

»Wir stecken immer noch mitten in den Ermittlungen. Dem äußeren Anschein nach hat man ihm einen Schlag auf den Schädel verpasst, um ihm sein Auto abzunehmen, diesen Jaguar. Das Auto ist noch nicht wieder aufgetaucht. Aber mittlerweile kommen immer mehr Einzelheiten über Fell persönlich ans Tageslicht, die darauf hindeuten, dass doch mehr hinter diesem Mord stecken könnte. Wie würden Sie ihn einschätzen?«

Chief Pangia kaute auf seinem Zeigefinger herum. Das war eine dumme Angewohnheit, aber auf Barbados hatte er es gelassen. »So wie alle anderen auch – er war ein Heißsporn. Als ich ihn eingestellt habe, hatte ich natürlich noch einen positiveren Eindruck. Ich dachte, er hat noch eine Chance verdient. Der Junge konnte einen richtig um den Finger wickeln. Und er hatte ein großes Potenzial. Außerdem gab er damals ehrlich zu, dass er durch seine Hitzköpfigkeit selbst schuld daran war, dass er in Stratford gescheitert war, und überzeugte mich gleichzeitig davon, dass er diese Phase überwunden hatte.«

»Wie war er denn als Polizist?«, fragte Red.

»In mancher Hinsicht ganz hervorragend. Wenn er sich konzentriert hat, dann hat er ausgezeichnete Polizeiarbeit geleistet. Natürlich hatte er einen kriminellen Verstand, aber den haben viele gute Polizisten. Und dann hat er eine Riesendummheit begangen, und ich musste ihn entlassen. Er hat ein Päckchen Koks geklaut.«

»Erwiesen?«

»Überwachungskamera. So ein Idiot.«

Red trank einen Schluck Kaffee. Er war kalt, nicht einmal lauwarm, und er hätte ihn gerne in die Mikrowelle gestellt, aber das ging natürlich nicht, weil ihre Polizeiwache nur mit vorsintflutlichen Schnurtelefonen ausgestattet war.

Der Chief fuhr fort: »Angesichts seiner persönlichen Geschichte würde ich wohl auch davon ausgehen, dass mehr hinter der Sache steckt als sein Jaguar. Ich will nicht mal wissen, wo er den eigentlich herhatte.«

»Was hat er mit dem Koks gemacht?“, sagte Red. „Verkauft oder selber genommen?«

Der Chief blieb einen Augenblick lang stumm. »Das weiß nur Gott allein. Ich jedenfalls wollte es gar nicht wissen. Ich wollte ihn nur loswerden.«

Sean schloss die Tür des Restaurants von innen auf. Zwei Gesellschaften warteten bereits auf ihre Tische. Er platzierte sie, nahm ihre Getränkebestellungen entgegen und ging dann in die Küche. Dort griff er sich einen feuchten Lappen, um einen klebrigen Fleck zu beseitigen, den die

Küchenhilfe gestern nicht vollständig weggewischt hatte, nachdem ein Dessert auf den Boden gefallen war.

Egal wie, Hauptsache in Bewegung bleiben.

Er blickte sich um und überprüfte die gedeckten Tische. Die Tischdecken und Servietten zeigten ein angedeutetes Schneeflockenmuster. Auf jedem Tisch stand ein Glas mit einer Kerze sowie eine schlanke Vase mit einem Strauß Schneeglöckchen.

»*Wie wäre es denn mit einer Winterdekoration?*«, hatte Jim im vergangenen November gesagt. »*In jedem anderen Restaurant tun sie so, als wäre es Frühling. Wenn ich noch ein einziges gelbes Gänseblümchen sehe, muss ich kotzen.*«

Jim hatte ein paar großartige Ideen gehabt. Und trotzdem war Sean sich nie sicher gewesen, ob es gut war, Jim hier zu haben. Er hatte seinen Bruder ständig aus dem Augenwinkel beobachtet, hatte nach Misstönen gelauscht. Man wusste einfach nie, worüber Jim sich im nächsten Moment aufregte oder was ihn veranlassen könnte, die Krallen auszufahren.

Weswegen Sean natürlich ein höllisch schlechtes Gewissen gehabt hatte.

Er wischte mit dem Daumen ein paar Salzkörner von einem der Tische. Da ging die Tür auf, und er drehte sich um. Zwei Frauen betraten das Restaurant. Sie arbeiteten bei einer kleinen Anzeigenagentur hier in der Straße. Sean hielt den Atem an. Sie waren zum ersten Mal seit Jims Tod hier. Natürlich wussten sie Bescheid, der Mord hatte für riesige Schlagzeilen gesorgt, und sie würden ihm bestimmt ihr Beileid aussprechen wollen.

Den Empfang hatte Maddy übernommen, eine ehemalige Kellnerin, die Sean auf Jims Posten befördert hatte. Er wollte sie bitten, die beiden Frauen an ihren Platz zu führen, damit er es nicht zu tun brauchte, aber das war gar nicht nötig. Sie versuchte bereits, seine Aufmerksamkeit auf sich zu lenken. »Sean, Telefon.«

»Danke. Übernehmen Sie die beiden, bitte?«

Er ging zum Empfangstresen und griff zum Hörer. »Hallo?«

»Hallo, hier ist Angela.« Sie sprach mit sanfter, rauchiger Stimme. Ihre Gesprächspartner mussten sie öfter bitten, ihre Worte zu wiederholen. Während ihrer Ausbildung hatte sie häufig Kritik für ihre unsichere Redeweise einstecken müssen, sodass sie sich vor Gericht angewöhnt hatte, laut und deutlich zu sprechen. Ansonsten aber klang sie meist so, als wäre sie eben erst aufgestanden. »Ich hatte gerade Besuch von Detective Straker.«

»Weshalb?«

»Hauptsächlich wegen dir. Er hat mit allen Leuten gesprochen, die auf der Party waren. So hat er erfahren, dass du und Jim schon lange Probleme miteinander gehabt habt und dass an diesem Abend ein fürchterlicher Streit stattgefunden hat. Und jetzt verbreitet Straker irgendwelche Theorien, dass... dass du Jim umgebracht haben sollst.«

Sean sackte auf seinen Schreibtischstuhl.

Sie fuhr fort: »Ich habe ihm natürlich gesagt, dass das absolut lächerlich ist. Aber du solltest dich darauf einstellen, dass er dich besucht.«

Sean sagte: »Er glaubt, dass *ich* meinen *Bruder* umgebracht habe? Hat er das gesagt?«

Maddy, die gerade einen Stuhl vom Tisch in seiner Nähe holen wollte, erstarrte und schaute ihn an.

Angela gab das Gespräch mit Straker wieder. »Er sagte, er gehe davon aus, dass der Streit draußen weitergegangen sei. Und dann haben ihm wohl ein paar Gäste berichtet, dass die Auseinandersetzung beim Essen länger gedauert hat als ich mitbekommen habe. Habt Ihr euch denn noch weiter gestritten, nachdem ich auf die Toilette gegangen war?«

»Ich kann mich gar nicht daran erinnern, dass du gegangen bist.«

»Doch, als ihr beide aufeinander losgegangen seid. Ich habe euch gebeten aufzuhören, und dann bin ich aufgestanden.«

Sean schüttelte den Kopf. Seine Augen waren geschwollen und gerötet. Er machte die Hölle durch. Jedes Mal, wenn er versuchte, sich herauszuziehen, rutschte er gleich darauf noch tiefer hinein.

Er sagte: »Ich kann mich an gar nichts mehr erinnern.«

Ich wartete ab, was er als Nächstes sagen würde, aber es kam nichts als ein tiefer Seufzer. Ich konnte mir gut vorstellen, wie er mit gebeugtem Kopf im Restaurant saß und sich den Hals rieb. Das machte er immer, wenn er sich aufregte. Ich hatte oft genug zugesehen.

Dann sagte ich: »Der Detective kommt wahrscheinlich bald bei dir vorbei. Vielleicht ist er sogar schon unterwegs. Lass dich nicht von ihm schikanieren, Sean. Ohne Anwalt musst du gar nicht mit ihm reden.«

»Ich weiß.«

»Es tut mir so Leid. Ich würde dir so gerne helfen.«

»Das tust du doch. Hast du schon.«

Ich legte den Hörer auf die Gabel und stand auf. Wenn ich an meinem Schreibtisch sitzen blieb, dann würde ich nur immer deprimierter werden, so lange, bis ich vollkommen im Sumpf versunken war.

»Bin gleich wieder da«, sagte ich zu Kathy auf dem Weg zur Toilette. Ich schaute sie nicht an. Mein Gesicht sah grau und angespannt aus, das war mir klar. Und Kathy war ein liebes Mädchen. Sie kannte mich und würde sofort nachfragen.

Die Büroräume meiner Rechtsanwalts-Sozietät Batten, Hogue & Fairstein nahmen zwei Drittel der Fläche im fünften Stock des Sochin Building in der Purchase Street in Rye ein. Vor meinem Vorstellungsgespräch hatte ich mich auf die übliche, steife Einrichtung eingestellt, die ich aus Anwaltskanzleien im Film wie auch im richtigen Leben kannte: feudale Schreibtische, überall Messing, Stühle, die sogar einer Katze zu unbequem waren. Als ich dann zum ersten Mal die Marmor-Lobby mit den polierten Fahrstuhltüren und den Porzellanspiegeln betreten hatte, da hatte ich gedacht: Aha, so sieht sie also aus, die Tradition.

Dann, oben im fünften Stock, die Überraschung.

Die Doppeltüren glitten zur Seite und gaben den Blick auf eine faszinierend gegenwärtige Welt frei. Der Fußboden im Empfangsbereich bestand aus glänzenden, hellen Holzdielen. Darauf lag ein Teppich aus stahl- und elfenbeinfarbenen Flächen. Hinter dem halbrunden Tresen saß ein Mann. Er hieß David und nicht Dave und trug eine mit Drachen bedruckte Krawatte. Auf dem niedrigen Tisch in der Wartezone lagen keine zerknitterten Zeitschriften, und es hingen auch keine selbstbeweihräuchernden Urkunden an der Wand. Stattdessen standen auf dem Tisch zwei Goldfischgläser. Im einen schwammen tatsächlich Goldfische, das andere war bis zum Rand mit Pralinen gefüllt.

Nachdem ich jetzt die Damentoilette betreten hatte, ging ich direkt zum Spiegel. Trotz der freundlichen Beleuchtung sah ich fürchterlich aus. Ich befeuchtete ein Handtuch im Eiswasser am Springbrunnen und drückte es mir in den Nacken.

Ich musste unbedingt wieder zu mir kommen. In einem dieser Bücher über erfolgreiche Lebensführung, die sich – meist noch verpackt – auf meinem Nachttisch stapelten, hatte ich eine Methode kennen gelernt, wie man sich neu fassen und konzentrieren konnte: Spiegelgespräch … Ich ballte die Fäuste und nahm alle Kraft zusammen.

»Du bist zentriert«, sagte ich innerlich zu mir selbst. »Deine Sorgen dringen nicht nach draußen. Du wirst mit allem fertig.«

Das sagte ich mir noch ein paar Mal, während ich zusah, wie sich meine zusammengepressten Lippen und die gerunzelte Stirn etwas entspannten, zumindest so weit, dass ich im Büro einigermaßen glaubwürdig wirken konnte.

Auf dem Weg zurück grüßte ich David und Kathy mit einem halbwegs überzeugenden Lächeln und setzte mich wieder auf meinen Schreibtischstuhl.

Lange hielt ich den Blick auf mein Lieblingsbild gerichtet – eine palmenumstandene Terrasse am Strand. Es hing direkt neben einem Fenster, sodass man fast glauben konnte, es *sei* das Fenster. Manchmal stellte ich mir vor, selbst auf dem Bild zu sein, mich mit Nina zusammen dorthin zurückzuziehen. Es war eine tröstliche Vorstellung, aber heute gelang es mir nicht. Ich konnte an nichts anderes denken als an Detective Straker. Wahrscheinlich war er jetzt im Augenblick im *Bobby's* und verhörte Sean.

Ich musste unbedingt etwas arbeiten. Zu groß war die Gefahr, an Boden zu verlieren. Mein wichtigster Fall im Moment war eine Klage wegen Verletzung der Sorgfaltspflicht gegen das Westchester County Medical Center. Es war der zweitgrößte Fall, den die Sozietät jemals behandelt hatte, und ich hatte die Kontakte hergestellt. Mag sein, dass das nicht der Hauptgrund dafür war, dass mir eine Teilhaberschaft in Aussicht gestellt worden war, aber an meinen manikürten Fingern lag es wahrscheinlich auch nicht.

Der Krankenhausskandal war im August in die Medien gelangt. Eine Anästhesistin – Dr. Carol Carranza – hatte gegenüber der Bezirksverwaltung ausgesagt, dass es in letzter Zeit auf der prestigeträchtigen Lebertransplantations-Station des Krankenhauses zu etlichen, durch Nachlässigkeit, Infektionen oder schlicht durch mangelhafte Pflege verursachten Todesfällen gekommen war. In einem Fall war sogar ein gesunder Organspender nach der Operation verstorben.

Ich hatte Dr. Carranza sofort angerufen. Wir führten zwei längere Gespräche, tranken viel zu viel Kaffee, und mir fiel von Anfang an auf, dass sie immer wieder auf das Bild starrte. Auch ohne zu fragen war mir klar, dass sie gerade ihren persönlichen Alptraum durchlebte. Jetzt vertrat ich die Familien der Verstorbenen und klagte auf Schmerzensgeld: einhundert Millionen Dollar pro Partei.

»Ich habe viel zu lange gewartet, bis ich ernsthaft nach Beweisen gesucht habe«, hatte Carol beim ersten Gespräch gesagt. »Als Anästhesistin halte ich mich nicht oft auf der Station auf, also habe ich zunächst einmal nur Gerüchte gehört. Aber die Sterberate unter den Patienten war einfach zu hoch. Daraufhin habe ich mir die Krankenblätter angeschaut und die Pflegeroutine unter die Lupe genommen. Ich habe erschütternde Dinge gesehen. Nur dumm, dass ich die Krankenblätter nicht kopiert habe, solange ich noch die Möglichkeit dazu hatte.«

»Die Anwälte der Gegenseite halten mittlerweile natürlich alles unter Verschluss«, hatte ich erwidert. »Aber machen Sie sich doch einmal klar, was Sie da getan haben, Carol. Welchen Mut Sie bewiesen haben! Und wie vielen Transplantationspatienten Sie damit das Leben gerettet haben!«

»Aber viel zu viele sind schon gestorben. Es sind bestimmt mehr, als wir im Augenblick wissen …«

»Das müssen wir herausfinden.«

Als ich jetzt die Akten durchblätterte, fielen mir Carols

Tränen wieder ein. Meine Notizen und die eidesstattlichen Erklärungen der betroffenen Familien ließen mir die Augen brennen. Ich dachte an Sarah.

Im Augenblick wartete ich auf die Reaktion einer Anwältin des Krankenhauses, die ich um die Aushändigung der medizinischen Unterlagen der betroffenen Station gebeten hatte. Natürlich würde dabei nur irgendein verklausuliertes »Nein« herausspringen, aber das war das übliche Verfahren. Nach der Ablehnung konnten die nächsten Schritte erfolgen.

Und wie sahen diese nächsten Schritte aus? Ein paar Ideen hatte ich schon, wie meistens.

3

Auf dem Höhepunkt der mittäglichen Hektik kam Straker im *Bobby's* an.

Sean platzierte gerade eine Sechsergruppe und hatte etliche wartende Gäste sowie drei Tische zu versorgen, die ungeduldig auf die Rechnung warteten. Trotzdem sah er den Detective schon in dem Augenblick, als er die Tür aufstieß. Er spürte, dass er die Zähne fest aufeinander biss, und ging zu ihm.

Red sagte: »Wo können wir uns unterhalten?«

»In meinem Büro. Aber Sie müssen sich ein paar Minuten gedulden. Ich ersticke in Arbeit.«

Red nickte. »Ich bleibe einfach hier stehen.« Er lehnte sich im Empfangsbereich an die Wand und verschränkte die Arme.

Sean nahm einem Gast den Scheck ab, den dieser hoch in die Luft hielt. Dann rief er vom Reservierungspult aus Mark Wolf an, den Geschäftsführer.

»Kannst du mich hier unten für eine Weile vertreten?«, fragte Sean. »Ich habe ein wichtiges Gespräch.«

Eine Minute später kam Mark die Treppe herunter. Er war einundvierzig Jahre alt und hatte dunkle Haare mit sehr ausgeprägten Geheimratsecken, was auf viele Frauen attraktiv wirkte. Er hatte das Jackett ausgezogen und die Hemdsärmel fast bis zu den Ellbogen hochgekrempelt, sodass seine muskulösen Unterarme zu sehen waren.

»Gibt's Probleme?«, fragte Mark.

»Ja«, antwortete Sean. »Ich muss mit dem Detective da drüben reden. Lös mich doch bitte ab.«

Mark zog die Augenbrauen nach oben. »Haben sie was herausgefunden?«

Sean knurrte angewidert. »Anscheinend glauben sie das.«

In Seans Büro im zweiten Stock saßen Sean und Red einander in schwarz-ledernen Ohrensesseln gegenüber. Mit seinen blassen jadefarbenen Wänden und den Ebenholz-Wandleuchten wirkte das Büro genau so schick und stromlinienförmig wie das ganze Restaurant. Eine doppelflügelige Verandatür führte auf einen kleinen Balkon im Südstaatenstil. Sarah hatte dort einmal einige Bougainvillea-Ranken angepflanzt. Aber das war lange her. Nur einige vereinzelte Zweige krallten sich noch wie abgestorbene Finger um das Geländer.

Straker war in einem dunkelgrauen Anzug und einem ausgeleierten Oxford-Hemd gekommen. Sean trug einen marineblauen Kaschmirblazer.

Sean eröffnete das Gespräch: »Meine Schwägerin hat mich angerufen. Sie hat gesagt, dass Sie mich für den Mörder meines Bruders halten.«

Straker ließ sich seine Überraschung nicht anmerken. Einen solch frontalen Vorstoß hatte er nicht erwartet. Dass

Angela ihren Schwager vorwarnen würde, war klar gewesen, aber in aller Regel warteten die Leute ab, bis sie selbst gefragt wurden.

Er stützte die Hände auf die Oberschenkel. »Im Augenblick halte ich noch gar nichts für sicher. Ich mache nichts anderes, als mit verschiedenen Personen zu sprechen.« Er holte sein Notizbuch hervor und schlug eine voll gekritzelte Seite auf. »Sie haben angegeben, dass Sie Ihren Bruder bei der Feier das letzte Mal nach dem Streit im Schwimmbad, den etliche Augenzeugen beobachtet haben, gesehen haben. Was ist danach passiert?«

»Ich weiß es nicht mehr genau. Ich habe mich natürlich über das, was gesagt worden war, aufgeregt, auch über die Tatsache, dass wir uns auf der Hochzeitstags-Feier unserer Eltern gestritten haben. Dadurch war ich abgelenkt. Ich habe gar nicht bemerkt, dass Jim gegangen ist.«

»Und wo waren Sie? Immer noch im Schwimmbad?«

»Ich glaube schon.«

»Bis wann genau?«

»Ich weiß nicht.«

»Um wie viel Uhr haben Sie die Party verlassen?«

»Ich weiß, dass ich gegen halb zwei zu Hause war.«

Straker blätterte um. »Der Streit, den Angela Diamond und andere beobachtet haben, war gegen dreiundzwanzig Uhr fünfzehn zu Ende. Sie wohnen wie weit vom Haus Ihrer Eltern entfernt?«

»Nicht weit. Mit dem Auto sind es sieben, acht Minuten.«

»Dann haben Sie also weitere zwei Stunden auf der Party verbracht, aber Sie können mir nicht sagen, wo genau Sie sich aufgehalten haben?«

Sean rutschte auf der Sitzfläche nach vorne. »Das Haus ist riesig. Und das gesamte Erdgeschoss war voller Gäste.«

»Dann sind Sie sich also zumindest sicher, dass Sie sich im Erdgeschoss aufgehalten haben?«

Sean spielte abwesend mit einer Klebebandrolle, zog ein Stück ab und rollte es wieder auf. Straker beobachtete ihn.

»Sicher bin ich mir nicht«, sagte Sean schließlich. »Vielleicht bin ich vor der Abfahrt auch noch einmal nach oben gegangen.«

»Aha«, erwiderte Straker. »Dann wissen Sie immerhin noch, dass Sie sich die ganze Zeit über im Inneren des Hauses aufgehalten haben.«

»Ich … glaube schon, ja.«

Sean stand auf und ging zur Balkontür, von wo er auf den Parkplatz starrte.

Straker war sich nicht sicher, ob Seans leise Worte wirklich an ihn gerichtet waren: »Ich warte immer noch darauf, dass Jim ankommt, lausche, ob ich seinen Wagen draußen höre.«

Was will er eigentlich, einen gottverdammten Heiligenschein?, dachte Straker. Dann hatte er das unangenehme Gefühl, dass er Sean bereits jetzt für den Täter hielt.

Er fragte ihn: »Was würden Sie sagen, wenn ich Ihnen verrate, dass Sie während dieser Zeit draußen gesehen wurden?«

Sean hatte sich immer noch zum Fenster gewandt und erwiderte achselzuckend: »Ich würde sagen, dass ich dann wohl einen der Gäste zum Auto begleitet haben muss. Ich habe doch schon gesagt, dass ich durcheinander war. Ich kann mich nicht erinnern. Und seither bin ich erst recht durcheinander, Detective. Mein *Bruder* ist *ermordet* worden!«

Er drehte sich zu Straker um. »Ich versuche wirklich die Ruhe zu bewahren. Aber während Sie hier auf mir herumhacken, läuft da draußen unbehelligt ein Mörder herum. Meine Eltern und ich würden es wirklich sehr begrüßen, wenn die Polizei sich endlich daranmachen würde, ihn ausfindig zu machen und hinter Gitter zu bringen!«

Straker nickte, als wäre das ein interessanter Vorschlag. »Davon bin ich überzeugt. Meine Beamten sind gerade dabei, genau das zu tun. Aber unser Gespräch ist noch nicht zu Ende. Ich muss Ihre Geduld noch ein wenig länger in Anspruch nehmen.«

Sean fing an zu reden, aber Straker unterbrach ihn. »Ihnen ist doch genauso klar wie mir, dass Sie die Aussage auch verweigern können.«

Straker hoffte, dass dieser einfache Satz Sean Fell veranlassen würde, im Geiste durchzuspielen, wie die Sache sich weiterentwickeln würde – bis zu dem Punkt, an dem er still dasitzen und noch mehr Fragen beantworten musste. Der Mann war nicht dumm, schien nicht diesen Macho-Ego-Reflex zu haben, einem Polizisten aus Prinzip Widerstand entgegenbringen zu müssen.

Seine Hoffnung ging in Erfüllung. Sean setzte sich.

Straker ließ den Finger über eine voll geschriebene Seite gleiten und fragte: »Was hat Jim damit gemeint, als er zu Ihnen gesagt hat: ›Ich bin viel besser in dem Job, als du denkst. Ich ziehe da mein eigenes Ding durch. Und du hast nicht den leisesten gottverdammten Schimmer‹?«

»Mein Bruder war… gespalten, was seine Arbeit im *Bobby's* betraf. Er hatte das Gefühl, ich würde seine Fähigkeiten nicht angemessen würdigen.«

»Mehr ist aus diesem Satz Ihrer Meinung nach nicht herauszuhören?«

Sean wandte den Blick ab und rieb sich mit der Handkante den Hals. »Das war ein altes Thema zwischen uns. Ich bin schon früh in die Wirtschaft gegangen, und Jim hat mal dies, mal das gemacht. Er hat immer gedacht, ich würde ihn nicht ernst nehmen, auch wenn das gar nicht der Fall war. Im Grunde genommen hat er sich von niemandem wirklich ernst genommen gefühlt. Er hatte keinerlei Selbstbewusstsein.«

Straker wartete ab, ob noch mehr kam. Sean schaute ihn unverwandt an.

»›Ich ziehe da mein eigenes Ding durch.‹«, zitierte Straker noch einmal.

»Ja, ja. Das hat er gesagt. Worauf wollen Sie hinaus?«

»Wie kommt es, dass Sie sich exakt an die Worte Ihres Bruders erinnern können, die während eines hitzigen Streits in einem Raum voller Menschen und untermalt von Live-Musik gefallen sind, aber kaum etwas über die Ereignisse der anschließenden zwei Stunden sagen können?«

Sean blieb zunächst stumm. Dann sagte er: »Ich weiß nicht, wieso ich mir das gemerkt habe. Aber warten Sie mal... mein Geschäftsführer Mark Wolf hat ebenfalls eng mit Jim zusammengearbeitet. Er kannte meinen Bruder recht gut, zumindest im Zusammenhang mit der Arbeit. Wir könnten ihn zu uns heraufbitten.«

»Also gut«, sagte Red, »machen wir das.«

Sean telefonierte nach unten. Drei Minuten später betrat Mark das Büro, und Sean fasste kurz das Wichtigste zusammen. »Vielleicht kannst du ja etwas damit anfangen«, sagte er. Straker las noch einmal vor.

»›Ich bin viel besser in dem Job, als du denkst. Ich ziehe da mein eigenes Ding durch. Und du hast nicht den leisesten gottverdammten Schimmer.‹« Straker hielt den Blick auf Mark gerichtet und beugte sich nach vorne.

Mark dachte eine Minute lang nach und zuckte dann die Schultern. »Jim hat öfter so etwas gesagt. Er hat sich nach Seans Anerkennung gesehnt. Und er war verbittert, weil ihm das, was er bekommen hat, nicht gereicht hat.«

Sean sagte. »Ich weiß auch nicht. Ich denke schon, dass mich das, was er da gesagt hat, belastet hat.«

Red wandte sich ihm zu. »Sie haben gedacht, dass Ihr Bruder damit vielleicht etwas andeuten wollte?«

Sean nickte. »Nicht sofort. Aber später…«

»Wann später?«

»Ich muss es unterschwellig gespürt haben.«

»Also haben Sie ihn gefragt.«

»Nein.«

»Nein?«

»Ich habe ihn danach nicht mehr gesprochen.« Sean holte tief Luft und stieß den Atem dann wieder aus.

»Das heißt, Sie haben also nach dem Streit, der ungefähr um dreiundzwanzig Uhr zehn begonnen und etwa fünf Minuten später geendet hat, nicht mehr mit Ihrem Bruder gesprochen. An dieser Behauptung halten Sie fest?«

Sean hielt den Blick auf die Papiere auf seinem Schreibtisch gerichtet, aber er schien sie nicht wahrzunehmen. Dann blickte er Straker erneut an. Sein Atem raste, sein Brustkorb hob und senkte sich sichtbar unter seinem Hemd.

»Das ist keine Behauptung. Das ist die Wahrheit.«

Mark wandte sich an Red. »Irgendwie komme ich hier nicht ganz mit. Das klingt ja fast so, als würden Sie glauben, dass Sean etwas zu verbergen hat.«

Sean erwiderte, den Blick auf Straker gerichtet: »Genau das denkt er auch.«

Straker lehnte sich zurück. »Sie wirken ziemlich aufgeregt.«

Sean ließ ein bellendes, gequältes Lachen hören. »Aber nein, Detective. Warum sollte ich?«

Straker blieb stumm, und Sean füllte die Stille. »Meine Frau ist tot. Mein Bruder ist tot.« Bei jedem Satz schlug er mit der flachen Hand auf den Schreibtisch. »Ein Mörder fährt im Auto meines Bruders durch die Gegend, aber die Polizei beschuldigt mich, dass ich ihn umgebracht habe. Wieso sollte ich aufgeregt sein?«

Mark Wolf hielt den Atem an. Noch bevor er etwas sagen konnte, war Straker aufgestanden. »Bis jetzt habe ich Ihnen zugehört. Aber jetzt hören Sie mir einmal zu.« Er stützte die Hände in die Hüften. »Ich soll Ihnen abnehmen, dass Sie zwar einen leidenschaftlichen Streit mit Ihrem Bruder wortwörtlich wiedergeben können, dass Sie aber an die darauf folgenden zwei Stunden keinerlei Erinnerung mehr haben. Ihr Bruder deutet an, dass in Ihrem Restaurant irgendetwas Geheimnisvolles vor sich geht, und Sie denken: ›Wie eigenartig‹, fragen ihn aber nicht einmal, was er damit gemeint hat. Sie werden außerhalb des Hauses gesehen, können sich aber auch daran nicht erinnern.«

Straker ging zu Sean und baute sich vor ihm auf, so dicht, dass er das Mundwasser seines Gegenübers riechen konnte. »Und schließlich wird Ihr Bruder tot und ohne Auto aufgefunden, was Sie damit erklären, dass ein *Unbekannter* ihm den Schädel eingeschlagen und sein Auto gestohlen hat. Irgendein Fremder hat also zufällig gewusst, dass da ein wenig abseits der Straße ein Jaguar geparkt war, und hat stundenlang in der Kälte auf den Besitzer gewartet. Und all das zufälligerweise genau an dem Abend, an dem nach Jahren der Spannung und der Rivalität ein gewaltiger Streit zwischen Ihnen und Ihrem Bruder ausbricht. Warum also sollte man *Sie* in irgendeiner Weise verdächtigen?«

Sean stand auf. Er atmete jetzt noch schwerer, sein Blick war unstet, nervös. »Sie können doch nicht… das ist doch Wahnsinn.«

Straker nickte. »Natürlich.« Er schlug mit der flachen Hand auf den Schreibtisch, so wie Sean vorhin. »Ich komme wieder.«

Als die Bürotür ins Schloss gefallen war, drehte sich Mark zu Sean um. »Er glaubt, dass du Jim umgebracht hast? Was redet der Mann da?«

Sean schüttelte den Kopf. Er wischte den schwarzen Schleier weg, der sich über seine Stirn legen wollte.

»Hast du schon deinen Anwalt verständigt?«, fragte Mark.

»Noch nicht.«

»Ruf ihn an, Sean. Sag kein Wort mehr, zu niemandem.«

4

Sean klingelte an der Haustür seiner Eltern und hörte das Glockenspiel im Inneren. Als er heute zum erstenmal hier gewesen war, hatte er die Haustür mit seinem Schlüssel geöffnet. Dadurch hatte er seine Mutter erschreckt, die sich im Augenblick sehr leicht aus der Bahn werfen ließ.

Nancy machte ihm die Tür auf. Sean hatte ein Spiegelbild dessen vor sich, was er vor zehn Minuten noch im Toilettenspiegel seines Restaurants gesehen hatte: ein weißes Gesicht, umrahmt von dunklen Haaren. Allein die Haltung seiner Mutter verriet die Trauer, als würde ihr ein körperlicher Schmerz Krämpfe verursachen.

»Komm rein, mein Lieber.« Sie zog ihn nach drinnen und umarmte ihn auf Zehenspitzen.

Bruce kam aus der Küche. Er küsste Sean auf die Wange. »Danke, dass du gekommen bist. Danke, dass du dich so um uns kümmerst.«

Sean zuckte mit den Schultern. Von Bruce hatte er die Größe und die breiten Schultern geerbt und von Nancy das Aussehen. Seine Haare hatten denselben fast schwarzen Schimmer wie die ihren und lagen im Nacken wie Seide auf dem Kragen auf. Seine Backenknochen waren wunderschön geschwungen – jede Art Kopfbedeckung stand ihm ausgezeichnet. »Das tue ich ja auch für mich.«

Sie gingen in die Küche. Auf dem Tisch stand ein selbst gebackener Streuselkuchen.

»So habe ich was zu tun«, sagte Nancy und deutete auf den Tisch. »Wenn meine Hände beschäftigt sind, dann kann mein Kopf ein bisschen besser abschalten.«

»Auch wenn sie nichts davon essen kann«, sagte Bruce.

Sie blickte ihn besorgt an. »Na, das musst du gerade sagen.«

»Ich weiß«, schaltete Sean sich ein. »Ich kann auch kaum essen. Oder schlafen.«

Bruce nahm ein Glasfläschchen von einem Tablett mit Salz- und Pfefferstreuern und hielt es ihm hin.

Sean hob abwehrend die Hand. »Nein, danke. Ich fühle mich danach immer grauenhaft. Nur im äußersten Notfall.«

Bruce stellte es wieder zurück. »Heute Morgen war ein Kriminalbeamter hier. Leider keinerlei Neuigkeiten. Keine Spur, weder vom Auto noch von dem Verbrecher.«

Sean sagte: »Habt ihr vielleicht das Gefühl, dass sie nicht intensiv genug suchen?«

Bruce hielt kurz inne und nickte dann. »Ja, ich schon.«

»Welcher Beamte war das?«

»Groß gewachsen, Glatzenbildung. Straker.«

»Er war auch im Restaurant. Hat mich eine Zeit lang verhört.«

»Er hat dich *verhört*?

»Ja.« Sean blickte erst seinen Vater und dann seine Mutter an. Trotz ihres fortschreitenden Alters waren sie beide jung geblieben. Sie hatten den zusätzlichen Schmerz, den er ihnen gleich zufügen würde, nicht verdient. »Er hat mich in allen Einzelheiten nach dem Streit gefragt und wo ich mich anschließend aufgehalten habe. Er hat mich unter Druck gesetzt. Er …« Sean hielt inne und holte tief Luft, spürte, wie sein Brustkorb sich dehnte, und atmete wieder aus. »Anscheinend denkt er, dass es gar kein Autodiebstahl war, sondern dass *ich* das Ganze eingefädelt habe, um … um zu verschleiern, dass ich selbst Jim umgebracht habe.«

Nancy schlug die Hände vors Gesicht. Bruce ließ vor Schreck den Mund offen stehen und schien in seinem Sessel zu verschwinden.

»Das ist unglaublich«, sagte er heiser.

»Ich habe jede seiner Fragen beantwortet. Ich habe gar nicht darüber nachgedacht. Dann hat er meine gesammelten Antworten so wieder zusammengesetzt, dass es auf verrückte Weise einen ganz anderen Sinn ergab. Und Straker will das, so viel ist sicher.«

»Aber wie? Wie soll das einen Sinn ergeben?«, wollte Bruce wissen.

»Unser Streit. Jim hat ein paar schlimme Sachen gesagt, und Straker denkt, dass ich mich rächen wollte. Ich habe gesagt, ich glaube nicht, dass ich rausgegangen bin, aber er sagt, dass ich gesehen worden bin. Und das sei verdächtig, meint er. Außerdem sei es nicht vorstellbar, dass ein Autodieb zufällig gewusst hat, dass der Jaguar da steht, und das ausgerechnet an einem Abend, wo ich einen – wie er sich ausgedrückt hat – ›gewaltigen Streit‹ mit Jim hatte.«

Bruce schüttelte den Kopf. »Idiotisch. Reine Erfindung. Vermutlich Faulheit. Ich werde mit dem Polizeichef ein Wörtchen reden. Hast du mit irgendjemandem darüber gesprochen?«

»Mit meinem Anwalt, Mitchell. Und er hat einen Strafverteidiger hinzugezogen. Sie haben mir geraten, jede weitere Aussage zu verweigern, weil Straker voreingenommene Fragen stellt. Sie wollen sich mit ihm in Verbindung setzen.«

Nancy hatte feuchte Augen. Ihre Hand lag auf dem Tisch. Sean drückte sie, und kraftlos erwiderte sie die Geste.

Dr. Carol Carranza schaute den Telefonhörer an, den sie gerade wieder auf die Gabel gelegt hatte. Der Apparat stand auf ihrem überladenen Schreibtisch im Büro der Anästhesie des Westchester County Medical Center, umgeben von weitgehend überflüssig gewordenen Merkzetteln, die noch niemand weggeworfen hatte. Hinter einem Knäuel aus Infusionsschläuchen lag, nur zur Hälfte sichtbar, die Bestellkarte eines chinesischen Imbisses. Quer darüber hatte jemand »minderwertig« geschrieben.

Sie trommelte mit kalten Fingern auf die Schreibtischplatte. Der Anruf war wieder einmal aus einer chirurgischen Abteilung gekommen – die Absage zweier ursprünglich vereinbarter Operationstermine. Das Medical Center durfte sie zwar nicht entlassen, musste ihr aber auch keine Arbeit geben.

Sie dachte an den Tag zurück, als sie sich entschlossen hatte, auf eigene Faust Nachforschungen anzustellen. Sie hatte nach Rose Karg gesehen, einer frisch operierten Transplantationspatientin. Die sechzigjährige Frau war bei ihrem Besuch blassgrau und nicht ansprechbar gewesen. Erschrocken hatte sie sich an den Sohn der Frau gewandt.

»Was ist passiert? Gestern ging es ihr doch schon viel besser.«

Der Mann zuckte die Schultern. »Sie wissen es nicht.«

Carol hatte die Patientin gründlich betrachtet und

dann vorsichtig die Decke zur Seite geschlagen, um ihre Hände und den Oberkörper in Augenschein zu nehmen.

»Was ist denn das, verdammt noch mal?« Sie hob die Hand der Frau hoch. Darin steckte eine nirgendwo angeschlossene Infusionsnadel. Die Hand war blau angelaufen und geschwollen. Blutvergiftung, im ganzen Körper mittlerweile. Nur weil irgendein Vollidiot vergessen hatte, eine überflüssig gewordene Nadel zu entfernen. Und die hatte jetzt zu einer Infektion geführt, der sie nichts entgegenzusetzen hatte.

»Mrs. Karg?«, sagte Carol.

Die Frau zeigte keinerlei Reaktion.

Ihr Sohn sprach Carol an: »Sie wird nicht mehr gesund, nicht wahr?«

Carol hatte ihn angeschaut, und er hatte ihren Blick erwidert, und sie bestätigte ihm ohne Worte, was er wusste: dass seine Mutter wahrscheinlich sterben würde.

Was er noch nicht wusste, war, dass man seiner Mutter das Leben geraubt hatte.

Seither waren Monate vergangen. Wieder blickte Carol das Telefon an und verspürte die sattsam bekannte Mischung aus Trauer und Wut. Das Krankenhaus fügte ihr jede erdenkliche Demütigung zu, um Sie zur Kündigung zu bewegen, sie zu vertreiben, sie vom Prozess fern zu halten. Aber diese Taktik bestärkte sie nur in ihrer Überzeugung, dass die Einrichtung eine Menge zu verbergen hatte.

Sie war verdammt edel. Aber Edelmut machte einsam, und er war gefährlich.

Nur wenige der Kollegen sprachen noch mit ihr oder nahmen sie wenigstens zur Kenntnis. Und die wenigen, die ihr zur Seite standen, taten dies nur, wenn es niemand sehen konnte, der etwas zu sagen hatte. Zweimal schon waren ihre Vorräte an Präparaten sabotiert worden

– nicht lebensgefährdend zwar, aber wer weiß, was als Nächstes kam?

Eine Kündigung konnte sie sich nicht leisten. Sie hatte eine Tochter und eine siebzigjährige Mutter und war auf das Einkommen angewiesen. Sie war eine hervorragende Ärztin. Vor August hätte sie fast jeden Job in nahezu jedem beliebigen Krankenhaus haben können. Aber jetzt war sie vielleicht bald nicht mehr in der Lage, sich und ihre Familie durchzubringen.

Carol stand auf und schob den Stuhl an den Schreibtisch. Sie musste an die frische Luft.

»Straker.«

»Detective, mein Name ist Mitchell Blank. Ich vertrete Sean Fell. Könnten Sie mir vielleicht verraten, was Sie von ihm wollen?«

»Wir haben mit Mr. Fell Gespräche bezüglich des Mordes an seinem Bruder geführt.«

»Und?«

»Und Mr. Fell hatte einige Schwierigkeiten bei der Beantwortung etlicher zentraler Fragen. Er kann nicht …«

»Also«, unterbrach ihn Mitchell, »geht es Ihnen nicht darum, was geschehen oder gesagt worden ist, sondern darum, was *nicht* geschehen und *nicht* gesagt worden ist. Also um Nicht-Information.«

Straker war einen Augenblick lang still. »Nun ja, stimmt. Aber auch Nicht-Information kann aussagekräftig sein. Und wir haben eine ganze Menge davon gesammelt. Genug jedenfalls, um damit einen Haftbefehl beantragen zu können.«

5

Montag, 28. Januar 2001

Am folgenden Montag kam Sean erst während des Aufräumens nach der Mittagszeit ins Restaurant. Auf dem Weg in die Küche griff er automatisch nach den Tellern, die immer noch auf einem Tisch standen, und stellte dabei fest, dass diese beiden Gäste offensichtlich die Seezunge mit Kapern genossen hatten. Aus dem Augenwinkel bemerkte er, wie die Eingangstür geöffnet wurde. Als er aufblickte, erkannte er Straker.

Sein Gang wirkte irgendwie verändert, und Sean richtete sich unwillkürlich zu seiner vollen Größe von einem Meter fünfundachtzig auf. Er erwiderte den Blick des Detectives, der auf ihn zukam und ihn unentwegt anstarrte.

Vor Sean stehend sagte Straker: »Ich komme gerade vom Haftrichter. Er hat die Anklageschrift gegen Sie unterzeichnet.«

Bruce Fell sah das klingelnde Telefon an. Er überlegte kurz, ob er den Anrufbeantworter laufen lassen sollte, entschied sich dann aber dagegen. Es könnte ja sein, dass es etwas Neues im Mordfall gab.

»Dr. Fell am Apparat.«

»Sir, hier spricht Max Ameel von den Gannett Westchester Newspapers. Ich belästige Sie nur ungern, aber könnten Sie vielleicht zu der Tatsache Stellung nehmen, dass Ihr Sohn des Mordes an seinem Bruder angeklagt wird?«

Bruce stolperte rückwärts und fiel auf einen Sessel. »Das kann doch wohl nicht Ihr Ernst sein?!«

»Es tut mir Leid, dass ausgerechnet ich der Überbringer der schlechten Nachricht bin. Ich dachte, Sie wüssten es bereits. Die Anklageschrift ist heute ergangen, Sir. Sean wird in diesen Minuten festgenommen.«

»Mein Gott.«

Ameel war zwar ein stromlinienförmiger Nachrichtenroboter, aber er war auch Vater und Mensch. Früher war er einmal Mitherausgeber einer Beilage über Hochschulbildung gewesen, die sich auch ausführlich mit Präsident Fells Engagement für die Einführung von Stipendien für Hörgeschädigte beschäftigt hatte. Es war bekannt, dass der Präsident abgebrannten Studenten gelegentlich einen Zwanzigdollarschein zusteckte. Er kannte jeden einzelnen Menschen auf dem Universitätsgelände mit Vor- und Nachnamen. Er wusste, wer drei Hunde hatte, wer gerne auf dem Bear Mountain wandern ging und wessen Bruder Dachdecker war. Mit nur einem Telefonat konnte Dr. Fell einen Samstagsausflug oder eine schnelle Reparatur an seinem Haus organisieren und damit sowohl sein eigenes Problem lösen als auch einer Familie zu einer zusätzlichen Einnahme verhelfen.

Ameel saß an seinem Schreibtisch in einem lauten Büro in der Innenstadt, zuckte kurz zusammen, klopfte mit dem Finger auf die Tischplatte und beschloss dann, es würde ihn nicht umbringen, wenn auch er ein wenig Mitleid zeigte.

»Es tut mir wirklich Leid, Sir, auch, dass ich Sie gestört habe. Ich rufe später noch einmal an. Alles Gute.«

Sean wirkte niedergeschlagen und wütend zugleich. Kerzengerade saß er auf dem unbequemen Gefängnisstuhl, die Augen zu Schlitzen verengt. Ich sah ihn an und spürte, wie die Hoffnungslosigkeit sich in mir breit machte. Ich wollte seine Hand berühren, aber ich zitterte heftig.

Dann zog ich mich auf die Informationsebene zurück. »Was sagt dein Anwalt, wann kommst du auf Kaution frei?«

»Voraussichtlich morgen.«

»Welche Indizien haben sie dem Haftrichter vorgelegt? Hat Mitchell es dir erzählt?«

»Ja. Der Streit auf der Feier. Straker behauptet, dass mehr dahinter steckt, als ich zugegeben habe. Die Aussagen einiger Restaurant-Angestellter, dass Jim und ich einander angeschrieen haben …«

»Und, stimmt das?«

»Natürlich! Ab und zu. Na und? Dann waren da noch ein paar Partygäste, die mich draußen gesehen haben, als sie selbst nach Hause gegangen sind …«

»Stimmt das auch?«

»Ich weiß nicht, verdammt noch mal! Willst du jetzt auch noch an mir zweifeln? Ich kann mich nicht an jeden Schritt erinnern, den ich gemacht habe. Vielleicht habe ich mich sogar noch einmal mit Jim gestritten. Vielleicht war ich spazieren, wahrscheinlich sogar, wenn mich jemand gesehen hat. Wie, zum Teufel, soll ich mich erinnern, was an diesem Abend passiert ist? Ich hatte doch keine Ahnung, dass das so wichtig werden würde. Ich habe schon fünfzig solcher Abende erlebt. Ich fühle mich miserabel, ich gehe raus an die frische Luft, es wird nicht besser, ich komme wieder rein. Man fängt an, jede Menge überspannter Sachen zu machen, wenn jemand gestorben ist …«

Er fing sich, wandte den Blick ab und schaute mich wieder an. »Tut mir Leid. Du hast sie ja auch verloren. Manchmal vergesse ich das …“

Ich stand auf und ging durch das kleine Besprechungszimmer zu ihm. Es roch nach Schweißfüßen und Angst. An dem Mitteilungsbrett an der Wand steckten lediglich sechs Reißzwecken, als gäbe es im Moment nichts Wichtiges mitzuteilen, später aber vielleicht schon.

»Das verstehe ich. Mir geht es genauso.«

Sean hielt sich mit tintenverschmierten Händen an den Armlehnen seines Stuhls fest. »Ich habe kein Recht, so mit dir zu reden. Ich bin froh, dass du gekommen bist.«

Ich setzte mich wieder hin. »Was ist mit dem Wagen? Wie erklärt sich Straker sein Verschwinden, wenn es hier nur um einen Streit zwischen dir und Jim geht?«

»Er glaubt immer noch, dass ich ihn irgendwo versteckt habe, um von mir abzulenken. Er behauptet, es gäbe keinen Hinweis auf einen Autodiebstahl.«

»Das lässt sich auf jeden Fall für die Verteidigung verwenden«, sagte ich, mehr oder weniger zu mir selbst.

»Für die Verteidigung? Zum Teufel damit. Die Polizei soll sich auch damit befassen und dann denjenigen aufknüpfen, der den Mord verübt hat. Straker ist nichts als ein Haufen Scheiße! *Ich* weiß, dass ich meinen Bruder nicht umgebracht habe. *Ich* weiß, dass ich dieses Auto nicht angerührt habe. Irgendein Arschloch war's, und die sollten sich lieber beeilen, ihn endlich zu finden.«

Ich saß am Fenster zur Bucht, im Raum direkt neben dem Esszimmer der Fells, genau an der Stelle, wo Sean und ich am Morgen nach dem Mord gesessen und miteinander geweint hatten. Alles, was wir an diesem Tag gesehen hatten, hatte uns an Jim oder Sarah erinnert. Und jetzt hatte schon die nächste Tragödie begonnen. Ich sah Bruce und Nancy, sah ihren Schock, spürte ihn in meinem Inneren, hatte sogar das Gefühl, ihn überall zu schmecken.

»Wir waren kurz nach dir bei Sean«, sagte Nancy. »Er sieht furchtbar aus.«

»Ich weiß«, erwiderte ich.

Bruce beugte sich zu mir herüber und legte seine Hand auf meine. Seine schwieligen, mit Sommersprossen bedeckten Finger zitterten. Man konnte es nicht sehen, aber ich spürte die Vibrationen.

»Ich weiß, dass du in Arbeit erstickst, jetzt, wo du demnächst Teilhaberin wirst«, sagte er, »aber ... wir müssen dich einfach fragen. Könntest du dir vorstellen, Seans Verteidigung zu übernehmen?«

Der Druck seiner Finger verstärkte sich leicht, aber nicht stark genug, um das sofort einsetzende Zittern meiner eigenen Hand zu verhindern. Ich hörte mein Herz schlagen, spürte das Pulsieren im Hals.

Am liebsten wäre ich ins Badezimmer gegangen, aber ich konnte mir nicht vorstellen, dass meine Beine mich bis dahin tragen würden. Mir wurde speiübel.

Ein Hausmädchen erschien in der Tür, eine Neue, mit irgendeinem blumigen Namen, der mir nicht mehr einfiel.

Sie sagte mit leiser Stimme: »Sie sagten, Sie wollten vielleicht etwas Tee? Darf ich ...«

»Jetzt nicht«, zischte Bruce.

»Einen Augenblick bitte, Blossom«, meinte Nancy. Sie wandte sich mir zu. »Möchtest du einen Schluck, Liebes?«

»Nein, danke.«

»Wir sind gerade in einem wichtigen Gespräch«, sagte Bruce mit lauter werdender Stimme. »Wir sollten uns jetzt wirklich nicht ablenken lassen. Sie können gehen, Blossom.«

Nancy schaute ihn resigniert an und wandte sich dann wieder an mich. »Wir wissen, dass Mitchells Leute ausgezeichnete Arbeit leisten würden«, sagte Nancy. »Aber du bist eine brillante Anwältin, und du gehörst zur Familie.« Ihr Blick senkte sich in meinen. In ihm war nichts als nackte Trauer.

Ich riss mich von Bruces Hand und Nancys Blick los. Das Hämmern in meiner Brust drohte mir die Stimme zu ersticken.

»Es tut mir wirklich Leid«, sagte ich, »aber ... nein. Ich kann nicht. Ich ... stehe euch allen zu nahe ... der ganzen Situation. Ich könnte mich nicht voll auf meine Arbeit konzentrieren.«

Ich parkte hinter dem Housatonic Care Center und gelangte durch den Hintereingang in die Lobby. Eigentlich dauerte die Besuchszeit nur bis zwanzig Uhr, aber für Familienangehörige wurden auch Ausnahmen gemacht.

»Wie geht es Dad?«, fragte ich die Stationsschwester, wie immer, und ich bekam die übliche Antwort: »Nicht schlecht.«

Dann ging ich den Korridor entlang auf das Zimmer Nummer 647 zu. Dort würde ich meinen Vater in einem Paisley-Sessel vor dem Fernseher sitzend vorfinden. Ich war mir nie sicher, ob er das Geschehen auf der Mattscheibe tatsächlich mitbekam – die Alzheimersche Krankheit hatte ihn so fest im Griff, dass er weder darüber noch über sonst etwas mit mir sprechen konnte.

Er lächelte, als ich eintrat. Ich beugte mich zu ihm hinab und umarmte ihn, und er drückte meine Schulter. Krampfhaft hielt ich mich an der Vorstellung fest, dass er wusste, wer ich bin. Fragte er sich eigentlich, warum Sarah nicht mehr zu Besuch kam? Es war nicht zu erkennen.

Ich drehte seinen Sessel um und setzte mich ihm gegenüber auf den anderen Sessel, der im Zimmer stand. Ich spürte noch immer das Kitzeln seiner weichen, weißen Haare an meinem Kinn. Das war mir ein großer Trost, wahrscheinlich deshalb, weil ich wusste, dass es der einzige Trost bleiben würde.

»Ich habe dir einen Schokoriegel mitgebracht, Dad«,

sagte ich und holte ihn aus meiner Handtasche. Er lächelte erneut. Ich wickelte ihn aus und reichte ihn ihm.

Während er aß, redete ich leise weiter. »Nina liest gerade *Das Tagebuch der Anne Frank*. Sie stellt sehr nachdenkliche Fragen darüber – zum Beispiel, wieso die Holländer damals so anders gedacht haben als die Deutschen. Sie ist so ein sensibles Mädchen. Ich wünschte, du könntest sie so kennen lernen, wie sie jetzt ist. Sie braucht einen Großvater wie dich. Barrys Eltern sind einfach schrecklich, genauso arrogant wie er selbst. Sie kritteln an ihrem Gewicht herum. Sie wissen sie überhaupt nicht zu würdigen.«

Dad hatte jetzt den ausgepackten Teil des Schokoriegels aufgegessen und kaute auf dem Papier herum. Mit etwas Mühe konnte ich ihm die Süßigkeit entwenden und den Rest auspacken. Er würde sich zwar mit der geschmolzenen Schokolade verschmieren, aber das war immer noch besser, als wenn er die Plastikfolie essen würde.

Ich redete immer weiter in der Hoffnung, dass ich durch das automatische Geplapper ein wenig ruhiger werden würde. Mein Vater behielt seinen einfältigen Gesichtsausdruck unverändert bei. Als er seinen Schokoriegel aufgegessen hatte, ging ich ins Badezimmer, um einen Waschlappen zu holen. Auf der Ablage über dem Waschbecken lagen sein Rasierpinsel aus Elfenbein, fast ohne Borsten, sowie die Porzellanschale mit der Rasierseife. Diese Gegenstände waren untrennbar mit meinem Vater verbunden, auch wenn er sich schon viele Jahre nicht mehr selbst rasiert hatte.

Ich ging mit dem Waschlappen zu ihm und wischte ihm Gesicht und Hände ab.

Wenn ich Dad besuchte, redete ich eigentlich immer nur über oberflächliche und belanglose Dinge. Irgendwann hatte ich dann genug davon, wir umarmten uns noch einmal, und ich ging wieder nach Hause. Aber heute hatte ich das Bedürfnis nach mehr. Ich brauchte ihn als Zuhörer, weil ich sonst niemanden hatte.

»Es ist etwas passiert…, was mich sehr beschäftigt«, sagte ich. »Ein Mann ist umgebracht worden. Jim.« Aufmerksam schaute ich meinen Vater an. Beim geringsten Anzeichen von Unruhe würde ich sofort aufhören. »Sein Jaguar ist verschwunden. Es sieht ganz danach aus, als wäre er gestohlen worden und als wäre Jim von dem Autodieb umgebracht worden, aber die Polizei glaubt, dass sein Bruder Sean es getan hat. Das ist… wenn du Sean kennen würdest, dann wüsstest du, dass das unmöglich ist. Gewalttätigkeit ist ihm vollkommen fremd. Und er hat Jim sein ganzes Leben lang beschützt.«

Ich unterbrach mich, um ihm die Möglichkeit zu geben, darauf zu reagieren, wenn er wollte. Aber er hielt weiter nur seinen gütigen, abwesenden Blick auf mich gerichtet.

»Sean ist der dynamischere der beiden. Jim hat immer in seinem Schatten gestanden. Viele Brüder würden eine solche Situation ausnützen, aber Sean hat das nie getan. Er hat Jim finanziell unterstützt, ihm mit Rat und Tat zur Seite gestanden, ihn mit allem versorgt, was er brauchte. Auch mit Arbeit. Jim war bei Sean angestellt.«

Ich hatte einen Schokoladenfleck auf Dads Kinn übersehen und wischte ihn mit dem Daumen weg. »Das Restaurant liegt in Rye. Es heißt *Bobby's*, angelehnt an Seans zweiten Vornamen Robert. Ich würde dich so gerne einmal dorthin mitnehmen. Der Schweinebraten mit Äpfeln und Rotkohl würde dir wunderbar schmecken. Und der Schokoladenkuchen auch.«

Einen kurzen Augenblick lang hatte ich Dad so vor mir, wie er gewesen war, als ich vierzehn war, nach Moms

Tod. Jeden Abend hat er mit Sarah und mir am Esszimmertisch gesessen. Es gab ein einfaches Abendessen, und wir versuchten, uns von dem leeren Stuhl und den Pausen in den Gesprächen nicht zu sehr belasten zu lassen. Seine blauen Augen waren voller Trauer, aber irgendwie schaffte er es trotzdem, zumindest so zu tun, als würde er sich für unsere Schularbeiten und unsere sonstigen Aktivitäten interessieren …

… so lange, bis seine sich stetig verdunkelnden Sinne und der glücklicherweise nachlassende Schmerz ihn an den Ort gebracht hatten, an dem er heute war – auf seinem eigenen geistigen Riff, das im Nirgendwo schwebte.

»Also«, fuhr ich mit erhobener Stimme fort, um den großen Kloß, der mir im Hals steckte, zu überwinden. »Sean ist gestern verhaftet worden. Die Anklage lautet: Mord.«

Ich wartete ab, beobachtete ihn. Nicht das geringste Anzeichen verriet Unruhe.

»Seans Eltern … erst haben sie ihre Schwiegertochter und ihren Sohn verloren, und jetzt wird der Sohn, der ihnen noch geblieben ist, aller Wahrscheinlichkeit nach vor Gericht gestellt. Sie stehen kurz vor dem Zusammenbruch. Sie haben mich gebeten, Sean zu vertreten. Sie haben mich angefleht. Aber ich musste ablehnen.«

Einen Augenblick lang schloss ich die Augen, um die aufkommenden Tränen zurückzudrängen. »Ich weiß, dass Sean unschuldig ist. Ich weiß, dass er seinen Bruder nicht getötet hat. Aber ich kann ihn nicht verteidigen. Weil … es gibt einen Grund dafür, dass ich seiner Unschuld so sicher bin … es ist … weil … weil ich es war. Ich habe Jim umgebracht.«

Dröhnend hallten diese vier Worte in dem kleinen Zimmer wider, schlugen von allen Seiten auf mich ein, wurden lauter und lauter, so lange, bis sie zu einer kreischenden Rückkoppelung geworden waren. Ich wollte mir nur noch die Ohren zuhalten.

Ich betrachtete meinen Dad. Der lärmende Widerhall meiner Schuld war so real gewesen, dass ich das Gefühl hatte, er musste es ebenfalls gehört haben. Aber er ließ nicht die leiseste Andeutung erkennen, dass er wusste, was ich getan hatte.

»Ich weiß nicht, was ich machen soll«, flüsterte ich. »Ich kann doch nicht zulassen, dass Sean ... ich ... aber ...«

Gleich würden die Tränen anfangen zu fließen. Ich wagte nicht, Daddy sehen zu lassen, was er nicht gehört hatte.

Der visuelle Eindruck könnte möglicherweise etwas auslösen, was meine Stimme nicht geschafft hatte.

Ich stand auf, umarmte ihn und küsste ihn auf den Scheitel. Dann drehte ich seinen Sessel wieder dem Fernseher zu.

»Ich komme bald wieder«, sagte ich und streichelte ihm über die Wange. Dann dachte ich kurz, ob ich mich fürs Zuhören bei ihm bedanken sollte, aber die Absurdität dieses Gedankens raubte mir die Stimme.

6

Dienstag, 30. bis Mittwoch, 31. Januar 2001

Ganz in der Nähe meines Büros gab es ein altmodisches Imbisslokal mit mürrischen Kellnerinnen und schweigsamen Gästen. Am nächsten Morgen saß ich dort am Tresen. Ich hatte nicht geschlafen, und deshalb war mir schwindelig. Wie automatisch nippte ich an meinem Kaffee.

Sean war immer noch in Haft. Im Lauf des Tages würde er gegen Kaution freikommen und erst einmal nach Hause gehen. Aber schon mit dem nächsten Schritt landete er höchstwahrscheinlich wieder in der Zelle, und zwar für lange, lange Zeit.

Das konnte ich nicht zulassen.

Ich war schuldig. Ich musste ein Geständnis ablegen.

Meine Tasse war leer. Ich hielt sie der Kellnerin hin, und sie füllte mir nach, ohne mich anzusehen. Ich wollte sie gerade an die Lippen setzen, doch der siedend heiße Dampf schreckte mich auf.

Am hinteren Ende des Lokals befand sich eine Telefonzelle, ebenfalls ziemlich altmodisch, mit einer Falttür. Ich sah mich aufstehen, zu der Zelle gehen, Red Straker anrufen und ihm alles erzählen. Das und das habe ich getan. Ich komme zu Ihnen ins Büro, um eine Aussage zu machen.

Wenn ich dann wieder bei meinem Kaffee wäre, hätte er genau die richtige Temperatur und die Sache wäre erledigt. Das Übelkeit erregende, erdrückende Schuldgefühl würde langsam abebben. Die Endlosschleife in meinem Kopf würde aufhören, mir immer und immer wieder vorzuführen, wie Sean hinter Gefängnistoren verschwand, wie Nancy und Bruce am Verlust ihrer beiden Söhne zugrunde gingen, in dem Glauben, der eine hätte den anderen ermordet. Diese hirnverbrannte Farce, zuzusehen, wie Sean auf der Anklagebank saß.

Ich würde einerseits eingesperrt, gleichzeitig aber auch befreit werden.

Ein Koch kam aus der Küche, betrat die Telefonzelle und zog die Tür hinter sich zu. Panik machte sich in mir breit.

Ich setzte mich so hin, dass ich die Zelle im Auge behalten konnte. Sobald der Koch fertig war, würde ich hinüberlaufen.

Aber dann konnte ich genauso gut auch vor der Zelle warten. Ich ging hinüber.

Ich holte Red Strakers Visitenkarte aus meiner Tasche. Ich könnte auch einfach zu ihm auf die Wache fahren. Aber am Telefon wäre es eine klare Sache. Ein Satz, und alles wäre erledigt.

Die Stimme des Kochs drang nur als leises Summen nach draußen. Man konnte seine Worte nicht verstehen. Gut so.

Also würde ich Straker anrufen und mich dann auf den Weg zur Polizei machen. Dann würde ich einen Anwalt anrufen. Wen, war eigentlich egal.

Straker würde mich festnehmen. Man würde mich in eine Zelle stecken. Ich nahm den Geruch nach Staub und Desinfektionsmittel wahr.

Am liebsten hätte ich Yasmin angerufen, aber das war sinnlos. Damit zögerte ich es nur hinaus. Barry würde Nina bekommen.

Dieser Gedanke ließ meinen Magen zu einem einzigen, dicken Klumpen werden.

Aber ich musste realistisch bleiben. Mit Glück würde ich zwanzig Jahre bekommen. Ich gab mein Kind auf und übergab es in Barrys Hände und in die seiner Eltern.

Ich blickte auf Strakers Karte.

Dann dachte ich an Bruce und Nancy, dachte daran, wie sie mich gebeten hatten, Sean vor dem Gefängnis zu retten. Verletzte, am Boden zerstörte Eltern, denen der letzte verbliebene Sohn auch noch genommen werden sollte. Und ich hatte ihre Bitte ausgeschlagen. Nancy, die mich anschaute, die in mein Inneres blickte: *»Du bist eine brillante Anwältin, und du gehörst zur Familie.«*

So brillant, dass ich nebenbei sogar einen Mord erledigen konnte. So loyal der Familie gegenüber, dass ich eine Situation heraufbeschworen hatte, die zum Verlust des einen Sohnes geführt und den Verlust des anderen sehr wahrscheinlich gemacht hatte.

Sean, Nancy, Bruce… Jim. Zum Stillstand gekommene, zerstörte Leben. Und ich alleine war dafür verantwortlich.

Die Tür der Telefonzelle schob sich quietschend auf, und der Koch trat heraus. Ich ging hinein und setzte mich. Die Sitzfläche war warm, genau wie der Hörer, den ich abnahm.

Ich hatte kein Recht mehr, mein eigenes Leben zu behalten, wenn andere dadurch ihres verloren.

Ich wählte Strakers Nummer. Meine Augen brannten, aber es waren keine Tränen darin. Meine Achselhöhlen und Hände waren überraschend trocken.

»Apparat Detective Straker«, sagte eine Frauenstimme.

»Kann ich ihn sprechen, bitte? Mein Name ist Angela Diamond.«

»Er spricht gerade auf der anderen Leitung. Möchten Sie warten?«

»Ja«, sagte ich.

Ich wartete und las dabei Strakers Karte, immer und immer wieder. Ich atmete in kleinen, hastigen Stößen, als wäre ich gerade in eisiges Wasser gesprungen.

Da fiel mir ein heißer Samstag ein, den wir im Strand-Club von Barrys Eltern in New Rochelle verbracht hatten. Nina war damals fünf Jahre alt gewesen. Barrys Mutter Pat hatte ihr einen Wickelrock aus Frottee gekauft, den sie über dem Badeanzug tragen konnte. Er kaschierte ihr kleines Bäuchlein, das für Pats Geschmack zu dick war. Ich hatte ihr das Ding zuerst weggenommen, aber Nina wollte es unbedingt anziehen.

Dann hatte sich der Rock an einem Ventil im Schwimmbecken verfangen. Sie stand bis zur Hüfte im Wasser und kam nicht mehr alleine heraus. Ich war gerade auf der Toilette, und als ich zurückkehrte, entdeckte ich sie schreiend im Becken. Inmitten des Gekreisches der anderen Kinder wurde sie nicht weiter beachtet, und die drei Carnows hoben kaum den Blick von ihren Rommé-Karten.

»Sie ist zu verwöhnt«, hatte Barrys Vater Lou erklärt, als ich die drei triefend zur Rede gestellt hatte. Mein zitterndes Mädchen hielt ich im Arm, um es zu wärmen. »Sie muss lernen, die Suppe, die sie sich eingebrockt hat, auch wieder auszulöffeln.«

Jetzt meldete sich noch einmal die Frau, die meinen Anruf entgegengenommen hatte. »Detective Straker ist immer noch im Gespräch. Ich bin Detective Sable. Kann ich Ihnen vielleicht behilflich sein?«

»Meinen Sie, dass es noch lange dauert?«

»Das kann ich Ihnen beim besten Willen nicht sagen.«

Die Luft in der Kabine wurde langsam dünn. Ich schob die Tür einen Spalt zurück. »Es geht um den Fall Fell. Den Mord …«

»Ich kann Sie nicht verstehen, Madam.«

Das, was ich zu sagen hatte, würde ich nicht laut sagen. »Ich warte auf Red.«

»Gut.«

Vor ziemlich genau einem Jahr hatte Nina bei den Carnows ihren Geburtstag gefeiert, zusammen mit Hannah, der Tochter von Barrys Schwester. Als sie nach Hause kam, hatte sie einen großen, braunen Umschlag und ihre Spitzenbluse in der Hand. Die Bluse – ein Geschenk von mir – war mit Schokolade bekleckert. Ninas Gesicht war tränenüberströmt.

»Wir können die Bluse doch auswaschen. Das ist nicht

so schlimm«, sagte ich. »Schokolade gehört schließlich zum Geburtstag dazu.«

Nina hatte den Kopf geschüttelt und noch heftiger geweint. »Der Schokoladenkuchen war nur für Hannah.«

Ich strich ihr die Haare aus dem Gesicht. »Was soll das denn heißen? Hast du einen eigenen Kuchen bekommen?«

»Ich hatte Wackelpudding aus einer Kuchenform. Mit Kerzen darauf. Grandma Pat hat gesagt, dass Wackelpudding kein Fett enthält. Aber Hannahs echter Kuchen hat so lecker ausgesehen, also habe ich mir etwas davon genommen. Und dann musste ich ihn ganz aufessen.«

»Wieso das denn?«

»Grandma Pat und Grandpa Lou haben gesagt, das soll mir eine Lehre sein.«

»Sie haben dich gezwungen, einen ganzen Schokoladenkuchen aufzuessen?«

»Es war nur ein kleiner. Bitte, nicht wütend werden«, flüsterte Nina. »Ich finde es schrecklich, wenn ihr wütend aufeinander seid.«

Zitternd vor Empörung suchte ich nach einer Möglichkeit, Nina von dem Druck zu befreien und öffnete den Umschlag. Darin lagen Wachsmalzeichnungen, gute Zeichnungen.

»Die sind ja ausgezeichnet, Schätzchen.«

»Hannah hat sie gemalt.«

Ich blickte Nina in die Augen.

»Grandma Pat hat gesagt, ich soll sie mir gut anschauen. Sie sagt, wenn ich es versuche, dann kann ich vielleicht lernen, Bilder zu malen anstatt zu essen.«

»Angela Diamond hängt in der Warteschleife«, sagte Detective Mary Sable zu Red Straker.

Straker hob die Augenbrauen. »Hat sie gesagt, was sie will?«

»Eigentlich nicht.«

Er hieb auf die blinkende Taste »Straker.«

»Hier spricht Angela Diamond. Ich muss Ihnen etwas sagen.«

Er hielt den Hörer fest an das Ohr gepresst.

Als er sich gemeldet hatte, zog ich die Tür der Telefonzelle wieder zu. Die stickige Luft verursachte mir Übelkeit. Die Worte, die ich sagen wollte, schwirrten mir im Kopf herum. Ich fügte sie zu einem Satz zusammen.

Aber noch bevor ich ihn aussprechen konnte, krampfte sich mein Magen zusammen, und ich musste den Kaffee noch einmal schlucken.

Ich erinnerte mich, wie Ninas Bluse ausgesehen hatte. Ich hatte nicht nur Kuchen und Puderzucker darauf entdeckt, sondern auch Erbrochenes. Nina hatte sich bei den Carnows zweimal übergeben.

»Was gibt's denn?«, fragte Straker.

Ich rieb mir die mittlerweile feuchten Augen. Tränen rannen mir über die Finger auf die Ablage in der Telefonzelle, auf meinen Schoß.

»Ist die Kaution für Sean mittlerweile bezahlt? Ist er schon wieder auf freiem Fuß?«, fragte ich.

»Die Prozedur ist im Augenblick im Gang. Was möchten Sie mir mitteilen?«

Ich musste noch einmal schlucken, rieb mir die Magengegend. »Nur, dass ich … nicht glaube, dass er Jim umgebracht hat.«

»Das haben Sie bereits gesagt.«

»Ich wollte es noch einmal sagen«, erwiderte ich und legte auf.

Ich saß auf dem Bett, den Fernseher leise gestellt, und suchte Trost bei der Wärme, die meine Teetasse verströmte. Hätte doch meine Mutter oder meine Tante Margaret den Tee gemacht… oder, oh Gott, meine Schwester. Dann wäre eine von ihnen jetzt hier bei mir, und ich hätte eine zweite Seele in meiner Nähe.

Es war jetzt zwanzig Minuten nach eins in der Nacht. Im Fernsehen lief eine Werbesendung für Antizellulitis-Creme. Ich bekam nichts davon mit, was die Frauen mit den schönen Beinen sagten, aber ihr Geschnatter verhinderte wenigstens, dass ich mich in Tränen auflöste. Es überdeckte auch das Quietschen, das die gefrorenen Zweige am Fensterrahmen erzeugten und das ich immer wieder für das Geräusch sich öffnender Polizeiautotüren hielt. Polizisten, die gekommen waren, um mich anzuklagen, um mich einzusperren.

Ich musste einfach ein paar Stunden schlafen. Also griff ich nach der Fernbedienung und machte den Ton noch leiser. Dann drehte ich das Licht der Nachttischlampe so dunkel wie möglich. Vorsichtig stellte ich die fast volle Tasse auf dem Nachttischchen ab.

Genau in diesem Augenblick klingelte das Telefon.

Krächzend schnappte ich nach Luft. Ich starrte das Telefon an wie eine Bombe. Das Klingeln klang ohrenbetäubend schrill in der Stille des Schlafzimmers. Hastig griff ich nach dem Hörer, damit es aufhörte.

»Hallo«, sagte ich.

»Hallo.« Ein Flüstern, nicht Mann, nicht Frau, fast wie eine Computerstimme. »Gib auf, Angela.«

»Aufgeben? Was denn?«, fragte ich dümmlich.

Dann wurde die Verbindung unterbrochen. Nichts als das unpersönliche Leitungsrauschen war mehr zu hören.

»Hallo?«, sagte ich flehend.

Ich lauschte noch einen Augenblick, dann legte ich auf.

Was, in Gottes Namen …?

Barry? Wer sonst könnte das sein? Der Krankenhausfall, irgendjemand, der mir Angst einjagen wollte? Was könnte noch dahinter … der Mord? Aber das war unmöglich. Nur Dad wusste Bescheid, und er konnte weder zuhören noch sprechen.

Der Tee schoss mir durch die Speiseröhre empor, und noch bevor ich ihn aufhalten konnte, hatte sich eine braune Pfütze voller Luftblasen auf meiner Decke gebildet.

Nach dem Aufwachen dachte ich einen segensreichen, kurzen Augenblick lang nicht an den Anruf. Dann fiel mein Blick auf die weiße Decke. Sie lag auf dem Boden, wohin ich sie nach dem Abziehen geworfen hatte.

Der Anblick des getrockneten Erbrochenen brachte den tödlichen Schrecken augenblicklich wieder zurück.

Mit brennenden Augen blickte ich das Telefon an.

Eine gute Fee hatte die Alptraumstimme für die Dauer meines Schlafs im Zaum gehalten, aber jetzt war sie wieder in meinen Kopf zurückgekehrt, wiederholte sich, reizte mich durch ihre Unerkennbarkeit.

Ich quälte mich aus dem Bett und hob die Decke auf. Dann lief ich den Flur entlang und durch die Küche in den kleinen Waschraum. Ich stopfte die Decke in die Waschmaschine, schüttete Waschmittel und Bleiche hinterher. Jetzt würde Nina den Fleck nicht zu sehen bekommen und brauchte mich nicht danach zu fragen, und ich musste sie nicht schon wieder anlügen.

Dr. Barry Carnow streckte die in Latex gehüllte Hand aus. Er brauchte eine Klemme. Die OP-Schwestern wussten immer genau, welche Klemme gemeint war, ansonsten war die Zusammenarbeit mit Dr. Carnow schnell beendet. Wenn sie es dann begriffen hatten, wurde er etwas umgänglicher. Er sah sich gerne als Lehrer, der seinen Schülern zu Beginn des Schuljahres Dampf unterm Hintern macht, um zunächst einmal für geordnete Verhältnisse zu sorgen, und später die Zügel ein wenig lockerer ließ.

Es machte ihm Spaß, morgens gleich als Erstes zu operieren. So funktionierte er am besten. Nachdenken konnte er später noch. Zu dieser frühen Stunde jedoch glitten seine Finger meisterhaft um Dickdärme herum, suchten, fanden, hielten fest. Als wüssten sie von selbst, was sie zu tun hatten.

Aber während er seiner Arbeit nachging, nagten die Stressfaktoren seines persönlichen Lebens an ihm. Insbesondere seine Tochter und seine Frustration über das, was er nicht für sie tun konnte.

»Absaugen«, sagte er und sah zu, wie der Schlauch eingeschoben wurde. Sein OP-Team hatte eine fast schon körperliche Verbindung zu ihm. Alles funktionierte wie an einem perfekt abgestimmten Fließband.

Und es machte ihn wahnsinnig, dass das in anderen Teilen seines Lebens nicht der Fall war.

Wieso operierte er zurzeit mehr als jemals zuvor? Wegen des Geldes. Ein Motiv, das gar nicht so egoistisch war, wie es klang, weil seine Patienten sich wirklich glücklich schätzen konnten. Die Langzeit-Überlebensrate seiner Krebspatienten war höher als die bei allen anderen Operateuren im Krankenhaus, ja, in der gesamten Umgebung. Aber er wollte, brauchte mehr Geld für Nina.

Es bereitete ihm Qualen, seine Tochter in einer Bruchbude aufwachsen zu sehen. Er wollte, dass es wieder so wurde wie früher. All die wunderschönen Sachen, die er bei sich zu Hause hatte … dort gehörte Nina hin, damit sie Freude und Spaß daran haben konnte.

Egoistisch? Angela war doch die Egoistische. Sie musste unbedingt ihren Willen durchsetzen, musste Nina von ihm und ihren Großeltern fern halten. Es war zum Teil auch sein Fehler, weil er ihr kein besserer Ehemann gewesen war. Aber warum konnte Angela sich nicht davon lösen, warum konnte sie nicht aufhören, ihn zu bestrafen? Warum konnte sie nicht begreifen, dass sie ihrer gemeinsamen Tochter das Leben verweigerte, das ihr eigentlich zustand?

Hinter seinem Mundschutz stieß er den Atem aus. Er war fertig, nur noch zunähen und dann auf zum nächsten Patienten. Mehr Honorare für den gerechten Kampf, den er weiterführen würde, auf jede erdenkliche Art und Weise.

»Guten Morgen«, sagte David fröhlich, als ich die Bürotür aufmachte. Er richtete sich von dem niedrigen Tisch auf, wo er gerade die Fische gefüttert hatte. »In Lavendel sehen Sie einfach himmlisch aus. Sie sollten die Farbe öfter tragen.«

Ich zwang mich zu einem Lächeln. »Danke.« Als ich an ihm vorbeiging, blieb ich, einem Impuls folgend, stehen. »Könnten Sie mir einen Gefallen tun? Bitte sieben Sie gründlich aus, bevor Sie einen Anruf zu mir oder Kathy durchstellen. Okay?«

Davids blonde Augenbrauen zuckten in die Höhe. Er war schon jenseits der vierzig, aber sein rosafarbenes Babygesicht fing jedes Mal an zu leuchten, wenn die Andeutung dubioser Ereignisse ein wenig Licht in unseren trockenen juristischen Arbeitsalltag brachte.

»Natürlich«, sagte er. »Worauf soll ich achten?«

Ich zögerte. Ich hätte gar nicht erst damit anfangen sollen. Aber nachdem ich nun schon so weit gegangen war, musste ich auch den nächsten Schritt tun.

»Ich habe einen merkwürdigen Anruf bekommen. Also, nur für den Fall, dass noch einmal …«

»Wann? Gestern?«

»Heute Nacht.«

»Also zu Hause?«

»Ja.« David schaute mich immer noch strahlend an und wollte mehr wissen. »Wahrscheinlich ist es nichts, reiner Zufall, aber ich bearbeite im Augenblick ein paar schwierige Fälle. Könnte schon sein, dass mich jemand im Zusammenhang damit unter Druck setzen will.«

Er sprenkelte eine weitere Prise Futter in das Fischglas. Die beiden orangefarbenen Münder kamen vorsichtig knabbernd an die Wasseroberfläche. Nina gegenüber hatte er darauf bestanden, das seien Fischküsse, und er hatte ihr gezeigt, wie sie die Fische dazu bringen konnte.

»Ich passe gut auf«, sagte er. »Ich wünsche Ihnen einen wunderbaren Tag.«

In meinem Büro angekommen, sah ich in meinem Tagesplaner nach. Zuerst war eine Telefonkonferenz mit der Rechtsanwältin des Krankenhauses angesetzt, mit der ich überwiegend zu tun hatte, anschließend ein Mittagessen mit Carol Carranza.

Bei dem Gedanken an Essen bekam ich einen dicken Kloß im Hals. Vorhin war ich nicht einmal in der Lage gewesen, meinen Kaffee hinunterzuschlucken.

Aber heute Vormittag ging es nicht um das Mittagessen. Es ging um den Krankenhausfall. Irgendwie musste ich das schreckliche Gefühl der Bedrohung, das mir aus der Nacht geblieben war und das wie Spinnweben an mir klebte, loswerden und meine Arbeit machen.

Ich griff zum Telefon.

Ich hatte schon früher mit Gabrielle Horvath zu tun gehabt. Gabi konnte mehr oder weniger vernünftig sein, je nachdem, wie stark sie unter Druck stand. Und das Krankenhaus war noch nie zuvor auf achthundert Millionen Dollar Schadenersatz verklagt worden.

»Sie wissen so gut wie ich, dass fürchterliche Fehler gemacht worden sind. Hier geht es um mehr als einfach nur um Nachlässigkeit.«

»Wie würden Sie denn ›Fehler‹ definieren?«

»Als aktive Verfehlung – im Gegensatz zum bloßen Nichtstun.«

Gabi sagte: »Ich wüsste nicht, dass irgendetwas Derartiges vorgefallen ist.

»Mindestens zwei Patienten haben falsche Medikamente bekommen. Einer ist deshalb sogar verblutet.«

Ich hörte, wie Gabi aufseufzte, als hätte sie es mit einem ungezogenen Kind zu tun. »Angela. Dr. Carranza ist im gesamten Krankenhaus dafür bekannt, dass sie immer wieder überreagiert…«

»Wer sagt denn, dass meine Informationen ausschließlich von Dr. Carranza stammen? Bei der Durchsicht der neuesten eidesstattlichen Erklärungen haben Sie doch mit Sicherheit festgestellt, dass etliche Angehörige der Verstorbenen ebenfalls im medizinischen Bereich tätig sind.«

»Natürlich habe ich das, und viele Aussagen bestätigen, dass es an der Pflege nichts auszusetzen gab. Mir sind keine so genannten Fehler bekannt.«

Ich lächelte still vor mich hin. Das mit den Verwandten im medizinischen Bereich hatte ich mir ausgedacht. Dann sagte ich: »Sie betrachten es also nicht als Fehler, wenn ein Patient Coumadin anstelle von Prednisone verabreicht bekommt und als Folge davon verblutet?«

Diese Frage war erlaubt. Schließlich hatte ich nicht behauptet, dass es tatsächlich so geschehen war. Gabis Schweigen verschaffte mir große Befriedigung.

Ich fuhr fort. »Ich weiß, dass die Krankenblätter aus

irgendeinem idiotischen Grund nicht zur Verfügung stehen. Aber so drängt sich die Frage nach der Verlässlichkeit der Krankenhausverwaltung immer mehr in den Vordergrund. Es wäre also sehr viel besser, wenn Sie Zugang zu den Akten bekämen. Und wenn Sie Zugang haben, dann sollte auch ich ihn bekommen. Sie wollen doch nicht, dass ich ihn mir per Gerichtsbeschluss erzwingen muss, oder?«

Während ich mit Gabi das Anwaltsspielchen spielte, hielt ich den Blick auf mein Strandgemälde gerichtet. Ich konnte den warmen Sand in meinem Rücken regelrecht spüren, die Brise, die durch die Palmen wehte. Ich hatte die ausgebleichten Muscheln vor Augen, die Nina und ich gesammelt hatten. Ich hörte sie über einen Schneckenwitz lachen.

Nachdem wir unser Telefonat beendet hatten, verfasste ich die nächste förmliche Anforderung zur Aushändigung der Unterlagen. Gabi brauchte überzeugendes Material, das sie ihren Klienten vorlegen konnte, und ich tat mein Bestes, um es ihr zu liefern.

Üblicherweise stieg man in Verhandlungen natürlich mit sehr hoch angesetzten Forderungen ein und steuerte dann auf einen Kompromiss zu. Aber ich hatte es nicht so weit gebracht, indem ich immer nur das Übliche gemacht hatte. In der Juristerei ging es um Menschen. Ich wusste mittlerweile, dass ich in erster Linie meinem Instinkt und erst in zweiter Linie meinem juristischen Wissen folgen musste.

Es war schon fast Mittag, als ich mein Schreiben beendet hatte. Ich blätterte nach oben, um den Schriftsatz noch einmal von Anfang an durchzulesen.

Als ich damit fertig war, betrachtete ich die Lalique-Uhr, die auf meinem Schreibtisch stand. Das wertvolle Jugendstilstück war mit einem kleinen Pendel versehen und ein Geschenk meiner Schwiegereltern aus einer Zeit, als ich noch in ihrer Gunst gestanden hatte. Zwölf Uhr fünfzehn. Carol würde gleich hier sein. Ich hatte nur noch wenige Minuten, um mich auf der Toilette ein wenig frisch zu machen.

Carol Carranza biss sich auf die Lippe. Sie klopfte mit ihren behandschuhten Fingern auf das Lenkrad. Nichts war zäher als der Verkehr in den Vorstädten um die Mittagszeit – abgesehen vielleicht vom Verkehr unmittelbar nach Schulschluss. Die so genannte Rushhour am Abend fand hier draußen gar nicht erst statt, weil sämtliche Muttis schon zu Hause am Herd standen und für ihre Heimkehrer das Abendessen zubereiteten.

Noch drei Autos vor ihr, und die Ampel sprang schon wieder auf Rot. Carol fluchte.

Sie war ehrlich genug, sich die eigentliche Ursache für ihren Ärger einzugestehen: Es war der Verlust ihres Traums. Eigentlich wollte sie auch eine von diesen Müttern mit einem sicheren, hoch bezahlten Arbeitsplatz in einer gehobenen Position sein, so anerkannt, dass sie ihre Arbeitszeiten frei wählen konnte, um nachts bei ihrem Kind und ihrer pflegebedürftigen Mutter sein zu können. Stattdessen musste sie die Brosamen nehmen, die man ihr vor die Füße warf – ständig wechselnde Schichten, immer mehr Bereitschaftsdienste.

Die Ampel sprang auf Grün, und sie ließ den Wagen zentimeterweise vorwärts gleiten. Verdammt, vorne war schon wieder Rot. Sie würde zu spät zu ihrem Mittagessen mit Angela kommen.

Zu ihrer Rechten entdeckte sie das *Bobby's*. Es war voll, durchs Fenster konnte sie die vielen besetzten Tische erkennen. Sie hatte gehört, dass das Restaurant im Besitz von Angelas Familie war.

Außerdem wusste sie auch, dass Angela eine Tochter hatte. Sie musste etwa in Jills Alter sein, das hatte sie aus den Bildern geschlossen, die auf Angelas Schreibtisch standen und an der Bürowand hingen. Also musste Angela das Leben führen, das sie sich selbst immer gewünscht hatte – tolle Karriere, süße kleine Tochter … hier schien harte Arbeit noch belohnt zu werden.

Die Ampel sprang auf Grün, und Carol drückte aufs Gas, um nicht noch mal hängen zu bleiben.

Vor dem Spiegel in der Damentoilette rieb ich ein paar Mascaraklümpchen von meinem unteren Augenlid. Dann griff ich nach der Dose mit dem Abdeck-Make-up, nahm etwas davon auf den kleinen Finger und trug es auf meine Augenringe auf, die mit jedem Tag noch etwas dunkler zu werden schienen.

Ich betrat eine der Kabinen, verriegelte die Tür und setzte mich hin.

In der Kabine rechts neben mir hörte ich Stoffrascheln. Seltsam, ich hatte unter der Tür gar keine Füße gesehen. Ich war eigentlich davon ausgegangen, alleine zu sein.

Aber im Augenblick gab es vieles, was meiner Aufmerksamkeit entging. Anscheinend konzentrierte ich meine gesamte Energie nur darauf, mich irgendwie über den Tag zu bringen.

Ich hörte das Rauschen der Wasserspülung in der Nachbartoilette, dann Schritte. Die Frau war dabei, die Kabine zu verlassen. Vielleicht war es ja Carol. Ich holte Luft und wollte gerade ihren Namen aussprechen … doch irgendetwas ließ mich innehalten.

Als Rock und Strümpfe wieder saßen, entriegelte ich die Tür. Im selben Augenblick wurde mir klar, was mich veranlasst hatte, innezuhalten. Spülung, Schritte, Tür …

nein. Richtig wäre gewesen: *Toilettenpapier abrollen*, Spülung, Schritte, Tür.

Mein Bewusstsein hinkte etwas hinterher, begriff aber immerhin so viel, dass ich nach dem Riegel griff und versuchte, meine Kabinentür wieder zu verschließen.

Aber noch bevor ich das tun konnte, gab es eine Explosion an meiner Schläfe und dann nur noch ein weißes Nichts.

7

Mittwoch, 27. April 1994

Es war der erste wirklich warme Tag im Frühling. Sean hoffte, dass er ein Vorbote des zukünftigen Glücks war. Nicht, dass er bisher einen Grund zur Beschwerde gehabt hätte.

Er stand auf dem Bürgersteig und betrachtete die Vorderfront des Restaurants. Die Hand hatte er über die Augen gelegt, um noch einmal das *Bobby's*-Schild zu bewundern. Grüne und gelbe Neonröhren, so wie er es gewollt hatte. Seine Mutter hatte befürchtet, es könnte billig wirken, aber es sah großartig aus. Sie waren ja nicht in irgendeinem Vergnügungsviertel. Ein steifer Vorort wie Rye konnte durchaus ein wenig Neon vertragen. Er schrie geradezu danach.

Er ging wieder nach innen. Auf den mit blassgelben Tischtüchern bedeckten Tischen standen kleine Vasen mit mangofarbenen Rosen. Sie hatten ein Vermögen gekostet, aber sie waren es wert. Er hätte auch Freesien nehmen können. Die hätten sehr hübsch ausgesehen und sich sehr viel länger gehalten, aber er wusste, dass es vor allem auf die Details ankam, wenn man ein Ambiente schaffen wollte, das die Menschen verzauberte.

Der Tresen am hinteren Ende des Raumes war aus terrakottafarbenem Granit. Dort würden die Kellner die Gerichte abholen. Dahinter wurde die Küche sichtbar, nicht die ganze natürlich, aber gerade so viel, dass eine Stimmung wie auf einer Party irgendwo auf einem Landgut entstand, umgeben von verführerischen Gerichten und Gerüchen. Sean hatte im Verlauf seiner vorbereitenden Recherchen viele Restaurants mit offenen Küchen gesehen, mit *zu* offenen Küchen. Verschmutzte Pfannen und Tomatensamen waren kein appetitlicher Anblick. Im *Bobby's* waren nur einige wenige Gasflammen sichtbar, dazu Schüsseln voller klein gehackter Kräuter und Krüge mit Olivenöl. Die Spülen und Arbeitsflächen verbargen sich hinter einer Wand aus aufgehängten Töpfen und Zwiebelgirlanden.

Christine Silvi, die Küchenchefin, kam aus der Küche und hielt ihm eine geöffnete Auster unter die Nase.

»Schlecht«, sagte er. »Verdammt. Wie viele?«

»Zu viele. Ich habe Stichproben gemacht«, antwortete Christine. »Die ganze Lieferung muss zurückgeschickt werden. Wollen Sie McManus einen Anschiss verpassen oder soll ich?«

»Das mache ich selber, später. Zunächst müssen wir uns eine Alternative überlegen.«

Sie gingen zum Empfangstresen. Sean griff nach dem Blatt, auf dem die Spezialitäten für den Abend notiert waren, und hielt es so, dass sie beide darauf schauen konnten.

»Drei kalte Vorspeisen«, sagte Christine. »Wenn wir die Florentinischen Austern und Schalotten-Pastetchen als Hors d'œuvre einfach weglassen, ist die Speisekarte unausgewogen. Aber die Idee mit den Florentinern hat mir eigentlich sowieso nie gefallen. Wenn Gott gewollt hätte, dass Austern mit Beilagen serviert werden, dann hätte er sie gleich mit Spinat geschaffen.«

Christine lächelte. Dabei zogen sich ihre Mundwinkel nach oben wie bei einer Kürbisleuchte an Halloween. Dieses Lächeln war ihm schon während des Bewerbungsgesprächs aufgefallen. Er hatte sie extra nach New York einfliegen lassen, nachdem er sich im *Wildfire* in Boston von ihren Kochkünsten überzeugt hatte.

Sean lächelte zurück. »Ich fange lieber gar nicht erst an, mich mit Ihnen darüber zu streiten.«

»Lassen Sie's. Eine Kombination aus weiblicher und Chefkoch-Logik. Dafür bezahlen Sie mich.«

Sean dachte eine Minute lang nach und sagte dann: »Wir drucken die Karte mit den Abend-Spezialitäten neu, ohne die Austern. Im *Bobby's* geht es ums Essen, nicht um die kulinarische Ausgewogenheit der Speisekarte. Wir sollten unsere Energie lieber in die vorgesehenen Gerichte stecken, als uns jetzt abzustrampeln, um noch ein warmes Entrée aus dem Hut zu zaubern.«

»Sie sind der Chef.«

Sie ging zurück in die Küche und Sean sah ihr nach. Ihr schmaler, schlanker Körper sah in dem wadenlangen Seidenrock, den sie unter der Schürze trug, wunderbar aus. Ihre respektlose Art gefiel ihm genauso gut wie ihr sarkastischer Humor. Vom ersten Gespräch an hatte er die besondere Chemie zwischen ihnen gespürt, und er nahm an, dass es ihr genauso gegangen war. Aber jetzt hatte er erst einmal ein Restaurant zu eröffnen …

Die offizielle Eröffnung des *Bobby's* sollte am Sonnabend stattfinden. Er hatte beschlossen, inoffiziell heute zu beginnen. Den Druck ein wenig herausnehmen, ein paar Tage

Zeit, um die letzten Startschwierigkeiten aus dem Weg zu räumen. So hatte er sich mit Christine auf eine mehrtägige Generalprobe geeinigt.

Das Vorstadtpublikum konnte sehr kritisch, wählerisch und streng sein. Auf lange Sicht hatte Sean vor, ein zweites Restaurant in einer Großstadt zu eröffnen. Dort war es zwar leichter, die Kunden zufrieden zu stellen, aber wenn es jemandem nicht so gut gefiel, dann blieb er einfach weg. Die Leute hier in Westchester machten es einem zwar schwerer, aber weil die Auswahl längst nicht so groß war, gaben sie einem in der Regel eine zweite Chance.

Er hatte für den Abend einen Anzug ausgesucht. Er trug niemals einen Smoking, das wirkte nur albern. Als Besitzer und Gastgeber musste man repräsentieren, und das war es wohl, wozu einige den Smoking benötigten. Sein Anzug war dunkelbraun, fast schon schwarz, das Hemd kaffeefarben. Die Krawatte enthielt beide Brauntöne sowie einen Hauch olivgrün. Er wusste das, weil man ihm gesagt hatte, dass die Schattierung das Grün seiner Augen intensivierte. So etwas wäre ihm niemals selbst aufgefallen.

Er blickte auf die Wanduhr im Empfangsbereich. Sie gehörte zu seinen liebsten Anschaffungen – eine Antiquität aus einem indischen Eisenbahnwaggon. Das, was er als pures Glück betrachtete, bezeichneten andere als ein überaus geschicktes Händchen bei Aktiengeschäften, und das hatte ihm die Anschaffung dieser und vieler anderer Kostbarkeiten ermöglicht. Sein Haus war, genau wie das seiner Eltern, mit Schätzen aus aller Herren Länder gefüllt.

Falls also Gott und die Gemeinschaft der Esser nichts dagegen einzuwenden hatten, dann war das *Bobby's* nur das erste einer ganzen Reihe von Restaurants, die die durchaus substanziellen Investitionen aus seinem Privatvermögen rechtfertigen würden. Es war immer schon sein Wunsch gewesen, Restaurantbesitzer zu sein. Er liebte es, eine schöne Umgebung zu gestalten, in der jedes Detail stimmte. Er genoss die Rolle des Gastgebers, als würde er jeden Abend eine elegante Privatparty geben. Er liebte es, die Wünsche der Menschen zu erfüllen. Und wenn sie wählerisch waren, dann bedeutete das nur, dass ihr Standard sich auf gleicher Höhe mit seinem eigenen befand.

Siebzehn Uhr fünfundvierzig. Um sechs würden die ersten Leute kommen.

»Köpfe hoch«, sagte einer der Kellner. Sean blickte hinüber und sah Menschen vor der Tür. Jetzt ging es los – sein Abend, sein Restaurant, sein Traum.

»Es war spektakulär. Alles«, sagte Nancy Fell.

Sean schüttelte den Kopf. »Nicht alles.«

Sie saßen an einem Sechsertisch – Sean, seine Eltern, sein Bruder, Christine. Die Tische waren abgeräumt und für Mittwoch gedeckt. Der leere Stuhl gehörte Mark Wolf, der oben in seinem Büro saß und rechnete.

Christine nippte an ihrem Sambuca. »Die meisten Entres waren gut. Die Schweinefleischterrine war der Renner. Aber die Krabben haben keinen guten Eindruck gemacht. Ich hätte sie zurückziehen sollen.«

»Die Krabben fand ich auch nicht gut«, sagte Sean. »Sie waren weniger pfefferig zubereitet, als ich es mir vorgestellt hatte. Und außerdem glaube ich, sie hätten auch frischer sein können. Diese gottverdammten McManus-Brüder. Ich muss mich nach einem anderen Meeresfrüchtehändler umsehen.«

Bruce Fell tätschelte Seans Hand. »Könnten wir uns mal dem Positiven zuwenden? Ich habe noch nie im Leben einen besseren Lammrücken gegessen. Was war in der Soße, Christine?«

»Das war eine Weißweinreduktion mit grünen Pfefferkörnern und Crème fraiche. Meine eigene Kreation. Schön, dass sie Ihnen geschmeckt hat.«

»Crème fraiche?«, fragte Nancy. »Ich hätte geschworen, dass das saure Sahne war.«

Christine nickte. »Man hat tatsächlich den Eindruck. Aber die Geschmacksnote ist etwas östlicher. Ich überlege, ob ich gehackte Minze hinzufügen soll. Fast hätte ich das heute schon gemacht, aber dann hat mir im letzten Augenblick der Mut gefehlt.«

Jim füllte ihr Glas mit Sambuca. »Ich kann mir nicht vorstellen, dass Sie vor etwas zurückschrecken.«

Sie lachte. »Danke. Ich fasse das als Kompliment auf.«

Mark Wolf kam die Treppe herunter. »Nicht schlecht«, sagte er. »Alles andere als schlecht. Hier, seht selbst.« Er ließ die bedruckten Blätter herumgehen.

Bruce sagte: »Es ist mir zwar peinlich, aber ich habe keine Ahnung, was das bedeuten soll.«

Jim beugte sich zu ihm hinüber und zeigte auf verschiedene Stellen. »Das hier sind sämtlich Betriebskosten, umgerechnet auf einen Abend. Das hier ist die Anzahl der Essen. In dieser Spalte stehen die Getränke, und die Einnahmen ganz rechts. Also ist das da unten der Gewinn von heute. Das, was ›unter dem Strich‹ herausgekommen ist.«

»Fast sechstausend«, sagte Nancy. »Ausgezeichnet.«

Christine und Sean schüttelten den Kopf. »Das ist gut«, sagte Sean, »hat aber noch keinerlei Aussagekraft. Es wird Monate dauern, bis wir wirklich wissen, wo wir stehen.«

Christine ergänzte: »Nun ja, bis zur ersten grundsätzlichen Kritik dauert es nicht mehr so lange. Und davor habe ich wirklich Angst. Mit den Krabben muss ich wieder ganz von vorne anfangen. Und vielleicht etliche Vorspeisen von der Karte nehmen. Schließlich will ich nicht, dass man mich einer zu ambitionierten Speisekarte bezichtigt.«

Nancy lachte. »Jetzt hört euch die beiden an. Ich möchte euch an Bruces Worte erinnern: Denkt positiv. Auf den Nägeln kauen könnt ihr noch lange genug. Jetzt freut euch doch an dem, was ihr heute Abend geschaffen habt. Ein wunderbares Essen in eleganter Atmosphäre. Fast zweihundert zufriedene Gäste. Alles wird gut.«

8

Samstag, 14. Mai 1994

Die Sonne schien durch das Oberlicht in der Küche und fiel auf eine Schüssel mit gehacktem, violettem Basilikum. Der Duft war eine Spur würziger als der des grünen Basilikums und sollte mit vollem Recht einem Salat aus Tomaten, Mais und gelbem Paprika als Krönung dienen. Christine sog den Duft ein und dachte über das passende Dressing nach. Reisweinessig war zu süß, Balsamico zu schwer. Wenn es nach ihr ginge, würde Balsamico aus ihrer Küche sowieso verbannt werden. Er wurde viel zu häufig benutzt, genau wie sonnengetrocknete Tomaten. Sean wollte aber, dass sie ihn in bestimmten Reduktionen verwendete. Sie diskutierten immer wieder von neuem darüber.

Es machte ihr Spaß, sich mit Sean zu streiten. Er wog jedes ihrer Worte sorgfältig ab, bevor er ihr antwortete. Dann strich er sich seine wunderbaren Haare zurück, schaute ihr direkt in die Augen und äußerte behutsam und voller Respekt seine Meinung. Sein Blick brachte sie jedes Mal um den Verstand. Es war mehr als bloßer Augenkontakt, das war Augensex.

Es wäre herrlich gewesen, einen Schritt weiterzugehen. Sie hatten den Tanz schon begonnen. Sie wusste gar nicht genau, wie sie den nächsten Schritt gerne gehabt hätte, oder wann er stattfinden sollte. Aber die Dinge würden sowieso ihren Lauf nehmen, wann und wie sie wollten.

Diese Phase war für sie immer das Schönste an einer neuen Beziehung. Die Andeutungen und Fragen, die sich hinter der Maske des Geplänkels verbargen, die prickelnden Überraschungen, die jeder neue Schritt in sich barg … sie genoss all das.

Sean stand neben den Spülbecken und blickte stirnrunzelnd auf einen Eimer mit Jakobsmuscheln. Die heutige Meeresfrüchtelieferung stammte von einem neuen Händler, New Rochelle Docks. Ihr Angebot hatte knapp unter dem der Gebrüder McManus gelegen.

»Ich weiß nicht so recht. Riechen Sie mal«, sagte er. »Verdammt. Hat denn keines dieser Arschlöcher eine Ahnung, was frisch bedeutet?«

Christine beugte sich zu dem Eimer hinunter. »Sie haben Recht. An der Grenze. Die fasse ich nicht an.«

»Scheiße.« Er schnappte sich das schnurlose Telefon aus der Wandhalterung.

Christine befestigte den Deckel auf dem Eimer. »Wieso habt ihr New Yorker bloß solche Probleme mit den Meeresfrüchten? In Boston gab es das nicht.«

»Benny? Hier ist Sean Fell aus dem *Bobby's*. Die Jakobsmuscheln sind nicht frisch. Sie haben mir zwanzig Pfund für heute Abend verkauft, aber sie sind nicht mehr gut.«

Er fluchte leise über die Reaktion. »Nein, Sie haben mir

keineswegs die Tiefseemuscheln empfohlen. Sie haben mir versichert, dass die Muscheln aus der Bucht einwandfrei sind!«

Einen Augenblick später fluchte er wieder und legte auf. »Vollidiot. Ist nicht mal in der Lage zuzugeben, dass er Mist gebaut hat.«

Christine presste den Saft einer halben Limone in eine Schale mit Olivenöl. »Wir dürfen unser Angebot an Meeresfrüchten aber nicht reduzieren. Das essen die Leute am liebsten.«

»Ich weiß.«

»Wie wäre es, wenn wir es über diesen Massachusetts-Kontakt versuchen, den Ihr Bruder erwähnt hat? Marblehead Fish.«

Sean sah zu, wie sie das Dressing verrührte. »Wofür ist das?«

»Für den Basilikumsalat. Limone, Öl, ein bisschen Soja und rote Zwiebeln. Und bitte ersparen Sie mir die Balsamico-Diskussion.«

Sean lächelte. »Okay. Wieso sollte ich Fisch aus Massachusetts hierher transportieren lassen?«

»Fragen Sie Jim«, antwortete Christine. »Aus seinem Mund hat es sehr vernünftig geklungen.« Als Sean ihr keine Antwort gab, blickte sie von dem Dressing auf. »Sie lächeln ja gar nicht mehr.«

»Ich bin mir nicht sicher, ob ich Jim wirklich hier einbinden sollte. Und ich weiß auch gar nicht, ob er das überhaupt will.«

»Wieso?«

»Lange Geschichte. Er möchte immer, dass ich ihm helfe, und dann doch wieder nicht.«

Christine leckte Salatsoße vom Schneebesen. Die Sonne warf die Schatten ihrer Wimpern auf ihre Wangen. »Er ist von diesem Marblehead vollkommen begeistert. Genauso wie von der Vorstellung, Ihnen helfen zu können. Vielleicht ist das ja eine Chance für Sie beide.«

Der folgende Sonntag war ein regnerischer Tag mit abwechselnd warmen Schauern und Nebel. Es war ein Tag, an dem die Menschen schon frühzeitig entschieden, den Abend zu Hause zu verbringen. Aber das Geschäft im *Bobby's* kletterte auf Rekordhöhen.

»Ein Wahnsinn, unglaublich«, sagte Mark Wolf bereits zum vierten Mal. »Wer hätte je gedacht, dass wir über vierhundert Essen servieren können und dazu noch jede Menge Reservierungswünsche ablehnen müssen?«

Sie saßen in Seans Büro im ersten Stock. Es war kurz nach Geschäftsschluss. Die Regentropfen auf den Fenstern wurden im Schein der Parkplatzbeleuchtung zu Kristallen.

Eine dünne Nebelschwade wehte herein. Es roch nach der alten Weide direkt vor dem Fenster, die ihre Zweige über die Autos breitete. Zweimal pro Woche kam Nancy Fell mit einer Gartenschere und trimmte sie.

»Nun ja«, meinte Sean, »dieser Radiobericht hat uns sehr geholfen. Die Mund-zu-Mund-Propaganda läuft. Und mit unserem Fisch müssen wir uns mittlerweile auch nicht mehr verstecken. Dank Jim.«

Er sah seinen Bruder mit einem leisen Lächeln auf dieses Lob reagieren, und mit einem Mal dachte er, dass er über jemand anderen so nicht gesprochen hätte. Ganz der Fürsorgliche, wie immer.

Sean startete seine geländegängige Limousine und ließ die Scheiben herunter. Trotz der Tropfen, die von der Weide fielen, wollte er die nächtliche Brise in sein Auto lassen, wo es intensiv nach dem Frischduftspray roch, das in der Autowaschanlage versprüht wurde.

Christine beugte sich in ihr Auto und wischte die Windschutzscheibe von innen mit einer Serviette ab.

»Schalten Sie doch die Klimaanlage ein«, sagte er.

»Die ist kaputt.«

»Ach so ... hier.« Er fasste hinter seinen Sitz und reichte ihr eine Rolle mit Papiertüchern.

Als sie fertig war, gab sie sie ihm zurück. Er legte sie wieder nach hinten. Dabei landete ein Tropfen von einem Weidenblatt direkt unterhalb seines Auges. Christine wischte ihn mit einer impulsiven Handbewegung ab.

Die Berührung ließ sie beide zusammenzucken. Christine hielt den Atem an. Wenn sie sich auf die Zehenspitzen stellte, dann waren ihre Lippen auf gleicher Höhe mit seinen. Wundervolle Lippen, weich und einladend, egal, was sie machten – ob sie sich grinsend verzogen, sich zu einer Erklärung schürzten oder sich zum Probieren einer Soße öffneten.

Sie stellte sich auf Zehenspitzen und drückte ihre darauf.

Sie spürte seine plötzliche Überraschung, ein winziges Zögern, und schon setzte die Enttäuschung ein. Aber eine Sekunde später lag seine Hand in ihren Haaren und zog sie näher zu sich. Er schmeckte nach Salz und Wein. In der feuchten, stillen Nacht konnte sie seinen beschleunigten Atem ebenso hören wie ihren eigenen. Mit federleichter Zunge leckte er ihr über die Unterlippe. Sie öffnete den Mund und lud ihn noch tiefer in sich ein.

Ein Windstoß ließ eine luftige Tropfenkaskade auf Christines Kopf landen. Behutsam wischte Sean sie zur Seite. Er küsste sie noch einmal, umfing ihre Lippen mit seinen.

Draußen auf der Straße fuhr ein Auto vorbei. Das Licht seiner Scheinwerfer streifte ihre Gesichter. Christine trat einen Schritt zurück.

»Gute Nacht«, flüsterte sie.
»Wunderbare Nacht«, flüsterte er zurück.

9

Freitag, 19. Januar 2001

Ich hatte gerade meine Stiefel angezogen, um das Büro zu verlassen, da klingelte das Telefon. Die Sekretärinnen waren schon längst zu Hause. Ich überlegte kurz, ob ich den Anruf dem Anrufbeantworter überlassen sollte – vielleicht war es ja Barry –, aber dann nahm ich doch den Hörer ab.

»Rechtsanwaltskanzlei Batten, Hogue & Fairstein.«

»Angela?«

Das war Yasmin, Ninas Babysitter. Das Herz rutschte mir in die Kniekehlen. »Ist etwas passiert?«

»Nein, nein. Es ist alles in Ordnung. Nina isst einen kleinen Karottensalat und hört Musik. Ich wollte nur wissen, ob Sie mich heute Abend brauchen.«

Ich musste über mich selbst schmunzeln. »Ach so, ich wollte Ihnen ja noch Bescheid sagen, tut mir Leid. Also, ich werde wohl doch noch weggehen.«

Ich legte auf, nahm meinen Mantel und ging hinaus in die kalte Nacht. Dann klappte ich den Kofferraum meines Honda auf und legte meine Pullover und Ninas Schlittschuhe sowie meinen Aktenkoffer hinein.

Auf der Heimfahrt über die Boston Post Road dachte ich an die Feier heute Abend. Seit Wochen quälte ich mich mit der Entscheidung herum, ob ich hingehen sollte oder nicht, und hatte sie erst jetzt auf Yasmins Frage hin getroffen.

Eigentlich wollte ich es nicht. Sarahs Tod war mir noch zu nahe. Allerdings hatte Barry seine vorübergehenden Hemmungen, mich durch ausbleibende Unterhaltszahlungen unter Druck zu setzen, bereits wieder abgelegt, jetzt, wo meine Schwester schon ganze drei Monate unter der Erde lag. Das machte mir sehr zu schaffen. Es machte ihm riesigen Spaß, die Alimente aus irgendeinem Grund zurückzuhalten, sodass ich mit meiner Visa-Karte tiefer und tiefer ins Minus stürzte. Und dann behauptete er, ich wäre nicht in der Lage, für unsere Tochter zu sorgen. Die Fells hätten sicherlich Verständnis dafür, wenn ich nicht kommen würde. Eigentlich wollte ich lieber zu Hause bei Nina bleiben.

Andererseits fühlte ich mich zu jedem Menschen und jedem Ereignis hingezogen, wo es einen Hauch von Sarah zu spüren gab, eine Verbindung, eine Erinnerung – und Sarah hatte die Vorbereitungen für den vierzigsten Hochzeitstag ihrer Schwiegereltern noch aktiv mitgestaltet. Außerdem würde auch Sean dort sein –, Sean, mit dem ich hilflos zugesehen hatte, wie Sarah ihr Leben ausgehaucht hatte. Er würde meine Unterstützung brauchen.

Nina saß auf meinem Bett, während ich meinen Schrank durchwühlte.

»Nicht schwarz«, sagte sie. »Du solltest eine schöne Farbe nehmen.«

»Aber schwarz ist sehr angesagt im Moment.«

»Siehst du dann nicht genauso aus wie all die anderen?«

Ich schaute meine Tochter an, blickte in das ernste kleine Gesicht, eingerahmt von weichen, rostroten Haaren. Es waren Sarahs Haare, die Haare unserer Mutter. Wie immer war Ninas Logik anders als die anderer Kinder in ihrem Alter.

»Manchmal fühlt man sich besser, wenn man nicht auffällt«, sagte ich und hielt ihr ein schwarzes Seidenkostüm mit einem kurzen, maßgeschneiderten Jackett hin.

»Dann zieh doch zumindest ein leuchtendes Oberteil an.« Nina rutschte über das Laken vom Bett herunter und zeigte auf ein grünes Top im Schrank.

»Damit wird mir kalt«, sagte ich, legte das Top aber auf das Bett neben das Kostüm und holte ein Jade-Armband aus meiner Schmuckschachtel.

Um an die schwarzen Pumps zu kommen, musste ich den Rucksack beiseite schieben, der an einem Haken hing.

»Wie wär's, wollen wir morgen eine Wanderung machen?«, fragte ich. »Wir könnten zum Nature Center rausgehen. Oder am Sumpf entlanglaufen.«

Nina klatschte in die Hände. »Zum Sumpf. Ich möchte die großen Vögel beobachten und die Aale. Was machen die Schnecken, damit ihre Häuser schön glänzen?«

»Keine Ahnung.«

»Ach, komm schon, Mom, nicht aufgeben.«

»Also gut. Lackieren.«

»Nein! Hausputz.«

Das Anwesen von Bruce und Nancy Fell grenzte direkt an das Universitätsgelände. Es gab auch auf dem Gelände selbst eine Unterkunft für den Präsidenten, einen grünen Bau im Kolonialstil, den die Fells sechzehn Jahre lang bewohnt hatten. Dann hatten sie sich ein zweiundzwanzig Hektar großes Grundstück gekauft und einen darauf befindlichen, hundertsiebzig Jahre alten Bauernhof in ein geräumiges Wohnhaus umgewandelt. Das Kolonialgebäude wurde nun vom Dekan der Universität bewohnt.

Ich fuhr die lange Auffahrt entlang. Überall hing noch die Weihnachtsbeleuchtung und verlieh den immergrünen Hecken und den dichten Büschen einen goldenen Schimmer. Auf der gepflasterten, kreisrunden Fläche vor dem Haus parkten die Autos dicht an dicht, der Parkplatz neben dem Haus war überfüllt.

Ich stellte den Honda ab und ging hinein.

In einem Schlafzimmer im ersten Stock mit Blick auf den Vorplatz stand Sean Fell vor einem geteilten Fenster, das vom Boden bis zur Decke reichte, und sah den Gästen bei der Ankunft zu.

Es wurde Zeit, die Party-Identität anzunehmen. Er arbeitete daran.

Obwohl in diesen Tagen sogar das Betreten der Dusche einen gewaltigen Aufwand bedeutete.

Seine Eltern erwarteten keine Showmasterqualitäten von ihm. Sie hatten sogar davon gesprochen, die Feier zu verschieben, aber Sean hatte das abgelehnt. Es war am besten, wenn das Leben so weiterging wie bisher. Dann konnte er nebenher laufen und irgendwann wieder auf den fahrenden Zug aufspringen.

Irgendwann.

Wann würde er wohl wieder einmal eine Nacht durchschlafen? Wann würde er aufhören, jedes Mal, wenn er nachts die Augen aufschlug, Sarah als Gespenst vor sich zu sehen, dem die Knochen aus der überdehnten Haut ragten und an dem überall Schläuche und Pumpen saugten? Wann würde die kalte Wolke der Leere, die ihn umgab, sich verziehen?

Aber wie üblich, wenn er sich selbst bedauerte, dachte Sean schließlich an die anderen, die durch den Tod seiner Frau erschüttert worden waren, und er dachte an sie selbst.

Er erinnerte sich an die Löwenmäulchen, die in einem Topf mit Erde zu Hause auf ihrer Sonnenveranda standen. Sarah hatte sie unbedingt bis zum Ende des Sommers zum Blühen bringen wollen. Aber sie hatte ihre Blüte nicht mehr erlebt, und er empfand deshalb Bedauern und fühlte sich schuldig. Er dachte an ihr Mountain-Bike, das in der Garage an der Wand hing, und an die Langlaufskier, die sie nie wieder untergeschnallt hatte. Wie hatte sie geflucht, weil sie mit der Bindung nicht zurechtgekommen war …! Wüste Schimpfwörter waren da aus ihrem ernsten Mund gedrungen. Er dachte an das Boot, das ihm immer noch gehörte, das er aber wohl nie wieder benutzen würde. Ein schwimmendes Bauernhaus hatte Sarah es einmal genannt.

Er dachte daran, wie sie mit Angela zusammen draußen im Tulpengarten Earl-Grey-Tee getrunken hatte, wie die beiden drauflosgeplappert und ständig das Thema gewechselt hatten, ohne dass er die Übergänge überhaupt mitbekommen hätte, als orientierten sie sich an einer Art unsichtbaren Landkarte, die vor ihnen auf dem Rasen lag.

In diesem Augenblick, als hätte er ihre Ankunft damit beschworen, kam Angela die Auffahrt entlanggefahren. Sean beugte sich vor und sah zu, wie sie einparkte und zur Haustür ging. Der Boden war frei von Schnee und Eis, aber trotzdem setzte sie ihre Schritte vorsichtig.

Wir alle fühlen uns jetzt verwundbar, dachte Sean.

Aber ihr neuer Status ließ sich dennoch bereits an ihrer Haltung ablesen, ein freudiger Stolz, den sie zeigte, seitdem sie erfahren hatte, dass die Sozietät sie am 1. Mai zur Teilhaberin machen wollte.

Bravo, Angela. Du hast es dir verdient.

Sie ging die breite Steintreppe hinauf, verschwand aus seinem Blickfeld, und er wandte sich zum Hinuntergehen um.

Während ich meinen Mantel auszog und ihn einem wartenden Hausangestellten reichte, lauschte ich automatisch nach der Stimme meiner Schwester, nach ihrem lauten Lachen. Dieses Haus wirkte noch immer wie ein Auslöser. Mein Unterbewusstsein hatte ihren Tod noch nicht akzeptiert. Ich konnte keinen Ort betreten, den ich mit Sarah in Verbindung brachte, ohne dass das geschah. Wie ein Hund, der einem bestimmten Geruch nachjagt, schaltete mein Gehirn auf Suche nach Beute, nach Bestätigung, nach der Person, auf die alle Erwartung gerichtet war.

»Gratulation«, sagte Bruce hinter mir. Ich drehte mich um und erwiderte seine Umarmung. »Wann genau wird denn nun gefeiert?«

»Am 1. Mai.«

»Wunderbar.«

»Die erste Rechtsanwältin in der Familie, und schon mit sechsunddreißig Teilhaberin«, sagte Nancy. »Das ist wirklich ein Anlass, noch eine Party zu schmeißen.«

Ich küsste sie. »Danke, dass du mich zur Familie rechnest.«

»Natürlich gehörst du zur Familie. Sarah hat uns sehr viel bedeutet, genau wie du und Nina. Wie geht's denn der Kleinen? Ist sie stolz auf dich? Versteht sie schon, was das für dich bedeutet?«

Bruce sagte: »Aber natürlich versteht sie das.«

»Das ist sehr hübsch.« Nancy berührte mein Top.

»Nina hat darauf bestanden. Das ewige Schwarz hängt ihr langsam zum Hals heraus.«

»Da geht es uns nicht anders. Und Sarah würde das ganz genauso sehen.«

Ich bemerkte, wie Bruce mir einen schnellen Blick zuwarf, um sicherzugehen, dass ich Nancys Bemerkung nicht als Kritik auffasste. Der umsichtige und rücksichtsvolle Bruce – immer zum Plaudern aufgelegt, wilde Mähne, und auf seinen langen Beinen fröhlich grinsend auf dem Campus unterwegs – war nicht ohne Grund zum Leiter einer bedeutenden Universität berufen worden. Man konnte es bei seinem Auftreten manchmal völlig vergessen.

»Sean«, rief Nancy, als er die Treppe herunterkam. »Wir sind gerade dabei, Angela zu gratulieren.«

Sean nickte. »Sie ist wirklich einsame Spitze.«

»Na ja«, sagte ich, »eigentlich bin ich heute Abend hergekommen, um *euch beiden* zu gratulieren. Vierzig Jahre Ehe, das ist ein Anlass zum Feiern.«

»Danke, Schätzchen«, sagte Nancy. »Hast du schon gehört, was uns Sean geschenkt hat?«

»Nein.«

Sie lächelte. »Eine Reise nach Japan.«

»Sean!«, sagte ich. »Das ist ja eine wundervolle Idee.«

Sean meinte achselzuckend: »Einen Toaster haben sie ja schon.«

»Wann fliegt ihr?«

»Im Juni«, antwortete Nancy. »Bruce überlegt schon, wie er bis zu unserer Abreise fließend japanisch lernen kann.«

»So, wie ich ihn einschätze, ist er bis dahin schon Japanischlehrer.«

Sean hörte diesem Geplänkel abwesend zu und ließ seinen Blick durch die beiden Zimmer streifen, die er von ihrem Standort im Foyer aus sehen konnte. Das Foyer selbst war größer als ein durchschnittliches Wohnzimmer in einem durchschnittlichen Haus der gehobenen Mittelklasse. Seine Eltern genossen die Geräumigkeit, um die Teppiche und Kunstgegenstände, die sie im Laufe vieler Jahre gesammelt hatten, zur Schau stellen zu können, und es freute ihn, dass er seinen Teil dazu beigetragen hatte.

Es waren etwa sechzig Gäste. Sean fragte sich, wie viele ihn wohl auf seine Trauer ansprechen würden.

Diese Aussicht löste in ihm schlagartig einen Erschöpfungszustand aus. Er bemühte sich, dieses Gefühl zurückzudrängen, zu verbergen. Falls er das nicht schaffte, würde man ihm nur noch mehr besorgte Anteilnahme entgegenbringen.

Er wandte seine Aufmerksamkeit wieder Angela zu, die immer noch mit seinen Eltern plauderte. Seine lebenslange Erfahrung sagte ihm, dass sein Vater das Gespräch so langsam zu Ende bringen und die anderen Gäste begrüßen wollte, aber seine Mutter konnte Angela noch nicht loslassen.

Seine Schwägerin wirkte noch ein wenig schlanker, ihre grünlichen Augen noch ein bisschen dominanter als sonst. Das konnte auch an der schwarzen Kleidung liegen und an der neuen, luftigeren Frisur. Vielleicht machte das volle, dunkle Haar ihr Gesicht schmaler. Aber jemand musste auf sie Acht geben, und es schien, dass diese Aufgabe – in Ermangelung anderer – ihm zufiel. Ihre Mutter war tot und ihr Vater so gut wie. Ihre Tochter war zu jung, und ihr Ehemann, von dem sie getrennt lebte, war ein nutzloses, cholerisches Ekel. Sicher hatte sie auch gute Freundinnen, aber keine, die erst kürzlich einen solchen Todesfall mitgemacht hatte. Außerdem konnte Angela nicht um Hilfe bitten. Sie war immer diejenige, die selbst Unterstützung gab.

In einem abgelegenen Winkel seines Gefühlslebens war Angela auch noch auf andere Weise gegenwärtig. Es war schon Jahre her, aber er konnte noch immer den Geschmack ihrer Lippen spüren und weiche Knie bekommen, wenn er sie gehen sah.

Das Leben war voller Beinahe-Erlebnisse …

Er wollte warten, bis seine Mutter sich verausgabt

hatte, um Angela anschließend beiseite zu nehmen und ein echtes Gespräch mit ihr zu führen. Aber da kam Jim herein, nach allen Seiten grüßend. Seine Wangen waren gerötet, und das vermutlich nicht nur wegen der Kälte.

Ich bemerkte eine Veränderung der Gesprächsatmosphäre. Sean und Nancy schauten an mir vorbei. Ich drehte mich um und sah Jim auf uns zukommen.

Er war ein wenig kleiner als Sean und trug einige überflüssige Pfunde mit sich herum. Die kurz geschnittenen, kräftigen Haare saßen perfekt. Für seine achtunddreißig Jahre waren sie schon ziemlich silberig, aber er hatte ein jungenhaftes Gesicht.

Er umarmte alle, gratulierte Nancy und fragte nach seinem Vater.

»Er begrüßt die Gäste«, sagte Nancy. »Danke für die Rosen, die du geschickt hast. Sie sind wirklich außergewöhnlich schön. Wir haben sie zur Dekoration der Tische genommen.«

»Ich habe die Neuigkeiten schon gehört«, sagte Jim zu mir, den Arm immer noch um die Schultern seiner Mutter gelegt. »Du musst ja im siebten Himmel sein.«

»Ich bin hin und weg.«

»Hat Sarah noch rechtzeitig davon erfahren?«, fragte Nancy.

Ich schüttelte den Kopf. »Ich habe es selbst erst am 1. Januar gesagt bekommen. Aber weißt du was? Genau das war mein erster Gedanke. Ich hatte keinen sehnlicheren Wunsch, als es ihr zu erzählen. Eigentlich bin ich mit guten oder schlechten Neuigkeiten immer sofort zu meiner Schwester gelaufen. Ich hätte sie so gerne angerufen.« Tränen schossen mir in die Augen. Nancy befreite sich aus Jims Umarmung und kam zu mir, um mir die Hand zu drücken.

»Es tut mir Leid«, sagte ich. »Nicht gerade das richtige Thema für eine Feier.«

Gegessen wurde neben dem Swimming-Pool, an Vierertischen, die beide Seiten des lang gestreckten Rechtecks säumten. Drei Musikstudenten mit schwarzen Krawatten hatten ein Kammertrio gebildet. Normalerweise arrangierten Bruce und Nancy die Sitzordnung so, dass die Verwandten mit den anderen Gästen gemischt wurden, aber heute Abend fand ich mich an einem Tisch mit Sean, Jim und Bruces taubstummer Tante Maeve wieder.

Danke, Nancy, dachte ich und aß schweigend meinen Schwertfisch. Meave hielt es genauso, während Sean und Jim – noch etwas angespannter als sonst – über ihre Hochzeitstagsgeschenke sprachen.

»Ich habe ihnen die Reise in unser beider Namen geschenkt«, sagte Sean.

»So was Bescheuertes.«

»Mein Gott, Jim, es ist ein *Geschenk*. Diese Feier hier ist ein *fröhliches Ereignis*. Hör auf, so ein finsteres Gesicht zu machen. Lass es einfach.«

»Sie wissen doch ganz genau, dass du es bezahlt hast. Was glaubst du eigentlich, wie ich mich dabei fühle? Als würdest du dem Ober heimlich ein Trinkgeld zustecken, nachdem ich die Rechnung bezahlt habe.«

»Das war vor fünf Jahren, und ich habe mich dafür entschuldigt …«

»Aber du denkst immer noch, du musst mir hinterherlaufen und mir den Hintern abwischen!«

Ich sagte: »Ihr werdet ein bisschen zu laut.«

Für einen kurzen Augenblick herrschte gespannte Stille. Jim warf sich gegen die Rückenlehne seines Stuhls, setzte sich dann wieder gerade hin und wandte sich erneut an Sean.

»Zufällig bin ich ein erwachsener, berufstätiger Mann. Eine Tatsache, die du offensichtlich völlig aus dem Blick verloren hast.«

»Habe ich nicht. Ich respektiere deine ...«

»Nichts respektierst du!« Jim wedelte mit der Hand vor Seans Gesicht herum. »Du hast mich doch nicht wegen meiner Fähigkeiten eingestellt. Das ist doch wirklich nichts anderes als wieder so eine Barmherzigkeitsscheiße! Steck Jim in einen netten Anzug und lass ihn in einem deiner Restaurants den Grußonkel machen! Hilf Mom und Dad, ihr Gesicht zu wahren! Glaubst du wirklich, die anderen merken nicht, dass mein Job nichts weiter ist als ein Gnadenbrot? Aber, weißt du was? Ich bin viel besser in dem Job, als du denkst. Ich ziehe da mein eigenes Ding durch. Und du hast nicht den leisesten gottverdammten Schimmer!«

Die Worte waren jetzt trotz der Musik auch an den anderen Tischen zu verstehen. Die Umsitzenden drehten sich schon zu ihnen um.

Ich sagte: »Dieser Abend gehört euren Eltern. Hört *sofort* auf damit!«

Sean meinte: »Das ist nicht der richtige Zeitpunkt ...«

Jim, immer noch mit hochrotem Gesicht, wollte gerade etwas sagen, als das Trio mit dem »Hochzeitstagswalzer« begann und eine Torte herausgefahren wurde.

Ich flüchtete auf die Toilette und ließ mir Zeit. Ich massierte mir den Nacken.

Alle waren bis aufs Äußerste angespannt. Ich überlegte, wann ich wohl gehen konnte. Das Essen war zu Ende. Partys im Hause der Fells dauerten für gewöhnlich länger, aber sie würden nicht von mir erwarten, dass ich blieb.

Andererseits ... es war ihr Hochzeitstag.

Ich beschloss, noch fünfzehn Minuten dranzuhängen. Dann würde ich nach Hause gehen, Yasmin erlösen, auf dem Fernseher im Schlafzimmer den Disney-Kanal einschalten und Nina mit zu mir unter die Decke nehmen. Sie würde bald einschlafen. Ich kurz darauf auch.

Manchmal war das die einzige Möglichkeit, wie ich überhaupt einschlafen konnte.

Ich machte mich auf den Weg zurück zum Schwimmbad, um mich bald zu verabschieden. Meine Absätze klapperten über den auf Hochglanz polierten Fußboden. Dann erfasste mich der leichte Chlorgeruch zusammen mit einem Song von Peter Gabriel, dessen Titel mir gerade nicht einfallen wollte.

Jemand berührte meine Haare, und ich schnellte herum.

Ich wusste, wie es sich anfühlte, kurz bevor mein Magen von Säure überschwemmt wurde, und mir wurde schlecht.

10

Samstag, 20. Januar 2001

Als Sean mich früh am Morgen angerufen hatte, um mir zu sagen, dass Jim tot war, da hatte er mich nicht aufgeweckt, weil ich gar nicht im Bett gewesen war. Ich hatte die letzten acht Stunden damit verbracht, immer wieder aufs Neue zu durchleben, wie ich den Bruder meines eigenen Schwagers umgebracht hatte.

Zu sehen, wie sein Lächeln einstürzte, als ich ihm den Stein an die Schläfe schlug. Den dumpfen Aufprall zu hören, den ich gleichzeitig als Geräusch und als Explosion in meinem eigenen Körper wahrgenommen hatte.

Und als er zusammengekrümmt vor mir auf dem Boden lag, war mein ganzer Hass verschwunden, weil sich auch das Gift aus seinem toten Körper verflüchtigt hatte.

Und ich dachte: Jetzt hast du selbst etwas viel Schlimmeres getan als er jemals zuvor. Er hat dich immerhin nicht umgebracht.

Ich saß am Küchentisch und weinte, die Hände vors Gesicht geschlagen, schluckte jedes Geräusch hinunter.

Eine Weile später hörte ich auf damit und saß wie betäubt in der gräulichen Dunkelheit. Schon vor Stunden hatte ich Kaffee gemacht. Jetzt war er in der Tasse kalt geworden, eine Milchschicht schwamm auf der Oberfläche, aber ich hatte nicht die Kraft, ihn aufzuwärmen oder neuen zu kochen.

Der Tag, an dem Sarah gestorben war, war ein sadistisch schöner Sonnentag gewesen. Ihre Strahlen hatten Seans Küche erfüllt, als wir dort nach unserem letzten Besuch im Krankenhaus zusammengebrochen waren, die Chianti-Flasche auf dem Tisch.

Damals hatte Sean gesagt: »Ich hatte eigentlich gedacht, dass ich neben all dem Schmerz über ihren Verlust auch ein klein wenig erleichtert sein würde, wenn es vorbei ist. Aber das stimmt nicht. Es tut einfach nur schrecklich weh.«

Ich musste husten wie bei einer Grippe. Mein gesamter Körper schmerzte und brannte, als wäre ein Teil davon abgetrennt worden. »Kannst du dir das vorstellen? Ich starre fortwährend auf das Telefon und warte darauf, dass sie anruft.«

»Ja.«

»Als meine Mutter gestorben ist, ging mir das auch so«, sagte ich. »Normalerweise hat sie uns vom Krankenhaus aus dreimal am Tag angerufen. Und dann plötzlich nicht mehr, weil sie gestorben war. Sarah und ich haben das einfach nicht verkraftet. Ich bin nachts manchmal aufgestanden und habe den Hörer abgenommen, und dann war da nur dieses Tuten. Dann bin ich wieder eingeschlafen und habe weitergeträumt und gedacht, dass ich beim nächsten Mal schneller sein muss, damit sie nicht wieder auflegt.«

Ich hatte heftig geweint, und Sean hatte meine Hand genommen.

An diesem Morgen fiel kein Sonnenstrahl in die Küche, und ich spürte schon die Anzeichen des grausamen Schreckens, den dieser Tag für mich bereithalten würde. Aber nun kam noch die Schuld hinzu, so viel Schuld, und sie verwandelte den Schrecken in scharfe Klingen, die mich in Stücke schnitten. Wegen mir musste Sean alles das noch einmal durchmachen. Wegen meiner Tat standen Nancy und Bruce dem Unfassbaren gegenüber. Jims Tod war meine Schuld, meine, allein meine unverzeihliche, unaussprechliche Tat.

Nina hatte sich so unter ihre Decke gekuschelt, dass nur noch die Augenpartie hervorsah.

Ich flüsterte ihr zu, sie solle aufwachen, und berührte mit nassen Fingern ihre Stirn.

Ich sah zu, wie meine Tochter langsam zu sich kam, und versuchte, meine zitternden Lippen im Zaum zu halten, damit sie sich nicht zu Tode erschreckte.

Als hätte ich Nina nicht ohnehin schon in eine Situation gebracht, wo überall in Gegenwart und Zukunft das Entsetzen lauerte.

Zuerst einmal der Verlust eines weiteren Verwandten, und als Nächstes drohte der schmerzlichste Verlust von allen, falls die Mörderin gefunden wurde.

Ninas Tante gestorben, der Onkel tot und die Mutter wegen Mordes im Gefängnis.

»Schon Zeit zum Wandern?«, murmelte Nina. »So früh?«

»Nein, Süße. Es ist etwas passiert. Ich muss noch einmal zu Grandma Nancy. Yasmin kommt her und passt auf dich auf.«

Nina setzte sich auf. »Was ist passiert?«

Ich hätte nie gedacht, dass ich ihr so schnell wieder eine solche Nachricht überbringen müsste, und das auch noch in Form einer Lüge.

»Onkel Jim ist verletzt. Sehr schwer verletzt.«

»Onkel Jim?« Sie rieb sich die Augen. »Nicht Onkel Jim!«

»Süße, er … er ist tot.«

Nina schrie auf und kroch zurück unter die Decke. Ich hörte sie weinen und streichelte ihr durch die Decke hindurch den Rücken. Auch meine Tränen kamen wieder, und ich wandte mich ab, um gegen die wiederkehrende atemlose Hysterie anzukämpfen, die mich bis vor Minuten im Griff gehabt hatte.

Ich konnte Nina jetzt unmöglich alleine lassen. Aber ich hatte keine Wahl. Ich musste zu den Fells, musste meine Lügen erzählen, alleine.

Ich konnte sie nicht mitnehmen, ausgeschlossen. Dort würde das Chaos herrschen – Sean und seine Eltern am Boden zerstört, der Tatort, Polizei, Presse. Und da Mom und Sarah nicht mehr lebten, war Dad als einziger direkter Verwandter übrig geblieben. Ich konnte niemanden anrufen außer Yasmin.

Zumindest stand Nina ihr sehr nahe, hatte sie gerne und vertraute ihr. Die ernste, intelligente, junge Studentin hatte ein feines Gespür und eine ruhige Hand für meine Tochter.

Früher hatte Sarah mir Nina abgenommen, wenn es einmal eng wurde. Ich war sehr froh über diese Unterstützung gewesen. Die Gewissheit, dass sie Nina genauso behandelte wie ich selbst, war für mich von unschätzbarem Wert.

Ich half Nina beim Anziehen und Waschen, wollte sie – erfolglos – dazu bewegen, etwas zu essen, und zwang mich dazu, wenigstens halbwegs zu funktionieren.

Wie kannst du für Nina da sein, wenn du selber drohst durchzudrehen?

Diese Frage hatte Barry mir in den Wochen nach Sarahs Tod wiederholt gestellt. Er hatte mich absichtlich an meiner empfindlichsten Stelle gepackt, und das würde er jetzt wieder tun. Er wollte das Sorgerecht. Seine Familie wollte, dass er es bekam. Es waren miserable Großeltern, aber sie führten den Kampf immer weiter, und sie hatten das nötige Kleingeld dazu.

Es spielte keine Rolle, welche Qualitäten Yasmin hatte. Allein die Tatsache, dass ich ihr Nina anvertraute, würde Barry gegen mich verwenden. Diese Gewissheit überfiel mich jedes Mal, wenn ich Yasmin anrief – oder sonst etwas machte, was Barry aus dem Zusammenhang reißen und für seine Zwecke missbrauchen konnte.

Wie sollte ich jemals wieder in der Lage sein, meine Tochter zu beschützen?

Zum zweiten Mal innerhalb von vierzehn Stunden beobachtete Sean durch ein Fenster hindurch, wie Angela am Haus seiner Eltern angelangte.

Dieses Mal wurde der Honda auf halbem Weg in der Auffahrt von zwei Polizisten angehalten. Selbst aus dieser Entfernung wurde ihre Trauer sichtbar, an der kraftlosen Art, wie sie aus dem Wagen stieg, als könnte sie kaum die Energie aufbringen, sich auf die Beine zu stellen und zu gehen.

Vielleicht war es egoistisch von ihm gewesen, sie herzubitten.

Er eilte die Treppe hinunter und zur Tür hinaus.

»Angela Diamond«, sagte ich zu den Polizisten. »Ich bin die Schwägerin von Sean Fell«

»Ich habe sie gebeten, herzukommen«, sagte Sean und nahm meine Hand. Ich griff danach wie nach einem rettenden Strohhalm.

»Man wird bestimmt mit Ihnen sprechen wollen«, sagte einer der Beamten und nickte seitwärts. »Bleiben Sie im Haus?«

»Ja.«

Sean stellte mein Auto am Rand der Auffahrt ab, und wir gingen hinein. Überall im Haus und im Garten waren Menschen, gelbes Absperrband, all die Dinge, die ich normalerweise im Zusammenhang mit den Tragödien anderer Menschen zu sehen bekam.

Ich stellte mich auf Zehenspitzen und umarmte Sean. Ich machte keinen Versuch, meine Tränen zurückzuhalten. Wieder einmal weinten wir gemeinsam.

»Wo sind deine Eltern?«, fragte ich.

»Oben in ihrem Zimmer. Mom liegt im Bett. Sie haben die ganze Nacht mit der Polizei geredet.«

»Was ist denn genau passiert?«

»Soll ich nicht zuerst Wasser aufsetzen? Möchtest du etwas? Tee vielleicht?«

»Gerne.«

»Direkt da draußen, hinter den Geräteschuppen.« Sean stand am Esszimmerfenster und zeigte hinaus. »Auf der anderen Seite des Schwimmbadzauns. Auf diesem gepflasterten Stück, wo immer der Pool-Service parkt. Dort hatte Jim den Jaguar abgestellt. Er hat ihn immer abseits von den anderen Autos geparkt, damit er keine Kratzer bekommt.

Wir können nicht genau sagen, wann er die Party verlassen hat. Aber soweit wir wissen, hat er sich von niemandem verabschiedet.«

Sean wirkte ausgelaugt. Eine dunkle Haarsträhne hing ihm über das rechte Auge. Er bewegte sich mühsam, wie in Zeitlupe.

»Aber«, fuhr er fort, »das war ja nichts Besonderes. Du weißt es ja auch. Er schluckt ein paar Scotch, legt sich mit jemandem an und verschwindet dann. Also ist er irgendwann um zwölf oder um eins zu seinem Auto rausgegangen, wo offensichtlich irgend so ein Mistkerl nur darauf gewartet hat, dass er mit dem Schlüssel auftaucht. Der hat Jim dann eins übergebraten und ... und hat das Auto gestohlen. Die Tatwaffe haben sie noch nicht gefunden. Vielleicht wollte er ihn ja gar nicht umbringen ... aber ...« Sean rieb sich die Augen. »... er hat es getan.«

Leise fragte ich: »Dein Vater hat ihn entdeckt?«

Sean nickte. »So gegen drei heute Morgen. Als das Küchenpersonal und die anderen alle weg waren, ist er hinausgegangen, um ein bisschen frische Luft zu schnappen. Und da hat Jim vor ihm im Gras gelegen.«

Sean ging vom Fenster weg, und ich ging ihm nach. Wir saßen auf einem kleinen Sofa in einem Erker des Esszimmers. Rosen – Jims Rosen – ragten aus einer Vase neben meinem Ellbogen. Ihr Duft war himmlisch und grässlich zugleich.

Die Erinnerung an jenen einzigen Augenblick mit Sean war im Laufe der Jahre um nichts schwächer geworden, das Empfinden seiner Nähe war heute so intensiv wie damals. Der Duft seiner Haut, das schwarze, seidene Haar ...

Damals hatte ich meine Gründe gehabt, all das zu ignorieren, und später war es wegen Sarah gewesen. Natürlich hätte ich niemals auch nur daran gedacht, mich zwischen meine Schwester und Sean zu drängen. Und jetzt war eine solche Vorstellung vollkommen unmöglich, nichts weiter als ein schlechter Witz …

»Er hat sich gestern Abend mit mir angelegt«, sagte Sean. »Du hast es doch mit eigenen Ohren gehört.«

»Ja.«

Seans Augen füllten sich mit Tränen. »Warum habe ich bloß nicht nachgehakt? Warum habe ich ihn nicht gezwungen, deutlicher zu werden? Ich wollte es nicht hören. Ich habe zugelassen, dass er weggeht und ermordet wird.«

Ich hängte mich bei ihm ein. Vielleicht spürte er mein Zittern, aber er zeigte es nicht.

Ich nahm all meine Konzentration zusammen, um das zu sagen und zu tun, was ich im Falle meiner Unschuld gesagt und getan hätte. Also zwang ich mich zu einem geschwisterlichen Tonfall. »Aber so war es doch gar nicht. Und das weißt du auch. Warum musst du dich nur immer für alles verantwortlich fühlen?«

»Ich weiß nicht.«

Es stellte sich heraus, dass Detective Red Straker die Ermittlungen leitete. Wir waren schon gelegentlich mit den gleichen Fällen befasst gewesen, daher kannte ich ihn flüchtig. Er war ein kluger Kopf und hatte einen guten Ruf.

Bei jenen flüchtigen Begegnungen hatte ich das Gefühl gehabt, dass wir beide etwas gemeinsam hatten, eine gewisse direkte Unbestechlichkeit. Jetzt ließ schon der bloße Gedanke an ihn meine Hände feucht werden. Ich drückte sie gegen die Oberschenkel, um den Schweiß loszuwerden.

»Tut mir Leid, dass wir uns unter diesen Umständen wiedersehen müssen«, sagte Red. »Ihr Schwager, stimmt's?«

»Genau genommen ist Sean mein Schwager. Er war mit meiner Schwester verheiratet. Sie ist vor drei Monaten gestorben.«

Red nickte. »Ich hab's gehört. Schlimm, wenn man dann gleich von der nächsten Tragödie getroffen wird.«

Wir saßen auf einer Bank im Foyer. Es war nicht besonders hell. Straker hatte ein aufgeschlagenes Notizbuch mit einer Gästeliste der Feier vor sich. Die Seite war sehr eng beschrieben, und er musste sich dicht darüber beugen, um etwas lesen zu können.

»Sind Sie gestern Abend alleine hergekommen?«

»Ja.«

»Sie sind geschieden, stimmt's?«

»Getrennt lebend.«

»Wie heißt Ihr Mann?«

»Barry Carnow.«

»Lebt er auch hier in der Gegend?«

Ich nickte. »Direkt in Rye.«

»Und Sie wohnen auch in Rye?«

»Ja.«

»Welcher Arbeit geht Mr. Carnow nach?«

»Dr. Carnow. Er ist Facharzt für Magen-Darm-Erkrankungen.« Ich wollte schon weiterreden, doch dann hielt ich inne. »Müssen Sie das wirklich alles wissen?«

»Ich weiß noch gar nicht genau, was ich wissen muss.« Er blätterte um. »Sie haben mit dem Verstorbenen beim Essen zusammengesessen. Sie und Sean und Maeve Byrne.«

»Das ist richtig.«

»Haben Sie etwas gehört oder gesehen, das für mich interessant sein könnte?«

Ich sah dem Detective direkt in die Augen. »Soweit es den Mord betrifft, nein. Ich bin so gegen halb zwölf nach Hause gegangen. Und bis zu Seans Anruf heute Morgen hatte ich keine Ahnung, dass etwas passiert war.«

»Sean hat ausgesagt, dass Jim ziemlich wütend war. Und dass es am Tisch einen Streit gegeben hatte.« Red blätterte weiter nach hinten. »Jeder, mit dem wir im Verlauf des heutigen Vormittags gesprochen haben, hat ausgesagt, dass Jim für dieses Auto sein Leben gegeben hätte. Und jetzt sieht es so aus, als hätte sich das buchstäblich bewahrheitet. Aber es gibt keinerlei Anzeichen für einen Kampf. Sean ist der Meinung, dass Jim durch den Streit noch abgelenkt war, unaufmerksam, und dadurch eine leichte Beute.«

»Das wäre möglich«, erwiderte ich.

»Worum ging es bei dem Streit?«

Bei dieser Frage hatte Straker seine Sitzhaltung ein klein wenig verändert. Zum ersten Mal im Verlauf unseres Gesprächs aktivierten sich meine Anwaltssensoren.

»Es ging um die Geschenke zum Hochzeitstag und um Jims Tätigkeit für Sean.«

»Wie heftig wurde gestritten?«

»Die Stimmung war angespannt. Ich habe beide daran erinnert, was der eigentliche Anlass dieses Abends war. Dann fingen die Musiker an zu spielen, und sie mussten mit der Streiterei aufhören. Ein paar Minuten danach bin ich zur Toilette gegangen. Falls sie also weitergemacht haben, dann nicht in meiner Gegenwart.«

Straker machte sich eine Notiz. »Was waren das für Geschenke?«

»Das müssten Sie doch alles schon längst wissen. Sean hat den beiden eine Japan-Reise geschenkt und angedeutet, dass das Geschenk von ihm und Jim gemeinsam sei. Aber Jim hat das überhaupt nicht gepasst. Er hatte riesige

Bündel frischer Rosen geschickt und hat Seans Geste, ihn mit einzuschließen, wortwörtlich als ›bescheuert‹ empfunden.«

»Und Sean hat sich darüber geärgert?«

»Vermutlich. Aber da werden Sie ihn schon selbst fragen müssen.«

»Das mache ich.« Er schrieb wieder etwas auf. »Und die Sache mit der Arbeit? Worum ging es denn da? Sean besitzt eine Reihe von Restaurants, das weiß ich. Das *Bobby's* hier in Rye, das *Bobby's East* in Boston – und Jim war hier Empfangschef. Hat es da ... Spannungen gegeben?«

»Jim hatte anscheinend den Eindruck, nicht hundertprozentig respektiert zu werden.«

»Mm-hm.« Straker beobachtete mich.

Das war eine Technik, die ich auch gelegentlich anwandte – Stille entstehen lassen und abwarten, bis der andere sie füllt. Ich starrte zurück, fast schon bebend vor Anstrengung.

Schließlich lehnte er sich zurück. »Kennen Sie die Frau, mit der Jim zusammengelebt hat?«

»Ardis? Nicht besonders gut. Sie haben sich lediglich die Wohnung geteilt. Es war keine Liebesbeziehung.«

»Hatte er mit jemandem eine Liebesbeziehung?«

»Nicht, dass ich wüsste.«

Red blickte auf seine Notizen. »Ist Ardis Ärztin?«

»Nein. Ich glaube, sie hat eine Ausbildung als Sprachtherapeutin oder etwas in der Richtung. Aber sie bezeichnet sich selbst als Heilerin. Sie arbeitet mit Ölen und Kräutern.«

Straker schaute mich noch einmal durchdringend an. »Und was halten *Sie* von der Geschichte? Was ist Ihrer Meinung nach hier vorgefallen?«

Ich zuckte mit den Schultern. Ich hatte zahllose solcher

Befragungen beobachtet und durchgeführt und wusste genau, dass das Gespräch beendet war. Meine Erleichterung bewirkte, dass ich genau die richtige Antwort parat hatte. »Ich habe noch keine Meinung. Ich weiß nur das, was ich von Sean und von Ihnen gehört habe.«

Es würde zwar grässlich werden, aber ich konnte nicht weggehen, ohne nach Bruce und Nancy gesehen zu haben.

Sean brachte mich nach oben und klopfte an ihre Schlafzimmertür. Bruce machte auf.

»Ich will nicht lange stören«, sagte ich. »Ich wollte euch nur sagen, dass ich hier bin.«

Dann umarmte ich Bruce. Er war ein großer, schwerer Mann, aber er fühlte sich weich an, geschlagen, überwältigt.

»Es ist wirklich furchtbar«, sagte er.

»Ich kann es nachfühlen.«

»Ja, das weiß ich.«

Nancy lag auf dem gemachten Doppelbett. Sie sah sehr ungesund aus. Ihre dunklen Haare wirkten im Gegensatz zu ihrer lehmigen Gesichtsfarbe richtiggehend schwarz.

Ich trat zu ihr und hielt ihr die kalte Hand. »Es tut mir so Leid, Nancy.«

Nancy nickte und hob ihre andere Hand an meine Wange. Sie sagte kein Wort. Ich nahm auch diese Hand in meine und drückte sie beide, versuchte, sie zu wärmen.

Nur unter Aufbietung aller Kräfte konnte ich verhindern, dass ich mich direkt auf das Bett erbrechen musste.

Sean hatte sich an das Kopfteil des Bettes gelehnt. Alle Lichter waren aus, nur der Fernseher lief. Sarahs Seite war weiterhin Sarahs Seite, auf die er nur gelegentlich im Schlaf geriet, so wie zu den Zeiten, als sie noch gelebt hatte.

Er schaute die Nachrichten und wusste, was kommen würde. Er hatte das Bild selbst zur Verfügung gestellt. Und doch traf es ihn wie ein Schlag mitten ins Gesicht, als das Auto auf dem Bildschirm auftauchte.

»... ein schwarzer Jaguar, Baujahr 1994, mit schwarzen Ledersitzen«, sagte der Nachrichtensprecher. »Der oder die Täter haben den Wagen vermutlich im Anschluss an die Ermordung von James Fell, Sohn des Präsidenten der Harrison University, gestohlen. Die Polizei nimmt an, dass die Täter entweder beim Diebstahl des Wagens überrascht wurden oder dass sie auf James Fell gewartet haben, um ihm die Schlüssel abzunehmen. Wenn Sie dieses Auto gesehen haben oder etwas über das geschilderte Verbrechen wissen, dann rufen Sie bitte die unten eingeblendete Nummer an.«

Jetzt wurde unter einem Familienfoto der Fells eine Telefonnummer eingeblendet. Sean beugte sich dichter vor den Fernsehschirm. Sie hatten alle vier die Arme umeinander gelegt und lächelten. Er überlegte, wann es aufgenommen worden war, aber er konnte sich lediglich noch an ein Essen im Freien erinnern, an Grillfeuer und Zikaden.

Vor Sarah.

Vor dem Tod.

11

Donnerstag, 11. Februar 1988

Es war klar, dass er eine Gratisnummer haben wollte. Und die würde er auch bekommen – mittlerweile kannte ich die Spielregeln. Aber zuerst mussten wir das Spielchen noch zu Ende bringen, mussten so tun, als würden wir uns plaudernd näher kommen.

Es wäre mir am liebsten gewesen, diesen Teil einfach weglassen zu können, den Sex hinter mich zu bringen und mich dann wieder ums Geldverdienen kümmern zu können.

Der Club war für den Valentinstag dekoriert. Rosa- und orangefarbene Herzen hingen von der Decke, zitterten und hüpften unter dem Wummern der Musik und dem Zucken der Schwarzlicht-Blitze.

Von der Bar aus, wo wir standen und uns unterhielten, konnte ich die Tanzfläche sehen, voll gestopft mit hüpfenden, herumwirbelnden Menschen, echten Gästen und Angestellten wie mich. Bald, so bald wie möglich, würden wir zum EconoLodge oder ins Motel Nine fahren, würden es tun, so wie der Herr es wünschte. Danach würde ich wieder hierher kommen – bitte nicht zu spät –, mir ein anderes »Date« zum Tanzen suchen, mit ihm weggehen und dieses Mal auch dafür bezahlt werden.

Er bestellte noch eine Runde – Bier für sich und Wodka mit Schuss für mich. Ich trank echten Alkohol, genau wie die anderen Angestellten auch. Es gibt eine Menge Geschichten darüber, dass Animiermädchen nur unechtes Zeug trinken, während dem Freier dafür ein Vermögen abgeknöpft wird. Aber meiner Erfahrung nach war das die reine Phantasie. Wie soll man sich auf Sex mit irgendwelchen Wildfremden einlassen können, ohne ein paar Drinks intus zu haben?

Als er sein zweites Bier halb geleert hatte, fasste er mir an das linke Ohr und befühlte die vier Stecker darin. Dann untersuchte er das rechte, sah, dass dort keine waren, und küsste es. Als Nächstes spürte ich seine Hand auf meinem Oberschenkel. Kurz darauf war sie auf die Rückseite zu meinem Po gewandert.

Das war gegen die Spielregeln. Theoretisch befanden wir uns in einem öffentlichen Tanzschuppen, wo gewisse Dinge unsichtbar bleiben sollten.

Ich wollte schon nach seiner Hand greifen, doch dann überlegte ich es mir noch einmal. Wenn ich ihn jetzt unterbrach, konnte das den gesamten Ablauf verzögern.

Wir gingen ins Nine. Sobald wir im Zimmer waren und ich die Jacke ausgezogen hatte, legte er Hand an mich. Ich stand an ihn gelehnt, während er von hinten meine Brüste streichelte, und fragte leise: »Wie hättest du's denn gern?«

Da wurde aus dem Streicheln urplötzlich in ein heftiges Kneifen, und ich schrie auf.

Er drehte mich um und starrte mir ins Gesicht. Er grinste. Er grapschte noch einmal nach meiner Brust. Ein brennender Schmerz durchzuckte mich.

Ich wand mich los. »Das kannst du nicht …«

»Immer mit der Ruhe, Puppe. Sei einfach lieb und brav.«

Er machte mir Angst, aber ich würde den Teufel tun und ihm das zeigen. Dieses Rendezvous war beendet. Ich griff nach meiner Jacke.

Jetzt war er über mir, umklammerte mich mit beiden Armen, drückte zu, sodass ich das Gefühl hatte, meine Schultern würden aus den Gelenken gesprengt. Ich holte Luft, um zu schreien, aber er hielt mir den Mund zu.

Hätte ich doch bloß seiner Hand Einhalt geboten, als wir noch an der Bar saßen. Seine Reaktion hätte mich wahrscheinlich vorgewarnt, und ich wäre niemals mit ihm hierher gekommen.

Ich zitterte, rang nach Atem.

»Ich lasse los«, sagte er mir ins Ohr, »und du bist lieb und brav, so wie ich gesagt habe. Ich tue dir nicht weh. Und du machst es mir nett.«

Er lockerte seinen Griff, sodass ich wieder atmen konnte, und ich sog keuchend die Luft ein.

»Wenn du mit deinem Mund irgendwas anstellst, was ich dir nicht erlaubt habe, dann wird dir das fürchterlich Leid tun, sehr viel mehr, als du dir überhaupt vorstellen kannst.« Sein Flüstern verursachte mir körperliche Übelkeit.

Er ließ mich ganz los und beobachtete mich eine Minute lang. Dann knöpfte er seine Hose auf, zog den Reißverschluss Zentimeter für Zentimeter auf und starrte mir dabei in die Augen. Er sah darin Angst und Ekel und Wut und genoss es.

»Lieb und brav«, flüsterte er, drückte mich auf die Knie und presste meinen Kopf gegen seine Lenden.

Er fuhr mich zum Club zurück. Ich sagte kein Wort. Mein Instinkt sagte mir, dass ich das Spiel bis zum Ende mitspielen musste, um heil davonzukommen.

Er ließ mich aussteigen, als wäre das ein ganz normales Geschäft gewesen.

»Bis zum nächsten Mal«, sagte er, wie die meisten, und ich erwiderte wie üblich: »Klar.«

12

Mittwoch, 31. Januar 2001

David sah, wie die Eingangstür sich öffnete. Carol Carranza trat ein.

»Hallo, Frau Doktor«, sagte er. »Angela ist kurz rausgegangen. Setzen Sie sich doch.«

»Danke«, sagte die Ärztin.

David beobachtete sie, während sie geistesabwesend die Fische betrachtete. Gesträhnte Haare, schulterlang, hübsch und glänzend, aber etliche Monate nicht mehr nachgefärbt. Graue Fäden hier und da. Er wusste alles über den Krankenhausfall, so wie alle anderen auch – es war ihr gutes Recht, graue Strähnen zu haben.

Sie ließ einen Finger langsam am Glas entlanggleiten, versuchte, die Aufmerksamkeit der Fische zu gewinnen. David dachte, dass sie untypische Hände hatte. Sie wirkten weich und feminin, keineswegs rissig und abgearbeitet. Nun ja, das konnte nicht weiter überraschen. Das Krankenhaus gab ihr kaum etwas zu tun. Schweine.

Fünf Minuten vergingen, dann zehn. Carol fragte: »Haben Sie gesagt, Angela sei rausgegangen? Wir waren um zwölf verabredet.«

»Ach«, erwiderte David. »Das ist nur die offizielle Sprachregelung. Man darf ja nicht sagen, dass jemand pinkeln gegangen ist.«

»Sie war die ganze Zeit über auf der Toilette? Ich sehe mal nach ihr.«

Carol ging durch den Flur und machte die Tür zur Damentoilette auf. Zunächst sah es so aus, als sei niemand da. Carol runzelte die Stirn.

»Angela? Sind Sie hier?«

Dann ließ sie den Blick an den Kabinen entlanggleiten und fing an zu schreien. Ihre Rechtsanwältin lag auf dem Boden, zu zwei Dritteln noch innerhalb einer Kabine. Sie hatte die Augen geschlossen, und auf den Fliesen unter ihrem geöffneten Mund war Blut zu sehen.

13

Mittwoch, 24. Januar 2001

Die Polizeiwache in Rye stand auf einem Hügel. Von der Vorderfront aus hatte man einen schönen Blick über die gesamte Innenstadt. Und hinter dem Gebäude, nicht weit entfernt, erstreckte sich der Long Island Sound, der von ihrem Großraumbüro aus gut zu sehen war. Wenn Red Straker nachdenken musste, so wie jetzt, dann fühlte er sich zu diesem Fenster hingezogen. Die nebelverhangenegraugrüne Meerenge schien den Denkprozess zu beschleunigen.

Detective Mary Sable trat näher. Sie hatte einige Papiere in der Hand.

»Wir haben wieder ein paar Jaguar aufgetrieben, davon zwei schwarze, aber keinen mit schwarzen Sitzen«, sagte sie. »Wir sind immer noch dabei, sämtliche Autoknacker zu überprüfen. Elf Studenten der Harrison University sind vorbestraft, aber keiner im Zusammenhang mit Autodelikten und nur einer wegen Körperverletzung. Duhart hat mit ihm gesprochen, und er war auf einer Party in Manhattan. Damit wäre das geklärt.«

Straker nickte. Er nahm die Papiere an sich, schaute aber weiter zum Fenster hinaus.

Nina drückte sich zitternd an mich. Ich hielt sie fest und versuchte, mit Hilfe der gleichförmigen Stimme des Priesters ein wenig Frieden in mein Inneres dringen zu lassen, den ich dann an meine Tochter weitergeben konnte.

»Du nimmst sie nicht mit zu einer Beerdigung«, hatte Barry noch gestern Abend vor meiner Haustür gesagt. Er hatte Nina von einem Pfannkuchen-Essen zurückgebracht. Angewidert wie immer hatte er nach drinnen gelinst, als ob ich mich mit dem Häuschen auf unaussprechliche Weise an meiner Tochter versündigen würde.

»Das war nicht meine Entscheidung. Nina will unbedingt mitkommen.«

»Würdest du sie auch zu einem Hahnenkampf mitnehmen, wenn sie unbedingt mitkommen wollte? Du bist doch gar nicht in der Lage, das zu beurteilen.«

Ich war vor die Tür getreten und hatte sie hinter mir zugezogen. Nina war schon drin und machte sich bettfertig.

»Ihr Onkel ist gestorben«, sagte ich. »Ihr ist vollkommen klar, was eine Beerdigung ist. Sie möchte ihm Lebewohl sagen. Ich habe sie dazu nicht ermuntert, aber ich werde ihr diesen Wunsch auch nicht abschlagen.«

Mit vor Wut zerfurchten Augenbrauen hatte Barry sich vor mir aufgebaut: »Du bist schwachsinnig.«

Doch anstatt zurückzuweichen, hatte ich noch einen Schritt auf ihn zugemacht. »Wer ein Kind zu einer Beerdigung mitnimmt, ist nicht schwachsinnig. Wer einem Kind Geld anbietet, damit es abnimmt, der ist schwachsinnig.«

Barry hatte den Kopf geschüttelt. »Du bist der einzige Mensch auf der Welt, der im Tod eine angemessene Umgebung für eine Zehnjährige sieht, aber ein motivierendes Geschenk für Teufelszeug hält.«

»Ein motivierendes Geschenk.« Verwundert wiederholte ich seine Worte.

»Sie wiegt *eindeutig* zu viel«, sagte Barry. »Was glaubst du eigentlich, wie ihr Leben später einmal aussehen wird, wenn sich nicht rechtzeitig jemand darum kümmert, wie sie aussieht?«

»Für ihr Alter ist sie völlig normal. Sie ist *neun Jahre alt.*«

Er schnaubte. »Du siehst nichts, du hörst nichts, du weißt nichts.«

Ich legte meine Hand auf den Türgriff. »Du und deine Eltern, ihr tut Nina genau das an, was sie schon dir angetan haben. Ich werde das nicht zulassen. Und ich bleibe hier nicht länger stehen und höre mir das an.«

»Gut. Das ist sehr gut«, erwiderte Barry. »Du musst nur noch ein einziges Mal zuhören, und zwar dann, wenn das Gericht dich darüber informiert, dass das Sorgerecht ab sofort bei mir liegt.«

»So weit wird es nicht kommen«, hatte ich gesagt. Es hatte sehr viel selbstbewusster geklungen, als mir in Wirklichkeit zu Mute war.

Als ich Nina jetzt an mich drückte, während der Priester weitersprach, war mir durch und durch kalt. Anstatt ihrem Zittern Einhalt zu gebieten, hatte ich mich offensichtlich davon anstecken lassen.

Ich blickte zu Nancy hinüber, die sich kraftlos mal an Bruce, mal an Sean lehnte. Sie schaffte es nicht, auf das Loch im Boden mit dem Sarg darin zu schauen. Sean wirkte wie betäubt. Ob er das Valium genommen hatte, das ihm der Arzt unmittelbar nach Sarahs Tod verschrieben hatte?

Hätte ich nur selber etwas davon gehabt.

Barry Carnow saß zu Hause und schrieb eine Nachricht für seine Putzfrau. Sie hatte den Hang, Bereiche, die sie für unberührt hielt, wie zum Beispiel Ninas Suite, nur sehr oberflächlich zu reinigen. Ihm war klar, dass er mehr hineininterpretierte, als die Sache eigentlich wert war, aber es regte ihn auf. Er wollte nicht mehr als unbedingt nötig daran erinnert werden, dass Nina nicht dort war, wo sie hingehörte.

Angela meinte es ja irgendwie gut. Aber Nina war sein Kind. In Angelas beruflichem und privatem Umfeld, und damit auch in Ninas, gab es zu viele negative Menschen und Einflüsse.

Aber das würde sich bald ändern.

Die Feier im Anschluss an die Beerdigung fand im *Bobby's* statt. Es wäre zu schrecklich gewesen, sich so kurz danach wieder bei den Fells zu versammeln, und Sean machte das Restaurant lieber einen Abend lang zu, als die Veranstaltung bei sich zu Hause stattfinden zu lassen, wo immer noch Sarahs Trauerfeier gegenwärtig war.

Ich kam mit Nina kurz vorbei und brachte sie dann nach Hause, wo ich ihr ein warmes Schaumbad einließ. Ich wärmte eine Erbsensuppe auf, machte einen Thunfischsalat mit Sellerie und Äpfeln, den sie so gerne mochte, und ließ sie auf einer Decke auf dem Fußboden essen. Liebend gerne wäre ich auch zu Hause geblieben. Ich hatte Angst davor, wieder ins *Bobby's* zurückzugehen. Aber es musste sein. Vorhin war ich nur knapp zwanzig Minuten dageblieben. Eine unschuldige Schwägerin würde sich aber bestimmt etliche Stunden Zeit nehmen.

Ich brachte Nina zu Bett und rief Yasmin an.

Das für gewöhnlich abgedunkelte, gemütliche Restaurant war an diesem Abend hell erleuchtet und mit einem reichhaltigen Büfett ausgestattet worden. Die Bar war gut besucht. Beim Eintreten blieb ich unter dem Torbogen stehen und blickte mich um. Ich wollte sehen, wer alles gekommen war, wem ich gegenübertreten musste … in dem Wissen, dass meine Tat der Grund ihrer Anwesenheit war.

Da spürte ich eine Berührung am Arm.

»Tragisch, nicht wahr?«

Neben mir stand Ardis Palmer, Jims Mitbewohnerin. Sie hielt ein Glas Bier in der Hand. Ardis hatte kurze Beine und eine stämmige Figur. Die nach allen Seiten abstehenden, graublonden Haare und die breiten, stark ausgeprägten Augenbrauen verliehen ihr einen koboldhaften Zug.

»Jim war ein guter Kerl. Ein Unschuldiger«, sagte Ardis. »Es sind immer die Unschuldigen, die wir verlieren. Zu Hause herrscht jetzt eine große Leere. Ein regelrechtes Energieloch.«

Sean kam herüber, und Ardis umarmte ihn. »Es tut mir wirklich Leid«, sagte sie. »Für uns beide. Für uns alle.«

»Danke«, erwiderte Sean. »Es kommt mir einfach wahnwitzig vor.«

»Hat die Polizei schon etwas herausgefunden?«

Sean warf einen Blick zurück, dorthin, wo seine Eltern saßen. Sie waren von Menschen umringt. »Nein.«

»Wieso nicht?« Ardis trank einen Schluck. »Jemand, der sich mit Gewalt ein Auto stehlen muss, kann doch wirklich nicht übermäßig gerissen sein. Wieso ist die Polizei nicht schlauer als irgendwelche dämlichen Kriminellen?«

»Genau das habe ich mich auch schon gefragt«, sagte Mark Wolf. Er war gerade erst hereingekommen und legte seinen Schal ab. »Hallo Sean, hallo Angela.«

»Mark.« Sean gab ihm die Hand. »Danke, dass du gekommen bist. Das hier ist Jims Mitbewohnerin, Ardis Palmer. Ardis, das ist Mark Wolf.«

»Hallo. Angela, richten Sie Ihrem kleinen Mädchen einen dicken Gruß von mir aus. Schön, Sie kennen zu lernen, Ardis. Tut mir Leid, dass es so ein trauriger Anlass ist.«

»Ja, das stimmt. Woher kannten Sie Jim?«

»Von hier.«

Sean sagte: »Mark ist mein Geschäftsführer.«

Mark steckte den Schal in den Mantel, den er gerade aufgehängt hatte. »Ich habe immer gerne mit Jim zusammen gearbeitet. Er wird mir fehlen. Könnt ihr mir verraten, ob die Polizei sich überhaupt bemüht, die Schweine zu erwischen, die das getan haben? Beschäftigen sie sich mit der Möglichkeit, dass es ein Student gewesen sein könnte?«

»Genau darauf habe ich sie aufmerksam gemacht«, erwiderte Sean. »Sie scheinen durchaus an der Sache dran zu sein. Alle, mit denen ich gesprochen habe, sagen, dass die Polizei mit ihnen Kontakt aufgenommen hat.«

»Was ist mit dem Auto?«, fragte Ardis. »Glauben sie, dass es gleich danach ausgeschlachtet wurde? Oder dass irgendwelche Jugendlichen damit herumfahren?«

Sean wirkte verärgert. »Sie wollen uns nicht so recht verraten, was sie glauben.«

Mark sagte: »Mir wurde letztes Jahr das Auto gestohlen, auf einem Kinoparkplatz. Ich war meilenweit weg. Aber auch, wenn ich in der Nähe gewesen wäre, ich hätte bei Gott die Schlüssel herausgerückt.«

Ardis sagte leise: »Damit geben Sie aber dem Opfer die Schuld.«

»Wir können ja gar nicht wissen, ob Jim überhaupt eine Möglichkeit hatte, dem Täter die Schlüssel zu geben«, sagte Sean. In seinem Blick war Schmerz zu lesen. »Vielleicht ist er ja sofort niedergeschlagen worden.«

Er blickte zu seinen Eltern hinüber. Seine Worte hallten im Inneren meines Schädels nach, als ich seinem Blick folgte. Die Fells saßen nun alleine da und schafften es nicht einmal mehr, das trostlose kleine Lächeln aufzusetzen, das ich vorhin noch bemerkt hatte.

»Entschuldigt mich«, sagte Sean und ging zu ihnen.

Mark trat in die neblige Nacht hinaus und stieg in sein Auto. Er schaltete die Heizung und den Ventilator der Lüftung ein, aber es dauerte ein paar Minuten, bis die Windschutzscheibe frei wurde. Ein Honda Acura … ganz gutes Auto, aber mit der Lüftung war es immer schwierig.

Auf der Heimfahrt überlegte er, ob er Christine in Boston anrufen und ihr erzählen sollte, was Jim zugestoßen war. Von dem Mord hatte sie vielleicht schon aus der Zeitung erfahren. Er hasste unfertige Baustellen, und Christine war so eine.

Seine Wohnung lag in einem kleinen Hochhaus am Hafen von Larchmont. Er parkte in der Tiefgarage und ging hinauf.

Seitdem sie aus Rye weggezogen war, hatte er Christine nur ein einziges Mal gesehen. Vor zwei Monaten war er ihr zufällig begegnet, als er geschäftlich in Boston zu tun gehabt hatte. Sie hatten sich die Hand gegeben und Höflichkeiten ausgetauscht, aber ihm war schnell klar gewesen, dass Christine nur an einem einzigen Thema interessiert war.

»Ich habe gehört, was mit Seans Frau passiert ist«, hatte sie gesagt. »Das ist ja furchtbar.«

Sie hatte nicht so ausgesehen, als hielte sie es wirklich für furchtbar, aber das war verständlich.

Dann hatte Christine eine Sonnenbrille aus der Handtasche geholt und sie aufgesetzt, als wollte sie das Offensichtliche dahinter verbergen. »Wie geht es Sean? Es muss sehr schwer für ihn sein.«

»Das ist es auch«, hatte Mark entgegnet, ohne weiter darauf einzugehen. Das war nicht notwendig gewesen. »Aber er wird darüber hinwegkommen. Seine Familie ist ihm eine große Hilfe. Und die beiden Restaurants laufen gut.«

»Ich weiß.« Sie lächelte. »Das *Bobby's East* ist meine schärfste Konkurrenz.«

Dann hatte er Anstalten gemacht, die Straße zu überqueren. »War nett, dich zu sehen. Mach's gut.«

Sie hatte gezögert und die Brille wieder abgenommen. »Kannst du mir einen Gefallen tun?« Sie griff noch einmal in ihre Handtasche, holte eine Visitenkarte hervor und gab sie ihm. »Meine Telefonnummern, privat und geschäftlich. Lass mich wissen, wie es Sean geht. Wenigstens ab und zu.«

Er nahm die Karte. »Okay.«

»Mach's gut.« Sie stellte sich auf Zehenspitzen und küsste ihn auf die Wange.

»Du auch.«

Jetzt war er zu Hause und dachte: Warum nicht? Er ging zu seinem Schreibtisch und nahm die Karte von einem Stapel in der obersten Schublade.

Kurz vor zehn verließ ich die Trauerfeier. In meinem Kopf dröhnte es. Immer neue Bilder tauchten auf meiner Netzhaut auf: Jim auf dem Boden liegend, violett anlaufend. Bruce und Nancy, wie sie heute Abend kraftlos aneinander gelehnt hatten.

Ich selbst in Handschellen und Fußfesseln. Die kreischende Nina.

Ich stellte den Wagen zu Hause ab, holte Sweatshirt, Jogginghose und Laufschuhe vom Rücksitz, zog mich schnell um und rannte los.

In Rye gab es nicht viele Läden, die nach einundzwanzig Uhr noch geöffnet hatten, aber die Straßenlampen brannten, und Autos fuhren. Ich sprintete mit pumpenden Armen, als würde ich mit meinem Schmerz und meiner Angst und meinem Entsetzen um die Wette laufen.

Manchmal träumte ich nachts und manchmal nicht, aber die Dämonen des Todes und des Verlustes waren immer gegenwärtig – in der Dunkelheit, im Bett, in meinem Kopf. Sie hatten zwar keine feste Gestalt, aber sie bedrängten mich heftig, von innen und von außen.

Ich würde versuchen, mich heute Abend völlig zu verausgaben. Aber auch das würde nichts nützen. Ich hatte keine Chance, dem, was ich selbst angerichtet hatte, zu entkommen.

Ein eisiger Wind wehte mir den Staub der Straße ins Gesicht. Ich kniff die Augen zusammen und rannte schneller, wandte mich nach Osten, in Richtung Strand. Der eiskalte Wind, der vom Long Island Sound herüberwehte, traf mich mit voller Wucht.

Mir fiel wieder ein, wie Sean vorhin nach meiner Hand gegriffen hatte, als ich mich von der Trauerfeier verabschiedet hatte. »Geht es *dir* denn so weit gut, Angela?«, hatte er gefragt, nachdem ich beim Aussprechen meiner Beileidswünsche durcheinander geraten war. »War es nicht zu grausam, dass du schon wieder so etwas mitmachen musstest?«

Diese Frage ließ mich schluchzen, während ich zurückjoggte. Inmitten seiner eigenen Qualen machte Sean sich Sorgen um *mich*.

14

Dezember 1989 bis Juni 1991

Anlässlich meines Jura-Examens im Dezember hatte ich mir Langlaufskier gekauft – ein Sonderangebot nach Weihnachten, einhundertneunzehn Dollar für Skier, Stöcke, Bindungen und Stiefel. Es lag kein Schnee und es war auch keiner vorhergesagt, aber als ich am Morgen nach meinem Einkauf aufwachte, war draußen alles weiß.

Ich war sofort in den blaugrünen Ski-Anzug gestiegen, den Sarah mir geschenkt hatte, und ins Ward-Pound-Ridge-Reservat gefahren. Der Verkäufer in Herman's Sport Shop hatte gesagt, dort gäbe es jede Menge Platz zum Lernen und Üben und außerdem viele andere Leute.

Er hatte Recht gehabt. Um die Mittagszeit hatte ich gelernt, wie ich mich abstoßen musste, um in Schwung zu kommen, und wann ich die Knie beugen musste. Der Stockeinsatz ging allmählich automatisch.

Ich freute mich über die schnellen Fortschritte, und als ich hungrig wurde, wollte ich nicht schon nach Hause fahren. Also setzte ich mich ins Auto, um irgendwo etwas zu essen zu besorgen und dann zurückzukommen.

In dem Städtchen Cross River entdeckte ich einen Markt mit einem Imbissstand. Ich erstand ein Sandwich mit Hühnchensalat und einen Grapefruitsaft und machte mich auf den Weg zurück in den Naturpark.

Nur noch zwei Straßen davon entfernt bog ich um eine vereiste Kurve. Eigentlich hatte es nur feucht ausgesehen, aber ich rutschte sofort seitlich weg. Aus der Gegenrichtung kam mir ein Saab entgegen, der die Kurve geschnitten hatte. Der Fahrer trat auf die Bremse, aber er war bereits auf meiner Spur und krachte breitseits in meinen Toyota.

Der laute Knall setzte mich so unter Schock, dass ich mich eine Minute lang nicht rührte.

Der Fahrer des Saab riss meine Tür auf.

»Ich glaube, ich bin nicht verletzt«, sagte ich, noch bevor er fragen konnte. »Und Sie?«

»Alles in Ordnung. Mein Gott, ich habe die Fahrertür nur knapp verfehlt. Die Beule ist direkt dahinter. Bleiben Sie ruhig sitzen. Ich untersuche Sie. Ich bin Arzt. Haben Sie sich den Kopf gestoßen?«

Er war um die dreißig, groß und drahtig, mit olivenfarbener Haut und hellgrauen Augen, die ständig in Bewegung waren, während er meinen Kopf und Hals untersuchte. Auf seinem Nummernschild standen die Buchstaben BCC MD. In dem Skiträger auf dem Dach seines Wagens steckte ein Paar Skier.

»Tut es Ihnen irgendwo weh?«

»Nein. Ich glaube, es ist alles in Ordnung.«

»Das glaube ich auch.« Er trat zurück. »So ein Riesenpech. Beide Autos verbeult.« Er streckte mir die Hand hin. »Barry Carnow.«

Ich schlug ein. »Angela Diamond. Sind Sie Allgemeinmediziner?«

»Facharzt für Magen-Darm-Erkrankungen.«

Andere Autos drängten sich vorsichtig an uns vorbei. Er sagte: »Wir sollten uns lieber verziehen, bevor uns noch jemand rammt. Bis auf den Blechschaden ist Ihrem Auto wohl nichts passiert. Waren Sie auf dem Weg zum Ward Pound Ridge?«

»Ja. Ich war heute Morgen schon zum Skifahren dort und habe nur etwas gegessen.«

»Das hatte ich gerade vor.«

Ich hielt ihm meine Tüte entgegen. »Wir könnten uns

mein Sandwich teilen. Es ist riesig. Danach kümmern wir uns um die Schadensregulierung.«

Er fuhr mir nach. Die Sonne war herausgekommen, und wir parkten an einer freigeräumten Stelle mit einigen schmelzenden Schneeresten. Wir aßen in seinem Wagen, mit heruntergelassenen Fenstern.

Als wir fertig waren, holte ich meinen Geldbeutel hervor.

»Ich glaube, das können wir lassen«, sagte Barry. »Wir haben ungefähr den gleichen Schaden, sodass es sich nicht lohnt, es zu melden.«

»Aber Sie waren auf meiner Straßenseite. Sie haben die doppelte Linie überfahren«, sagte ich.

»Ich konnte nichts dafür. Ich bin gerutscht.«

»Erst, als Sie schon darüber weg waren. Die Straße war nur auf meiner Fahrspur vereist. Gut fünfzig Zentimeter vor der Linie hat das Eis aufgehört. Wir können gerne noch einmal zurückfahren, dann zeige ich es Ihnen.«

Er schaute mich an. Seine Augen glänzten silbrig im Sonnenlicht. »Sie meinen das wirklich ernst, nicht wahr?«

»Ja. Ich habe einen Schaden von sechs-, siebenhundert Dollar. Mein Auto ist sechs Jahre alt, ich habe also keine Unfallversicherung mehr. Ich finde, Sie sollten den Schaden begleichen.«

Er blickte mich noch eine Minute länger an. »Sie sind aber nicht zufällig Rechtsanwältin?«

»Doch. Das bin ich.«

Er runzelte die Stirn. »Warum haben Sie das nicht gleich gesagt?«

Ich hatte gerade erst mein Examen gemacht. Ich hatte noch nie zuvor Gelegenheit gehabt, es zu sagen.

»Ich hab nicht daran gedacht.«

Mom war gestorben, als ich noch ein Teenager war, Dad war im Pflegeheim, und für meine jüngere Schwester war ich wichtig als Orientierung. Ich war immer gezwungen gewesen, stark zu sein. Ich hatte gar nicht gewagt, meine andere Seite zuzulassen, die Seite, die sich nach einer Atempause sehnte.

Aber jetzt, da Barry in mein Leben getreten war, konnte ich loslassen.

Je länger unsere Beziehung andauerte, desto mehr stellte ich fest, dass Barrys positiven Seiten – seinem dynamischen Enthusiasmus, seiner Intelligenz, der Energie, die er bei der Arbeit und in der Freizeit an den Tag legte – einige Eigenschaften gegenüberstanden, die ich von Anfang an in Andeutungen wahrgenommen hatte: eine Tendenz, zu viel zu bestimmen, zu viel zu organisieren und zu heftig zu reagieren.

»Wir sollten heiraten«, sagte er unvermittelt, als wir an Thanksgiving von einem Abendessen bei seinen Eltern in Larchmont wieder nach Hause fuhren.

Ich schnellte herum. »Heiraten?«

»Ja, genau. Du weißt doch, diese Zeremonie mit den Ringen und den Eisskulpturen?«

Mein Herz hämmerte. »Ich bin sprachlos, Barry.«

»Und? Willst du? Wir sind doch sowieso die ganze Zeit zusammen. Wir wollen beide Kinder haben. Sag bloß nicht, dass du noch nie daran gedacht hast.«

Ich lächelte. »Schon, aber da war ich noch ein kleines Mädchen.«

»Das nehme ich dir nicht ab.«

Mein Lächeln wurde breiter. Ich zuckte mit den Schultern. »Also gut, ich habe daran gedacht.«

»Und?« Die Frage hatte sehr viel mehr Bedeutung, als sein beiläufiger Ton es erahnen ließ.

»Und … es ist ein schöner Gedanke. Ich wäre sehr gerne mit dir zusammen. Und ich hätte sehr gerne ein Kind mit dir.«

Er fuhr auf den Seitenstreifen des Interstate 287 und nahm mich in die Arme. »Ein kleines Mädchen«, sagte er. Dann zog er meinen Kopf an seine Schulter und sagte: »Ich kann es kaum erwarten.«

Pat, Barrys Mutter, wollte es sich nicht nehmen lassen, die Hochzeit vorzubereiten. Wenn ich meine eigenen Vorstellungen zu Gehör bringen wollte, dann musste ich mich mit aller Macht gegen ihre und Barrys diktatorische Art durchsetzen. Manchmal hätte ich sie am liebsten beide geknebelt. Aber die Tatsache, dass ich kaum mitbestimmen konnte, brachte auch völlig neuartige Annehmlichkeiten mit sich.

Zu meiner großen Überraschung gelang es Pat, den Harbor Point Club für den Hochzeitsempfang zu buchen, obwohl die herrlich am Ufer gelegene Einrichtung für gewöhnlich auf zwei Jahre ausgebucht war.

Als ich mit Barry darüber sprach, lächelte er.

»Da hast du deine Finger im Spiel gehabt«, sagte ich.

»Vielleicht.

»Sag schon.«

»Ich habe zufällig eine Reservierungsliste des Clubs in die Hände bekommen. Einer meiner ehemaligen Patienten hatte ihn für die Hochzeit seiner Tochter gebucht, und das an einem Samstagabend, der für uns genau richtig lag. Ich habe ihn schon vor einer ganzen Weile operiert. Er war mir sehr dankbar und außerdem bemerkenswert großmütig, indem er die Hochzeit seiner Tochter an einen anderen Ort verlegt hat.«

Ich schnappte nach Luft. »Nein. Das finde ich nicht gut.«

»Du machst wohl Witze.«

»*Du* machst hier die Witze! Wie sollen wir Freude an unserer Hochzeitsfeier haben, wenn wir dafür gleichzeitig die eines anderen Menschen verdorben haben?«

»Wir haben sie nicht verdorben! Sie waren damit einverstanden.«

Ich schüttelte den Kopf.

Barry sagte: »Ich habe eine ganze Menge Unannehmlichkeiten auf mich genommen …«

»Das spielt keine Rolle. Du tauschst wieder zurück. Wir nehmen den Saal, den die anderen gefunden haben.«

Die Gewissheit der Schwangerschaft überrollte mich mit einer Woge der Freude, stark und mächtig wie ein körperlicher Überfall.

Es war vier Tage vor der Hochzeit. Ich befand mich im Schlafzimmer meiner Wohnung und packte für unsere Hochzeitsreise nach London. Mein Job bei Batten, Hogue & Fairstein mit den hübschen, regelmäßigen Gehaltsschecks war gerade acht Monate alt. Der Großteil meiner Einkünfte wurde von den Ratenzahlungen für meinen alten Kredit und von meinem Kreditkartenkonto aufgefressen. Aber ein klein wenig hatte ich mir als Aussteuer aufgespart. An den Kleidungsstücken, die ich gerade zusammenfaltete, hingen immer noch die Etiketten.

Ich griff nach dem Schminkkoffer, den mir Barrys Schwester Mickey geschenkt hatte, und begann ihn voll zu packen: Shampoo, Conditioner, Hautlotion, Sonnencreme, Tampons.

Plötzlich hielt ich inne. Meine Hand steckte immer noch im Koffer und hielt die Tampons umklammert.

Ich ließ den Koffer auf das Bett fallen, sodass der Inhalt sich über die ganze Decke ergoss, und stürzte quer durch das Zimmer zu meiner Handtasche. Aufgeregt suchte ich nach meinem Terminkalender, handelte, ohne nachzudenken, weil mein Kopf bereits zwei und zwei addiert hatte.

Diese immer wiederkehrende Übelkeit … Schwindelgefühle … überempfindliche Brustwarzen … Ja. Meine Periode war eigentlich schon vor elf Tagen fällig gewesen. Noch nie im Leben hatte ich sie später als zwei Tage nach dem Termin bekommen.

Ich spürte die Erregung in mir aufsteigen, ließ mich mit dem Rücken auf das Bett fallen und begann laut zu lachen. Dann befühlte ich meinen Bauch und streichelte ihn, so wie ich es auch mit meinem kleinen Mädchen machen würde, wenn es angekommen war.

Es sah Barry ähnlich, dass er entschieden hatte, welches Geschlecht das Kind haben sollte. Ich wusste, dass das Baby ein Mädchen war. Etwas anderes würde es nicht wagen.

»Oh Angela. Liebste.« Sarah umarmte mich.

»Es war ein Unfall«, sagte ich, »aber was soll's? Wir hätten sowieso bald angefangen, es zu probieren.«

»Wie fühlt es sich denn an? Ist dir schlecht?«

»Ein bisschen. Eher so eine Art angenehmes Schwindelgefühl. Es erwischt mich immer wieder mal und erinnert mich daran.«

Sarah schaltete den pfeifenden Wasserkessel aus. »Seit wann weißt du es?«

»Gestern ist es mir klar geworden. Heute Morgen habe ich zur Sicherheit noch einen Schwangerschaftstest gemacht. Barry weiß es noch nicht. Wenn ich es aushalte, dann sage ich es ihm erst, wenn wir in London sind.«

»Grauenhaft romantisch.«

Wir lachten. Sarah schenkte uns Tee ein. Eine Minute später sagte sie: »Ich wünschte, wir könnten es Mom erzählen.«

»Ich weiß.«

»Wird Barrys Mutter sich darüber freuen?«

»Sie gibt wahrscheinlich eine Presseerklärung heraus.«

»Ruf mich von London aus an«, sagte Sarah. »Ruf mich an, sobald du es ihm gesagt hast.«

Je länger ich das Geheimnis für mich behielt, desto größer wurde meine Freude. Ich fühlte mich, als hätte ich ein Geschenk für Barry, und wartete auf den einen, den richtigen Augenblick, um es ihm zu überreichen.

Immer wieder übte ich die Formulierungen, stellte mir unterschiedliche Orte vor, wo ich ihm die Neuigkeit offenbaren würde. Eines Tages würden wir unserer Tochter erzählen, wie wir auf der Treppe des Britischen Museums oder vor dem Buckingham-Palast zum ersten Mal über ihre bevorstehende Geburt gesprochen hatten.

An unserem zweiten Abend in der Stadt besuchten wir einen Nachtclub. Wir bekamen einen Tisch, aber der gefiel Barry nicht.

»Näher an der Bühne«, sagte er zu der Empfangsdame und steckte ihr ein paar gefaltete Geldscheine zu.

Die Frau schüttelte den Kopf. »Das ist nicht möglich, Sir.« Genauso unauffällig gab sie ihm die Scheine wieder zurück.

»Aber dort stehen doch noch zwei freie Tische.«

»Die sind reserviert.«

Barry sagte: »Ich möchte den Geschäftsführer sprechen.«

Sie ging weg und kam mit einem Mann im Anzug wieder. Sein Auftreten deutete darauf hin, dass es ihn gleichgültig ließ, von anmaßenden ausländischen Gästen belästigt zu werden.

Barry hielt ihm fünfzig Pfund hin, nicht ohne sich zu vergewissern, dass der Geschäftsführer und die Empfangsdame die Geldscheine sehen konnten. »Ich möchte einen dieser beiden Tische da vorne haben.«

Der Geschäftsführer warf einen Blick auf das Geld. Seine Hände blieben weiter in den Hosentaschen stecken. »Ausgeschlossen.«

In diesem Augenblick geschah etwas mit Barry. Ich sah sein Gesicht und seinen Hals fast violett anlaufen.

»Ich werde dafür sorgen, dass Sie beide gefeuert werden«, sagte er. Er schnappte meine Hand und zerrte mich hinter sich her zum Lokal hinaus.

Draußen angelangt, zog ich meine Hand zurück.

»Bleib lieber in meiner Nähe, wenn du nicht alleine zurückbleiben willst«, sagte Barry und hetzte den Bürgersteig entlang. Er entdeckte ein freies Taxi und winkte.

Mit pulsierendem Magen fuhr ich mit ihm ins Hotel zurück. Jedes Mal, wenn ich etwas sagen wollte, schnitt er mir das Wort ab. Als er schließlich am Telefon hing und versuchte, mit Hilfe seiner Beziehungen herauszufinden, wer der Besitzer des Nachtclubs war, konnte ich ihn zwingen, mir zuzuhören.

»Ich verstehe dich nicht. Ich erkenne dich gar nicht wieder«, sagte ich. Meine Hände waren schweißnass angesichts einer schrecklichen Erkenntnis, für die ich noch keine Worte hatte. »Du kannst doch nicht erwarten, dass alle Welt sich nach deinen Launen richtet. Du kannst doch nicht einfach irgendwelche Leute feuern lassen.«

»Doch, das kann ich«, sagte er. Sein Blick war aus Stein.

»Das ist doch verrückt!«

Meinem Magen ging es jetzt noch schlechter. Ich ließ mich in einen großen, gepolsterten Sessel sinken, in dem der Geruch von fünfzig Jahren Tourismus hing. Barry kam näher und beugte sich über mich.

»Nur, damit das klar ist, Angela. Inkompetenz ist inakzeptabel. Diese Leute dürfen nicht in einem Bereich arbeiten, wo sie mit Menschen zu tun haben. Ich kann durchaus dafür sorgen, dass Leute entlassen werden. Das habe ich immer wieder mal gemacht.«

»Wann denn?«

»Ach, schon oft. Eine Röntgenassistentin, die meiner Mutter bei einer Mammographie Unannehmlichkeiten bereitet hat, einen unhöflichen Limousinenfahrer …«

Er redete weiter, aber der Klang seiner Worte wurde leiser und leiser. An ihrer Stelle konnte ich meine eigene Stimme vernehmen, die mir sagte, was ich schon vor langer Zeit hätte hören sollen.

15

Freitag, 26. Januar 2001

Sean saß auf meiner Couch. Die Bierdose in seiner Hand zitterte leicht. Heute Abend war der Mond nicht zu sehen, und es war deutlich kälter als gestern, als wir während der Trauerfeier ein paarmal ohne Mantel nach draußen gegangen waren, um etwas frische Luft zu schnappen.

»Ich kann es einfach nicht fassen«, sagte er. »Erst verliere ich meine Frau, dann meinen Bruder, und am Tag nach seiner Beerdigung bezichtigt mich ein Polizist praktisch des Mordes. Meine Eltern sind vollkommen außer sich.«

Ich schaute ihn an.

Seine Qual hörte ich in meinem Inneren dröhnen.

Es klingelte an der Haustür. Das war Nina, Gott sei Dank zurück von einem Besuch bei Barry und seiner Familie. Ich eilte zur Tür und ging davon aus, dass ich Barrys Wagen die Straße hinunterfahren sehen würde, aber stattdessen stand er vor mir, direkt neben Nina.

»Ich möchte mit dir reden«, sagte er mit starrer Miene.

Ich schloss Nina in meine Arme, aber sie machte sich los und ging ins Haus. »Jetzt ist es gerade sehr unpassend.«

»Es dauert nicht lange.« Er schob sich an mir vorbei. Als er Sean auf der Couch entdeckte, blieb er stehen.

»Das mit deinem Bruder tut mir Leid«, sagte er.

»Danke.«

»Ich muss kurz mit Angela reden.«

Ich sagte: »Sean wollte noch nicht gehen. Wenn dieses Gespräch wirklich nicht warten kann, dann ist er eben dabei.« Ich warf einen Blick den Flur entlang, um sicher zu gehen, dass Ninas Zimmertür geschlossen war.

Mit finsterem Blick setzte Barry sich hin. »Ninas Lehrerin hat mich angerufen«, sagte er. »Nina hat Depressionen. Sie muss dringend in ärztliche Behandlung.«

»Ich weiß.«

»Und, was hast du vor?«

»Ich gebe sie in ärztliche Behandlung.«

Ich saß am einen Ende der Couch, Barry in einem seitlich stehenden Polstersessel. Er beugte sich zu mir.

»Nina ist traumatisiert durch diese … diese … Litanei des Todes. Sie …«

»Sie war schon vorher traumatisiert! Du bist wirklich ein miserabler Vater! Du und deine Eltern, ihr missbraucht sie regelrecht!«

»Sie hat Depressionen, sie ist zu dick, sie braucht professionelle Hilfe. Eine solche Behandlung kostet ungefähr zweihundert Dollar die Stunde. Wie willst du das überhaupt schaffen? Selbst, wenn ich die Hälfte übernehme, kannst du nicht …«

»Das geht dich gar nichts …«

»Von dir wird sie doch bloß herumgeschubst, du Wichser!« Sean sprang auf. »Wenn Nina Hilfe braucht, wieso hältst du dann nicht einfach die Klappe und zahlst, anstatt Angela mit Vorwürfen zu überhäufen?«

Barry stand ebenfalls auf. »Solchen Schwachsinn kann ich jetzt nicht gebrauchen. Ich versuche hier etwas zu klä...«

»Das Einzige, was du versuchst, ist, Angela unter moralischen Druck zu setzen«, sagte Sean.

»Leck mich am Arsch«, entgegnete Barry. Er ging auf Sean zu. Dabei ballte er die Finger immer wieder zu Fäusten.

Ich sagte: »Barry, lass es. *Lass es...*«

Aber er war schnell und stieß Sean mit beiden Händen nach hinten.

Sean griff nach Barrys Handgelenken. »Jetzt benimm dich nicht wie ein Arschloch. Deine *Tochter* ist hier.«

Barry wich zurück. »Ja, genau. Das stimmt.« Seine Stimme war fast schon ein Grollen. »Aber es ist nicht richtig, dass sie hier ist. Und lange wird sie auch nicht mehr hier sein.«

Er stiefelte zur Tür und ließ sie krachend hinter sich ins Schloss fallen.

Sean seufzte. »Tut mir Leid. Geht mich ja nichts an.«

»Du brauchst dich nicht zu entschuldigen.« Vornübergebeugt saß ich da, die Arme um den Oberkörper geschlungen. Ich fühlte mich, als würde sich mein Inneres in nichts auflösen.

»Was willst du machen?«

Ich schlang die Arme noch fester um mich, als könnte ich mich so daran hindern auseinander zu fallen. Sonst hätte ich mit Sean nicht weiterreden können. Aber ich musste, sonst wäre ich zusammengebrochen und hätte alles laut herausgeschrieen.

»Bis ich das neue Gehalt bekomme, habe ich keine Wahl«, sagte ich mit belegter Stimme. »Ich werde versuchen, ihr einen Therapieplatz in einer staatlichen Einrichtung zu besorgen.«

»Würde sie dort denn gut behandelt?«

»Die Therapeuten sind zum Teil ganz hervorragend. Ich habe Nina schon öfter dort anzumelden versucht, aber Barry weigerte sich bisher jedes Mal, Angaben über seine finanzielle Situation zu machen, und so wurden wir abgelehnt. Aber irgendwie muss es jetzt klappen. Ich kann nicht länger damit warten.«

Das laute Dröhnen eines Fernsehers ließ erkennen, dass Nina ihre Zimmertür aufgemacht hatte. Als sie ins Wohnzimmer kam, trug sie einen Schlafanzug, einen Overall, der mit grünen Fröschen bedruckt war.

»Der ist ja wunderschön, Schätzchen«, sagte ich. »Hast du den von Daddy?«

»Von Grandma Pat und Grandpa Lou.« Sie blickte sich um. »Wo ist Daddy?«

»Er ist vor ein paar Minuten gegangen.«

»Er ist gegangen?«

»Ja.«

Ninas Augenbrauen zogen sich zusammen. »Ich wollte ihm doch den Schlafanzug zeigen. Er wollte sehen, ob er mir vielleicht zu eng ist.«

»Tja«, sagte ich, »wir haben ein paar organisatorische Dinge besprochen, da hat er wohl nicht mehr daran gedacht. Den kannst du ihm ja beim nächsten Mal zeigen.«

»Aber ich wollte, dass er ihn jetzt sieht. Damit er weiß, dass ich nicht zu dick dafür bin.« Sie fing an zu weinen.

Meine Finger ballten sich zu Fäusten. Ich zwang mich, mit ruhiger Stimme zu reden. »Du bist nicht dick. Soll ich vielleicht ein Foto von dir machen und es Dad zeigen?

Jetzt sofort?« Nina nickte und zog die Nase hoch. Ich holte unsere Kamera und machte drei Bilder.

»So, das wäre erledigt«, sagte ich. »Ich bringe den Film gleich morgen zum Entwickeln. Was gibt man einer Schnecke, wenn sie Schnupfen hat?«

»Ein Schneckentempo.«

»Du lachst ja gar nicht.«

Nina entgegnete: »Du auch nicht.«

»Wenn du lachst, lache ich auch.«

Jetzt lächelte sie.

Ich sagte: »Was muss man machen, wenn zwei Schnecken sich streiten?«

»Ach, Mom. Kann ich jetzt fernsehen?«

Als Nina wieder in ihrem Zimmer war, sagte Sean: »Was sollte denn der Quatsch, dass sie zu dick ist? Bekommt sie das etwa von Barry zu hören?«

»Ja. Es macht mich rasend. Aber wenn ich mich aufrege und ihr ständig sage, dass das nicht stimmt, dann geht es ihr noch schlechter. Ich wäre gerne sehr viel ehrlicher zu Nina, aber sie will die Wahrheit gar nicht hören.«

»Im Endeffekt nimmst du ihn also ihr gegenüber in Schutz.«

»Ja. Um ihretwillen.« Ich holte den Film aus der Kamera und steckte ihn in meine Handtasche.

»Barry würde sich bestimmt anders verhalten. Ich wette, er nutzt jede Gelegenheit, dich schlecht zu machen.«

»Das stimmt. Und es ist sehr schwer, es nicht mit gleicher Münze zurückzuzahlen. Er hätte es eigentlich verdient. Aber einer muss zurückstecken, sonst gehen wir irgendwann mit dem Messer aufeinander los, während Nina zwischen uns steht.«

Sean trank sein Bier aus und setzte die Büchse ab. »Wieso hast du ihn eigentlich nicht schon früher abserviert? Du musst doch ziemlich schnell begriffen haben, dass er ein jähzorniges Ekelpaket ist.«

»Es hat eine Weile gedauert. Zuerst hat er einfach entschlossen gewirkt und nicht so, als müsste er alles kontrollieren. Das hat mir gefallen. Und er hat mich sehr verwöhnt. Er ist ein guter Arzt. Seine Patienten lieben ihn geradezu. Menschen wie Barry sind einfach daran gewöhnt, ihre gesamte Umgebung zu beherrschen. Als ich angefangen habe, ihn so zu sehen, wie er ist, da waren wir verheiratet, und ich war schwanger.«

Ich sank auf die Couch. »Ich habe eine ganze Reihe von Fehlern gemacht, und dadurch, dass ich bei ihm geblieben bin, ist alles immer schlimmer geworden. Aber ich hatte das Gefühl, ich wäre es Nina schuldig. Ich hätte nicht gedacht, dass Barry so nachtragend ist. Die einzige Möglichkeit, wie er mir jetzt noch wehtun kann, ist, zu versuchen, sie mir wegzunehmen.«

Sean berührte mein Hand. »Dir ist aber schon klar, was du damit anrichtest, oder? Du stärkst seine Position. Was glaubst du, wie es bei Nina ankommt, wenn du jede seiner Attacken nicht nur einsteckst, ohne dich zu wehren, sondern ihn sogar noch in Schutz nimmst?«

»Ich weiß.«

»Und was wird sie wohl einem Gutachter erzählen, der die Frage des Sorgerechts zu klären hat?«

»Du hast ja Recht, Sean, aber was soll ich denn machen? Seit ihrer Geburt hat Barry meine Liebe zu unserer Tochter dazu benutzt, mich einzusperren.«

Nach dem Vorfall in dem Londoner Nachtclub hatte sich alles verändert. Ich konnte die dunkle Seite der Stärke und der Führungskraft, die ich an Barry und seiner Familie so verführerisch gefunden hatte, nicht länger ignorieren.

In dieser Nacht hatte ich mit weit aufgerissenen Augen in dem großen, plüschigen Hotelbett gelegen. Kurz vor fünf war ich leise aufgestanden und hatte mich im Schein der Straßenlampe angezogen, war in dem engen Fahrstuhl nach unten geschwebt und hatte einen Spaziergang gemacht.

Die Luft war kalt und vom Nieselregen feucht gewesen. Meine Turnschuhe waren schnell durchgeweicht. Die Haare hingen mir triefend auf die Schultern. Während ich mich innerlich wie gelähmt fühlte, konnte wenigstens mein Körper sich bewegen.

Ich ging an einem schmalen, schlammigen Arm der Themse entlang, der sich dem heller werdenden Himmel entgegenschlängelte. Es stank nach altem Bratfett. Gelegentlich drangen aus den Garagen und den fauligen, Schuppen ähnlichen Gebäuden, die den Weg auf der anderen, dem Wasser abgewandten Seite säumten, Geräusche an mein Ohr – ob von Menschen oder Tieren ließ sich nicht sagen, es klang jedenfalls nicht so, als würde man mich willkommen heißen, aber das war mir egal.

Schließlich waren mein Beine müde geworden, und ich setzte mich auf eine kleine Holzbrücke. Das schmuddelige Wasser kräuselte sich unter meinen baumelnden Füßen. Mir war kalt und übel.

Ich schob eine Hand unter mein Sweatshirt, genau an die Stelle, wo sich die Schwangerschaft befand, die immer noch mein Geheimnis war. Meines und Sarahs. Das verborgene Wissen war etwas Aufregendes gewesen. Jetzt war es eine Qual.

Das Kind hatte noch nicht einmal Finger, und schon hatte ich meinen Bund mit ihm gebrochen. Ich war vom Universum dazu ausersehen worden, es zu beschützen, und hatte versagt. Ich hatte mir einen miserablen Mitschöpfer gesucht. Ich hatte viel zu lange gebraucht, um gewissen Wahrheiten über den Mann, der zur Hälfte am Entstehen meines Kindes beteiligt gewesen war, ins Gesicht zu sehen.

Die erste Begegnung mit Barrys Eltern fiel mir wieder ein. Barry hatte ruhig und immun gegen das Sperrfeuer von Befehlen gewirkt, die in Gestalt von Vorschlägen auf ihn abgefeuert wurden. Ich hatte mich und Barry als Paar gesehen, das zusammenstehen und den Übereifer der Eltern geduldig ertragen würde.

Dabei hätte ich schon sehr viel früher merken müssen, dass Barry seinen Eltern, mir und sich selbst etwas vormachte. Trotz seiner distanzierten Haltung machte er alles ganz genau so, wie sie es wollten. Er stand unter ihrer Fuchtel und war wütend darüber. Und daher übertrug sich all seine Wut in seine eigenen Kontrollneurosen.

Jetzt musste ich entscheiden, was ich tun sollte. Ich musste mich mit jeder Möglichkeit beschäftigen – auch mit der einer Abtreibung.

Die ganze Nacht schon hatte mich dieser Gedanke gequält. Es würde nicht weiter schwierig werden. Barry musste davon überhaupt nichts erfahren.

Die Ehe würde bald geschieden werden, ich würde der Schwangerschaft und meinen Fehlern noch eine Weile hinterhertrauern und dann weiterleben.

Während ich dort im Morgengrauen über dem Wasser saß, völlig durchnässt, da wurde mir klar, dass eine Abtreibung der richtige Weg war.

Das Problem war nur, dass ich es nicht über mich brachte.

Das Zimmer auf der Neugeborenenstation teilte ich mir mit einer Rothaarigen mit niedlichem Gesicht und Südstaatenakzent. Sie hieß Meaghan und war von Verwandten und Freunden umringt, die alle ihre neugeborene Tochter sehen wollten.

Am Tag von Ninas Geburt, als ich für einen Augenblick alleine war, lag ich still auf meiner Seite des Vorhangs. Barry und seine Familie waren hinuntergegangen, um etwas zu essen, und Sarah war gerade im Badezimmer.

Mir war klar, dass ich später genauso viele Leute um mich haben würde wie Meaghan. Auch meine Besucher würden in fröhlicher Stimmung und mit Geschenken beladen hier ankommen, genau wie bei ihr.

Dennoch gab es einen riesigen Unterschied zwischen uns: Meaghan hatte ihr Kind in ein kuscheliges Nest hineingeboren und ich in ein rissiges, zersplittertes Abwasserrohr.

An jenem düsteren Morgen in London hatte ich beschlossen, dass ich versuchen würde, meinem Kind das zu geben, was ich ihm schuldig war. Ich würde ihm eine Familie schenken – egal, wie schwierig es werden würde. Ich würde übermenschliche Anstrengungen unternehmen, um eine Verbindung zu Barry herzustellen, um dem Kind eine Mom und einen Dad zu geben.

Ich konnte es schaffen. Ich konnte meine eigene Erniedrigung überwinden, konnte nach Wegen suchen, die Verhaltensstörungen meines Mannes möglichst wenig sichtbar werden zu lassen. Ich musste.

Ein Baby darf nicht unter den Entscheidungen seiner Mutter leiden.

Eines Sonntagnachmittags – Nina fing gerade an zu krabbeln – bekam Barry einen Anruf von seiner Sekretärin.

»Da ist irgendetwas mit den Terminen für nächste Woche schief gelaufen«, sagte Barry, während er seinen Mantel anzog. »Die Sprechstunden und mein Operationsplan sind durcheinander geraten. Ich muss noch mal in die Klinik und das wieder hinbiegen.«

Sein Gesicht war dabei seltsam gerötet, und er wirkte irgendwie fahrig. Das machte mich stutzig. Als er schließlich abends um neun nach Hause kam und immer noch die gleiche Miene aufgesetzt hatte, da wusste ich Bescheid.

»Du hast eine Affäre mit ihr, stimmt's?«

Barry sah schuldbewusst und stolz zugleich aus. Er betrachtete meine Leggings und mein Sweatshirt, über dessen Schulter noch immer das Lätzchen von Ninas Abendessen hing, und zuckte mit den Schultern.

»Was erwartest du?«, sagte er.

Ich erwiderte seinen Blick und nickte bedächtig. »Gute Frage.«

16

Donnerstag, 20. August 1998

Alle waren sie mit auf das Schiff gekommen. Es war ein herrliches, verschwenderisch ausgestattetes Boot, weit über dreißig Meter lang, mit sechs Kabinen. Als ich es zum ersten Mal gesehen hatte, hatte ich einen Riesenschreck bekommen, weil ich – genau wie beim Haus – wusste, was diese Ausmaße für mich zu bedeuten hatten.

Es war ein warmer, strahlend blauer Tag. Ich versuchte ihn zu genießen – vielleicht würde heute ja nichts passieren. Manchmal ignorierte er mich sechs oder acht Monate lang komplett.

Aber schon bald spürte ich, dass ihm meine Anwesenheit bewusst war. Er dachte an mich, plante das, was geschehen würde. Und er wusste und genoss es, dass ich das spürte. Es steigerte seine Befriedigung. Das war der Grund, weshalb er sich nie direkt an mich heranmachte.

Am späten Nachmittag sonnte ich mich zusammen mit einigen anderen. Ich tat, als ob ich döste. Plötzlich kam eine heftige Brise auf. Die Leute um mich herum wurden unruhig, redeten und setzten sich auf, um nach Wolken Ausschau zu halten. Küchendüfte drangen aus der Kombüse nach oben und schufen eine verlockend normale Stimmung.

Vielleicht würde es doch nicht so weit kommen.

Aber dann sah ich ihn. Mit einem Nicken befahl er mich zu der Treppe, die zu den Kabinen hinunterführte.

Flüssigkeit stieg mir in den Hals, und ich schluckte sie wieder hinunter.

Ich konnte so tun, als hätte ich ihn nicht gesehen. Er würde es jetzt nicht zu weit treiben; es war schwierig genug gewesen, einen Augenblick abzupassen, wo er mir ein Zeichen geben konnte, in dem die anderen abgelenkt waren.

Dieses Risiko, so nahm ich an, machte einen Teil seines eigenen Vergnügens aus.

Aber dann würde er genau wissen, dass ich ihn absichtlich übersehen hatte, und das bedeutete, dass unsere nächste Begegnung nur noch schrecklicher werden würde.

Ich schluckte noch einmal, stand auf, zog meinen Badeanzug zurecht und schlenderte wie beiläufig auf die Treppe zu.

Ich hatte eigentlich gedacht, er würde mich in eine der Kabinen zerren, aber er fing direkt in dem schmalen Korridor an, seine Hand in meinen Badeanzug zu stecken. »Lieb und brav«, sagte er in diesem leicht schleppenden Tonfall, den ich so hasste, und biss in mein rechtes Ohr, das ohne Ohrstecker. Ich hörte den Atem zwischen seinen Zähnen zischen. Ich ballte die Fäuste und zählte von hundert an rückwärts, als er in meine Brustwarzen kniff.

Aber das reichte ihm nicht, er wollte, dass ich laut wurde, und so drückte er noch stärker zu, bis ich nach Luft schnappte und versuchte mich loszureißen.

Früher hatte ich gelegentlich versucht, mich gegen ihn zu wehren, aber das machte ihm Spaß, und so hatte ich damit aufgehört. Jetzt wollte ich einfach, dass es vorbei war. Manchmal tat er mir besonders weh, um meinen Widerstand zu spüren.

»Das da ziehen wir am besten aus«, sagte er und schob mir die Träger über die Schultern.

»Hier draußen?«

»Soll das heißen, du möchtest mit mir in eine Kabine gehen? Was sind wir heute aber direkt.«

»Du weißt genau, was ich meine, du Scheißkerl.«

»Du sollst lieb sein. Ich hab's dir gesagt.« Er riss mir den Badeanzug über die Brüste herunter.

Auf der Treppe waren Schritte zu hören. Ich erstarrte. Er kicherte.

Ich huschte in eine Toilette und zog den Badeanzug wieder hoch. Als ich herauskam, war er verschwunden. Für den Rest des Tages würdigte er mich keines Blickes mehr.

Ich war in Sicherheit, bis zum nächsten Mal.

17

Mittwoch, 31. Januar 2001

Carol hatte Angela auf dem Boden der Damentoilette entdeckt, wo sie zusammengebrochen war. Auf den Fliesen neben ihrem Mund hatte sich eine Blutlache gebildet. Carol schrie um Hilfe.

»Ach du großer Gott!«, sagte David, als er sie sah. »Was ist denn passiert?«

»Ich weiß es nicht«, antwortete sie dem Mann vom Empfang. Mit raschen Bewegungen hob sie Angelas Augenlider an und nahm ihren Puls. »Rufen Sie den Rettungsdienst an. Sagen Sie, wir brauchen einen Notarztwagen für eine bewusstlose Frau, und geben Sie ihr Alter an.«

Während David telefonierte, kniete Carol neben Angela und untersuchte sie. Gott sei Dank schien sie nur bewusstlos zu sein. An den Pupillen und am Brustkorb war alles in Ordnung. Zwei Zähne hatten sich in ihre Unterlippe gebohrt. Soweit Carol es beurteilen konnte, war das die Ursache für die lokal begrenzte Blutung gewesen.

»Angela. Angela! Ich bin's, Carol.«

Angelas Augenlider zuckten. Sie versuchte, den Kopf zu bewegen.

»Nicht bewegen«, sagte Carol. »Ihr Hals muss sorgfältig untersucht werden. Was ist passiert? Sind Sie gestürzt?«

Angela befühlte vorsichtig ihre Lippe. »Ich bin niedergeschlagen worden«, flüsterte sie. »Irgendjemand hatte sich da drin versteckt.«

Carol hielt den Atem an.

Jetzt kamen die Sanitäter und mit ihnen zwei Polizeibeamte. Mittlerweile waren die Flure voller Menschen, die aus ihren Büros gestürzt kamen, um nichts von der Aufregung zu verpassen.

Angela bekam eine Rückenschiene umgeschnallt und wurde auf die Bahre gelegt. Carol registrierte die Panik in ihrem Blick und sagte: »Das müssen sie so machen. Eine reine Vorsichtsmaßnahme, bis sichergestellt ist, dass Sie nicht schwerwiegend verletzt sind. Wahrscheinlich könnten Sie auch problemlos zu Fuß hier rausgehen.«

Sie wandte sich an den Polizisten, der Angela befragt hatte. »Ich bin ihre Klientin, und ich bin Ärztin. Haben Sie etwas dagegen, wenn wir sie jetzt ins Krankenhaus bringen? Sie können dort noch einmal mit ihr sprechen. Ich nehme Ihnen dafür auch ein bisschen Arbeit ab. Sie werden sowieso mit mir reden wollen. Dieser Angriff hat nämlich eigentlich mir gegolten.«

Nach meiner Entlassung aus dem Krankenhaus brachte Carol mich zurück in mein Büro.

»Ich fühle mich gut«, beharrte ich. »Es ist erst zwei Uhr. Ich gehe jetzt da rein und arbeite noch ein bisschen. Lassen Sie mich am Haupteingang raus, okay?«

Sie hatten meine Lippe mit drei Stichen genäht, deshalb hatte ich etwas Schwierigkeiten beim Sprechen. Die Betäubung war noch nicht abgeklungen.

Carol ignorierte meine Bitte und fuhr auf den Parkplatz. Neben meinem Honda hielt sie an.

»Ich wette, das da ist Ihrer.«

»Wie haben Sie das erraten?«

Carol deutete auf das hintere Fenster des Honda. »Barbie's Ballett-Studio. Meine Tochter Jill hat das auch. Hören Sie, ich habe Hunger. Sie nicht? Wie wär's, wenn ich etwas zu essen besorge, und wir treffen uns dann bei

Ihnen zu Hause? Falls Sie nichts dagegen haben? Ich würde Sie gerne noch eine Weile im Auge behalten.«

Ich war überrascht, als ich die Tränen aufsteigen spürte. Wie herrlich, dass jemand anders das Heft in die Hand nahm. Ich erwiderte spontan: »Das wäre wunderbar.«

»Und Ihre Kleine? Kommt sie mit dem Bus nach Hause?«

»Nina ist heute mit einer Freundin zum Spielen verabredet. Gott sei Dank.«

»Ich habe Ihnen Suppe und Joghurt mitgebracht. Erdbeere. Und für später ein Sandwich, wenn Sie wieder kauen können«, sagte Carol und folgte mir in die Küche. »Haben Sie Schmerzen am Mund?«

»Ja, die Wirkung der Spritze lässt jetzt langsam nach.«

Carol breitete unser Mittagessen auf dem Küchentisch aus. Ich spürte eine plötzliche Gier nach dem Joghurt, wollte seine tröstende Kühle auf meiner Lippe spüren. Ich riss den Becher auf und rührte um.

Carol sagte: »Die Früchte sind ganz unten. Ich hoffe, Sie mögen das. Es gab allerdings auch nichts anderes.«

»Ich mag das gerne. Ist so eine Art Schatzsuche.«

Eine Weile aßen wir schweigend. Die Gesellschaft einer Erwachsenen war etwas Ungewöhnliches. Sarah und ich waren immer die besten Freundinnen gewesen. Dass Carol nun hier bei mir saß, ließ ihren Verlust leichter und gleichzeitig schwerer erscheinen. Dadurch wurde mir deutlich, was mir fehlte und was ich nicht konnte. Sarah hätte ich erzählen können, dass ich Jim umgebracht hatte.

Bist du sicher? fragte ich mich und hielt meinen Löffel, auf dem eine Erdbeere lag, still. *Hättest du ihr wirklich beichten können, dass du den Bruder ihres Mannes getötet hast?*

Hätte... könnte... es spielte keine Rolle. Ich hatte es Dad erzählt, und das musste genügen. Es gab sonst niemanden, der mir zuhören konnte. Aber ich durfte nicht zulassen, dass meine Klientin dachte, sie sei für den Anschlag des heutigen Vormittags verantwortlich.

Ich wandte mich an Carol. »Was Sie da vorhin zur Polizei gesagt haben... Ich weiß, dass Sie glauben, dass die Sache in der Toilette eigentlich Ihnen gegolten hat. Aber ich bin mir ziemlich sicher, dass Sie da falsch liegen.«

Carol schüttelte den Kopf. »Es gibt so viele Menschen, die mich hassen... die Krankenhausverwaltung, die Ärzte, einfach alle. Ich habe ein paar Mal gepustet, und dabei ist ihr Häuschen umgefallen. Ich denke nicht, dass man mich ernsthaft verletzen wollte, nur ein bisschen erschrecken. Es gibt viele Leute, die Zugang zu meinem Dienstplan haben. Sie haben auf mich gewartet. Und, verdammt noch mal, *ich habe Angst*. Was ist mit meiner Tochter, meiner Mutter? Wenn das eine Warnung war, was kommt dann als Nächstes?«

»Carol.« Ich legte meinen Löffel zur Seite. »Es gibt auch Menschen, die es auf mich abgesehen haben. Ich lebe getrennt von meinem Mann – er ist übrigens auch Arzt. Wir kämpfen gerade um Nina – mit harten Bandagen, und es wird immer schlimmer. Man hat mich bedroht. Und das war der nächste Schritt.«

Carol hatte ein Viertel ihres Eiersalat-Sandwiches aufgegessen. Sie schob den Rest von sich. »Nein. Ich koste das Krankenhaus Hunderte Millionen Dollar. Es stehen Arbeitsplätze und vielleicht sogar die Zukunft der gesamten Einrichtung auf dem Spiel. Die Transplantationsabteilung wird das Ganze auf keinen Fall überleben. Sie geben mir die Schuld dafür, sie müssen mich aufhalten.«

Ich schüttelte den Kopf. »Ich habe heute Nacht einen anonymen Anruf erhalten. *Heute Nacht*. Als ich heute

Morgen zur Arbeit gekommen bin, habe ich deswegen am Empfang Bescheid gesagt, dass meine Anrufe besonders sorgfältig geprüft werden sollen. Und dann das. Da muss es einen Zusammenhang geben.«

»Vielleicht hängt das ja auch mit dem Krankenhaus zusammen?«

Ich strich mir die Haare aus dem Gesicht und hielt sie auf dem Kopf fest. Ich war jetzt ins Schwitzen geraten. Gut, dass gerade kein Lügendetektor in der Nähe war. »Das wäre ziemlich sinnlos«, sagte ich. »Rechtsanwälte gibt es wie Sand am Meer.«

Carol sagte: »Wie heißt Ihr Ex, wenn ich fragen darf?«

»Barry Carnow. Er ist Facharzt für Magen-Darm-Erkrankungen.«

Carol ließ sich gegen die Lehne fallen. »Natürlich.«

»Sie kennen ihn?«

»Er ist am United, nicht wahr? Aber er kommt immer wieder zu Besprechungen ins Medical Center. Da habe ich ihn schon gelegentlich gesehen.«

Ich musste fast lächeln. Ich wusste, was jetzt kommen würde. »Sagen Sie's ruhig. Er ist ein netter Kerl. Das kriege ich ständig zu hören.«

»Mir geht es mit meinem Ex nicht anders. Also tue ich Ihnen das nicht an. Wie wird Nina mit der ganzen Sache fertig?«

»Sie steht sehr unter Druck. Es zerreißt mich fast. Ich wünschte, ich könnte ihr das alles ersparen. Aber das würde bedeuten, ich müsste sie Barry und seiner Familie überlassen. Und das kommt nicht in Frage.«

18

Donnerstag, 1. Februar 2001

Die Vorladung lag auf meinem Schreibtisch, oben auf all den anderen Papieren, die dadurch unsichtbar waren. *»In der Sorgerechts-Angelegenheit für das minderjährige Kind Nina Kama Carnow…«*

In zwei Wochen würde ich vor einem Familiengericht glaubhaft darlegen müssen, dass ich in der Lage war, mein Sorgerecht weiterhin verantwortungsbewusst wahrzunehmen, während das nicht sorgeberechtigte Elternteil des betroffenen Mädchens alles Mögliche arrangiert hatte, was mich unfähig erscheinen lassen sollte.

Es war relativ warm für die Jahreszeit. Von den Eisresten auf den Dachvorsprüngen über den Bürofenstern fielen Tropfen auf das Glas. Trotzdem klapperte ich mit den Zähnen. Mir würde nie wieder warm werden.

Die Stiche auf der Innenseite meiner geschwollenen Lippe waren hinderlich und bereiteten mir Schmerzen.

Für einen Richter gab es nur eine Möglichkeit, die Fakten in diesem Fall zu betrachten: Kind depressiv, innerlich zerrissen. Berufstätige Mutter mit mehr als vierzig Wochenarbeitsstunden, nimmt regelmäßig Kinderbetreuung in Anspruch, versucht, Besuche bei Vater und Großeltern zu verhindern. Mutter nicht in der Gemeinde verwurzelt. Hat Schulden. Mutter ist aufgrund von Todesfällen und juristischen Streitigkeiten in der Familie selbst depressiv. Mutter Opfer eines Überfalls.

Dagegen Barry: berufstätiger Vater, bestimmt Arbeitszeit selbst, großes Einkommen. Engagiertes, vorausschauend handelndes Elternteil. Nahe Angehörige in unmittelbarer Nähe. Kind genießt höchste Priorität.

Und was würde Nina selbst sagen, wenn sie vom Richter befragt würde? Ich erinnerte mich an Seans Worte, die er in meinem Wohnzimmer ausgesprochen hatte: *»Du stärkst seine Position… Du nimmst ihn in Schutz… Was wird sie wohl einem Gutachter erzählen, der die Frage des Sorgerechts zu klären hat?«*

Ich musste unbedingt aufstehen. Hinter diesem Tisch saß das größte aller Monster, der gierige Räuber, der tagtäglich gefährlicher wurde, der immer schwerer zu bändigen war.

Mutter eine Mörderin…

»Gib auf, Angela.«

Stundenlang hatte ich nach dem nächtlichen Anruf diese Botschaft in meinem Kopf hin und her gewälzt. Der Anschlag in der Damentoilette musste irgendwie damit zusammenhängen, ganz egal, was Carol dachte.

War ich von dem Anrufer niedergeschlagen worden? Ging es um Nina? Den Mord? Etwas anderes? Vielleicht war es Barry, sein Vater oder seine Mutter gewesen? Vielleicht hatte er mir auch jemanden auf den Hals gehetzt, der mir nachspionieren und im Dreck wühlen sollte?

Hieß das vielleicht, dass jemand meinen Mord an Jim beobachtet hatte? Der Verfolger oder irgendein anderer? Jemand, der mit Barry gar nichts zu tun hatte?

Das Eiswasser von draußen ließ innen auf der Scheibe Nebel entstehen. Ich legte einen Finger darauf. Nina liebte es, im Nebel zu fotografieren.

Während ich meinen Finger auf der Fensterscheibe betrachtete, beschloss ich, dass ich Nina auf jeden Fall psychotherapeutische Unterstützung ermöglichen musste, koste es, was es wolle. Barry spielte sein Spielchen, aber ich konnte mir das nicht leisten. Ich musste Ninas Bedürfnisse stillen, gegen bürokratische Hindernisse kämpfen, unter dem Zaun, den Barry errichtet hatte, hindurchkriechen. Ich war die Erwachsene, ich musste mich den Tatsachen stellen. Und Tatsache war, dass Nina, die sowieso eine empfindliche Psyche hatte, in naher Zukunft noch stärkeren Belastungen ausgesetzt werden würde, selbst dann, wenn alles zu meinen Gunsten ausgehen sollte – aber das war nichts weiter als ein Traum.

Und falls nicht…

Ich drückte meine Hände gegen das kalte Glas.

In der Wartezone der »Westchester Hills Family Services« war es sauber und freundlich, neue Zeitschriften lagen aus, ebenso neues buntes Fisher-Price-Spielzeug. Ich saß in einem weichen, braunen Stuhl und starrte auf die Tür, hinter der Nina mit dem Mann redete, der ihr Therapeut werden würde, falls sie angenommen wurde.

Nach einer halben Stunde ging die Tür auf, und Nina kam zusammen mit dem Therapeuten heraus. »Kannst du vielleicht noch ein paar Minuten hier draußen spielen, während ich mit deiner Mom rede?«, fragte der Mann.

Nina nickte. Ich stand auf und folgte ihm in sein kleines Büro. Wir setzten uns einander gegenüber.

»Ein sehr intelligentes, sensibles Mädchen«, sagte er. Er war breitschultrig, strohblond, ungefähr eins fünfundsiebzig groß und wahrscheinlich noch nicht einmal dreißig Jahre alt. »Am Telefon haben Sie gesagt, dass es sich um eine Art Notfall handelt?«

»Ich mache mir große Sorgen um sie. Zwei ihrer engsten Verwandten sind kürzlich gestorben. Sie zieht sich mehr und mehr in sich zurück. Ihre Lehrerin ist sehr besorgt. Ihr Vater und ich leben getrennt, und das Verhältnis ist… ist nicht besonders freundschaftlich. Sie findet sich zu dick und hört auf zu essen, dann schlägt sie wieder ins andere Extrem. Und, was Nina noch nicht weiß, ihr Vater versucht, bei Gericht das alleinige Sorgerecht zu erkämpfen. Und das wäre ... nun ja, eine Tragödie. Mein Ex-Mann ist ein hervorragender Arzt, aber psychisch sehr instabil. Ich wünschte, ich hätte das schon sehr viel früher erkannt.«

Der Therapeut lehnte sich zurück. »Wie ist das Verhältnis zwischen Nina und ihm?«

»Das kommt darauf an, wen Sie fragen.«

Er zuckte mit den Schultern und machte eine einladende Handbewegung.

Ich wusste, was jetzt eigentlich gefordert war: eine höfliche, neutrale, schönfärberische Beschreibung der Beziehung zwischen Nina und Barry, die die Wahrheit durchschimmern ließ und gleichzeitig deutlich machte, welch vernünftiger Mensch ich war.

Aber die Frage war zu verführerisch, und ich fühlte mich zu elend.

Dass mein Gesicht nass war, merkte ich erst, als er mir eine Schachtel mit Papiertüchern hinstellte: Behörden-Standard, weiß und kratzig, nicht das zarte Weich, das ich im Büro hatte.

»Ich weiß nicht einmal, wie Sie heißen«, sagte ich und trocknete mir das Kinn ab.

»Doch, wissen Sie. Ich habe es Ihnen schon zweimal gesagt. Rick Saltonstall.« Er lächelte. »Sagen Sie Rick, und ich nenne Sie Angela, okay? Und jetzt zurück zu dieser Frage, die anscheinend so schwer zu beantworten ist.«

»Deshalb weine ich gar nicht. Na ja, irgendwie schon, aber es steckt noch mehr dahinter. Sie machen einen so netten Eindruck, und Nina benötigt wirklich dringend Hilfe, aber ich habe kein Geld dafür. Ich habe immer wieder in verschiedenen Kliniken versucht, einen Therapieplatz für sie zu bekommen, aber wir werden nie angenommen, weil ihr Vater sich weigert, Angaben zu seinem Einkommen zu machen. Hier wollte ich es eigentlich gar nicht erst versuchen, es schien mir sinnlos zu sein, aber die Dame am Telefon hat gesagt, ich soll auf jeden Fall vorbeikommen.«

»Gelegentlich machen wir auch Ausnahmen.«

Ich starrte ihn an. »Und? Was ist mit Nina?«

Rick beugte sich zu mir. »Ein deprimiertes Mädchen, das Todesfälle in der Familie sowie den Tod der elterlichen Ehe zu betrauern hat, die zudem noch auf einen Sorgerechtsstreit zusteuert, hat meiner Meinung nach unbedingt einen Anspruch auf Hilfe.«

Ich faltete die Hände. »Und wer entscheidet das?«

Er lächelte erneut. »Ich.«

Nina hatte die Hände in den Schoß gelegt und musterte sie eingehend – unförmige Dinger mit abgebissenen Fingernägeln. Sie hasste sie. Sie wollte Finger so schlank wie Bleistifte haben.

Sie fragte sich, wie lange ihre Mutter wohl noch da drin bleiben würde und was über sie gesprochen wurde.

Dann schaute sie die Zeitschriftenstapel auf den Tischen durch, aber es war nichts dabei, was sie lesen wollte. Wenn doch nur Papier und Malstifte da gewesen wären. Ob sie die Frau fragen sollte, die an dem Schreibtisch beim Eingang saß? Aber sie telefonierte gerade, und neben ihr klapperte ein anderes Gerät. Sie war offensichtlich sehr beschäftigt.

Schließlich holte sich Nina ein Spielzeug vom Boden. Es war ein Tintenfisch mit Wimpern und hübschen, rosafarbenen Lippen und einer Schleife um eines seiner Beine oder was das war. Er konnte auf dem Boden herumrutschen, und wenn man ihn aufzog, dann ertönte Musik.

Die Frau am Schreibtisch schaute zu ihr herüber. Nina erwartete eine Bemerkung wegen des Lärms, aber es kam nichts. Ein paar Minuten später schaute die Frau wieder in ihre Richtung. Nina nahm den Tintenfisch und hielt ihn hoch, bis er abgelaufen war. Dann verstaute sie ihn in einem Schränkchen.

Um zehn Uhr abends klingelte es an meiner Haustür. Ich kam gerade aus der Dusche und hatte schon mein Nachthemd angezogen.

»Ich bin's«, rief Sean von draußen. Ich öffnete die Tür.

Während ich mich für das Sofa entschied, setzte Sean sich auf den Boden, so wie wir es während der Zeit, als Sarah gestorben war, immer gemacht hatten. Er rieb sich den Nacken.

»Ich komme gerade von meinen Eltern«, sagte er. »Sie stehen wirklich kurz vor dem Zusammenbruch. Vielleicht ist das ja gar nicht so schlecht. So ist es wenigstens klar, dass sie Hilfe benötigen, und der Einzige, der außer dir noch übrig ist, das bin ich.«

Er tätschelte mir die Hand, auch das war etwas, was er damals immer gemacht hatte, als wir uns gegenseitig Trost und Stütze waren. Er schaute mich vorsichtig an.

»Du siehst ganz schön beschissen aus«, sagte er.

»Ich weiß. Du auch.«

Dann schaute er noch etwas genauer hin. »Was ist denn mit deinem Mund passiert?«

Ich hielt mir die Hand davor. »Nichts weiter.«

»Nun sag schon.«

Ich schloss die Augen. »Ich bin... gestern überfallen worden. Im Büro, auf der Toilette. Irgendjemand kam aus einer Kabine gesprungen und hat mich niedergeschlagen. Und beim Fallen habe ich mir die Lippe aufgeschlagen.«

»Heilige Mutter Gottes! Lass mal sehen.«

Ich wich zurück. »Es ist alles in Ordnung.«

»Was wollte er von dir? Hat er dir Geld gestohlen?«

»Nein. Es fehlt nichts.«

»Aber warum …«

»Ich weiß es nicht. Genauso wenig wie die Polizei. Meine Krankenhausklientin glaubt, dass der Angriff eigentlich ihr gegolten hat.«

»Und du?«, wollte Sean wissen. »Was glaubst du?«

»Sie könnte Recht haben. Oder …«

»Oder es könnte Barry gewesen sein. Oder jemand, den er beauftragt hat.«

»Vielleicht.«

Sean gab einen ächzenden Laut von sich und nahm mich in die Arme. Er zog meinen nassen Kopf an seine Brust.

»Dieser Hurensohn«, flüsterte er. »Wie sollen wir dich bloß vor ihm beschützen?«

Zögerlich befreite ich mich aus seiner Umarmung. »Ich passe schon auf. Wahrscheinlich war es sowieso nicht Barry. Dieser Krankenhausfall fliegt mir um die Ohren. Es geht um Hunderte von Millionen Dollar.«

Sean sagte: »Dann gib ihn ab. Man hat dich überfallen. Du kannst doch dafür nicht dein Leben aufs Spiel setzen.«

»Ich gebe ihn nicht ab.«

»Übernimm stattdessen meinen Fall.«

Zwischen aufsteigenden Tränen hindurch holte ich Luft. »Du weißt, dass ich das nicht kann.«

Sean nahm meine Hände und hielt sie zwischen seinen fest. »Ange, bei dieser Geschichte brauche ich dich. Ich weiß, du bist überlastet, aber ich brauche dich wirklich so sehr. Mitchell ist ein guter Kerl, aber …«

»Stop!« Ich riss meine Hände weg. »Falls du sagen willst, was ich glaube, dass du sagen willst, dann lass es. Mitchell ist wirklich ein hervorragender Strafverteidiger. Und ich … ich bin im Augenblick kaum in der Lage, meinen eigenen Namen zu schreiben.«

Er holte tief Luft und atmete langsam wieder aus. Ich spürte den warmen Luftzug auf meiner Stirn.

»Deine Eltern haben mich auch schon gefragt«, sagte ich.

»Ich weiß. Es tut mir Leid, dass wir dich so unter Druck setzen. Aber ich möchte diese Angelegenheit nicht ohne dich durchstehen müssen.«

»Das musst du nicht. Ich werde da sein. Du bekommst jede Unterstützung, die ich dir geben kann.«

Meine Lügen schnitten mir wie Messer ins eigene Fleisch. Nichts von alledem müsste geschehen, wenn ich nicht getan hätte, was ich getan hatte.

Und jetzt verweigerte ich dem Menschen meine Hilfe, der fälschlicherweise *meines* Verbrechens beschuldigt wurde … diesem leidenschaftlichen, besonderen Mann, der Sarah geliebt und mir so sehr geholfen hatte. Der mich, zu einer anderen Zeit an einem anderen Ort, vielleicht geliebt hätte, so wie ich ihn. Ganz abgesehen davon, dass die Hilfe, um die er mich jetzt bat, unweigerlich in einem Fiasko geendet hätte.

Sean sagte: »Ich glaube nicht, dass du das nicht könntest. Du bist eine großartige Anwältin. Du kennst uns alle. Ich müsste niemals befürchten, dass du Zweifel an meiner Unschuld hast. Wir sind sehr eng befreundet, seitdem …«

Seine Augen waren feucht geworden. Ich musste den Blick abwenden.

»Ange«, flüsterte er und nahm erneut meine Hände. »Du musst mich da rausholen.«

»Nein, Sean.«

»Sieh mich an.«

Ich wandte mich erneut ihm zu. Er hatte ausgesprochen dunkle Augen; Jims waren blau gewesen. Ich erinnerte mich, wie sie zugefallen waren, das Bild hatte ich immer und immer wieder vor Augen gehabt.

»Kannst du nicht zumindest noch einmal darüber nachdenken?«, fragte Sean.

»Nein.«

Da ertönte ein Geräusch aus Ninas Zimmer, und ich sprang auf. Ich ging zu ihrer Tür, machte sie auf und schaute hinein. Nur ein Kinderschnarchen war zu hören.

Dann ging ich wieder ins Wohnzimmer zurück. »Ich habe so schreckliche Angst davor, sie zu verlieren.«

»Kein Richter der Welt würde sie Barry zusprechen.«

»Richter sind keine Hellseher. Barry und seine Familie können sich sehr gut darstellen. Und du hast selbst gesagt, dass ich ihn praktisch in Schutz nehme.«

»Aber die Tatsachen sind doch für jeden Richter offensichtlich. Nina ist ein tolles Kind, weil du eine tolle Mutter bist. Vertraue den Tatsachen.«

Seans allradgetriebene Limousine durchschnitt die Nacht, allerdings auf einer Strecke, die ihn nicht nach Hause führte.

Er musste es tun.

Er erinnerte sich sehr gut an den Weg zum einst gemeinsamen Heim von Barry und Angela. Er und Sarah waren oft dort zu Besuch gewesen. Damals hatte er gedacht, dass es ein wunderschönes Haus war, dass aber etwas fehlte – Herzlichkeit, Gemütlichkeit, Nestwärme. In dem kleinen Häuschen, das Angela jetzt bewohnte, gab es das.

Als er die Eingangstreppe hinaufstieg, spürte Sean das altbekannte Kribbeln. Er drückte zweimal fest auf den Klingelknopf.

Die Sprechanlage brüllte ihm ins Ohr: »Wer ist da?«

»Sean Fell. Mach die Tür auf.«

»Was willst du?«

»Mach die gottverdammte Tür auf!«

Barry öffnete, ließ aber die Kette vorgelegt. Sean kam mit dem Mund dicht an den Spalt.

»Hast du Angela aufgelauert? Hast du sie niedergeschlagen?«

»Wovon redest du da? Angela ist niedergeschlagen worden?«

Seans Blick fiel auf die Hausnummer aus poliertem Kupfer am Türpfosten neben seiner Hand. Alles in der Umgebung dieses Kerls war perfekt. War er auch ein perfekter Lügner?

»Du solltest jetzt lieber die Wahrheit sagen, Mann. Warst du das, der ihr im Büro eins übergebraten hat? Oder hast du irgendeinen Widerling dafür angeheuert?«

»Falls Angela wirklich angegriffen wurde, dann habe ich damit nichts zu tun. Ich nehme an, sie ist durch ihr übliches, erbärmliches Urteilsvermögen irgendwie in Schwierigkeiten geraten. Wir sind fertig miteinander. Verschwinde hier auf der Stelle oder ich hole die Polizei.« Er machte die Tür zu, ohne sie zuzuknallen. Bloß nichts kaputtmachen, außer vielleicht einem Schädel oder einer Familie.

»Lass ja die Finger von Angela!«, schrie Sean die geschlossene Tür an.

Dann rannte er die Stufen hinunter und fuhr los, bevor er seinem rasenden Bedürfnis nachgeben konnte, die Haustür dieses Arschlochs in Stücke zu zerlegen.

Sehr viel später lag Sean, immer noch angezogen, auf seinem Bett. Er wollte nie wieder versuchen zu schlafen.

Er war immer noch wütend und wünschte sich sehnlichst, den Schweinehund, der Angela solches Leid verursachte, verprügeln zu können.

Und, Gott steh ihm bei, er spürte noch immer Angelas Hand auf seinen Handflächen, wie ein lebendiges Amulett.

Ein bestechender Gedanke, der sich dreizehn Jahre lang nicht in sein Bewusstsein gewagt hatte, nahm nun Gestalt an: Würde es jemals eine zweite Chance für ihn und Angela geben?

Aber damit versuchte er nur der Wirklichkeit zu entfliehen. Er würde des Mordes angeklagt werden. Und was seine Aussichten betraf… es waren furchtbare Dinge vorstellbar.

Ich hatte eigentlich erwartet, dass ich in einen totenähnlichen Schlaf fallen würde. Trotzdem nahm ich eine Valium. Ich musste tagsüber um jeden Preis einen klaren Kopf behalten. Das war meine einzige Waffe. Barry und seine Eltern hatten Geld, Mitarbeiter und ein gemeinsames, wahnwitziges Ziel. Alles, was ich hatte, waren mein Verstand und meine Liebe.

Ich schlief. Als das Telefon klingelte, integrierte ich das Geräusch in meinen Traum, machte daraus ein Warnsignal in einem der Seminarräume während meines Jurastudiums. Ich saß an meinem Holztisch, hörte das Klingelzeichen und versuchte mich zu erinnern, was es bedeutete und was ich jetzt tun musste.

Schließlich begriff ich und war mit einem Mal hellwach. Ich griff nach dem Hörer.

»Hallo?«

»Es ist vorbei, Angela.«

Das gleiche, unspezifische Flüstern, fast schon träge, nahm sich alle Zeit der Welt, um mich zu verhöhnen.

Ich bekam keine Luft mehr. Die Verbindung blieb weiter bestehen. Schließlich sog ich den Atem tief ein und stieß ihn wieder aus.

Ich gab meiner Stimme so viel Kraft, wie ich nur irgend konnte, und sagte: »Was denn? Was ist vorbei?«

Ich hörte die Person am anderen Ende noch ein paar Sekunden lang leise atmen, dann wurde die Leitung unterbrochen.

19

Freitag, 2. bis Montag, 5. Februar 2001

Das Medikament hatte mich in den Schlaf zurückgezwungen, aber ein Teil meines Geistes blieb hellwach und wartete auf den nächsten Anruf. Als um sechs Uhr der Wecker klingelte, stürzte ich mich als Erstes auf das Telefon. Erst als ich eine Spur wacher geworden war, erkannte ich meinen Irrtum.

Dann wollte ich Wasser in die Kaffeekanne füllen. Als ich den Wasserhahn an der Spüle aufdrehte, bemerkte ich am Boden der Kanne und am Deckel alten muffigen Kaffeesatz, der von gestern übrig geblieben war, genau wie der alte Filter mit dem durchgeweichten Kaffeepulver.

Seufzend griff ich nach dem Spülschwamm.

Da klopfte es an das Fenster über der Spüle. Ich blieb wie angewurzelt stehen. Mein Herz begann zu rasen.

Ich wartete ab, ob es noch einmal klopfen würde, aber als nichts mehr zu hören war, legte ich die Augen direkt ans Fenster und starrte angestrengt in die Dunkelheit. Dann schaltete ich das Licht aus.

Tock, tock, da war es wieder. Jetzt erkannte ich den kleinen Meisenknödel, den ich mit Nina zusammen an den Ast direkt vor dem Fenster gehängt hatte. Er hüpfte im Wind umher. Eine Bö musste ihn gegen die Fensterscheibe geschlagen haben. Ich konnte sogar die beiden kleinen Abdrücke erkennen, die er auf der Scheibe hinterlassen hatte. Ich sank auf einen Stuhl.

Im Verlauf des Vormittags schlief ich zweimal beinahe an meinem Schreibtisch ein. Jedes Mal machte mich das mittlerweile verhasste Klingeln des Telefons wach. Irgendwo am anderen Ende der Leitung saß mein Feind. Vielleicht rief er mich auch hier bei der Arbeit an, falls er nicht wieder wartete, bis es Nacht war.

Oder er würde mich auf andere Weise erwischen, überraschend vor mir auftauchen, mich ernsthaft verletzen...

Es war fast Mittagszeit. Ich hätte eigentlich das Büro verlassen und auf die Straße gehen müssen, um mir ein Sandwich und ein bisschen Bewegung zu verschaffen. Ich durfte mich dem nächtlichen Telefonterror nicht beugen. Höchstwahrscheinlich handelte es sich um Barry oder ein anderes Mitglied der Familie Carnow. Und dass die Carnows mich piesackten, war nun wirklich nichts Neues.

Ich zog gerade meinen Mantel an, als Kathy sich meldete. »Angela, Mrs. Fell ist hier.«

»Wunderbar«, sagte ich mit gespielter Begeisterung. »Sie soll reinkommen.«

»Ich habe gehofft, dass du nicht zum Essen verabredet bist«, sagte Nancy, nachdem Kathy meine Bürotür zugezogen hatte.

Ich warf einen Blick auf die Papiertüte in ihrer Hand. »Danke.«

»Ich hätte dich vorher anrufen sollen.«

»Ach, ich habe nichts Bestimmtes vor. Und ich habe ein bisschen Zeit. Schön, dich zu sehen.«

Ich umarmte Nancy, griff nach der Tüte und stellte sie auf einen seitlich stehenden Tisch.

Nancy setzte sich. Sie sah blass und zerbrechlich aus.

»Wie geht es dir?«, fragte ich. »Und Bruce?«

»Wir halten durch. Es ist... sehr schwer.«

Ich nickte. Es fiel mir, genau wie bei Sean, unglaublich schwer, ihr in die Augen zu sehen.

»Wir vermissen dich und Nina. Bringst du sie an diesem Wochenende einmal mit zu uns?«

»Natürlich«, entgegnete ich.

Es entstand eine Stille.

»Ich kann das nicht«, sagte Nancy schließlich, »ich kann nicht um den heißen Brei herumreden.« Sie seufzte. »Ich bin nicht zum Essen gekommen. Ich weiß, dass Sean dich auch noch einmal gebeten hat, ihn zu vertreten, und dass du nein gesagt hast. Ich ... wünschte, du würdest es dir noch einmal überlegen.«

Irgendwie hatte ich von dem Augenblick an, als Kathys Stimme aus der Sprechanlage ertönt war, gewusst, wieso Nancy hier war. Aber erst, nachdem sie es ausgesprochen hatte, wurde es mir wirklich klar.

Ich entwickelte gerade einen ziemlich massiven Abwehrreflex. Das war ein sehr schlechtes Zeichen. Wer abwehrt, verpasst so manches.

»Nancy ... es ist ... ich kann nicht. Das Wasser steht mir bis zum Hals, und es steigt weiter. Über meinen Krankenhausfall weißt du ja Bescheid. Und Barry will das Sorgerecht für Nina einklagen. Es könnte sein, dass ich sie verliere ...« Ich verschluckte mich an meinen Tränen und musste husten.

Nancy entgegnete nichts, aber das war auch nicht nötig. Ich sah ihr die Antwort genauso deutlich an. *Ich habe gerade eines meiner Kinder verloren. Bitte, rette mir das andere.*

Nancys nächste hörbare Worte waren: »Wir vertrauen keinem anderen. Wir haben furchtbare Angst, Angela. Möglicherweise wird Sean lebenslänglich ins Gefängnis gesteckt, unter Umständen sogar hingerichtet.«

Jetzt weinte auch Nancy. Ich wollte ihr gerade meine

Papiertaschentücher reichen, als ich mich besann und aufstand. Ich kniete mich neben ihren Stuhl und wischte ihr das Gesicht. Nancys Haut war weich und fühlte sich an wie Blütenblätter.

»Sean benötigt eine besonders sorgfältige Verteidigung«, sagte ich. »Endlos viele Informationen müssen auf das Wesentliche reduziert und zu einem stichhaltigen Paket zusammengefasst werden, das die Geschworenen überzeugt, ohne sie zu langweilen oder zu erschlagen. Ich könnte das nicht besonders gut. Aber Mitchell schon.«

»Doch, das könntest du. Wir wissen es.«

Ihr wisst es nicht.

Kathy klopfte an und öffnete die Tür. »Wollen Sie etwas essen? Ich könnte etwas besorgen. Wie wäre es mit Kaffee oder Apfelsaft?«

An schlucken war überhaupt nicht zu denken. Und ich war mir sicher, dass auch Nancy keinen Appetit hatte.

»Jetzt nicht, danke.«

Als Kathy weg war, sagte Nancy: »Gibt es irgendetwas, was ich sonst noch sagen oder tun könnte?«

Ich schüttelte den Kopf.

Carol Carranza rief an, als ich gerade etwas Paprika auf das Hühnerfleisch streute, das ich zum Abendessen machen wollte.

»Ich hoffe, es stört Sie nicht, dass ich Sie zu Hause anrufe«, sagte Carol.

»Machen Sie Witze? Nachdem Sie mich gerettet und sich so rührend um mich gekümmert haben?«

»Gut. Wie geht es Ihrem Mund?«

»Besser. Ich kann schon wieder richtig kauen.«

»Tja, ich rufe an, weil ich ein bisschen Gesellschaft gebrauchen könnte. Und ich dachte, dass es Ihnen vielleicht ähnlich geht. Was gibt es bei Ihnen zum Abendessen?«

Mein Blick glitt über die mit Hühnchen gefüllte feuerfeste Form auf der Küchentheke. Da fiel mir auf, dass ich lächelte. Ich konnte mich schon gar nicht mehr erinnern, wann ich zum letzten Mal den Telefonhörer abgenommen hatte, ohne gehetzt oder terrorisiert oder von irgendjemandem absolut dringend für etwas gebraucht zu werden, was ich sowieso nicht leisten konnte.

»Ich wollte gerade ein Hühnchen in den Ofen schieben.«

»Hätten Sie nicht Lust, es zu mir rüberzubringen? Ich habe Salat und Reis da. Und Wein. Wir feiern eine kleine Party. Und die Mädchen können miteinander spielen.«

Carol lebte in einer großzügigen Vierzimmerwohnung in einem der Tudor-Altbauten in der Innenstadt von Rye. Nina und ich tauchten in Wärme und Zimtduft ein.

»Jill hat Kekse für uns gebacken«, sagte Carol und hockte sich neben die Kinder, um mit ihnen auf einer Augenhöhe zu sein. »Jill, das ist Nina. Wollt ihr euch nicht die Hand geben?«

Ich sah, wie sie schüchtern gehorchten. Jill meinte: »Wollen wir Barbie im Schönheitssalon spielen?«

Nina nickte, und sie gingen gemeinsam den langen Flur entlang.

Carol brachte mich in die Küche. In der Mitte befand sich eine von Barhockern umstandene Kochinsel, die so gar nicht zu dem altmodischen Linoleum und den abgewetzten Pressspan-Schränken passen wollte. Darauf standen Salz- und Pfefferstreuer, ein Stapel mit Barbie-Tischsets, ein Malbuch und Leuchtstifte.

»Setzen Sie sich«, sagte Carol und deutete auf die Hocker. »Und geben Sie mir das da.« Sie griff nach der Thermopackung mit dem Hühnchen. »Wie schade, dass Mom heute Abend nicht da ist. Sie liebt Hühnchen über alles. Ich weiß schon gar nicht mehr, wie ich das Fleisch noch zubereiten soll. Haben Sie schon mal dieses Rezept mit der Zwiebelsuppenmischung und eingemachten Aprikosen probiert?«

Nach dem Essen half ich Carol beim Aufräumen und Spülen. Dabei hörte ich aus dem Zimmer der Mädchen leichtes, zwitscherndes Kichern, aber auch den Klang ernsthafter Gespräche dringen.

Würden Nina und ich jemals wieder Frieden finden?

Ich verschloss Augen und Ohren vor der einzig möglichen Antwort.

»Noch einen Schluck Wein?«, fragte Carol.

»Nur ein Tröpfchen. Wir müssen bald gehen.«

»Nur noch ein kleines bisschen. Das tut mir so gut. Ich war die ganze Zeit über wie verschüttet …«

»Ich auch«, sagte ich.

Carol strich sich die blonden Haare aus der Stirn. »Wegen dieser Sorgerechtsgeschichte?«

Ich wandte den Blick von ihr ab und schaute auf die Wanduhr, die die Form einer Teekanne hatte. Genauso eine hatte Tante Margaret auch gehabt.

Nein, wollte ich sagen, *das ist es nicht. Wenn es doch nur das wäre …*

Aber Carol bot mir etwas, was ich von sonst niemandem bekam. Ein hörendes Ohr. Meine Geheimnisse mussten Geheimnisse bleiben, aber vielleicht konnte ich den Deckel ein klein wenig lüften …

»Demnächst stehe ich vor Gericht«, sagte ich. »Mein Ex beansprucht das alleinige Sorgerecht für Nina, mit Hilfe seiner Familie und unverschämt viel Geld. Es könnte sein, dass ich sie verliere.«

»Meinen Sie wirklich? Spielt das Geld denn eine so

große Rolle? Und was ist mit der Tatsache, dass Sie eine großartige Mutter sind?«

»Ganz so einfach ist es nicht.«

Carol schob mir mein Weinglas hin. »Ich höre.«

Also ließ ich alles heraus, was ich konnte – die Geschichte von unserer Hochzeit und Ninas Geburt, die Carnows, Barrys unbeirrbarer Kreuzzug. Danach konnte ich nicht aufhören und redete weiter – über Sarahs Tod, Jims Tod, Seans Mordanklage.

Zum Schluss sagte ich: »Jetzt werden Sie wahrscheinlich verstehen, wieso ich nicht glaube, dass der Überfall auf der Toilette Ihnen gegolten hat. Er muss irgendwie mit diesen Anrufen zusammenhängen.«

Carol seufzte. »Vielleicht. Aber ich glaube immer noch, dass es dabei um mich gegangen ist.« Sie stand auf und schenkte sich Wein ein. Ich legte die Hand über mein Glas und schüttelte den Kopf.

Dann beugte ich mich zu ihr. »Sind Sie auch wirklich vorsichtig? Ich versuche es, und ich finde es sehr anstrengend.«

Carol stieß ein angewidertes Grummeln aus. »Da sehen Sie, was aus uns geworden ist«, sagte sie. »Unsere Kinder sitzen nebenan und spielen mit Barbie-Puppen, während wir uns überlegen, wie wir unserer Ermordung entgehen sollen. Wieso ist es so schwierig, das Richtige zu tun? Wieso müssen wir uns mit all diesen Dingen belasten? Wieso dreht sich das Leben nicht mehr ums Keksebacken, triefende Nasen und Klassenreisen?«

»Ich weiß es nicht«, sagte ich.

Als wir wieder zu Hause waren, blieb ich neben Nina sitzen, bis sie eingeschlafen war. Aber anstatt wie üblich auf Zehenspitzen hinauszuschleichen, ließ ich mich neben sie auf die Matratze sinken und lauschte ihren friedlichen Atemzügen.

Ich hatte gehofft, dass mich das irgendwie trösten würde, aber anscheinend gab es nichts mehr, was das vermochte.

Nina drehte sich auf die Seite. Ihre kleine Hand lag jetzt neben meiner, und ich hakte meinen kleinen Finger in ihren.

Es kann sein, dass ich dich verliere, sagte ich leise. Ich fühlte, wie ich vor Schweiß zu kleben begann.

Ich habe dir versprochen, dass ich nicht zulassen werde, dass du unter meinen Entscheidungen und Fehlern leiden musst, aber vielleicht kann ich dieses Versprechen nicht halten.

Ich umschloss Ninas Hand mit meiner. Ich hätte sie am liebsten an mich gezogen und sie fest in die Arme geschlossen, aber dann widerstand ich der Versuchung und ließ sie schlafen.

Es wird immer schlimmer. So viel schlimmer. Vielleicht finden sie ja heraus, was ich getan habe. Oder ich muss es von mir aus gestehen, falls Onkel Sean nicht freigesprochen wird.

Ich habe schon jetzt auf das Schlimmste gesündigt, weil ich zugelassen habe, dass es so weit kommen konnte. Ich habe einen Mord begangen und habe schweigend zugesehen, wie ein Unschuldiger unter Anklage gestellt wurde.

Ich habe zugelassen, dass Onkel Sean aufgrund meiner Tat ins Gefängnis gesteckt wurde. Dann haben er und Grandma Nancy und Grandpa Bruce mich gebeten, ihnen zu helfen, und ich habe nein gesagt.

Ich zog Ninas Hand an meine Lippen und drückte einen Kuss auf die warme Innenseite.

Oh, mein kleines Baby, was habe ich getan?

»Büro Professor Benet, guten Morgen.«

»Ist sie da, bitte? Ich heiße Angela Diamond. Ich habe an Ihrem Institut studiert. Peggy war meine Mentorin.«

»Einen Augenblick, bitte.«

Während der Wartezeit wurde der Telefonhörer in meiner Hand leicht glitschig. Ich schwitzte mittlerweile unentwegt.

»Angela?«

»Hallo, Peggy.«

»Was für eine schöne Überraschung. Das ist ja Jahre her. Ich habe von Ihnen gelesen, im Zusammenhang mit dieser Transplantationsgeschichte. Sind Sie eigentlich schon Teilhaberin geworden?«

»Im kommenden Mai«, sagte ich und spürte einen Stein in meiner Brust.

»Gratulation! Ich bin sehr stolz auf Sie, Angela. Sie haben es verdient. Sie waren eine hervorragende Studentin.«

Eine Stille entstand. Ich war an der Reihe und sagte: »Könnten wir uns vielleicht einmal unterhalten?«

Noch ein Herzschlag lang Stille. »Natürlich.«

»Haben Sie heute um die Mittagszeit schon etwas vor?«

»Zufällig nicht. Wo wollen wir essen?«

»Ich möchte nichts essen. Ich möchte nur mit Ihnen reden. Ich komme zu Ihnen ins Büro.«

Meine Rückkehr in das Gebäude der juristischen Fakultät brachte die gesamte, widersprüchliche Palette der Gefühle von damals wieder zurück.

Zu jener Zeit hatte ich gedacht, das seien wirkliche Probleme.

Peggy wartete in ihrem kleinen Büro auf mich. Sie sah fast noch genauso aus wie vor über zehn Jahren, ziemlich klein und schlank, mit milchkaffeeblonder Löwenmähne und großen, hellblauen Augen. Sie umarmte mich.

»Sie benutzen immer noch Rive Gauche«, sagte ich.

»Und Sie zupfen immer noch an der Nagelhaut, wenn Sie nervös sind.«

Ich blickte auf meine Hände. »Sie sind ziemlich zerfranst.«

»Genug des Vorspiels.« Peggy setzte sich und wies auf den einzigen anderen Sessel im Raum. »Was ist los?«

Ich hatte eigentlich gedacht, dass es absolut unmöglich sein würde, dass ich, wenn es so weit war, aus dem Büro stürzen würde. Aber jetzt konnte ich es kaum erwarten, endlich loszulegen.

Das war gefährlich. Das bedeutete, dass ich mir davon Erleichterung versprach.

»Mir ist wieder eingefallen, wie Sie damals hypothetische Fälle konstruiert haben, um uns zu prüfen. Sie haben uns bestimmte Einzelheiten verraten, Fragen gestellt und dann eine neue Schicht von Schwierigkeiten hinzugefügt.«

Peggy lächelte leicht. »Das mache ich immer noch. Sind Sie hergekommen, um mich zu prüfen?«

»Ja.« Ich rieb meine nassen Hände an den Außenseiten meines Sessels ab.

»Geht es um das Krankenhaus?«

»Nein.«

Peggy blinzelte. »Okay. Legen Sie los.«

Ich zwang mich, Peggy in die Augen zu schauen. »Es hat ein Mord stattgefunden. Und es gibt eine Anklageschrift. Der Angeklagte ist unschuldig, aber die Indizien sprechen gegen ihn.«

»Okay.«

»Bis jetzt hat Verteidiger A den Angeklagten vertreten. Der Angeklagte möchte jetzt, dass Verteidiger B den Fall übernimmt. Verteidiger B lehnt ab.«

»Weil?«

»Weil Verteidiger B selbst den Mord begangen hat.«

Peggy hielt den Atem an. Wieder zwang ich mich, ihrem Blick standzuhalten.

Peggy sagte: »Und wie lautet Ihre Frage?«

»Soll Verteidiger B seine Entscheidung rückgängig machen und den Angeklagten verteidigen?«

»Oh Gott.« Peggy schüttelte heftig den Kopf. »Was, um alles in der Welt, hätten die beiden Parteien davon?«

»Verteidiger B wäre außerordentlich motiviert, einen Freispruch zu erreichen«, sagte ich, »da eine Verurteilung bedeuten würde, dass er selbst ein Geständnis ablegen müsste.«

»B könnte aber auch sofort gestehen und damit dem Angeklagten und allen anderen eine Menge Zeit, Geld und Leid ersparen.«

Erneut trocknete ich meine Hände am Sessel ab. »Dieser Vorschlag hätte aber auch andere Konsequenzen… sehr schwerwiegende.«

»Verraten Sie mir lieber nicht, wie diese Konsequenzen aussehen könnten.«

»Das hatte ich nicht vor.«

Nach etlichen Minuten des Nachdenkens sagte Peggy: »Jeder Vorteil, den B möglicherweise bieten könnte, würde durch die Risiken neutralisiert. Bs Kenntnisse über den Ablauf des Mordes könnten bei der Verteidigung eines unschuldig Angeklagten dann hilfreich sein, wenn der Verteidiger in der Lage wäre, mögliche andere Schuldige zu präsentieren. Aber wie soll sich B eine wirksame Strategie für den Klienten zurechtlegen, wenn er gleichzeitig sich selbst schützen muss?«

Das Telefon auf ihrem Schreibtisch klingelte einmal, dann schaltete sich ein Anrufbeantworter ein. Peggy schob den Lautstärkeregler zurück.

»Der Angeklagte sollte bei A bleiben oder sich jemand anderen suchen, aber nicht B. Wenn der Angeklagte wirklich unschuldig ist, dann muss die Anklage notwendigerweise Schwachpunkte haben, und wenn er oder sie dann freigesprochen wird, dann muss niemand irgendjemandem etwas gestehen.«

Ich fuhr auf den Büroparkplatz, blieb aber im Auto sitzen. Peggys Worte drehten sich in meinem Kopf unaufhörlich um sich selbst.

»Wie soll sich B eine wirksame Strategie für den Klienten zurechtlegen, wenn er gleichzeitig sich selbst schützen muss?« Ja, eben. Wie? War das überhaupt möglich? Wenn ich Seans Verteidigung übernahm, dann war es meine Aufgabe, die Fakten so darzustellen, dass er in einem möglichst günstigen Licht erschien. Dann ging es um seine Unschuld, nicht um meine. Bei der Vorbereitung und Durchführung der Verteidigung müsste ich permanent Entscheidungen treffen, bedeutende und weniger bedeutende, *aber immer ausschließlich in Seans Interesse.*

Aber war nicht Seans Interesse auch mein eigenes? *»Wenn er oder sie dann freigesprochen wird, dann muss niemand irgendjemandem etwas gestehen.«*

Ich ließ meinen Kopf auf das Lenkrad sinken, das von der durch die Windschutzscheibe scheinenden Sonne erwärmt worden war.

Ich stöhnte. Schon wieder sortierte ich die Fakten in meinem Interesse und nicht in Seans. Ja, natürlich, unter dem Strich hatten wir beide dasselbe Ziel – aber eben nur unter dem Strich. Meine unterschwellige Motivation, das, was mich im Unterbewusstsein antrieb, würde darin liegen, den Fall abzuschließen, zu beenden. Wenn ich aber wirklich Seans Interessen vertreten würde – und das war es, was er von seiner Verteidigung erwarten durfte –, dann müsste es mein Ziel sein, zu beweisen, dass er Jim nicht getötet hatte.

Und die einzig glaubhafte echte Möglichkeit, dieses Ziel zu erreichen, lag darin, dass ich selbst die Tat gestand.

Also, da hatte ich meine Antwort. Ich konnte Seans Verteidigung nicht übernehmen, ganz egal, wie sehr er oder seine Eltern sich das auch wünschten.

»B könnte sofort gestehen und damit dem Angeklagten und allen anderen eine Menge Zeit, Geld und Leid ersparen.«

Ich versank in meinem Sitz. Meine Haare waren schweißnass. All die Fragen, die ich weder Peggy noch sonst jemandem stellen konnte, rasten in meinem Kopf herum.

Wie soll ich den einzigen Familienangehörigen, die ich noch habe, erklären, dass ich ihren Bruder beziehungsweise Sohn umgebracht habe?

Wie soll ich meiner Tochter erklären, dass ich ihren Onkel umgebracht habe?

Wie soll ich die letzte Umarmung mit ihr überleben… wissend, wohin sie geht?

Wie könnte ich die Gewissheit ertragen, dass ich es nicht geschafft hatte, sie vor einem Leben voller Seelenqualen zu bewahren?

Ich schluchzte in meine geballten Fäuste. Ich fühlte mich in meinem Auto nackt und verwundbar, klappte die Sonnenblenden herunter und stieß ein spöttisches Schnauben aus, das mir selbst galt.

Sean hatte Mitchell engagiert. Er war einer der Besten seiner Zunft.

Ich holte ein Papiertaschentuch aus meiner Tasche und blieb noch eine Weile sitzen, während ich mir das Gesicht abtupfte.

Aber würde Mitchell auch genügend Engagement zeigen? War er wirklich von Seans Unschuld überzeugt? Das musste er nicht, das lag außerhalb seines Verantwortungsbereichs. Aber er musste die bestmögliche Verteidigung auf die Beine stellen.

Gab es einen Strafverteidiger, der seine Sache vielleicht noch besser machen würde?

Ich ließ verschiedene Prozesse der letzten Jahre vor meinem geistigen Auge Revue passieren. Es gab immer wieder Momente, wo man jemanden bewunderte und dachte: »Falls ich jemals vor Gericht stehen sollte...«

Frances Rock. Wild und mit einem starken Beschützerinstinkt, unermüdliche Wühlerin... Ich hatte gesehen, wie sie über die Misshandlungsschiene eine Frau freibekommen hatte, die ihren Ehemann mit Abflussreiniger vergiftet hatte.

Marty Casanoff – liebenswürdig, vorsichtig, still, aber brillant. Geschworene und Richter waren vernarrt in ihn.

Da ging jemand mit einer Papiertüte mit chinesischem Essen an meinem Auto vorbei. Ich konnte es durch die geschlossenen Scheiben hindurch riechen. Aber Hunger war im Moment wirklich überhaupt kein Thema.

Mitchell, Frances, Marty...

Aber was, wenn sie trotz tadelloser Arbeit den Prozess verloren? Wie wahrscheinlich war das angesichts der Tatsache, dass Sean unschuldig war?

Ich erinnerte mich an ein Schild, das ich in einem Richterzimmer in White Plains gesehen hatte. Darauf hatte in eleganter, geschwungener Schrift gestanden: IM LEBEN UND VOR GERICHT IST ALLES MÖGLICH.

Langsam drängte sich ein Gedanke in den Vordergrund, formte sich zu Worten, ein Gedanke, den ich nicht wahrhaben wollte. Aber er ließ sich nicht aufhalten, und jetzt war er da.

Ich konnte diese Verantwortung keinem anderen Rechtsanwalt überlassen.

Kein Mensch, den Angeklagten eingeschlossen, wusste mehr über das begangene Verbrechen als ich. Niemand war stärker motiviert, ein Geschworenengericht von Seans Unschuld zu überzeugen, als ich. Niemand außer mir stand vor der Alternative, den Prozess zu gewinnen oder aber den Mord gestehen zu müssen.

Und niemand sonst hatte ein Kind, dessen Lebensglück davon abhing, dass dieser Prozess gewonnen wurde.

Ich konnte Sean nicht vertreten. Aber genauso wenig konnte ich mich verweigern.

20

Sean war immer der Überzeugung gewesen, dass der Erfolg eines Restaurants auf der Allgegenwart des Inhabers oder des Geschäftsführers basierte. Deshalb war er während der Stoßzeiten um die Mittags- und Abendzeit im *Bobby's* fast immer überall zu finden – in der Küche, draußen im Restaurant, Komplimente verteilend, mit prüfendem Blick.

Das war ihm mittlerweile unerträglich geworden. Er fühlte sich wie eine Kakerlake unter dem Mikroskop. Deshalb verbrachte er einen Großteil seiner Zeit oben im Büro.

Auch jetzt, obwohl es Mittagszeit war, saß er da oben und kämpfte mit dem Papierkram. Alles war ihm recht, nur um nicht unterzugehen.

Da klingelte es auf der internen Leitung. »Ja?«

»Angela Diamond ist hier. Sie möchte nach oben kommen.«

Er empfing sie am oberen Treppenabsatz. Sie trug ein grünes Kleid, das wie ein Schildkrötenpanzer gemustert war. Ihre Haare mussten dringend gekämmt werden. Sie betrat sein Büro und setzte sich.

In Seans Büro zu sein war schön und schrecklich zugleich. Der Raum enthielt ein Jahre altes Versprechen, das nie eingelöst werden würde. Es roch nach Sean. Ich wurde von seinem Wesen eingehüllt ... so ähnlich musste es sein, wenn eine Frau mit ihm intim wurde.

Ich sagte: »Ich habe es mir überlegt. Wenn du willst, dass ich dich verteidigen soll, dann mache ich es.«

Sean erhob sich von seinem Schreibtischstuhl. »Ernsthaft?«

Seine Freude bereitete mir Übelkeit. »Ja.«

Er setzte sich wieder hin, sank in seinem Sessel zusammen, blieb etliche Sekunden lang stumm. Dann sagte er: »Danke, Ange. Vielen Dank. Ich weiß, wie schwer es dir fällt.«

Ich hustete, um ein Schluchzen zu überspielen. Das wusste er natürlich nicht. Genauso wenig, wie er wusste, dass ich in Wirklichkeit mich selbst vertrat.

Er stand wieder auf und ging um den Schreibtisch herum auf meinen Stuhl zu. Ich sah seine Hände näher kommen und wusste genau, was als Nächstes geschehen würde, wenn ich es zuließ. Er würde mich dankbar in die Arme schließen, ohne dass er mehr damit verband, aber meine Gefühle würden mich im Stich lassen, und ich würde in seiner Umarmung Dinge finden, die er gar nicht meinte – Schutz, Trost, Vergebung. Liebe.

Ich konnte ihm nicht offenbaren, wie nötig ich all das hatte. Also stand ich auf und vermied die Umarmung, indem ich mich wegdrehte und ihm schwesterlich die Hand schüttelte.

Ich musste Sean helfen ... und das, ohne auch nur ansatzweise meine eigenen Sehnsüchte zu enthüllen.

Ich war Sean etwas schuldig. Ich war allen Fells etwas schuldig. Sie hatten Jim verloren. Und sie waren nicht verantwortlich für das, was Jim mir all die Jahre lang angetan hatte. Sie hatten ja keine Ahnung.

21

August 1983 bis Februar 1989

»Ich weiß ja, dass es hier oben ziemlich heiß ist, aber der Herbst steht schon vor der Tür. Sobald die Schule anfängt, wird es erträglicher«, sagte Tante Margaret Forsen zu Sarah und mir. »In der Zwischenzeit könnt ihr euch hiermit behelfen. Ihr werdet euch wundern, was ein guter Lüfter alles schafft.« Sie schaltete den weißen Metallventilator ein, der in dem halb geöffneten Dachfenster eingeklemmt war. Warme Luft fing an zu zirkulieren und kräuselte die gelben Vorhänge.

Sie deutete auf die beiden Doppelbetthälften, auf denen unsere Koffer lagen. Die strahlend neuen Bezüge waren mit einem Sonnenblumenmuster bedruckt. Dann sagte sie: »Packt doch schon mal aus. Anschließend können wir die Koffer zusammen mit den anderen Sachen in den Keller verfrachten, okay? Ich bringe euch gleich ein bisschen Saft hoch.«

Sie stieg die Treppe von der Dachkammer wieder hinunter. Im ersten Stock befanden sich zwei Zimmer. Zum einen das Schlafzimmer von Tante Margaret und Onkel Frank, zum anderen Margarets Nähzimmer, wo sie Kunden empfing, die etwas schneidern oder ändern lassen wollten … oder aber um zu reden, was Margarets unbestrittene Stärke war. Unentwegt sprudelten die Worte aus ihr heraus. Wenn sie niemanden hatte, der ihr antworten konnte, dann redete sie eben mit sich selbst. Ihr hohe, klare Stimme war jederzeit zu hören und verriet, wo sie sich gerade aufhielt – auch jetzt, als sie nach unten ging, um den Saft zu holen.

Ohne den Puffer, den unsere schwatzhafte Tante gebildet hatte, waren wir plötzlich allein mit unserem Trauma, mit der verheerenden Tatsache, dass wir auch unseren zweiten Elternteil verloren hatten. Mom war schon vor vier Jahren gestorben. Damals war ich vierzehn gewesen und Sarah elf. Und heute Morgen war Dad ins Housatonic Care Center eingeliefert worden. Die Wohnung in Manhattan, wo wir unser ganzes bisheriges Leben verbracht hatten, war leer geräumt und wurde nun von erwartungsvollen fremden Menschen besichtigt.

Das Housatonic lag in Stamford, Connecticut, nur zwanzig Minuten vom Haus der Forsens in Rye im Bundesstaat New York entfernt. Aber Dad hätte genauso gut in Ägypten sein können. Der gnadenlose Räuber namens Alzheimer hatte ihn uns gestohlen. Wir hatten zugesehen, wie er sich Stück für Stück weiter von uns entfernt hatte, wie ein Haufen Äpfel, die nach und nach einen Abgrund hinunterrollten.

Ich nieste. Dann merkte ich, dass Sarah und ich regungslos dastanden und den sich langsam verflüchtigenden Worten unserer Tante lauschten.

»Bringen wir's hinter uns«, sagte ich und zog den Reißverschluss meines Koffers auf.

Aber Sarah hatte schon angefangen zu weinen, und nun konnte auch ich die Tränen nicht mehr zurückhalten. Ich ließ den Bademantel, den ich gerade ausgepackt hatte, fallen, und wir umarmten uns. Eng umschlungen standen wir in dem heißen kleinen Zimmer mit der schrägen Decke, das unsere Tante so kühl und hübsch hatte machen wollen.

Drei Jahre später, als Sarah die Rye High School abgeschlossen und ich das zweite Jahr an der Columbia University beendet hatte, kauften die Forsens eine Eigentumswohnung in Sarasota und verkauften ihr Haus. Sie drängten uns, mit ihnen nach Süden zu ziehen.

»Wir könnten euren Dad auch in einer Einrichtung in Florida unterbringen. Ihr könntet ausgezeichnete Colleges besuchen. Es ist wirklich fantastisch dort – Strände, Einkaufen, Sport. Wir würden euch euren Lebensunterhalt finanzieren, und ihr hättet ein schönes, großes Zimmer mit Balkon. Wir könnten es blau streichen lassen. Bei Peeney's habe ich einen unglaublich süßen, gestreiften Teppich gesehen, mit viel weiß drin, aber in der Maschine waschbar …«

Das Angebot war verlockend. Tante und Onkel waren immer sehr nett zu uns gewesen. Aber ich spürte, dass die Forsens – obwohl das Angebot absolut ernst gemeint war – ihren Ruhestand lieber alleine genießen wollten.

Also nahm ich mir einen Taschenrechner und einen Stift und listete jede Ausgabe, die jetzt auf Sarah und mich zukommen würde, haarklein auf. Ich erkundigte mich nach den Mietpreisen in der Umgebung, hauptsächlich in Gegenden, die keinen besonders guten Ruf oder weniger gute Schulen und eine schlechte Verkehrsanbindung an New York hatten und deshalb billiger waren. Dann rechnete ich unsere Einnahmen dagegen, also die Teilstipendien, die Darlehen, die wir bereits bekamen, und das, was wir uns als Kellnerinnen dazuverdienten.

Wir mieteten uns eine Einzimmerwohnung hinter einer Staubsauger-Reparaturwerkstatt in Elmsford, New York.

Das Vorstudium war brutal: Abgesehen von den Veranstaltungen an der Uni selbst musste ich sehr viel lernen, und das bei einem sowieso übervollen Stundenplan. In der Regel nahm ich meine Bücher mit zur Arbeit ins Toto – das war der Nachtclub in Cos Cob, Connecticut, in dem ich bediente – und hoffte auf ruhige Zeiten zwischendurch. Ansonsten musste ich noch nach der Arbeit lernen, und das bedeutete nur wenig Schlaf. Sarah hatte die gleichen Probleme. Auch sie musste ihre Arbeit irgendwie mit ihrem Studium an der Harrison University vereinbaren. Aber gleichzeitig konnten wir uns nicht den kleinsten Einnahmeverlust erlauben. Trotz meiner sorgfältigen Analyse wurden wir von den Ausgaben überrollt. Das Geld schien einfach zu verdunsten.

Eines Abends, das vorletzte Studienjahr war gerade drei Monate alt, fuhr ich nach der Uni in meiner grünen Chevette nach Hause. Auf dem Henry Hudson Parkway in Manhattan staute sich der Verkehr, und ich bremste. Dabei merkte ich, dass die Scheinwerfer nicht eingeschaltet waren. Ich griff nach dem Schalter.

Sie *waren* eingeschaltet.

Ich drehte an jedem Knopf, aber die Lichter blieben aus. Wahrscheinlich eine Sicherung. Aber ich steckte im dichten Verkehr fest, der sich aus der Stadt hinausquälte, sodass ich keine Möglichkeit hatte, an den Straßenrand zu fahren und sie zu ersetzen.

Schließlich manövrierte ich den Wagen auf den unbefestigten Seitenstreifen. Ich fuhr so weit wie möglich auf das Gras und band eine weiße Plastiktüte an die Antenne. Mittlerweile waren sämtliche Lichter im und am Auto ausgegangen. Außerdem hatte ich keine Ersatzsicherungen dabei, falls das wirklich das Problem sein sollte, woran ich aber meine Zweifel hatte. Die Elektrik der Chevette hatte mir schon öfter Schwierigkeiten bereitet.

Ich stand auf dem Rasen und zitterte in der Novemberkälte. Es war halb sieben. In zwei Stunden musste ich bei der Arbeit sein.

Wenn ich dort nicht auftauchte, würde ich auch kein Geld bekommen. Und wenn ich Sarah Bescheid sagte und mich von ihr abholen ließ, dann würde auch sie nichts verdienen.

Der Stau hatte sich jetzt aufgelöst, die Autos fuhren mit normaler Geschwindigkeit an mir vorbei. Ich hoffte, dass irgendjemand mein Notsignal registrierte und die Polizei informierte. Aber wenn sie dann da war, was konnte sie tun? Selbst, wenn sie mich netterweise zu einem Bahnhof brachten, wo ich einen Zug nach Elmsford oder Cos Cob nehmen konnte, was wurde dann aus meinem Auto?

Ich musste es über Nacht stehen lassen und früher aufstehen, damit Sarah mich noch vor dem Beginn der Vorlesungen herfahren konnte.

Ich strich mir die Haare zurück. Wie standen die Chancen, dass das Auto dann immer noch hier stand, und zwar in einem erkennbaren Zustand? Auf dem Henry Hudson Parkway wurden Autos regelrecht verschlungen. Das Einzige, was man jemals zu Gesicht bekam, waren verkohlte Wracks, an denen alles, was noch verwendbar war, fehlte.

Ich ging ein Stück weiter den Grashang hinauf und lehnte mich an einen Baum. Der Stamm war kalt und feucht und roch nach Erde, und das, obwohl er sein ganzes Leben lang inmitten von Autoabgasen gestanden hatte.

Was, zum Teufel, sollte ich bloß machen?

Mit einem Mal krachte und quietschte es, und ich riss den Kopf herum. Ein Lieferwagen hatte einen Lastwagen seitlich gerammt und war ins Schleudern geraten. Der Fahrer bemühte sich mit aller Macht, seinen Wagen auf der Straße zu halten. Der Fahrer des Lasters beschleunigte, um den Lieferwagen einzuholen. Der wiederum versuchte ihm in Schlangenlinien zu entkommen und raste dabei mit dem nächsten Krachen in die Chevette und schob sie auf die Straße hinaus.

Ich hatte keine Unfallversicherung, aber für einen Totalschaden reichte es auch nicht. Also hatte ich kein Auto mehr, Ende der Durchsage.

Manchmal habe ich Gott dafür gedankt, dass ich nicht im Auto gesessen hatte.

Und manchmal habe ich mir genau das gewünscht.

Wir zogen in eine noch billigere Wohnung, wo wir uns das Bade mit Nachbarn teilen mussten. Der Spielraum auf meiner Visa-Karte betrug noch siebenhundert Dollar. Für vierhundert kaufte ich einen alten Datsun mit löcherigen Kotflügeln. Weil ich jeden Tag in die Stadt fahren musste, bestand Sarah darauf, dass wir die Autos tauschten, und gab mir ihren etwas besser erhaltenen Honda Civic.

Wir arbeiteten beide so viel wie irgend möglich, aber die Ausgaben wuchsen uns über den Kopf. Oft lag ich nachts wach, keuchend vor Angst, zählte unser bisschen Geld zusammen, immer und immer wieder, und dachte an die Rechnungen auf dem kleinen Küchentisch, die bezahlt werden mussten.

Eines Mittwoch Nachts im März kam ich nach zwei Uhr aus dem Toto nach Hause und fand Sarah am Küchentisch sitzend. Sie schrieb Schecks aus und klebte Briefmarken auf Umschläge.

Schuldbewusst blickte sie auf. »Nicht aufregen.«

»Was hast du gemacht?«

»Ich habe mir von Onkel Frank hundert Dollar geborgt. Ich schicke zwanzig an alle unsere Gläubiger und schreibe einen kurzen Brief dazu.«

»Wir haben uns geschworen, dass wir Margaret und Frank nicht fragen würden.«

»Stimmt, das haben wir. Und sie brauchen das Geld auch zurück. Aber ich kann es einfach nicht mehr mit ansehen, wie fertig du bist.«

Ich legte mich auf mein Bett. Sarah hatte den alten Schulden nur noch eine weitere hinzugefügt, und das auch noch bei Menschen, die wir liebten. Aber das war ihr klar. Sie hatte sich entschlossen, mein Wohlergehen über alles andere zu stellen.

Ich stand auf und ging zu ihr, legte meine Arme um sie und hielt sie fest.

Am nächsten Freitagabend, kurz nachdem ich einem Mann, der alleine an einem Tisch saß, ein Bier und einen Teller *Nachos completos* gebracht hatte, winkte mich Joe Eliza, einer der Besitzer des Toto, zu sich.

»Der Typ da möchte dich kennen lernen«, sagte Joe. »Der, den du gerade bedient hast.«

»Ich habe ihm gleich bei der Bestellung gesagt, wie ich heiße.«

»Angela. Er möchte dich näher kennen lernen. Sich verabreden. Eine Verabredung gegen Dollars.«

»Oh.«

Joe lachte. »Das klingt für dich wie chinesisch, stimmt's?«

Das stimmte. Ich wusste, dass ein paar der Mädchen gelegentlich mit Kunden weggingen und dass das auch eine gewisse Großzügigkeit von deren Seite mit einschloss. Aber ich hatte nicht die geringste Ahnung gehabt, dass diese Verabredungen arrangiert waren.

Ich schauderte innerlich, als würde dieses Gespräch meinen Eingeweiden Unbehagen bereiten. Aber da war auch noch die Andeutung eines anderen Gefühls, eines Gefühls, das ich schon so lange nicht mehr empfunden hatte, dass es mir fast wie emotionales Chinesisch vorkam: Erleichterung.

»Wie viel Geld kommt dabei rüber?«, fragte ich.

Joe lachte wieder, mit geweiteten Augen. Er tätschelte mir den Rücken.

Nach meiner Schicht fuhr ich in die EconoLodge, um mich mit Ray, dem Nacho-Esser, zu treffen. Es war schon spät, und sein Zimmer war das einzige, in dem noch Licht brannte. Ich wischte mir die nassen Hände an meinem langen Pullover ab und trat vor die Tür.

Lächelnd machte er auf. Er nahm mich an der Hand und führte mich hinein. Ich schaute sofort auf das Bett.

Er registrierte meinen Blick und sagte: »Wie wäre es denn zuerst mit einem Drink?«

Nach zwei Wodkas fühlte ich mich schon weniger aufgeregt. Ich nahm an, dass ich den ersten Schritt machen sollte – das wurde wahrscheinlich erwartet –, aber während ich noch überlegte, wie, trat er hinter meinen Stuhl und küsste mich auf den Nacken. Dann machte er das Licht aus. Wir gingen ins Bett.

Joe hatte mir ein paar Kondome mitgegeben, aber Ray hatte seine eigenen dabei. Er bat mich, ihm eines überzuziehen. Sein Flüstern roch nach Nachos. Einen Augenblick lang fühlte ich mich unbehaglich, aber dann tat ich einfach, was er wollte.

Ich hatte vorher nur zwei feste Freunde gehabt und nicht einmal ein Dutzend Mal mit einem Mann geschlafen. Ich dachte, dass man wahrscheinlich noch eine ganze Menge wissen musste, womit ich nicht dienen konnte.

»Ich habe nicht besonders viel Erfahrung«, sagte ich, als es vorbei war.

»Das habe ich dir angesehen. Aber das ist gut so. Es

war sehr schön. Würdest du dich wieder mit mir treffen?«

Er gab mir hundert Dollar und erhöhte den Betrag nach ein paar Abenden noch. Als er fünf Monate später nach Los Angeles zog, machte mich Joe mit Raoul bekannt und dann mit Danny und Rocco. Von da an war ich an jedem Abend des Wochenendes mit einem von ihnen »verabredet«.

Nach anderthalb Jahren hatte ich genügend Geld gespart, um den Rest meines Studiums nur noch als Teilzeitkellnerin arbeiten zu müssen. Ich kündigte im Toto und nahm eine Stelle in Julie's Café in Greenwich, Connecticut, an. Mit meinem und Sarahs Einkommen sowie mit den Erträgen aus den Geldanlagen, die mir meine Einnahmen aus dem Toto ermöglicht hatten, konnte ich die Pace Law School in White Plains besuchen, während Sarah an der Harrison University ihren Bachelor in Biologie machte.

Im Lauf meines dritten Jahres an der Law School ging uns wieder das Geld aus. Sarah fing an, neben ihrem Job bei einer Firma für Landschaftsgestaltung in Elmsford abends noch im *Sandcastle Restaurant* in Rye zu bedienen. Ich selbst arbeitete so viel wie möglich bei Julie und bekam viel zu oft keinen Schlaf. Dann erkältete ich mich, und Julie schickte mich nach Hause.

Die Schulden auf meinen mittlerweile drei Visa-Karten stiegen wieder. Jetzt waren es fast 30.000 Dollar.

Ich wandte mich an Joe Eliza.

Das Toto war im Lauf der letzten Jahre noch beliebter geworden, die Tanzfläche größer, das Publikum hipper. Ich fing an, mir Gel in die Haare zu schmieren. Ich fügte den beiden Ohrsteckern in meinem linken Ohrläppchen zwei weitere hinzu, während das rechte frei blieb. Gelegentlich trug ich auch eine abwaschbare Tätowierung.

Ich hatte Angst, dass Sarah dahinter kommen könnte, auch wenn sie es beim ersten Mal nicht gemerkt hatte. Ich hatte Angst, jemandem von der Pace Law School zu begegnen. Andererseits: Jeder, der dahinter kam, dass ich nicht nur eine einfache Kellnerin war, hatte das gleiche Geheimnis wie ich.

Wenn ich so viel Geld verdienen konnte wie zuvor, dann war es möglich, wieder etwas zu sparen, dann damit aufzuhören und den Abschluss zu machen. Sarah und ich konnten wegziehen. Diese Gegend hier verkörperte mehr und mehr Dinge, die wir getrost hinter uns lassen konnten.

Eines Abends war Sarahs Auto kaputt, und ich holte sie von ihrer Arbeit im *Sandcastle* ab. Das Restaurant hatte gerade geschlossen, und ich musste anklopfen.

Die Tür wurde mir vom attraktivsten Mann geöffnet, den ich je gesehen hatte.

»Sean Fell«, sagte er und streckte die Hand aus. »Und Sie müssen Angela sein.«

»Ja. Schön, Sie kennen zu lernen. Sarah schwärmt mir immer von der Arbeit hier bei Ihnen vor.«

Seine dunklen Augen blickten mir direkt ins Gesicht. Er war deutlich größer als ich, sodass er dazu den Kopf beugen musste. Dabei rutschte ihm eine Strähne seiner schwarzen Haare über eine Augenbraue.

»Ihre Schwester gehört schon jetzt zu meinen besten Leuten«, sagte er. »Sie arbeitet sehr hart.«

Seit der Schule hatte ich keinerlei romantische Gedanken mehr gehegt. Selbst, wenn ich mir einen Film anschaute, ließen mich die Testosteron-Helden, die Sarah zum Kichern brachten, kalt. Das war ein Teil meines Lebens, der permanent auf später verschoben wurde.

Aber dieser Mann ließ mich schaudern.

Von Sarah erfuhr ich, dass ihr Chef Single war. Von meinem Interesse an ihm verriet ich ihr nichts.

In meinem Zeitplan war für zusätzliche Verabredungen kein Platz, deshalb kämpfte ich erfolgreich gegen das Bedürfnis nach einem erneuten Besuch im *Sandcastle* an. Komplikationen wie die Liebe konnte ich jetzt gerade nicht gebrauchen. Meine Gefühle wurden an anderer Stelle gebraucht, waren mit dem bloßen Überleben beschäftigt. Die Freude, die ich bei meinem Job im Toto vortäuschen musste, bewirkte, dass ich kaum noch wusste, wie sich echte Freude anfühlte.

Aber als Sarahs Auto wieder einmal streikte, hatte ich keine andere Wahl.

Wieder war es Sean, der mir die Tür aufmachte. Er sah genauso aus, wie ich ihn in Erinnerung hatte… und ich hatte oft an ihn gedacht, im Wachtraum und im Schlaf. Der schwarz-braune Nadelstreifenanzug passte perfekt zu dem breitschultrigen Körper. Er bewegte sich mit geschmeidigem Selbstbewusstsein.

Sean sagte: »Wenn ich es richtig mitbekommen habe, dann sind Sie Anwältin?«

Mein Lächeln fiel breiter aus, als ich eigentlich beabsichtigt hatte. »Noch nicht.«

»Aber fast. Darf ich Sie vielleicht um einen Rat bitten? Es geht um einen Brief, den wir von der Bezirksbehörde bekommen haben.«

Ich schaute mich nach Sarah um. Sie war zusammen mit den anderen Kellnerinnen immer noch damit beschäftigt, die Tische für den nächsten Mittag zu decken.

»Ich weiß nicht, ob ich Ihnen überhaupt behilflich sein kann …«

»Kommen Sie doch mit nach oben in mein Büro.«

In dem kleinen Zimmer wurde ich von Seans Duft überwältigt. Aber nicht etwa von seinem Parfüm, sondern von seinen Haaren und seiner Haut.

Ich wartete darauf, dass er mir den Brief gab, den ich für ihn durchlesen sollte. Aber stattdessen schaute er mich einfach nur an.

Der Augenblick wurde länger und länger.

»Ich bin ein Schwein«, sagte er schließlich. »Ich habe Sie nur deshalb mit nach oben gebeten, weil ich mit Ihnen alleine sein wollte. Sind Sie jetzt wütend auf mich?«

Ich hörte mich lachen und fühlte, wie ich errötete.

Er sagte: »Ich habe so etwas noch niemals gemacht. Ich verabscheue Kerle, die so etwas tun. Sie müssen mich für einen Idioten halten.«

Ich schüttelte den Kopf. »Ich fühle mich geschmeichelt.«

»Morgen ist Valentinstag. Da kann ich hier nicht weg. Aber würden Sie vielleicht übermorgen mit mir zu Abend essen?«

Ich atmete aus. Ein Teil meines Mundes, der von meinem Gehirn abgeschnitten war, antwortete: »Ja.«

»Fantastisch.«

Wir lächelten einander an.

»Ich muss gehen«, sagte ich.

»Ich wünschte, Sie müssten nicht.«

Dann lag seine Hand auf meinem Hinterkopf, und er beugte sich nach unten. Seine Lippen waren so nahe, dass unsere Atemströme einander begegneten. Eine quälend lange Sekunde verharrte er so. Dann küsste er mich, und ich küsste ihn, und seine Arme umschlangen mich.

Ich konnte es nicht fassen, wie er schmeckte, wie seine Finger auf meinem Rücken sich anfühlten, elektrisierend.

Ich hatte vergessen – falls ich es je gekannt hatte –, wie es sich anfühlte, dieses glückliche Schweben in den Armen eines anderen Menschen.

Irgendwann ließ er mich los. Ich selbst hätte ihn für immer festgehalten.

»Bis übermorgen«, flüsterte Sean.

22

Es machte ihnen riesigen Spaß, das Toto an bestimmten Feiertagen herauszuputzen. Die festliche Dekoration lockte zusätzliche Kunden an. Der Valentinstag versprach ausgezeichnete Geschäfte.

Als ich zur Arbeit kam, sah ich rosa- und orangefarbene Herzen von der Decke hängen. Später, wenn das Schwarzlicht eingeschaltete wurde, würde das einen wunderbaren Effekt erzeugen.

An Abenden wie diesem im Toto wünschte ich mir, einfach nur eine Frau zu sein, die eine Verabredung hatte, eine richtige Verabredung mit einem richtigen Typen, und nicht irgendeine Professionelle. Das Jura-Examen war mittlerweile nur noch ein gutes Jahr entfernt, sodass ich durchaus ein wenig konzentrierter und weniger trübsinnig hätte sein können.

Zumal ich jetzt jemanden hatte, auf den ich mich konzentrieren konnte…

Seit dem vorangegangenen Abend hatte ich an nichts anderes mehr gedacht. Ich war mit Sarah nach Hause gefahren und hatte die ganze Zeit über abwesend vor mich hin gelächelt, ohne ihr jedoch mein Geheimnis zu verraten. Sein Kuss haftete noch auf meinen Lippen, sein süßer Atem, sein viel versprechender, sanfter Druck.

Ich konnte es nicht erwarten, Sean noch einmal zu küssen.

Kurz nachdem die Musik eingesetzt hatte, nahm ich eine Bestellung auf. Da begegnete mir Joes Blick.

»An der Bar sitzt ein Bulle. Grau melierte Haare, fleischiges Gesicht. Er will ein bisschen Spaß haben.«

»O Joe.«

Er schüttelte den Kopf. »Du hast schon eine ganze Weile keine Gratisnummer mehr gemacht. Ich muss den anderen Mädchen auch mal zeigen, dass hier keine gleicher ist als die anderen.«

Bis jetzt hatte ich immer Glück gehabt. Ich hatte es nie mit einem Durchgeknallten zu tun gehabt, war nie wirklich in Gefahr geraten.

Aber diese vierzig Minuten im Motel Nine waren grauenhaft. Abscheulich. Und er hatte Spaß daran, genoss mein Entsetzen und meinen Ekel.

Als wir wieder beim Toto angelangt waren, ging ich nicht hinein. Ich wartete, bis der Bulle weggefahren und außer Sichtweite war. Das Stampfen der Musik drang von drinnen nach draußen. Dann rannte ich um das Gebäude herum auf den Parkplatz, vorbei an den Fenstern, in denen die Herzen auf und ab wippten, und ließ in panischer Verzweiflung den Motor meines Autos an.

Zu Hause duschte ich, schrubbte mir den Unterleib mit einem Schwamm ab, spülte wieder und wieder meinen Mund aus. Dann legte ich mich ins Bett und starrte von Fenster zu Fenster.

Ich ging nie wieder ins Toto. Ich ging nie wieder ins *Sandcastle*. Sean rief mehrere Male an. Ich rief ihn nie zurück.

An der Law School hatte ich mich mittlerweile hervorragend entwickelt. Alles andere wäre auch eine Sünde gewesen, wenn man bedenkt, was ich auf mich genommen hatte, um das Studium zu Ende bringen zu können. Nach dem Examen konnte ich unter etlichen erstklassigen Jobangeboten wählen.

»Dieses Angebot von Batten, Hogue & Fairstein ist definitiv das beste«, sagte Peggy Benet. »Sie sollten es annehmen.«

»Ich weiß. Aber die sitzen in Rye. Ich möchte mich eigentlich verändern.«

»Verändern können Sie sich immer noch.« Peggy drehte die Papiere zu mir herum, sodass ich sie noch einmal lesen konnte. »Als Ihre Mentorin soll ich Ihnen eigentlich nur bei der Sondierung Ihrer Angebote behilflich sein – ich wünschte, alle hätten so viele wie Sie! – und Sie ein bisschen an die Hand nehmen. Aber ich kann doch nicht einfach ruhig zusehen, wie Sie sich eine solche Gelegenheit entgehen lassen. Also werde ich ein wenig deutlicher: Greifen Sie zu.«

Ich hatte zwei Wochen Zeit, um mich zu entscheiden. Am zwölften Tag quälte ich mich immer noch damit herum.

Falls ich den Job ablehnte, würden Scharen von anderen Universitätsabgängern nachdrängen. Es war eine exzellente Chance; ich fühlte mich unglaublich geehrt durch die Tatsache, dass ich für Batten, Hogue & Fairstein Kandidatin Nummer eins war.

Kein anderes Angebot war von der Größe der Aufgabe und vom Gehalt her vergleichbar.

Ich schleppte noch immer eine erdrückende Schuldenlast mit mir herum. Ich wusste kaum mehr, wie ein Leben ohne Wasserkäfer aussah oder was es bedeutete, ein intaktes Auto zu fahren.

Aber wenn ich eine Stelle in Sacramento oder Chicago annahm, dann konnte ich leben und arbeiten, ohne ständig befürchten zu müssen, dass mir einer meiner ehemaligen Freier über den Weg lief.

Schließlich wurde mir klar, dass ich vor einer für mein gesamtes weiteres Leben bedeutsamen Grundsatzentscheidung stand. Ich konnte doch nicht so tun, als wären all die Dinge, die ich bisher gemacht hatte, nur beschämende Irrtümer gewesen, vor denen ich weglaufen musste. Ich brauchte kein schlechtes Gewissen zu haben. Niemand außer mir selbst konnte mir ein solches einreden, und ich weigerte mich.

Sarah und ich waren gesund, hatten ein abgeschlossenes Studium, waren am Leben. Unter den gegebenen Umständen war das eine enorme Leistung.

Ich hatte nur das getan, was ich tun musste.

23

Mai 1997 bis Freitag, 19. Januar 2001

Ich nippte an meinem Dubonnet-Cocktail und sah zu, wie Sarah sich durch die Gästegrüppchen hindurchschlängelte, die sich auf dem märchenhaften Anwesen ihrer zukünftigen Schwiegereltern versammelt hatten. Barry stand ein Stück weiter weg und unterhielt sich mit ein paar Leuten, während ich gerne die Gelegenheit wahrnahm, mich einfach nur umzusehen.

Von solch einer Verlobungsparty hatten Sarah und ich vor dem Einschlafen in der Dachkammer der Forsens immer geträumt. Ich hatte noch die mit Sonnenblumen bedruckten Bettbezüge vor Augen, konnte noch den Kamillentee riechen, den Tante Margaret vor dem Zu-Bett-Gehen immer zubereitet hatte.

In der Dunkelheit redeten wir mit schläfrigen Stimmen über unsere Zukunft, malten uns abwechselnd das Leben aus, das wir uns vorstellten, fügten so lange weitere Details hinzu, bis wir eingeschlafen waren.

Und jetzt waren wir in der Erwachsenenwelt angekommen. Es war Weihnachten, und alle Geschenke waren ausgepackt. Manche Erwartungen hatten sich erfüllt, und dazu war die eine oder andere Überraschung gekommen. Sowie eine furchtbare Enttäuschung – aber das war meine eigene Entscheidung gewesen.

Sean stupste mich an. »Hier, ich will euch noch ein paar Familienmitglieder vorstellen. Barry?«, rief er, »kommst du mal kurz hier rüber?«

Lächelnd wandte ich mich Sean zu. Je länger der Abend dauerte, desto natürlicher empfand ich mein fröhliches Auftreten. Mit Barry lief es schlecht, aber das hier war Sarahs Abend. Meine Erinnerungen an Seans Kuss, an meine Gefühle von damals, hatte ich schon längst begraben. Sarah wusste nichts davon und würde es nie erfahren.

»Angela Diamond und Barry Carnow«, sagte Sean. »Das hier sind mein Bruder Jim und mein Cousin Patrick Massey.«

Ich schüttelte erst Jim und dann Patrick die Hand, ertappte mich aber dabei, wie ich den Blick noch einmal auf Jim richtete. Es dauerte einen gnädigen Augenblick, dann wurde mir klar, wieso er mir direkt in die Augen schaute.

Dieser Blick war mir schon zwei- oder dreimal begegnet, seitdem ich im Toto aufgehört hatte: ein ehemaliger Freier, der mich erkannte, der aber den Augenkontakt genauso schnell beenden wollte wie ich.

Dieser Blick hier war anders, weil der Freier anders

war. Ein Durchgeknallter, mein erster und mein letzter. Der Bulle, der mich terrorisiert hatte.

An diesem Abend wechselte Jim kein einziges Wort mit mir. Fünf Wochen später tauchte er während einer Spendenaktion auf dem Gelände der Harrison University neben mir auf, genau in dem Augenblick, als Barry sich auf den Weg an die überfüllte Bar gemacht hatte. Mir stockte der Atem.

»Schön, dich wieder zu sehen«, sagte er leise.

Ich suchte krampfhaft nach einer unverbindlichen Erwiderung, aber er war verschwunden, noch bevor mir eine eingefallen war.

Abgesehen von den bei Familienfeiern üblichen, beiläufigen Grußformeln sprach er mich danach nicht wieder an. So langsam begann ich mich ein wenig zu entspannen, hatte weniger Angst davor, er könnte gegenüber Barry oder Sarah oder jemandem aus seiner Familie eine Andeutung fallen lassen.

Jim war nicht mehr bei der Polizei. Er hatte verschiedene Jobs gehabt und arbeitete nun gelegentlich in einem von Seans Restaurants. Irgendwie wirkte er deplatziert in dieser Familie der ökonomischen und akademischen Überflieger. Ich zermarterte mir das Hirn auf der Suche nach einer Erklärung für sein bereitwilliges Schweigen. Schließlich kam ich zu dem Schluss, dass sein heimliches Wissen ihm wohl ein Gefühl der Macht verlieh. Das konnte ich ihm lassen. Und außerdem: Hatte ich eine Wahl?

Jim ließ mich noch zwei weitere Monate zappeln. Dann, eines Abends bei den Fells, ging er mir nach, als ich ein Badezimmer im ersten Stock aufsuchte.

Ich machte einen Sprung in Richtung Tür, aber er schloss sie ab. Mein Fluchtversuch bereitete ihm sichtliches Vergnügen.

Innerlich zitterte ich fürchterlich, aber ich blickte ihm direkt in die Augen. Ich konnte mich noch genauestens an diese Augen erinnern. Bis in den Schlaf hatte mich ihr sengender Blick verfolgt.

»Nein«, sagte ich.

Sein Blick flackerte kurz, und er schien ein Lachen zu versuchen, aber es klappte nicht.

Mir wurde klar, dass ich einen Fehler gemacht hatte. Für den Augenblick hatte ich die Oberhand gewonnen. Das würde er nicht durchgehen lassen.

»Ein hübsches Glashaus hast du dir da ausgesucht«, sagte Jim. »Ich könnte es ganz leicht einstürzen lassen. Und lass uns gar nicht erst so tun, als könntest du dasselbe mit mir machen. Du hast sehr viel mehr zu verlieren als ich.«

Ich sagte gar nichts. Das marokkanische Lammragout, das Nancy zum Abendessen serviert hatte, rumorte in meinem Magen.

»Ich glaube, ich kann von dir eine gewisse Großzügigkeit erwarten«, sagte er.

Ich schüttelte den Kopf. »Ausgeschlossen. Mein Mann hat Geld, aber ich nicht. Ich habe nichts als Schulden.«

Jim zuckte mit den Schultern. »Ihr seid im heiligen Stand der Ehe miteinander verbunden. Hol es dir.«

Jetzt musste ich richtig kämpfen, um das Abendessen bei mir zu behalten. Barry hatte angefangen, seine Bankkonten mehr und mehr vor mir abzuschotten, damit mir weniger als nichts zum Leben blieb. Er wusste, dass ich daran dachte, ihn zu verlassen. Er wollte sichergehen, dass ich finanziell nicht in der Lage war, Nina zu versorgen.

Ich beugte mich über die Toilette. Mein gesamter Mageninhalt brach aus mir heraus.

Jim lachte. »Ich will das Geld deines Mannes gar nicht. Ich wollte dir nur einen kleinen Schreck einjagen. Das, was du mir schon einmal gegeben hast, reicht mir völlig.« Er lachte noch einmal und knetete meine Brust, während ich noch über die Toilette gebeugt stand. »Sobald du ein bisschen besser riechst.«

Als Nina am nächsten Abend eingeschlafen war, fragte ich Barry, was er davon halten würde, umzuziehen.

»Wohin denn?«, fragte Barry, als hätte ich ihm vorgeschlagen, den Planeten zu verlassen.

»Nach Kalifornien oder in den Südwesten. Wir sind beide hoch qualifiziert. Wir könnten als Familie einen Neuanfang machen.«

Er schüttelte den Kopf und griff nach einem anderen Teil des *Wall Street Journal.* »Mein Arbeitsplatz und meine Familie sind hier. Ich möchte nirgendwo anders leben.«

Jim und ich wurden erbitterte Gegner in einem grausamen Spiel. Alle paar Monate war ich die Verliererin. Verlieren bedeutete, dass ich Erniedrigung und Zorn hinunterschlucken musste, während er mich in den wenigen Augenblicken, die sich bei familiären Anlässen erschleichen ließen, erniedrigte, verspottete und belästigte. Gerade diese Situationen schienen ihm besonders viel Spaß zu machen.

Sonst machte er sich nie an mich heran. Das brauchte er auch nicht.

Er drang nie in meine Welt ein, aber er wusste, dass ich immer wieder in seine kommen musste.

Ich hörte andeutungsweise, dass ich Teilhaberin werden sollte. Einerseits betete ich, dass das Gerücht stimmte, und gleichzeitig fürchtete ich mich davor. Endlich ein Gehalt, das für Nina und mich ausreichend war, egal, was Barry tun mochte. Aber wie viel Macht würde Jim dadurch bekommen, dass für mich eine Teilhaberschaft auf dem Spiel stand.

Eines Nachmittags im März 2000 rief Sarah mich bei der Arbeit an. »Kannst du mich heute noch zu einer Röntgenuntersuchung begleiten?«

»Was ist los?«

»Wann kannst du dich freimachen?«

»Sarah, was ist *los*?

»Eine Mammografie. Ich habe einen Knoten entdeckt…«

»Wann?«

»Vor ein paar Tagen. Ich habe gedacht, es ist nur eine Zyste. Ich hab nicht einmal Sean etwas davon gesagt. Dr. Sivak hat die Stelle gerade untersucht. Er… er hat gesagt, dass ich sofort zur Mammografie gehen soll.«

Später habe ich mich oft gefragt, ob ich in diesem Augenblick bereits wusste, dass das Unmögliche geschehen würde, dass meine entzückende kleine Schwester weniger als acht Monate später tot sein würde.

Ich hatte darauf keine Antwort. Aber von diesem Telefonat an lebte ich in der Hölle und glitt tagtäglich ein Stück weiter hinein.

Das Gerücht bestätigte sich: Ich sollte im Mai 2001 zur Teilhaberin vorgeschlagen werden. Die Nachricht löste einen Sturm der Gefühle in mir aus.

Ich fasste einen Plan. Im Mai würde ich Barry verlassen

und mit Nina in eine Wohnung ziehen. Jetzt, wo Sarah tot war, gab es nicht mehr so viel Grund, die Fells zu besuchen. Ich würde Jim aus dem Weg gehen, so gut es ging, während ich meine Schulden abbezahlte und auf einen Umzug irgendwohin weit weg sparte.

Aber Barry war mir voraus.

»Jetzt wirst du ja viel Geld verdienen«, sagte er, während Nina ein paar Lamettafäden aufhob, die vom Weihnachtsbaum gerutscht waren.

»Ja.«

»Dann hast du also deine Idee von dem Umzug nach Westen aufgegeben? Du bleibst bei Batten Hogue?«

»Süße«, rief ich Nina zu, »tritt nicht auf den Glasschmuck. Die Kanten sind sehr scharf. Direkt neben deinem Fuß.«

»Antworte«, sagte er mit grollendem Unterton, der mich zusammenzucken ließ.

»Nicht jetzt, Barry. Erst wenn Nina im Bett ist.«

Er schnappte sich meinen Arm. »Also ist doch was dran?«

»Barry …«

»Nun sag schon!«

Nina drehte sich ruckartig um. Ihr Pyjamaoberteil verfing sich in einem Zweig, sie fiel auf den Glasschmuck und fing an zu schreien.

Als ich mich zu ihr umwandte, quetschte Barry mir das Handgelenk. »Sag schon!«

»Lass *los*!«

Ich riss mich los und rannte zu Nina. Vorsichtig drehte ich das schluchzende Mädchen um und rang nach Luft, als ich das Blut auf ihrem Schlafanzug entdeckte. Ich schob das Oberteil zur Seite. Der Schnitt neben Ninas Nabel war zwar nicht tief, blutete aber immer noch.

»Gott sei Dank«, flüsterte ich. »Alles okay, Baby. Nur

ein kleiner Schnitt. Da machen wir gleich ein Pflaster drauf.«

Barry hastete voraus ins Badezimmer. Er griff in das Schränkchen mit dem Desinfektionsmittel und dem Verbandszeug, hielt seine Aufmerksamkeit aber weiterhin auf mich gerichtet.

»Du solltest mich nicht ausschließen«, sagte er und riss die Papierhülle eines Pflasters auf. »Ich warne dich. Fang bloß nicht an, irgendwelche Andeutungen zu machen, ohne mir zu sagen, was du vorhast…«

»Deine Tochter hat sich verletzt«, zischte ich.

»Ist nur ein Kratzer. So. Alles wieder gut.« Er klebte das Pflaster auf die Wunde und gab ihr geistesabwesend einen Klaps. »Du willst mich doch bloß ablenken.«

Ich war schockiert. Noch nie hatte er sich vor Ninas Augen und Ohren so widerlich benommen, noch nie war er so unvernünftig gewesen, sein eigenes verletztes und verängstigtes Kind zu ignorieren, nur um mich zu beschimpfen. Und er machte weiter, schrie mich an, während ich versuchte, Nina zu beruhigen.

Schließlich zog ich Nina mit mir ins Schlafzimmer und verriegelte die Tür.

Er fing an, dagegen zu treten, fester und immer fester, und bedachte mich dabei mit Flüchen und Schimpfworten. Die Tritte hallten im gesamten Zimmer wider.

Mit zittrigen Fingern wählte ich die 911.

Noch vor Sonnenaufgang stand Barrys Mutter vor unserer Haustür. Ich machte auf. Die Kette ließ ich vorgelegt.

»Pat, geh nach Hause. Bitte.«

Pat war starr vor Wut. Sie spie die Worte hervor: »Du hast meinen Sohn verhaften lassen und hast die Stirn, mich nach Hause zu schicken? Nichts weiter als ein dummer, kleiner Streit, und du…«

»Es war kein …«

Pat kreischte: »Lass die Tür offen! Ich bin hier, um dir eine Nachricht von Barry zu überbringen. Er sagt, du sollst nicht einmal den leisesten Gedanken daran verschwenden, dass du ihm Nina wegnehmen könntest. Falls du es trotzdem versuchen solltest, wird dir das sehr Leid tun, und letztendlich würde sie ganz und gar aus deinem Leben verschwinden.«

Noch am selben Tag erhielt ich einen Anruf vom Gericht in White Plains.

»Mrs. Diamond? Hier spricht Debbie von der Familienfürsorge. Ich bin für die Betreuung der Opfer zuständig. Wie geht es Ihnen nach dem gestrigen Abend?«

»Körperlich geht es mir gut. Er hat mich nicht geschlagen. Das Schlimmste war, dass mein Mann vor den Augen unserer Tochter so ausgerastet ist. Sie war wie versteinert.«

»Nach den Angaben im Polizeibericht hat er sie aber nicht geschlagen.«

»Nein. Aber er hat sie fast gar nicht beachtet, nachdem sie sich beim Sturz auf unseren gläsernen Weihnachtsschmuck verletzt hatte. Weil es ihm in dem Augenblick viel wichtiger war, mich anzubrüllen. Und als ich dann gemeinsam mit ihr ins Schlafzimmer geflüchtet bin und die Tür abgeschlossen habe, hat er Löcher in die Tür getreten.«

»Mrs. Diamond, was soll denn Ihrer Meinung nach jetzt geschehen?«

»Am liebsten wäre mir eine gerichtliche Anordnung, dass er nicht mehr in unsere Nähe kommen darf, aber mir ist klar, dass ich danach gar nicht erst zu fragen brauche.«

»Sie sind Rechtsanwältin, nicht wahr?«

»Ja.«

»Dann muss ich Ihnen das alles vermutlich gar nicht erst sagen, aber trotzdem, damit es keine Missverständnisse gibt: Ihr Mann wurde wegen Ruhestörung vorübergehend festgenommen. Er wurde nicht inhaftiert. Er hat die Nacht bei seinen Eltern verbracht.«

»Ich weiß.«

»Also, ohne zumindest eine Anklage wegen leichter Körperverletzung…«

»Natürlich. Aber was kann ich denn tun, um Nina zu schützen? Mein Mann droht damit, dass er sie mir ganz wegnimmt, wenn ich versuche, sie von ihm fern zu halten.«

»Das müssen Sie auf zivilrechtlichem Weg klären.«

»Mein Mann ist ein prominenter Arzt. Er und seine Familie haben Geld. Eine kostspielige gerichtliche Auseinandersetzung kann ich mir nicht leisten.«

Debbie blieb einen Augenblick lang still. »Ich sage das nur sehr ungern. Aber es wäre besser, wenn er Sie geschlagen hätte.«

Ich stand in dem großzügigen, fliederfarbenen Badezimmer der Fells und trocknete mir die Hände ab, um gleich anschließend die Hochzeitstagsfeier zu verlassen. Dabei ging mir Barrys Drohung im Kopf herum. Der ganze Vorfall war jetzt gut einen Monat her, aber seitdem dachte ich fast ständig daran.

Ich hatte die Scheidung eingereicht und das Häuschen gemietet. Wir hatten vorläufig vereinbart, dass Nina bei mir wohnte und Barry das uneingeschränkte Besuchsrecht hatte – eine Bedingung, die ich akzeptieren musste, um nicht sofort einen Sorgerechtsstreit am Hals zu haben.

Aber er wollte nur abwarten, bis der Staub, der durch die eingetretene Tür aufgewirbelt worden war, sich wieder gelegt hatte, da war ich mir sicher.

Es war zwar vollkommen unfair, aber er hatte tatsächlich die Chance, das Sorgerecht zu bekommen. Möglich war es. Gehässig und rachsüchtig genug war er. Ich hatte meine Mutter und meine Schwester verloren. Ich konnte nicht auch noch meine Tochter verlieren.

Ich verließ das Badezimmer und ging wieder in Richtung Schwimmbad, um mich zu verabschieden. Da spürte ich ein paar Finger in meinem Nacken und schnellte herum.

»Lass uns mal kurz nach draußen gehen«, sagte Jim.

Nicht im Traum hätte ich es für möglich gehalten, dass er sich an diesem Abend an mich heranmachen würde.

»Mein Gott, Jim. Das ist doch verrückt. Überall sind Gäste.«

Er drückte meine Hand, bis ich aufschrie.

Seine grauen Augen glänzten vor Befriedigung. Sein Blick bohrte sich in meinen. Er hatte meine Hand losgelassen und sonnte sich in der absoluten Gewissheit, dass ich seinem Blick gehorchen musste, ganz egal, ob er mich nun festhielt oder nicht.

Er drehte sich um und ging nach draußen. Er wusste, dass ich ihm folgen würde.

Einen wahnsinnigen Augenblick lang blieb ich stehen. Wie schon Hunderte Male zuvor stellte ich mir vor, wie ich zu Sean, zu Nancy und Bruce liefe und ihnen alles erzählte, mich reinigte, ihnen die Wahrheit über ihren gestörten Bruder und Sohn und über das, was ich mit mir hatte machen lassen, vor die Füße kotzte.

Der Traum von der Reinwaschung war so verführerisch.

Aber der Preis war zu hoch.

Sämtliche Schrecken der vergangenen Monate jagten durch mich hindurch. Plötzlich hatte ich keinen größeren Wunsch, als mich auf den kalten Boden zu legen und meine Augen zu schließen. Der Marmor sah so herrlich aus, hart und kühl. Ich konnte ihn schon am gesamten Körper spüren.

An der Tür, die nach draußen führte, drehte Jim sich um und bemerkte, dass ich ihm nicht gefolgt war. Er wurde rot, sein Gesicht erstarrte zu einer brutalen Maske, und mit einem ärgerlichen Nicken befahl er mich zu sich.

Jim hatte den Jaguar abseits von den anderen Autos geparkt – nur wegen des Wagens, nicht wegen Angela; er hatte nicht erwartet, dass sich bei einer solch großen Feier eine Möglichkeit mit ihr ergeben würde.

Aber dann hatte sie sich wie von selbst eröffnet, und die Menschenmenge machte das Ganze irgendwie noch aufregender.

All diese Dumpfbacken, die dachten, ihre Scheiße stinkt nicht. Sein Bruder und seine Eltern gehörten auch dazu, womöglich sogar an erster Stelle. Sie alle glaubten, ihn nicht ernst nehmen zu müssen.

Ein Fehler, den Angela niemals machen würde. Er hatte sie von Anfang an gut dressiert.

Und heute Abend war die perfekte Gelegenheit, den nächsten Schritt einzuleiten.

Jim zog Angelas schwarzen Rock nach oben. Er hakte die Daumen in den Bund ihrer Strumpfhose ein und zog sie nach unten. Angela trug keinen Mantel, und sie zitterte, aber nicht nur wegen der Kälte. Sie hatte Angst. Sie hatte immer Angst.

Er zog sie mit sich ins Gras hinunter.

Er steckte zwei Finger in sie. Sie versuchte sich loszumachen, aber er hielt sie nur noch fester.

Sein Limonenparfüm stank so ekelhaft, dass ich den Geruch von Limonen nie wieder werde ertragen können.

Sein Aroma bedeckte mich wie ein klebriges Spinnennetz. Ich konnte jedes einzelne Haar seiner Augenbrauen und in seinen Nasenlöchern im Schein der Gartenbeleuchtung erkennen.

»Betrachte es einfach als Festakt anlässlich deiner bevorstehenden Teilhaberschaft«, flüsterte Jim mir mit säuerlichem Alkoholatem direkt ins Gesicht. Er versuchte, seine Finger in mir hin und her zu bewegen, aber ich war vollkommen trocken, und es fühlte sich an, als hätte er eine Schere in der Hand. »Und noch etwas. Jetzt hast du ja die Möglichkeit, etwas großzügiger zu sein. Ich denke da an ein zum Anlass passendes Geschenk. Von dir, für mich. Fünfundzwanzigtausend.«

Ich wurde ruhig. Die Schmerzen in meinem Unterleib wurden von einer unerträglichen Hoffnungslosigkeit überlagert.

Jim hielt mich gefangen, ohne jede Aussicht auf Befreiung. Es war ein Fass ohne Boden.

Im Licht dieser Wahrheit erkannte ich mit einem Mal die Lüge: Ein Teil von mir hatte sich immer gegen die Erkenntnis gewehrt, dass Jim mich auf Dauer in seiner Gewalt hatte. Dieser Teil war davon ausgegangen, dass er seine Umklammerung irgendwann lösen würde.

Ich hatte diese Lüge wohl gebraucht, um überleben zu können, denn jetzt wusste ich mit absoluter Klarheit, dass es niemals aufhören würde. Jim saugte mich aus – mein Leben, meine Seele und nun auch noch mein Kind.

Ich konnte ihm das Geld unmöglich geben. Selbst wenn ich eine Bank ausraubte, er würde mich wieder und wieder bluten lassen. Ich konnte ihn nicht mehr länger stillhalten.

Das Familiengericht würde erfahren, dass ich eine Prostituierte gewesen war. Meine Firma würde es erfahren. Ich würde niemals mehr Teilhaberin werden. Ich wäre arbeitslos und hätte mehr Schulden als jemals zuvor.

Man würde mir Nina wegnehmen.

»In bar«, sagte Jim. »Kleine Scheine, höchstens Hunderter.« Er bohrte sich so tief wie möglich in mich. Seine Fingernägel gruben sich schneidend in meine trockene Scheide.

Ich fasste nach hinten, ohne nach etwas Bestimmtem zu suchen. Meine Finger streiften gefrorene Erde, alte Blätter voller Eiskristalle. Dann ein Stein. Ich legte meine Hand darauf. Mein Arm tat weh, als ich ihn hochhob. Mit Schwung ließ ich ihn auf Jims Kopf krachen.

24

Montag, 5. Februar, bis Dienstag, 6. Februar 2001

Red Straker fuhr ein bisschen zu schnell in seine Einfahrt. Schotter spritzte. Ziemlich unvorsichtig, aber es war ein voll gepackter Tag gewesen, und er war am Ende.

Er wohnte zur Miete in einem kleinen, mit grauen Schindeln verkleideten Bungalow mit hübschem Vorgarten, der noch sehr viel hübscher sein würde, wenn er eines Tages das sich selbst gegebene Versprechen einlöste und sich vernünftig darum kümmerte. Im Augenblick war das getrocknete Gras aus dem letzten Sommer von eisigen Flecken überzogen, während sich darüber unbeschnittene Büsche duckten.

Aber im Inneren war es sonnig und roch nach zu Hause, und die beiden Zimmer waren für ihn und seinen Kater vollkommen ausreichend. Er freute sich jeden Abend darauf, hierher zurückzukommen, und akzeptierte auch die Schuldgefühle, die Mandu ihm vermittelte, weil er den ganzen Tag weg gewesen war.

Irgendwie war das auch eine Art Begrüßung. Man musste nehmen, was man kriegen konnte.

Nicht, dass er sich stattdessen einen Menschen gewünscht hätte. Er war nie verheiratet gewesen und würde es wahrscheinlich auch nie sein. Dazu war ihm seine Unabhängigkeit zu wichtig.

Er hatte einmal in einer Zeitschrift gelesen, dass allein lebende Männer sich einen Gartopf anschaffen sollten, damit sie abends beim Nachhausekommen von Essensduft empfangen wurden, so, als hätte jemand für sie gekocht.

Wenn Red hingegen abends die Tür aufschloss, dann roch er gerne die Abwesenheit anderer Menschen. Gekocht wurde nur, falls und wann er wollte.

Wenn ihm danach war, dann konnte er Bagels und Eis zu Abend essen. Er konnte seine Taschen auf der Arbeitsfläche in der Küche ausleeren, so wie jetzt gerade, und Kleingeld, Kaugummi und den großen, schweren Schlüsselring direkt auf die Resopalplatte fallen lassen. Er konnte um zehn Uhr abends ins Fitnessstudio gehen. Er konnte eine Woche lang in Oregon wandern und musste sich nur darum kümmern, dass Mandu in dieser Zeit gefüttert wurde.

Wenn Red nach solchen längeren Abwesenheiten wieder nach Hause kam, war der Kater natürlich erst einmal beleidigt, aber nach ein, zwei Tagen wurde ihm verziehen. Dann nahm er seinen üblichen Schlafplatz neben Reds Hals wieder ein.

Heute Abend sprang er auf die Arbeitsfläche, um Red dabei behilflich zu sein, seine Truthahnstücke aus der Dose auf einen Teller zu füllen. Als er schließlich vor sich hin schmatzte, machte Red sich eine Tüte mit Salzbrezeln auf und setzte sich an den Küchentisch.

Heute hatte sein Büro erfahren, dass die juristische Vertretung für Sean Fell gewechselt hatte. Blank, Bernier und Pickton waren draußen, Batten, Hogue & Fairstein waren drin. Insbesondere eine gewisse Angela Diamond.

Er biss in eine Brezel und lutschte bedächtig das Salz ab.

Mitchell Blank entsprach genau der Idealvorstellung der oberen Zehntausend. Jeder reiche, prominente Gesetzesbrecher in Westchester wollte von ihm verteidigt werden. Er war teuer und suchte sich seine Fälle sorgfältig aus. Niemand nahm ihn freiwillig aus dem Spiel.

Also warum Sean?

Warum wollte Sean sich durch Angela vertreten lassen, wenn er Mitchell haben konnte?

Welchen entscheidenden Vorteil konnte er sich davon versprechen?

Mandu sprang auf Reds Schoß und von dort auf den Tisch. Red hielt ihm einen Brezelring hin. Der Kater leckte ihn ab und nieste.

Red hatte ein gewisses Kribbeln zwischen Angela und Sean registriert, auch wenn er nicht genau sagen konnte, wodurch: ein Energieschub vielleicht, wenn sie übereinander sprachen … ein Weiten der Augen, ein tiefes Einatmen … was immer es war, es war jedenfalls da, aber so schwach, dass er angenommen hatte, dass es ihnen selbst noch gar nicht bewusst war.

Vielleicht war er mit dieser Einschätzung nicht ganz auf der Höhe der Entwicklung.

Vielleicht hatten sie das Kribbeln ja schon lange bemerkt und ihm sogar nachgegeben. Er verliert seine Frau, sie trennt sich von ihrem Mann … schon möglich, dass sie sich zusammengetan hatten. Vielleicht war das, was Red gespürt hatte, gar keine aufkeimende Anziehung gewesen, sondern der Versuch, etwas zu verbergen.

Was – falls es wirklich so war – dem Mord eine völlig neue Dimension verleihen könnte. Vielleicht war der Wechsel von Mitchell zu Angela ja ein entscheidender Hinweis.

Mandu streckte sich mitten zwischen den Salz- und Brezelkrümeln auf dem Tisch aus. Sein rötlichgelbes Fell war nur eine Nuance heller als die Tischplatte. Er machte die Augen zu und reckte Red seinen gefleckten Bauch entgegen, damit der ihn kraulte.

»Weißt du was?«, sagte Red. »Falls jemals Besuch an diesem Tisch sitzen sollte, dann müssen wir beide so tun, als wärst du niemals hier oben gewesen.«

Und dann: »Also nehmen wir mal an, dass Sean und Angela etwas miteinander haben. Was könnte Jims Tod für diese Beziehung bedeuten?«

Der Kater ließ die Augen geschlossen. Red dachte nach, verfolgte erst einen Gedanken und dann noch einen, probierte verschiedene Szenarien aus, ohne dass etwas Sinnvolles dabei herauskam.

Vielleicht war er zu verkrampft. Vielleicht war es ganz einfach so, dass Angela genau wusste, dass Sean der Täter war, und dass sie ihn beschützen wollte.

Der vorrangige Aspekt bei allen Theorien schien ihm jedoch weniger die Liebe als vielmehr das Geld zu sein. Und das war ein Gebiet, das sehr viel leichter zu beackern war.

Er stand auf, holte sich sein Notizbuch aus dem Jackett, das er auf die Couch geworfen hatte, und fing an, sich eine Anrufliste für den morgigen Tag zu machen.

»Sie wollen mit mir reden? Worüber denn?«, fragte Mark Wolf.

»Über den Mord«, antwortete Angela. »Sie wissen ja, dass ich Seans Verteidigung übernommen habe.«

Mark lehnte an der Wand neben dem Empfangstresen, er hatte den Telefonhörer ans Ohr gedrückt. Ja, das wusste er, und es war ihm in vielerlei Hinsicht unklar, wieso Sean sich gegen Mitchell Blank entschieden hatte. Aber Sean war diesbezüglich nicht sehr mitteilsam gewesen.

Angela sagte: »Könnten Sie vielleicht in mein Büro kommen?«

Mark lenkte seinen Acura durch den Vormittagsverkehr. Er war noch nie in einem Anwaltsbüro gewesen, abgesehen von dem einen Mal, als er und Eileen sich zwei Jahre nach ihrer Hochzeit hatten scheiden lassen – eine Angelegenheit, die genauso leblos abgelaufen war wie ihre ganze Ehe … keine Kämpfe, keine Leidenschaft, nur hier unterschreiben, und das war's. Es gefiel ihm nicht besonders, dass er jetzt eines aufsuchen musste. Er hatte daran gedacht, den Termin zu verschieben, sich aber dann entschlossen, es hinter sich zu bringen.

Er parkte vor dem Sochin Building und fuhr mit dem Aufzug hinauf, ging durch die Doppeltür von Batten, Hogue & Fairstein und gelangte in einen Empfangsbereich, wo irgendein schwuler Kerl Fische fütterte, die auf einem niedrigen Tischchen standen. Der Kerl entpuppte sich als das Empfangskomitee. Kurze Zeit später brachte Angelas Sekretärin ihn in ihr Büro.

»Danke, dass Sie gekommen sind«, sagte Angela. Sie trug ein geschäftsmäßig wirkendes, rostfarbenes Kostüm – vermutlich Seide – und ein paar Silberketten. Er fand, dass Gold besser zu dem Stoff gepasst hätte. »Ich werde versuchen, Sie nicht zu lange aufzuhalten.«

Mark zuckte mit den Schultern. »Solange ich um die Mittagszeit wieder zurück bin. Sean steckt doch nicht ernsthaft in Schwierigkeiten, oder? Er muss doch nicht etwa ins Gefängnis?«

»Wenn es nach mir geht, nicht.«

»Wie kommt es, dass er den Anwalt gewechselt hat, wenn ich fragen darf?«

Ich verbarg meine Überraschung angesichts dieser Frage. Was ging Mark das an? »Man hat mich von Anfang an gebeten, Sean zu vertreten, aber ich war bereits ausgelastet. Glücklicherweise ist es mir gelungen, ein paar Dinge zu verschieben.« Dann lehnte ich mich zurück. »Und jetzt benötige ich einige Informationen von Ihnen. Wie sind Sie an die Stelle im *Bobby's* gekommen?«

»Ich war von Anfang an dabei.«

»Ja, das weiß ich noch. Aber wie wurden Sie eingestellt?«

»Sean und ich kannten uns schon seit Jahren. Ich war Buchhalter. Er hat mich dann mit dem Restaurantgeschäft vertraut gemacht.«

»Also sind Sie mit Sean gut befreundet.«

»Sehr gut.«

»Und Jim?«

»Was ist mit ihm?«

Ein auffälliges Zucken, so wie ein Hund mit den Ohren zuckt. »Waren Sie mit Jim auch befreundet?«

»Wir hatten einen guten Draht zueinander, so wie es eben ist, wenn man zusammen arbeitet.«

»Sie haben sich also nicht außerhalb der Arbeit noch gelegentlich getroffen?«

Noch ein Zucken, mit den Augenbrauen. »Nein, eigentlich nicht. Manchmal haben wir im Restaurant nach einem langen Abend noch zusammengesessen und uns entspannt. Das haben wir alle gelegentlich mal gemacht.«

Ich nickte aufmunternd, aber er redete nicht weiter.

»Und?«, fragte ich. »Was ist Ihrer Meinung nach geschehen? Warum ist er umgebracht worden?«

Mark breitete die Arme aus. Jetzt, wo es nicht mehr um ihn ging, schien er ein wenig lockerer zu werden. »Da ist vieles denkbar. Vielleicht ist es um den Wagen gegangen. Vielleicht auch um irgendwelche privaten Geschichten.«

»Was denn zum Beispiel?«

»Ich weiß nicht. Keiner von uns war ja rund um die Uhr mit Jim zusammen. Wer weiß schon, was er alles am Laufen hatte?«

Ich legte die Fingerspitzen zusammen. »Es muss doch aber zumindest irgendwelche Anhaltspunkte geben, wenn Sie Gedanken in diese Richtung äußern.«

Er stieß den Atem aus. »Nichts Konkretes. Nur dass Jim… manchmal den Eindruck machte, dass er mit Dingen beschäftigt war, über die er nicht reden wollte.«

»Tatsächlich?«

»So in der Art, ja.«

»Haben Sie über diesen Eindruck jemals mit Sean gesprochen?«

»Nein. Da gab es eigentlich nichts zu besprechen. Nur so ein Gefühl.«

Ich beschloss, den Punkt erst einmal fallen zu lassen. Ich suchte nach nichts Bestimmtem, aber manchmal konnte man völlig unerwartet auf eine Tretmine stoßen.

Ich fragte: »Warum waren Sie nicht zum Hochzeitstag der Fells eingeladen?«

Mark blinzelte. »Wer sagt denn, dass ich nicht eingeladen war?«

»Ich habe Sie dort nicht gesehen.«

Er kratzte sich an der Backe. »Ich habe es nicht rechtzeitig geschafft.«

»Wie gut kennen Sie Ardis Palmer, Jims Mitbewohnerin?«

»Überhaupt nicht. Ich habe sie bei der Trauerfeier zum ersten Mal gesehen.«

»Sind Sie sicher?«

»Ja, ganz sicher.« Er unterdrückte ein Kichern. »Das ist ja wie das Verhör durch den Detective.«

»Oh«, sagte ich mit müdem Lächeln, »schlimmer als das. Ich bin noch hartnäckiger.«

Ardis Palmer hatte das Bedürfnis, alle Fenster aufzureißen, obwohl es draußen unter null Grad hatte. Das Haus wirkte irgendwie moderig. Es war weniger der Geruch, mehr so etwas wie eine gewisse Schwere. Es hatte etwas mit Jims Tod zu tun, auch wenn sie nicht so genau wusste, was.

Sie konnte sich gut vorstellen, was die Leute daraus machen würden, Leute, die sie sowieso für nicht ganz dicht hielten.

Das Haus stand in einer Sackgasse unweit der Bahngleise der Metro North Line. Hinter dem Hof lag ein kleiner Teich, von wo der frische Duft des Schilfs herüberwehte. Jim hatte das im letzten Sommer – dem zweiten, den er in ihrem Haus erlebt hatte – sehr genossen. Er hatte gesagt, dass der Schilfgeruch und das gelegentliche Quaken der Enten dem Haus die Atmosphäre einer Hütte am See verliehen.

Es ist schon interessant, dachte Ardis, wie einem bestimmte Aspekte eines Menschen nach seinem Tod ins Bewusstsein kommen, als wollten sie sich im Gedächtnis einnisten. Der Kampf des Geistes gegen das Vergessen.

Sie war jedenfalls froh über jedes Zeichen, das sie von Jims Geist erhielt. Er war ein interessanter Mieter und Mitbewohner gewesen. Sie vermisste ihn, sogar die Sachen, die ihr nicht gefallen hatten: seine zwiespältige Persönlichkeit oder seine Verachtung für Konventionen wie zum Beispiel das Bezahlen von Rechnungen.

Obwohl sich das im Verlauf des letzten halben Jahres definitiv verändert hatte.

Ardis warf einen Blick auf die Kellertür. Als die Polizei hier gewesen war und das Haus durchsucht hatte, da hatte sie sich gewaltig zusammenreißen müssen, um nicht hinzusehen. Sie hatte gewusst, dass sie auch dort unten nachsehen würden, und genauso war es auch gewesen, aber zumindest hatte sie ihnen nicht verraten, dass es da unten etwas gab, was sich zu entdecken lohnte.

Sie musste nun selbst nachsehen. Das hatte sie vor sich hergeschoben. Aber jetzt, wo Jim tot war, gab es niemanden mehr, der ihr sagen konnte, wie es weitergehen sollte, ob sonst noch jemand von dem Geld wusste, was sie denken oder tun sollte.

Der erste Schritt bestand darin, nachzuprüfen, wie viel es war.

Ardis drückte die Tür auf und machte sich auf den Weg die Treppe hinunter.

»Mr. Fell?«

»Ja«, erwiderte Sean und blickte den Mann und die Frau, die gerade an die verschlossene Restauranttür geklopft hatten, unsicher an. Er hatte sie für verfrühte Mittagsgäste gehalten und ihnen gerade vorschlagen wollen, wiederzukommen, sobald das *Bobby's* aufmachte, hielt aber inne, nachdem er seinen Namen gehört hatte.

»Mein Name ist Anthony Mauro. Und das hier ist Barbara Powell. Wir sind Steuerprüfer und haben vom Finanzamt den Auftrag erhalten, Ihre Bücher zu prüfen.« Sie streckten ihm ihre Brieftaschen mit den Dienstausweisen entgegen.

»Jetzt?«

»Ja.«

»Man hat mich nicht darüber informiert.«

Die Frau deutete ein ironisches Lächeln an. »Das ist hiermit geschehen, Sir. Wir haben den Auftrag, Ihre finanziellen Angaben der letzten drei Jahre zu überprüfen. Diese Überprüfung soll unverzüglich beginnen. Bitte zeigen Sie uns, wo wir alle notwendigen Unterlagen finden.«

Ardis saß auf dem Zementboden im Keller, direkt neben dem Ölbrenner, und starrte den Inhalt der Sporttasche an, die sie gerade aus ihrem Versteck hinter einem quadratischen Stück Wandisolation hervorgeholt hatte.

Darin lagen Geldscheine, gebündelt und dicht gedrängt. Nur mit Mühe hatte sie den Reißverschluss öffnen können, weil die Tasche so voll gestopft war. Jetzt quoll das Geld hervor – neue und alte Scheine, Bündel über Bündel.

Als Jim ihr gebeichtet hatte, dass das Geld hier unten lag, da hatte er nur von ein paar Tausend gesprochen. Aber das hier war viel, viel mehr. Ardis starrte es mit offenem Mund an, ohne zu blinzeln, versuchte, diesen, diesen … posthumen Schock zu verdauen.

Sie begann, die Geldpäckchen herauszuholen und durchzublättern. Lauter Hunderter und noch größere Scheine. In der Tasche lagen ungefähr eine halbe Million Dollar.

Warum hatte Jim bezüglich der Summe gelogen? Woher stammte das Geld? Was, um Himmels willen, sollte sie jetzt machen?

Ardis setzte sich hin und konzentrierte sich, versuchte, irgendwo in der Atmosphäre eine wenn auch nur winzige Energie von Jim aufzuspüren, einen Hinweis darauf, wie es weitergehen sollte. Aber außer dem tiefen Dröhnen des Ölbrenners, der stinkenden Wärme in ihrem Rücken, der Leere des kalten Bodens war da nichts.

Ich schloss die Tür zur Damentoilette auf. Sie war jetzt ständig abgeschlossen.

Als ich mich gesetzt hatte, ließ ich das Gespräch mit Mark Wolf noch einmal Revue passieren. Warum hatte er diese dunklen Andeutungen über Jim gemacht? Er hatte bestimmt seine privaten Nebengeschäfte gehabt. Aber was noch, und warum wollte Mark mich darauf aufmerksam machen?

Hinter der Beziehung zwischen Mark und Jim steckte sehr viel mehr als nur ein Bier nach Geschäftsschluss, darauf hätte ich mein Jura-Diplom verwettet.

Vor dem Spiegel zog ich sorgfältig den Lippenstift nach und legte mit Hilfe des kleinen, mit Steinen besetzten Taschenpinsels, den Sarah mir von einer Reise nach Rom mitgebracht hatte, Rouge auf. Ich musste meine Rolle spielen. Unschuldige Rechtsanwältinnen hatten ein tadelloses Make-up.

Plötzlich drehte sich der Türknauf hinter mir, aber die Tür ging nicht auf.

Jemand ohne Schlüssel. Die Beschäftigten hier im Haus hatten sich noch nicht daran gewöhnt, dass abgeschlossen war.

Ich wandte mich um und wollte der draußen Stehenden gerade öffnen, da besann ich mich. Ich hatte auch einmal den Schlüssel vergessen, hatte daraufhin angeklopft, meinen Namen genannt und darum gebeten, dass die Tür geöffnet wurde. Es wäre töricht, wenn ich jetzt nur auf Verdacht die Tür aufmachte.

Also beugte ich mich an den Türspalt und rief: »Wer ist da?«

Keine Antwort.

Nervös wartete ich ein paar Minuten ab. Schließlich trat ich auf den Flur hinaus. Er war in beiden Richtungen leer.

Wahrscheinlich arbeitete die Betreffende hier auf diesem Stockwerk und war in ihr Büro zurückgegangen.

25

Red Straker war noch einen Straßenzug vom *Bobby's* entfernt, da änderte er seine Meinung. Anstatt unangemeldet bei Sean aufzutauchen, würde er es bei Angela probieren. Vielleicht ließ sie sich ja doch noch überrumpeln.

Er machte kehrt und fuhr in ihr Büro.

Red und Kathy waren zwar noch keine dicken Freunde geworden, aber zumindest behandelte sie ihn nicht mehr wie Dracula. Solange er höflich sitzen blieb, während sie und Angela ihr Anmeldungsritual abhielten, bekam er seine Audienz.

Angela wollte gerade den Hörer auflegen, als er in ihr Büro geführt wurde. Er hoffte, dass er nicht zu spät kam. Vielleicht hatte sie die Neuigkeit gerade erst erfahren, und dann wollte er sofort loslegen, um ihr keine Möglichkeit zu lassen, es zu verdauen.

»Die Steuerfahnder stellen gerade das *Bobby's* auf den Kopf. Ihr Klient hat Bareinkünfte unterschlagen.«

Sie hatte keine Ahnung. Red hätte alles darauf gewettet. Sie war mitten in der Bewegung erstarrt. Der Telefonhörer schwebte immer noch über der Gabel.

Red sagte: »Auch ohne diese Zugabe stand die Mordanklage gegen Sean schon auf sehr soliden Füßen. Ich würde sagen, jetzt ist noch ein dickes zusätzliches Motiv hinzugekommen. Jim kommt dahinter, dass Sean irgendwie mit den Bargeldeinnahmen herumtrickst, wirft ihm das während des Streites draußen an den Kopf, und Sean bringt ihn für immer zum Schweigen. Oder aber …«, sagte er und hob den Finger, als Angela etwas einwenden wollte, »… Jim weiß schon länger von der Geschichte. Sean ist nett zu ihm, damit er nichts ausplaudert. Aber dann werden Jims Forderungen immer dreister, und Sean begreift, dass er in einem Sumpf steckt, der trockengelegt werden muss.«

Angela sah Red über den Tisch hinweg direkt in die Augen. »Sie wissen längst, dass Sean sich Jim gegenüber immer schon großzügig verhalten hat. Alle wissen das. Ziehen Sie doch jetzt nicht die Handlungen eines liebenden Bruders in den Schmutz.«

Red beugte sich dichter zu ihr. »Meinen Sie nicht, dass etwas mehr als nur Liebe dahinter stecken muss, wenn man seinem Bruder einen Jaguar schenkt?«

Das hat sie auch nicht gewusst, dachte Red. Er sah zu, wie sie es verarbeitete.

»Warum muss eigentlich Sean der Urheber dieser Unterschlagungen sein?«, fragte Angela. »Woher wollen Sie wissen, dass es nicht Jim war? Er hat im *Bobby's* gearbeitet. Wenn es zu Betrügereien gekommen ist, dann wäre Jim doch die erste Adresse.«

»Kann sein«, erwiderte Red. »Aber dann wäre das Bild von Sean als Jims Mörder nicht mehr stimmig.«

»Ja, eben.«

Red schüttelte den Kopf. »Sie wollen mir immer wieder einreden, was für ein liebevoller Bruder Sean war. Wenn aber der liebevolle Sean unter Mordanklage steht, dann muss ich all die vielen kleinen Indizien miteinander in Verbindung bringen. Und dass Sean Jim wegen Unterschlagung getötet haben soll, passt nicht zusammen. Wenn Jim aber getötet wurde, weil er damit gedroht hat, Seans Unterschlagungen auszuplaudern, dann passt es sehr wohl.«

Red holte tief Luft und stieß den Atem zischend wieder aus. »Die Wahrscheinlichkeit, dass Ihr Klient der Täter ist, wird immer größer. Alle, die auf meiner Seite stehen, sehen das genauso. Seans Unschuld werden Sie niemals beweisen können.«

»Es ist auch nicht unsere Aufgabe, seine Unschuld zu beweisen. Es ist Ihre Aufgabe, seine Schuld zu beweisen.«

Auf dem Parkplatz des Sochin Building warf Red einen Blick auf seine Armbanduhr. Den Tipp bezüglich der Steuerfahndungsrazzia im *Bobby's* hatte er von einem seiner zahlreichen Kontaktleute bei der Bundespolizei erhalten. Er kannte auch den Zeitplan und wusste, dass die Durchsuchung jetzt gerade zu Ende sein müsste. Genau die richtige Gelegenheit, um selbst einmal vorbeizuschauen.

Er ließ den Motor an und machte sich auf den Weg ins Restaurant.

Als Red gegangen war, rieb ich mir die Augen. Ich befand mich mittlerweile permanent am Rande der Tränen. Es wurde immer schwieriger, Angela zu sein.

Wenn ich mir doch bloß eine Massage hätte leisten können. Es wäre himmlisch gewesen, in einem abgedunkelten, duftenden Zimmer zu liegen und jemanden zu haben, der all das Gift aus mir herausdrückte und -knetete und -walkte.

Die Stimme aus meinem Telefonhörer, dieser grausame nächtliche Eindringling, hatte sich in meinem Kopf festgesetzt. Die Empfindung des Schlages auf meinen Kopf, mein Gesicht auf dem Boden der Toilette. Irgendjemand wusste irgendetwas, und ich hatte keine Ahnung, wer es war oder was es war.

Oder sah ich vielleicht schon Gespenster? Handelte es

sich bei dem Anrufer womöglich doch um meine ehemalige Schwiegermuter oder um irgendeinen von Barry beauftragten Kerl, und ging es dabei um Nina? Hatte die Attacke Carol gegolten und hatte mit mir gar nichts zu tun? Waren die Schuldgefühle angesichts dessen, was ich getan hatte, so übermächtig, dass ich meine Angst auf andere Dinge projizierte?

Konzentrier dich, sagte ich mir. *Unterscheide. Sorgerechtsentzug und Verlust des Kindes in diese Schublade, Mord in jene.*

Ich musste so tun, als wäre ich eine unschuldige Anwältin. Ich musste meinen Klienten aufsuchen.

Ich griff nach meiner Handtasche und wollte gerade zur Tür hinaus, da meldete sich Kathy und sagte, Carol Carranza sei am Apparat.

»Angela. Verdammt.« Sie weinte. »Gerade bin ich in einem Lagerraum von zwei Chirurgen angegriffen worden. *Zwei ausgebildete Ärzte!* Sie haben mich in die Ecke gedrängt wie ein Paar Schläger auf der Straße.«

»Was haben sie gesagt?«

»Sie haben gesagt, ich solle damit aufhören. Dass viele Menschen wegen mir ihre Arbeit verlieren würden. Und dass ich … ich … auch verlieren würde. ›Alles‹, hat einer von ihnen gesagt. Ich würde alles verlieren.«

»Oh, Carol, das ist ja grauenhaft.« Ich griff mir einen Block und einen Stift und schrieb mit. »Wie heißen die beiden? Erzählen Sie mir jede Einzelheit …«

»Ganz schönes Durcheinander«, sagte Red Straker und sah sich in Seans Büro um. Sean und Mark wirkten wie betäubt. »Was ist denn los?«

»Ich bin mir sicher, dass Sie das sehr viel besser wissen als ich«, sagte Sean und durchbohrte ihn mit seinen dunklen Augen. »Was haben Sie gemacht? Dem Finanzamt einen Tipp gegeben, dass sie meinen Laden auseinander nehmen sollen?«

»Das war deren Idee. Fragen Sie lieber da nach.«

»Na klar«, erwiderte Sean. »Ich rufe mal eben an, dann bekomme ich sicher eine erschöpfende Auskunft.« Er trat auf Red zu und beugte sich zu ihm. »*Detective, was, zum Teufel, machen Sie mit uns? Eine schmutzige Anklage jagt die nächste, und immer laufen die Fäden bei Ihnen zusammen!*«

»Habe ich da gerade Detective Straker wegfahren sehen?«, fragte ich Sean.

»Ja«, sagte er angewidert. »Er war nur da, um mit dem Messer in der Wunde herumzustochern.«

Ich ließ meinen Blick über das Schlachtfeld in Seans Büro gleiten. Auf jeder geraden Fläche stapelten sich Aktenordner, Kontoauszüge überschwemmten den Fußboden, Computerdisketten standen in Reih und Glied neben dem Bildschirm. Sean saß starr und steif auf seinem Schreibtisch. Wut und Traurigkeit standen ihm deutlich ins Gesicht geschrieben. Mark hatte sich an eine Wand gelehnt.

Ich begann mit meinen Fragen.

»Ja, stimmt, ich habe Jim den Wagen geschenkt«, sagte Sean. »Ich habe ihm vieles geschenkt. Aber niemals habe ich auch nur eine einzige Einnahme unterschlagen. Das würde ich niemals tun, genauso wenig, wie ich mich mit der Steuerfahndung anlegen würde. Das wäre doch glatter Wahnsinn. Die sind dermaßen übermächtig.«

»Hattest du irgendeine Ahnung von diesen Unterschlagungen?«

»Ich habe mir so etwas gedacht.«

»Was meinst du, wer könnte es gewesen sein?«

Ich hätte gar nicht erst zu fragen brauchen. Und Sean brauchte nicht zu antworten.

»Und was ist mit Ihnen, Mark?«, fragte ich weiter. »Haben Sie etwas davon gewusst?«

»Um Himmels willen, nein.«

»Auf wen würden Sie tippen? Jim?«

»Kann sein. Wahrscheinlich. Wer sonst?«

Sean blickte Mark hinterher und anschließend, nach einer Umarmung, auch Angela. Er hätte sie auch nach unten und durch den Speisesaal bis zur Tür begleiten können, aber er ertrug die Blicke und das Flüstern und auch das Mitleid nicht mehr.

Ganz besonders das Mitleid war nicht auszuhalten.

Die Menschen in seiner Umgebung registrierten die Ereignisse im *Bobby's* – die Fremden, die immer wieder auftauchten, die nervösen Telefonate, den Anwaltswechsel – und zogen daraus ihre eigenen Schlüsse.

Die für die Mittagszeit zuständige Empfangschefin hatte angedeutet, dass die Leute glaubten, Mitchell Blank hätte den Fall zurückgegeben und nicht umgekehrt, und dass das ein schlechtes Zeichen für Sean sei.

Sean wünschte, es wäre ihm egal, was die anderen dachten. Aber er würde sich nicht wieder an Mitchell wenden. In dieser Sache brauchte er Angela. Er brauchte sie in vielerlei Hinsicht, und nicht alle Aspekte konnte er sich selbst auch eingestehen. Aber in erster Linie brauchte er die Sicherheit, von jemandem unterstützt und vertreten zu werden, dem er persönlich zutiefst vertraute und umgekehrt.

Mitchell Blank hätte höflich zugehört, während Sean ihm erklärt hätte, was es mit den Geschenken für Jim auf sich hatte, mit den Schuldgefühlen und der Komplexität ihrer Beziehung, mit der Tatsache, dass er immer der Ausgleichende hatte sein müssen, dass Jim derjenige gewesen war, der besänftigt werden musste, ohne dass einer von ihnen beiden diese Tatsache zugegeben hätte.

Sean rieb sich den Nacken und grub seine Fingerspitzen in die Höhlung am Kopfansatz. Er erinnerte sich an einen sonnigen Vormittag, als er und Jim noch klein gewesen waren und die ganze Familie noch in dem grünen Kolonialbau auf dem Universitätscampus gewohnt hatte.

In diesem Sommer hatte es massenhaft Zikaden gegeben. Sie waren überall zu finden. Alles an ihnen vibrierte, die kompliziert aufgebauten Beine, die Körper und Fühler. Jim hatte eine gefangen und beobachtete, wie sie in dem offenen Glas herumkletterte und zu entkommen versuchte.

»Ich bringe sie ins Biologielabor«, sagte er. Das Labor auf dem Campus bezahlte für ein großes Exemplar manchmal zwei bis drei Dollar. Es war Wochen her, seitdem sie etwas gefangen hatten, was der Rede wert gewesen wäre.

»Lass bloß das Glas nicht fallen«, mahnte Sean, als sie sich auf den von Bäumen gesäumten Weg machten.

»Nein, *mach* ich nicht.«

»Schraub doch den Deckel drauf.«

»Sie kann doch am Glas nicht hochkrabbeln.«

»Aber wenn du …«

Noch bevor Sean ›hinfällst‹ sagen konnte, war es geschehen. Das Glas fiel zu Boden. Die Zikade flüchtete in die Büsche.

Jim fing an zu weinen. Das machte er nur noch in Gegenwart von Sean, und auch das nur selten.

Sean ertrug den Anblick nicht, den sein älterer Bruder – des unverhofften Geschenks ebenso beraubt wie des begeisterten Lobs durch den Professor im Labor – bot.

»Wir finden noch eine«, sagte Sean.

Jim schaute sich um. »Ich sehe aber keine mehr.«

»Sie sitzen nicht auf dem Weg, sondern in den Bäumen und Büschen. Hörst du? Wir müssen ruhig sitzen bleiben und abwarten.«

Zwanzig Minuten später war Jim zappelig und nervös geworden. Sean schickte ihn zum Fahrradfahren. Er selbst blieb da, hörte den Lebewesen des Waldes zu und fing schließlich eine noch größere Zikade, die er in das Glas sperrte.

Jim übergab sie dem Labor, kassierte die drei Dollar und eine Umarmung von einem weißen Kittel.

Angela wusste all das. Sie hatte die gegenseitigen Abhängigkeiten ebenso mitbekommen wie die innerfamiliären Auseinandersetzungen. Sean konnte sich sicher sein: Sie verstand, dass Jim gewollt hatte, die Leute glaubten, er habe sich den Jaguar selbst gekauft. Und dass Sean diesen Wunsch respektiert hatte.

Nach ihrer gemeinsam durchlittenen Tragödie war eine sehr vielschichtige Verbindung zwischen Sean und Angela entstanden. Er ertappte sich immer wieder dabei, wie er im Laufe einer dieser endlosen, durchwachten Nächte nach dem Telefon griff, ohne sie jedoch jemals anzurufen. Die für Trauerfälle akzeptable Grenze war erreicht. Und dass er in ihrer Nähe sein oder zumindest ihre Stimme hören wollte, zählte nicht.

Sean trat vor den abgeschalteten Computer und legte die Hand auf einen daneben stehenden Stapel mit Disketten. Irgendwo zwischen diesen Dingern, den Kisten und den Schubladen voller Papier verbargen sich ein paar dunkle Geheimnisse. Wenn man bedachte, was sie alles schon gefunden hatten, dann gab es keinen Grund zu Vorfreude auf das, was als Nächstes zum Vorschein kommen würde. Aber zumindest kam jetzt die Wahrheit ans Licht. Zumindest würden sie jetzt langsam erfahren, was Jim mit seinem kranken, traurigen Leben wirklich angestellt hatte und wer ihm schließlich ein Ende gesetzt hatte.

Auf der Rückfahrt ins Büro blickte ich neidisch auf die vollen Bürgersteige am Straßenrand. Es war ein stürmischer, grauer Tag, aber die Menschen lebten ihr Leben. Ich sah eine schlanke Frau mit Jeans und Lederjacke aus dem Talbot's kommen. In ihrer Einkaufstasche befanden sich bestimmt ein paar hübsche Kleider. Ein Stück weiter war eine Starbucks-Filiale. Durch das Schaufenster sah ich Menschen, die sich in Ruhe betrachteten, was sie sich gerade gegönnt hatten. Früher einmal – noch vor zwei Wochen – hätte ich angehalten und für Kathy und mich einen Milchkaffee besorgt.

Ich stellte den Wagen ab und fuhr mit dem Aufzug ins Büro. Wenn es mir besser ging, dann nahm ich die Treppe, aber im Augenblick brauchte ich jedes winzige bisschen Energie, um meine Dämonen im Zaum zu halten.

»Hallo«, sagte Kathy, als ich das Büro betrat. »Hier liegen ein paar Nachrichten für Sie. Wie ist es draußen? Sehr kalt?«

»Nicht besonders.« Ich griff in meinen Korb. Drei rosafarbene Mitteilungszettel und ein weißer Briefumschlag. Darauf hatte jemand in hastiger Handschrift *Angela* geschrieben. »Wer hat den hier abgegeben?«

Kathy blickte auf. »Ich weiß nicht. Er hat da gelegen, als ich vom Mittagessen zurückgekommen bin. Ich nehme an, er stammt von jemandem aus dem Büro.«

Ich ging in mein Büro und schloss die Tür hinter mir. Dann legte ich die Zettel und den Umschlag auf den Schreibtisch. Ich nahm einen Brieföffner, schlitzte den Umschlag auf, holte das Blatt heraus und ließ den Umschlag automatisch in den Papierkorb fallen.

Das DIN-A4-Blatt war mit zwei Zeilen beschrieben. »Du glaubst, dir könnte nichts geschehen«, stand da. »Aber das stimmt nicht. Du wirst verlieren. Es ist alles vorbei.«

Ich zerknüllte den Zettel. Meine Zähne pressten sich so stark aufeinander, dass ich die Anspannung bis in die Kopfhaut spüren konnte. Ich knüllte das Blatt immer fester zusammen, so lange, bis es ganz in meiner Faust verschwunden war. Die spitzen Kanten gruben sich in mein Fleisch.

Das musste derselbe Mensch sein, der mich nachts anrief. Und ich hatte immer noch nicht die geringste Ahnung, wer es war oder worauf er anspielte.

Ich weiß, dass ich einen Menschen getötet habe, dachte ich. Aber niemand sonst. *Ich* weiß, wer mir mein Kind wegnehmen will. Und außer mir noch etliche andere. Also müsste man logischerweise davon ausgehen, dass es bei diesen Botschaften um Nina ging und nicht um Jim.

Erneut kämpfte ich dagegen an, dass sich die verschiedenen Abteilungen meines Entsetzens vereinigten, dass mein Gewissen mich an die Panik auslieferte. Die Carnows trieben ein grausames Spiel, und ich stand ihnen ganz alleine gegenüber… eigentlich gaben sie sich deutlich sichtbar als Gegner zu erkennen. Aber warum sollten sie nicht auch hinter meinen Gespenstern stecken?

Ich öffnete die Faust und ließ das Papierknäuel auf den Schreibtisch fallen. Am liebsten hätte ich es weggeworfen. Aber vielleicht wurde es noch als Beweisstück gebraucht. Zögernd faltete ich es wieder auseinander, strich es glatt, faltete es zusammen und steckte es in meine Aktenmappe.

In der ruhigen Zeit kurz vor Beginn des Abends schaute Sean auf einen Sprung bei seinen Eltern vorbei. Eigentlich wäre er lieber nach Hause gegangen und hätte eine heiße Dusche genommen, um anschließend sofort schlafen zu gehen. Aber er konnte nicht riskieren, dass ihnen irgendwelche Gerüchte zu Ohren kamen, bevor er selbst mit ihnen gesprochen hatte.

»Jim hat Geld unterschlagen? Viel?«, fragte Nancy leise.

Sean musste beinahe lächeln. Derzeit wollten sie alle drei glauben, dass, was immer Jim getan haben mochte, im Grunde gar nicht so schlimm gewesen war.

»Das wissen wir noch nicht«, sagte er. »Aber sehr viel kann es nicht sein. Man kann keine gewaltigen Unterschlagungen in den Büchern verstecken.«

Bruce beugte sich nach vorne. »Vielleicht war es ja gar nicht Jim. Was ist denn mit dem Rest der Belegschaft? Was ist mit Mark?«

Sean hatte sich schon etliche Zeit mit dieser Frage beschäftigt. Jim war die nächstliegende Möglichkeit. Aber das nahe Liegende war nicht immer das Richtige.

Es galt, die gesamte Belegschaft unter die Lupe zu nehmen, und Mark war derjenige, der Zugang zu sämtlichen Belegen hatte.

26

»Es ist ein Verbrechen, dass Nina so wenig Unterweisung bekommt«, sagte Pat Carnow naserümpfend zu Barry, als sie sah, wie das Mädchen sich die Butter vom Finger leckte. Pat stieß ihr die Hand vom Mund weg.

»Das macht man nicht, Nina. So benimmt man sich nicht im Restaurant. Oder sonst irgendwo. Nimm deine Serviette.«

Sie gehorchte und blickte ihren Vater an, der sie beobachtete. Sie wirkte eingeschüchtert.

Wird auch langsam Zeit, dachte Barry.

Sie saßen im *Bobby's* beim Abendessen, Barry, seine Eltern und Nina. Er hätte sich beinahe geweigert, als seine

Mutter das Restaurant vorgeschlagen hatte. Es war Seans Domäne. Aber zum Teufel damit. Es war ein gutes Restaurant, und sie lebten schließlich in einem freien Land.

»Wir werden sie schon zurechtbiegen«, meinte Lou. Er streckte seinen Arm über den Tisch hinweg und tätschelte Ninas Hand. »Du möchtest doch bestimmt bei deinem Dad wohnen, nicht wahr, Nina? Du möchtest doch lernen, wie man sich anständig benimmt. Wir machen noch ein richtig süßes Mädchen aus dir.«

Nina hielt den Blick gesenkt. Sie gab keine Antwort.

Nina war programmiert, dachte Barry. Angela biederte sich viel zu sehr an, erkaufte sich die Zuneigung ihrer Tochter, indem sie ihre Verantwortung schleifen ließ. Sie war nie konsequent genug – und so wurde Barry automatisch in die Rolle des Strengen gedrängt.

Dank der nachlässigen Erziehung ihrer Mutter war Nina bis jetzt ohne jeden prägenden Einfluss aufgewachsen. Aber das würde sich ändern. Er wollte, dass das Mädchen das bekam, was auch er gehabt hatte – hohe Ansprüche, die einen echten Siegertypen formen.

Abgesehen davon, dass sie ihren Elternpflichten nur zu zwanzig Prozent nachkam, hatte Angela auch sonst keine guten Karten. Sie hatte sich selbst ganz gut gemacht, aber sie hatte nur durch Intuition und Glück überlebt, wie ein streunender Hund. Und das war für Nina nicht erstrebenswert.

Er konnte sich noch gut an die Zeit erinnern, als seine Eltern mit ihm zu den Vorstellungsgesprächen in verschiedenen Colleges gefahren waren. Sie hatten es zwar nie direkt ausgesprochen, aber er hatte immer gewusst, dass sie stolz auf ihn waren, hatte die triumphierenden Blicke registriert, die sie dem zuständigen Lehrpersonal zugeworfen hatten: *Vielleicht, wenn ihr Glück habt, dürft ihr dieses Juwel von einem Sohn vier Jahre lang betreuen.*

Nina schrie förmlich nach solch einem Umfeld. Sie musste von starken, strengen, anspruchsvollen Menschen umgeben sein.

Natürlich dürfte sie Angela gelegentlich besuchen, aber ihr Einfluss würde sehr viel schwächer werden, und zwar dauerhaft, denn er war nutzlos, er hatte ja schließlich dieses farblose Kind hervorgebracht.

Angela würde versuchen, das Sorgerecht zu behalten, aber sie würde verlieren. Kein Richter konnte sich den Tatsachen verschließen: ein unterversorgtes Kind, eine überarbeitete, bis über beide Ohren verschuldete Mutter, die viel zu sehr mit der Verteidigung eines des Mordes angeklagten Mannes beschäftigt war, als dass sie ihrer Tochter zumindest das bisschen an elterlicher Fürsorge angedeihen lassen konnte, das ihr möglich war.

Ganz im Gegensatz zu ihm und seinen Eltern: prominente Menschen mit den intellektuellen und finanziellen Reserven, die notwendig waren, um aus diesem verhuschten Wesen ein normales Mädchen zu machen.

Der Wein wurde gebracht. Bevor der Kellner die Flasche öffnete, zeigte er sie Barry. Es war ein Merlot anstatt des bestellten Medoc.

»Falsche Flasche«, sagte Barry zu dem jungen, schwarzen Mann, nachdem er einen Blick auf das Etikett geworfen hatte. »Nehmen Sie sie zurück und bringen Sie uns bitte den Medoc.«

Der Mann verschwand. Nach einigen Minuten war er immer noch nicht da. Barry rief den Empfangschef an ihren Tisch. Zum Glück war es nicht Sean.

»Unser Kellner hat uns eine falsche Flasche Wein gebracht, und wir haben den richtigen noch immer nicht bekommen«, sagte er.

»Das tut mir Leid, Sir«, erwiderte Mark Wolf. »Ich bringe das in Ordnung.«

Kurz darauf eilte ein anderer Kellner mit dem Medoc herbei.

Sie tranken bereits davon, als der erste Kellner an den Tisch trat. »Ich möchte mich für die entstandenen Unannehmlichkeiten entschuldigen«, begann er. »Der Medoc war nicht am richtigen Platz. Ich hatte ihn gerade entdeckt, da hat mein Kollege ihn schon an sich genommen. Bitte nehmen Sie diese Flasche hier als eine kleine Entschädigung an.«

Barry stellte sein Glas ab. »Akzeptiert. Aber den Rest meines Essens würde ich gerne ohne Schwierigkeiten mit dem Service genießen. Wir möchten lieber von Ihrem Kollegen bedient werden. Beehren Sie uns nicht wieder.«

»Es tut mir Leid«, sagte der Mann leise und ging.

»Daddy, du hast ihn verletzt«, sagte Nina.

Barry tätschelte ihr die Hand. »Er hat seine Arbeit schlecht gemacht. Manchmal muss man Menschen verletzen, damit sie aus ihren Fehlern lernen.«

»Dr. Carnow? Das ist Angelas Ex-Mann«, sagte Sean später, als Mark ihm von dem Vorfall erzählte.

»Ach so. Irgendwie ist er mir auch bekannt vorgekommen. Ja, genau, jetzt kann ich mich auch wieder an das kleine Mädchen erinnern. Ich habe sie gar nicht wiedererkannt.«

Sean sagte: »Er ist ein Arschloch. Nein, noch schlimmer, Arschlöcher können nichts dafür. Er ist ein fieses Schwein. Er quält Angela absichtlich. Er behandelt Nina wie einen Hund mit drei Beinen.«

Mark runzelte die Stirn. »Tatsächlich? So schlimm hat er gar nicht gewirkt.«

Sean sagte: »Setz ihn auf die schwarze Liste. Ich will ihn hier nicht noch einmal sehen.«

Sean hob den Blick vom Reservierungspult und entdeckte eine riesige, blühende Pflanze vor der Glastür, hinter der der Lieferant wie ein Zwerg wirkte. Er ging zur Tür und schloss auf.

Das *Bobby's* feierte sein einjähriges Bestehen. Schon seit einer Woche wurden immer wieder Geschenke abgegeben.

Christine kam aus der Küche. »Noch eine? Oh, eine Mandeville. Schaut euch bloß diese wunderbaren rosa Blüten an. Am besten lassen wir sie hier neben der Tür stehen. In einem Monat können wir sie dann rausstellen. Das ist eine Kletterpflanze – wir könnten sie um die Tür herumwachsen lassen.«

»Gibt es eigentlich irgendeine Pflanze, an deren Namen du dich nicht erinnerst?«, fragte Jim von der Mitte des Raumes her, wo er gerade ein paar Tische zu einem großen zusammenstellte.

»Nö«, sagte sie mit ihrem typischen Grinsen. »Bloß bei Menschen hab ich so meine Schwierigkeiten. Bei Pflanzen nicht.«

»Aber bei Sean hast du anscheinend keine Schwierigkeiten.«

»An Sean kann sich doch jeder erinnern.«

In der unangenehmen Stille, die folgte, ging Christine zurück in die Küche. Sie sah sich die Tomatenlieferung an, die vorhin gekommen war, nahm eine aus der Kiste und biss hinein.

Nicht schlecht. Nicht gerade sommerfrisch, aber okay. Sie kritzelte für den Salatkoch auf einen Klebezettel den Hinweis, dass er sie nur sparsam verwenden sollte, nur als Farbtupfer.

Was für ein Idiot Jim doch war. Sie bedauerte zutiefst,

dass sie Sean dazu ermuntert hatte, ihm mehr Aufgaben im Restaurant zu geben. Die Meeresfrüchte, die er vermittelt hatte, waren ausgezeichnet – das Angebot war viel frischer und reichhaltiger als bei den Lieferanten, mit denen sie angefangen hatten. Aber mittlerweile wäre sie froh gewesen, wenn sie den Fisch behalten hätten und ihn dafür losgeworden wären. Sie hatte gehört, dass Jim in der Regel nicht lange bei einem Job blieb. Vielleicht gab es Hoffnung.

Sie klebte den Zettel an die Tomatenkiste, aber er fiel wieder ab. Immer das Gleiche mit den verdammten Dingern. Sie ging zu ihrem Schreibtisch hinüber und holte Klebeband.

Jim war ein Mensch, dem sie nie wieder einen Zettel schreiben würde. Für ihn waren Vorschläge in etwa das, was für Schüler Nachsitzen war.

Wenn es hoch herging und Sean in der Küche aushelfen musste, dann gab Jim gelegentlich den Empfangschef. Sean füllte diese Rolle ganz natürlich aus, charmant und unaufdringlich. Die Gäste fühlten sich willkommen, zu Hause, und freuten sich auf ein wunderbares Essen.

Jim hatte kein Gefühl dafür. Er übertrieb die Rolle des Hausherrn. Er war steif im Umgang mit Menschen und wirkte manchmal herablassend. Zweimal hatte sie gehört, wie er einen Gast bei der Aussprache eines Gerichtes korrigiert hatte, obwohl der Gast Recht gehabt hatte.

Sie hatte das Thema Sean gegenüber vorsichtig zur Sprache gebracht. »Jim könnte etwas von dir lernen«, hatte sie eines Abends zu ihm gesagt, als sie in ihrem Wohnzimmer zusammengesessen hatten. Aus dem CD-Spieler erklang ein Song von Diana Krall, und die Mondsichel beschien die Überbleibsel des Schnees auf einem Rhododendron vor dem Fenster. »Du bist so ein guter Empfangschef. Aber er ist in diese Rolle noch nicht hineingewachsen. Sein Umgang mit den Leuten muss besser werden.«

»Ich weiß«, hatte Sean gesagt. »Aber das ist eine schwere Aufgabe. Jim kann nicht gut mit Kritik umgehen.«

»Aber es ist dein Restaurant. Du würdest doch auch jeden anderen kritisieren, der diesen Job macht.«

»Ja, schon.« Sean wandte den Blick ab und schaute zum Fenster hinaus. Der Zweig davor wackelte. »Da, wahrscheinlich ein Reh«, sagte er.

»Du lenkst vom Thema ab.«

»Du hast Recht. Das mit meinem Bruder ist ziemlich kompliziert.«

»Ich weiß.« Sie strich ihm übers Haar. Der Amethyst-Anhänger, den er ihr zu Weihnachten geschenkt hatte, glühte lavendelfarben an ihrem Hals. »Willst du darüber sprechen?«

Er atmete lang und tief aus. »Ich habe es langsam satt, darüber zu sprechen. Vor allem mit mir selbst. Die Familie erwartet, dass Jim Unterstützung bekommt. Aber er wehrt sich gegen alles, was unsere Eltern für ihn tun wollen, und gegen mich wehrt er sich kaum weniger. Wenn ich versuche, ihn zu etwas zu ermutigen, dann schmollt er. Wenn ich ihm helfe, dann sabotiert er es. Egal, was ich mache, am Schluss bin immer ich der Gelackmeierte.«

Christine erwiderte: »Glaubst du denn, dass er seine Arbeit absichtlich schlecht macht?«

»Oh, verdammt, ich weiß es nicht. Das weiß man bei ihm nie.«

»Kann ich da irgendwie behilflich sein? Wie wär's denn, wenn ich ihm ein paar freundliche Hinweise gebe?«

Sean nahm ihre Hand. Sie war klein und kühl und passte wunderbar in seine. »Du kannst es ja versuchen. Aber mach dich auf Sperrfeuer gefasst.«

»Ich bin ja ein großes Mädchen.«

Sean lächelte und zog sie an der Hand. »Wie wär's, wenn wir jetzt ins Bett gingen, großes Mädchen?«

In der anschließenden Woche hatte Christine eine sorgfältig formulierte Notiz in Jims Fach gelegt.

»Darf ich vielleicht einen Vorschlag aus der Küche machen?«, hatte sie geschrieben. »Man könnte zum Beispiel schon, während die Gäste an ihren Platz gebracht werden, ein paar Tagesspezialitäten erwähnen. Nur, um die Lust auf das Essen ein wenig zu steigern und die Laune zu heben. Ich könnte dir jeden Abend sagen, worauf hinzuweisen wäre …«

Sie beobachtete ihn, während er den Zettel las. Sie sah, wie sich seine Schultern verspannten. Er blickte lange darauf, dann drehte er sich zu ihr um.

»Ich zähle immer alle Spezialitäten des Tages auf. Immer. Ich beschreibe sogar jede einzelne.«

»Das stimmt«, entgegnete sie. »Ich wollte dir ja nur vorschlagen, dass du schon, bevor du an den Tisch kommst und die ganze Liste aufzählst, einen kleinen Vorgeschmack gibst.«

Als Reaktion darauf hatte er den Zettel zerknüllt und auf den Boden fallen lassen.

Das reichte. Er wollte keinen ehrlichen Meinungsaustausch mit ihr. Er wollte sich nur gegen etwas wehren, was er als Angriff aufgefasst hatte. Aus ihrer jahrelangen Erfahrung in meist nur mit Männern besetzten Küchen hatte sie gelernt, mit Spielertypen keine Spielchen zu spielen.

Jetzt, wo das mit den Tomaten geklärt war, begann Christine, die anderen Lieferungen zu kontrollieren. Jim kam mit den Pfeffermühlen in die Küche. Er schraubte eine auf und füllte sie nach.

»Was du da gesagt hast, dass niemand Schwierigkeiten

hat, sich an Sean zu erinnern, das war nicht gerade besonders nett«, sagte er zu Christine.

Sie blickte auf. »Daran bist aber du schuld. Du hast mich herausgefordert.«

Jim kippte ein paar Pfefferkörner daneben, begann, sie wieder einzusammeln, und hielt dann inne. Er stierte sie an.

»Du brauchst gar nicht so zu tun, als würdest du nicht mit meinem Bruder vögeln.«

»Um Gottes willen. Was hat das eine denn mit dem anderen zu tun?«

Jim lachte, aber es klang eher wie ein verächtliches Schnauben.

Sie sagte: »Klar, ich bin mit deinem Bruder zusammen. Du hast noch nicht oft in einer Küche gearbeitet, stimmt's? Mit wem sollen wir uns sonst zusammentun, wenn nicht miteinander? Sonst hat doch niemand diese Arbeitszeiten.«

Mark Wolf kam herein. Er schien die Spannung sofort zu spüren. »Privatgespräch?«, fragte er.

»Ganz und gar nicht«, erwiderte Jim. »Christine hat mir nur gerade erzählt, dass sie meinen Bruder vögelt, weil er der einzig verfügbare Kerl mit ihren Arbeitszeiten ist. Kannst du damit was anfangen, Mann?«

»Ich verzieh' mich lieber.« Mark steuerte auf die Küchentür zu.

»Nein, bleib noch eine Minute«, sagte Jim . »Vielleicht bist du ja mit mir einer Meinung.« Jetzt wandte er sich wieder Christine zu. »Mark hat die gleichen Arbeitszeiten wie du. Ich habe die gleichen Arbeitszeiten wie du. Also warum nur Sean? Du könntest dich für jeden von uns interessieren. Sogar für die Aushilfen. Aber Sean ist eben der Mann mit der *Kohle.*«

»Benimm dich nicht wie ein Schwein«, sagte sie. Sie

nahm eine Bratpfanne vom Haken und stellte sie auf den Herd. »Kann ich die Küche jetzt wieder für mich haben? Ich muss arbeiten.«

Jim lächelte. Er hatte eine Bresche geschlagen. »Ich bin ein Schwein? Und Sean nicht, oder? Wie hoch ist die Summe, die den Unterschied ausmacht?«

Mark sagte: »Jim, hör auf damit.«

»Nein, ich will, dass sie mir eine Antwort gibt. Los, Christine, wie viele Dollar machen ein Schwein zu einem Gentleman, der deine Zuneigung verdient?«

»Es geht nicht um Geld«, schrie Christine. »Natürlich ist Sean mir lieber. Sieh dich doch an! Du bist ein Versager! Du schlägst dich irgendwie durch, lässt dich aushalten, und dann beißt du in die Hand, die dich füttert! Wer, zum Teufel, würde etwas von *dir* wollen?«

Sean war nicht besonders überrascht gewesen, als er von dem Streit zwischen Christine und Jim erfahren hatte. Irgendwie hatte er geahnt, dass so etwas passieren würde. Er hatte einfach nur gehofft, dass seine Befürchtungen sich nicht bestätigen würden. So, wie er immer hoffte, dass es keinen Ärger mit Jim gab.

Es war kurz nach fünf Uhr. Der Himmel vor dem Fenster seines Büros war noch immer wintergrau, auch wenn im Garten seiner Eltern schon die ersten Tulpen ihre Köpfe durch die Erde steckten. Der Tag war feucht gewesen, und immer wieder hatten sich ein paar Schneeflocken unter die Regentropfen gemischt. Er fragte sich, ob die Tulpen das überstehen würden.

Das war einfacher, als sich Gedanken darüber zu machen, was er mit dieser verfahrenen Situation anstellen sollte.

Gerade eben erst hatte er sein Gespräch mit Mark beendet. Er hatte insgeheim darauf vertraut, dass Marks

Version des Streits mit Christine anders ausfallen würde als Jims. Aber die Beschreibungen waren sich sehr ähnlich.

Mark war nur zögerlich und mit verunsicherter Miene zu Sean ins Büro gekommen. Sean hatte ihn auf dem Flur gesehen und zu sich gebeten.

»Es hat also einen Streit in der Küche gegeben«, sagte Sean. »Kannst du mir sagen, was da vorgefallen ist?«

Mark rieb sich die Augen. Er schaute weg. »Ich war nicht die ganze Zeit über da.«

Sean beugte sich über den Schreibtisch. »Also dann nur den Teil, den du mitbekommen hast.«

»Jim hat sich aufgeregt. Er hat sich mit Christine angelegt.«

»Und weiter?«

Mark schaute sich um, als würde er nach einer Fluchtmöglichkeit suchen. »Ich hatte damit eigentlich gar nichts zu tun, Sean. Und das will ich auch jetzt nicht.«

»Ich weiß das zu schätzen. Aber du hast keine Wahl. Ich muss es wissen, und du warst als Unbeteiligter mit dabei.«

Mark machte eine Pause und kratze sich im Nacken. Er sagte: »Ich bin zufällig in die Küche gekommen, als Jim gerade ... ich hatte den Eindruck, er wollte von Christine etwas über ihre Beziehung zu dir wissen.«

Sean lehnte sich zurück, die Hände hinter dem Kopf verschränkt. »Was genau hat er gesagt?«

»Er hat sich zu mir umgedreht. Dann hat er sinngemäß gesagt, dass Christine behaupte, sie hätte nur deshalb eine Beziehung mit dir, weil du dieselbe unmögliche Arbeitszeit hättest wie sie. Dann hat er zu ihr gesagt, wenn das stimme, wieso sie dann ... wieso sie nichts mit ihm oder mir oder den Küchenhilfen hätte.«

»Ich habe doch nicht gemeint, dass ich was mit ihr an-

fangen will«, hatte Jim vor einer halben Stunde zu Sean gesagt. *»Ich wollte nur, dass sie zugibt, dass sie sich nicht ohne Hintergedanken mit dir eingelassen hat. Ich habe versucht, dich zu schützen.«*

»Und dann?« Sean blickte Mark an.

»Dann hat Christine zu ihm gesagt, er soll sich nicht benehmen wie ein Schwein. Sie hat ihn gebeten, die Küche zu verlassen. Er wollte nicht gehen. Er hat immer weitergebohrt, ob sie … ob es ihr wirklich um deinen Wohlstand geht.«

»Ich nehme mal an«, sagte Sean, »dass er es ein klein wenig drastischer formuliert hat.«

»Ja, schon. Aber sie war auch sehr heftig. Sie hat gesagt: Wer, zum Teufel, würde etwas von *dir* wollen? Und sie hat ihn einen Versager genannt.«

Es war schwer gewesen, den Abend durchzustehen. Aber, so dachte Sean, als er die Außenbeleuchtung abschaltete, wenn er in diesem verdammten Geschäft eines gelernt hatte, dann war es, den Chefkoch während der Essenszeit nicht zu reizen.

Er wartete, bis die restliche Belegschaft gegangen war. Es war Freitag, und er wusste, dass Christine sich mit der Küche Zeit lassen würde. Das machte sie an den Wochenenden immer so. Sie ging danach gerne mit ihm zusammen los, entweder zu ihm oder zu ihr, um noch einen Wein zu trinken und einander zu lieben, um langsam den Druck abzubauen.

Sie war dann jedes Mal in Hochform, war im Bett genauso kreativ wie am Herd. Er fühlte eine beginnende Unruhe in seinem Inneren, dachte an ihre kleinen Hände, ihre Zunge. Sie hatte Stellen entdeckt, von denen er nie gedacht hätte, dass Frauen sie jemals berühren würden.

Im Verlauf des letzten Jahres hatte er sich gelegentlich

gefragt, was ihm diese Beziehung eigentlich bedeutete. Zu großen Teilen war sie durch den gemeinsamen aufregenden Höhenflug des Restaurants entflammt worden. Es eröffnen, es bekannter machen, die Freude daran, dass sie den Räumlichkeiten und den Speisen ihren persönlichen Stempel aufdrücken konnten. Den Erfolg registrieren.

Er hatte sich gefragt, ob sie lediglich Partner waren, bei der Arbeit ebenso wie im Bett, oder mehr. Christine hatte darauf anscheinend keine Antwort gebraucht, aber er schon. Er hatte nur keine gefunden.

Jetzt brauchte er keine mehr.

Er ging in die Küche. Christine räumte die kleinen geschmolzenen Schokoladenkuchen weg und leckte sich die Finger ab. Noch gestern hätte er das erotisch gefunden, und das war es immer noch, aber nun betrachtete er es distanzierter, so, als handle es sich um ein Bild in einer Zeitschrift.

Sie sah ihn an und lächelte. »Nicht zu glauben, wie sie uns die Jakobsmuscheln aus der Hand gerissen haben. Wir haben nicht eine übrig behalten. Ich glaube, das lag an der Blutorangen-Salsa. Mit der roten Paprikapaste sind sie nicht so gut gegangen.«

Sean erwiderte ihr Lächeln nicht. »Ich habe von dem Streit gestern erfahren.«

Bevor sie ihm antwortete, stellte Christine die restlichen Desserts in den Kühlschrank. »Ich wollte dir nichts davon sagen. Ich hatte das Gefühl, dass du nur darauf gewartet hast, dass es Ärger mit Jim gibt. Ich hätte dich nicht drängen sollen, ihn hier einzubinden. Aber es war schon okay. Ich bin damit klargekommen.«

»Hast du ihn wirklich einen Versager genannt?«

Ihre Augen weiteten sich. »Ja. Jetzt sag bloß nicht, du willst mir die Schuld an dem ganzen Vorfall geben!«

»Und worauf bezog sich das doch gleich?«

Sie schaute ihn an. Dieser harte Zug um den Mund, der war neu. Sie blickte ihm forschend in die Augen, beobachtete seine Haltung, die Körpersprache, die sie so gut zu kennen glaubte. Plötzlich sah sie, wie in einem Kinotrailer, ganz genau vor sich, was als Nächstes gesagt werden und was geschehen würde.

Sie griff hinter sich, um sich am Küchentresen abzustützen.

»Ich habe ihn einen Versager genannt«, sagte sie, »weil er die Frechheit hatte zu behaupten, dass ich wegen des Geldes mit dir und nicht mit ihm zusammen bin. Er hat mir vorgeworfen, dass das der Grund sei, weshalb ich dich ihm vorziehe. Ich habe gesagt, dass ich dich auf jeden Fall vorziehen würde. Er *ist* ein Versager.«

Sean blickte zur Decke. Er rieb sich den Nacken.

»Was hätte ich ihm denn deiner Meinung nach erwidern sollen?«, wollte sie wissen.

Er stieß laut schnaubend den Atem aus. »Es geht nicht um den Begriff. Es geht um das Gefühl. Ich habe gedacht, wir mögen einander, weil wir etwas gemeinsam haben. Nicht, weil ich in der Lage bin, dir gelegentlich eine Kette zu schenken.«

»Welches Püppchen hat dir denn verraten, dass Ketten keine Rolle spielen?«

Sean schwieg. Das hatte er nicht erwartet. Er hatte gedacht, sie würde protestieren, würde darauf bestehen, dass der Geldfaktor keine Rolle spielte, und es sogar zur Hälfte ernst meinen. Aber so machte sie es ihm leichter.

»Du schmeißt mich raus, nicht wahr?«, sagte sie.

Sean erwiderte: »Erwartest du etwas anderes von mir?«

»Du Arschloch! Du hast die ganze Zeit über gewartet! Du wolltest bloß am Freitagabend nicht mit einer Küche ohne Küchenchefin dastehen!«

Er betrachtete ihr Gesicht, ihre mädchenhaften Züge.

Die Extraportion Wimpern, mit der sie offenbar auf die Welt gekommen war. Die Ohrstecker mit den schwarzen Perlen, die er ihr auf einem Ausflug nach Manhattan geschenkt hatte.

Er sagte: »Ja. Das gebe ich zu. Ist das etwa schlimmer als dein Eingeständnis, dass du nur wegen der Geschenke mit mir geschlafen hast?«

»Das habe ich nicht gesagt.«

»Also los, dann sag schon. Was hast du gesagt?«

»Um Gottes willen, Sean!« Sie griff nach einer Blumenvase, die sie eigenhändig mit gelben und rosafarbenen Hyazinthen bestückt hatte, und warf sie an die Wand. Sie zersplitterte in einem parfümierten Regenbogen. »Wir haben hier ein verdammt gutes Ding aufgebaut. Wir haben Spaß an dem Geschäft, wir sind richtig gut, und wir haben einander gern. Ja, ich bekomme liebend gerne Geschenke. Welche Frau nicht? Ist das ein Grund, mich rauszuschmeißen?«

»Ich wünschte, es wäre nicht so, Christine. Aber ich fürchte, ich kann dich jetzt nicht mehr mit anderen Augen sehen. Wir haben ein wunderbares Lokal zusammen aufgebaut, und du bist außerordentlich talentiert. Du findest garantiert problemlos eine neue Stelle.«

»Das war's also?«

»Ja. Das war's.«

»Ich nehme an, du willst mich nicht bis morgen behalten?«

Da wurde ihm klar, dass er das nicht wollte. »Das ist sehr freundlich, aber nicht notwendig.«

Sie ging zum Küchenschrank und holte ihren Mantel heraus, schlüpfte hinein und griff nach ihrer Handtasche. »Das war nicht freundlich gemeint. Ich wollte deinen Arsch retten. Samstagabend ohne Küchenchef? Was hast du vor?«

»Ich bin mir noch nicht sicher.«

Christine schüttelte den Kopf. »Ich verstehe dich nicht.«

Dazu gab es nichts zu sagen.

Sie meinte: »Ich habe noch Sachen bei dir zu Hause. Und hier auch.«

»Ich sorge dafür, dass du alles wiederbekommst.«

Sean verbrachte eine schlechte Nacht voller schweißnasser Träume und heftigem Durst, der sich auch durch viele Gläser Wasser nicht löschen ließ. Der Frühling hatte noch nicht richtig begonnen, und die Nachtluft, die zum Fenster hereindrang, war kalt und brachte winterliche Düfte herein: kahle Zweige, die Erde feucht vom geschmolzenen Eis.

Sie fehlte ihm im Bett. Seit Monaten war sie jeden Freitag und jeden Samstag da gewesen, jederzeit bereit, selbst wenn er sie geweckt hatte. Manchmal hatte sie sogar ihn geweckt.

Aber am heutigen Tag hatte sie ihm ein Geschenk gemacht. Sie hatte ihm jeden Zweifel an der Richtigkeit seiner Entscheidung genommen.

Jetzt musste er nur noch eine Möglichkeit finden, wie er Christines kulinarisches Wirken weiterführen konnte.

Am nächsten Morgen war er als Erster im *Bobby's*. Er hatte sich bei Starbucks einen Kaffee und ein Honigbrötchen geholt und auf dem Küchentresen abgestellt. Irgendwo hier befanden sich Christines Karten mit den Rezepten und ihre Ideensammlung. Er würde danach suchen, sobald er gegessen hatte.

Er zog sich einen Hocker heran und klappte den Deckel des Kaffeebechers auf, nippte daran und ließ die heiße Flüssigkeit ihr tröstendes Werk verrichten. Dann wickelte er das Brötchen aus, riss geistesabwesend Stücke davon ab und steckte sie sich in den Mund. Er ertappte sich dabei, wie er an seinen Fingern lutschte.

Scheiße.

Kurz vor zehn sah er Jim auf den Parkplatz fahren. Noch während Jim nach seinem Schlüssel suchte, machte er die Küchentür auf.

»Guten Morgen«, sagte Sean.

»Holla.«

»Neue Lage. Setz dich, dann erklär ich's dir.«

»Erklär's mir jetzt gleich.«

Nachdem Sean seinen Starbucks-Kaffee getrunken hatte, hatte er eine frische Kanne aufgesetzt. Er goss zwei Tassen ein und reichte eine an Jim weiter. »Christine ist nicht mehr da. Sie kommt auch nicht wieder zurück. Ich habe sie gestern Abend rausgeworfen.«

Jim setzte seine Tasse ab, ohne einen Schluck genommen zu haben. »Du hast sie gefeuert? Wieso? Doch nicht meinetwegen?«

»Nicht direkt. Sagen wir mal, dass dieser Streit das eine oder andere geklärt hat.«

Jim beugte sich vor, versuchte, dahinter zu kommen, was sich im Kopf seines Bruders abspielte. Den Gesichtsausdruck kannte er, er war charakteristisch für Sean. Er bedeutete, dass Sean entweder wütend oder in Sorge war. Jim griff nach seinem Kaffee und trank.

»Erzähl es mir«, sagte er.

»Es ist etwas Persönliches. Das, worüber wir sprechen müssen, ist, was jetzt geschehen soll. Ich möchte nicht aus lauter Verzweiflung einen Küchenchef engagieren. Ich glaube, wir können die Küche durchaus am Laufen halten, bis wir den Richtigen gefunden haben. Aber das bedeutet, ich kann den Empfang nicht mehr machen.

Was meinst du, kannst du das für eine Weile übernehmen?«

Jims Atem beschleunigte sich. Bis jetzt hatte er nur um die Mittagszeit und gelegentlich auch einmal einen Abend in der Woche am Empfang gearbeitet. Er musste immer noch dazulernen. Aber solange er nicht von oben herab behandelt wurde, konnte er es schaffen. Er würde von Sean lernen, nicht von Christine. Das war ein gewaltiger Unterschied.

»Ja«, sagte Jim, »das kann ich. Wenn du willst, dass ich das mache, dann schaffe ich das auch. Es ist schön, wenn man helfen kann.«

»Du wirst ein paar neue Anzüge brauchen. Ich gebe dir meine Visa-Karte.«

»Anzüge kann ich mir selber kaufen.«

»Kauf dir ein paar gute. Geh zu Barney's. Hier.« Er reichte Jim seine Kreditkarte.

27

Juni 1997

Christine bog von der Tremont Street nach links in die Chaucer Street ab. Ihre Absätze klapperten auf dem Bürgersteig. Die Bäume standen in voller Blüte oder waren kurz davor und gaben einen vollen, süßen Duft ab. Vor einer Woche war sie in New York gewesen, und dort war die Blütezeit schon fast vorüber. Auf der Fahrt zurück nach Boston hatte sie sich daran erfreut, dass das Grün wie ein rückwärts laufender Film immer mehr an Intensität verloren hatte, je weiter sie in die nordöstliche Wetterzone vorgestoßen war.

Sie war die Erste bei der Arbeit. Also nahm sie den in einer Plastiktüte steckenden *Globe* von der Treppe, schloss die Tür auf und schaltete das Eingangslicht sowie das Leuchtschild des *Chaucer Street Grill* ein.

Zur Vorbereitung für das Mittagessen holte sie Salatzutaten und gegrilltes Hühnchenfleisch aus dem Kühlschrank, dazu noch die Vinaigrettes, damit sie Zimmertemperatur annahmen. Da fiel ihr ein, dass ihr gestern aufgefallen war, dass in die Senfsoße noch etwas weißer Pfeffer gehörte. Sie nahm die Pfefferdose aus dem Gewürzregal und stellte sie neben die Flasche mit dem Dressing, damit sie es nicht vergaß.

Sie griff nach der Zeitung, merkte, dass ihre Hände ölig geworden waren, und wusch sie ab. Dann blätterte sie den *Globe* durch und suchte nach der Anzeige für das neue Sommer-Mittagsmenü des *Chaucer Street Grill*, die sie mit dem Geschäftsführer entworfen hatte.

Ihr Blick fiel auf ein bekanntes Gesicht. Es war Sean Fell, im Smoking, zusammen mit einer jungen Frau. Ein Hochzeitsschleier hatte sich über ihre eine Wange gelegt, während die andere an seiner Schulter lehnte.

Christine spürte ihr Gesicht wärmer und ihren Hals enger werden. Sie hatte plötzlich Mühe, zu Atem zu kommen. Immer wieder wurde sie unverhofft von Erinnerungen an Sean übermannt, aber zumindest hatte sie nicht mit ansehen müssen, wie er mit einer anderen zusammen war. Eine andere *heiratete*.

Allein dieser Schleier war bestimmt viele tausend Dollar wert. In die Ärmel und das Oberteil des Kleides waren Juwelen eingearbeitet. Musste ein Dutzend malaysischer Näherinnen viel Zeit und ein paar Peitschenhiebe gekostet haben.

Sie las den Anfang des Artikels. Die Hochzeit des Restaurantbesitzers hatte im Haus seiner Eltern in Westchester County, New York, stattgefunden. Sein Vater, Bruce Fell, war Präsident der Universität. Sarah Diamond war von ihrer Schwester, Angela Diamond, zum Altar geleitet worden.

Sarah Diamond.

Christine schaute sich das Foto noch einmal genauer an. Der Name kam ihr bekannt vor. Das Mädchen auch.

Um Himmels willen. Eine Kellnerin. Sean hatte eine Kellnerin geheiratet.

Jetzt konnte Christine sich wieder genau erinnern, die Einzelheiten kristallisierten sich allmählich Stück für Stück heraus. Ein engelsgleiches Mädchen mit rosa glänzenden Lippen und honigbraunen Haaren, die sie während der Arbeit hochgesteckt trug. Sie hatte ein paar Wochen vor Christines Abgang im *Bobby's* angefangen, hatte Mittagsschichten gearbeitet. Tüchtig, ein bisschen farblos.

Nun ja. Anscheinend doch nicht.

Christine strich mit dem Finger über das Foto, über Seans Gesicht. Diese tiefdunklen Augen und Wimpern, diese Schenkel, von denen sie nie genug bekommen konnte. Wie gerne hatte sie ihn dort geküsst. Das war ihre ganz persönliche Stelle gewesen, dort hatte sie ihn geschmeckt und gerochen, hatte ihn zum Keuchen gebracht, indem sie die Innenseiten gestreichelt hatte, die feuchte Falte, die sich öffnete, um ihre Finger in Empfang zu nehmen, während er sein Bein verlagerte, um sie seinem Penis näher zu bringen.

Sie hatte die beiden jedes Mal noch ein bisschen warten lassen, bevor sie begann, ihn dort zu lecken. Sie liebte sein ungeduldiges Stöhnen. Und wenn sie ihn dann endlich in den Mund nahm und er lauter und lauter wurde …

Tränen tropften auf das Bild.

Als Sean im letzten Jahr nur acht Straßenblocks vom *Chaucer* entfernt das *Bobby's East* eröffnet hatte, hatte

Christine eigentlich gedacht, ihr Schmerz könnte nicht mehr größer werden. Sie hatte zugesehen, wie es sich zu einem ihrer Hauptrivalen entwickelt hatte. Einmal war sie dort essen gegangen. Angesichts der möglichen Begegnung mit Sean war sie so nervös gewesen, dass sie keinen Bissen hinuntergebracht hatte. Aber Sean war gar nicht da gewesen.

Grimmig hatte sie die Speisekarte studiert und mehr Gerichte bestellt, als sie essen konnte. Sie wollte ihre Handschrift in der Küche entdecken, sich dann darüber aufregen und Sean dafür verantwortlich machen.

Aber das Essen war anders, und es war sehr gut. Keine Spur von ihr war zu entdecken.

Nie hatte sie sich weiter von Sean entfernt gefühlt.

Christine riss sich von der Zeitung los. Sie ging durch die Küchentür an die Bar. Dort füllte sie Eiswürfel in ein Glas, füllte es fast bis zum Rand mit Ketel-One-Wodka und fügte einen Spritzer Orangensaft hinzu.

Dann ging sie zurück in die Küche und zu dem Bild. Sie nahm einen Schluck und stellte das Glas dann genau auf Sarah Diamond-Fells Honigkuchengesicht. Eine Minute später hob sie es wieder hoch, in der Hoffnung, dass die Feuchtigkeit, die am Glas kondensierte, das glückselige Lächeln des Mädchens ausgelöscht hatte.

Hatte sie aber nicht, und erneut spürte sie den harten Schlag mitten im Gesicht. Dieses kleine Nichts kuschelte sich vertrauensvoll an ihn. Die linke Hand nicht sichtbar, aber garantiert auch vorhanden. Wohnte schon bei Sean, weil es in dem Artikel hieß, sie wären vor kurzem von ihrer Hochzeitsreise nach Bali zurückgekehrt.

Bali.

Wahrscheinlich gab diese Schnepfe dem Hausmädchen gerade Anweisungen, wie genau sie die Seidenlaken über das Ehebett zu ziehen hatte. Und dabei funkelte der Ring auf ihrer baligebräunten Haut. Nie wieder würden ihre verwöhnten Händchen ein Restauranttablett schleppen müssen.

Diese Hände waren jetzt nur noch für Sean da …

Christine hob das Glas an den Mund.

28

Mittwoch, 7. Februar 2001

Es war nicht das erste Mal, dass Red versuchte, der Steuerfahndung Informationen zu entlocken. Aus denen war einfach nichts rauszukitzeln. Sie gaukelten einem vor, ganz normale Menschen zu sein, und in dem Augenblick, wo man ihnen eine echte Frage stellte, fingen sie selbstgefällig an zu mauern.

Jetzt saß er gerade mit Agentin Barbara Powell an einem Tisch in einem Besprechungszimmer der Steuerprüfungsbehörde in White Plains. Sie tranken Tee und füllten die obligatorischen drei, vier Plauderminuten. Heute ging es um Zigaretten – Agentin Powell hatte gerade das Rauchen aufgegeben.

»Ich weiß nicht, ob das Pflaster wirklich etwas hilft oder nicht«, sagte sie. Sie hatte ziemlich bleiche Haut und große, ehrliche braune Augen. Ihre Haarfarbe war eine natürliche Mischung aus Grau und Blond und strahlte eine reife Sinnlichkeit aus. »Vielleicht sollte ich zusätzlich noch Kaugummi kauen.«

»Dann würden Sie wahrscheinlich mehr Nikotin abkriegen als beim Rauchen!«, meinte Red.

Sie lachte, sagte aber nichts mehr, was Red als Aufforderung verstand, zur Sache zu kommen.

Es hatte keinen Sinn, um den heißen Brei herumzureden. »Sie wissen ja, dass Sean Fell unter Mordanklage steht. Wie weit sind Sie denn mit Ihren Ermittlungen im *Bobby's* gekommen?«

»Wir sind immer noch mittendrin.«

»Um wie viel Geld geht es dabei? Große Summen?«

»Höchstwahrscheinlich.«

Das war schon mal etwas.

»Und der Zeitraum? Monate? Jahre?«

»Kann ich noch nicht sagen.« Sie nahm einen Schluck Tee.

Red wusste noch, dass er, als er mit dem Rauchen aufgehört hatte, den ganzen Tag über eine Kaffeetasse in der Hand gehalten hatte. Es war wie ein Zwang gewesen, ohne dass er dadurch das bekommen hatte, was er eigentlich brauchte. Sie tat ihm Leid.

Er stellte ihr noch einige Fragen und schlug dann eine neue Seite in seinem Notizbuch auf. »Ich würde gerne auch mit den Agenten sprechen, die Mr. Fells zweites Restaurant untersuchen. Können Sie mir vielleicht ein paar Ansprechpartner nennen?«

Sie schüttelte den Kopf. »Das wird alles von hier aus koordiniert.«

Er blätterte zurück, ging anscheinend seine Notizen noch einmal durch. Dann klappte er das Buch zu und steckte es in die Innentasche seines Jacketts. »Die Staatsanwaltschaft wird Ihnen wohl ein Geschäft vorschlagen«, sagte er. »Das sollten Sie sich überlegen. Man könnte Mr. Fell in diversen Anklagepunkten Milde zusagen, wenn er sich in anderer Hinsicht kooperativ verhält. Die Steuerfahndung und der Staatsanwalt hätten damit ein hübsches Druckmittel in der Hand.«

Barbara Powell lächelte: »Und was meinen Sie, wessen Anklagen bei diesem Geschäft den Vorrang hätten?«

Er hätte ihr auch eine ungenaue Antwort geben können, aber das war sinnlos.

»Den Versuch war es wert«, sagte sie anerkennend.

Trotzdem, Barbara Powell hatte ihm weitergeholfen, sehr sogar. Sie hatte Reds Vermutung bestätigt, dass beide Restaurants von Sean Fell untersucht wurden.

Das stützte die Vermutung, dass der Fisch vom Kopf her stank.

Mittlerweile hatte Angela Diamond jede Menge Zeit gehabt, sich mit ihrem Klienten abzustimmen. Sie dürfte eine ganze Menge mehr über Seans Aktivitäten in Erfahrung gebracht haben. Und sie machte sich ebenfalls Notizen, so wie Red auch.

Red wusste, dass Angela ihre Aktentasche direkt neben ihrem Schreibtisch stehen hatte, und dass sie sie nie alleine im Büro zurückließ.

Er war immer wieder erstaunt darüber, was die Leute in ihren Aktentaschen so alles aufbewahrten. Selbst die Allerschlausten schienen zu glauben, dass sie mit einer Art undurchdringlichem Schutzschild versehen waren, der den Inhalt vor den Blicken der anderen schützte. Die wichtigsten und peinlichsten Geheimnisse ließen sich darin finden, fein säuberlich auf Papier gedruckt.

Red stellte den Wagen vor Angelas Bürogebäude ab. Kurz nach fünf kam sie heraus. Sie legte ihre Aktentasche in den Kofferraum. Etliche Wagen hinter ihrem Honda reihte er sich in den fließenden Verkehr ein.

Er folgte ihr bis zur Anne Lindbergh Elementary, Ninas Schule. Das Gebäude war hell erleuchtet, obwohl es schon so spät war. Wahrscheinlich eine Konferenz oder so was, dachte er. Angela parkte, stieg die breiten Stufen hinauf und verschwand durch eine gläserne Doppeltür.

Red suchte nach dem Schlüsselbund in seiner Tasche. Er sah zu, wie Angela an einen Tisch trat, etwas zu der Frau, die dahinter saß, sagte, und sich auf einen der Stühle setzte, die in der Nähe der Tür aufgereiht standen. Er fluchte. Solange sie sich nicht wegbewegte, musste er ebenfalls sitzen blieben.

Nach einer Weile stand sie auf und verschwand aus seinem Blickfeld.

Er musste es jetzt tun, solange Angela im Gespräch oder sonstwo war, auch wenn die Frau am Eingang den Honda sehen konnte. Im Augenblick waren weder Lehrer noch Eltern draußen unterwegs. So eine Chance würde sich vielleicht nicht wieder bieten.

Er stieg aus und ging zu Angelas Kofferraum, während er an seinem Schlüsselbund nach dem Honda-Universalschlüssel suchte. Aus dem Augenwinkel beobachtete er die Empfangsdame und steckte den Schlüssel ins Schloss.

Sie blickte auf, schaute ihn direkt an. Er zwang sich weiterzumachen, so wie jeder normale Autobesitzer. Er hoffte inständig, dass sie nicht gesehen hatte, wie Angela ausgestiegen war.

Er hob den Kofferraumdeckel und nahm ihre Aktentasche an sich. Der Deckel verbarg das, was er tat, vor ihren Blicken. Er trug die Tasche zu seinem eigenen Auto. Die Dame vom Empfang schaute nicht mehr in seine Richtung.

Dann fuhr er auf die Rückseite des Gebäudes. Die Versuchung, schon beim Fotografieren zu lesen, war groß, aber er musste ihr widerstehen. Nach zehn Minuten hatte er alles mit Ausnahme der Kugelschreiber und der Kekskrümel fotografiert und legte die Tasche ohne Zwischenfälle wieder an ihren Platz.

Der Techniker, der den Film entwickelte, war ein kahl geschorener Latino namens Rodney. Er war ungeduldige Detectives gewöhnt, aber Detective Straker hüpfte praktisch auf der Stelle, während er auf die Bilder wartete.

»Sind Sie jetzt endlich fertig?«, fragte Straker zum zweiten Mal und klopfte mit den Fingern auf den Tresen.

»*Minuto*. Warum so eilig?«

»Beweise. Hoffe ich.«

Rodney legte die ersten beiden Abzüge auf den Tresen, und Red überflog sie hastig. Auf jedem Abzug waren mehrere Bilder zu sehen. Ein Standardtestament... Vertretungsvollmacht... ein vier Wochen altes Fax mit den Tagesgerichten des Purchase Street Deli... ein Rezept für »Hexen-Kekse«.

»Haben Sie gefunden, wonach Sie gesucht haben?«, fragte Rodney.

»Nein.«

»Vielleicht ist es ja hier dabei.« Rodney legte ihm die restlichen Abzüge hin.

Schnell ließ Red die Finger über die Bilder gleiten, dann ging er wieder zurück zum Anfang und las etwas genauer. Enttäuschung machte sich in ihm breit. Das hätte genauso gut der Inhalt von Angelas Papierkorb sein können: Rechnungen, Briefe, Müll. Nichts dabei, was er gebrauchen konnte.

Moment mal.

Da war ein Brief ohne Briefkopf. Er beugte sich dicht darüber und las den einen kurzen Absatz durch.

Da hieß es: »Du glaubst, dir könnte nichts geschehen. Aber das stimmt nicht. Du wirst verlieren. Es ist alles vorbei.«

Aha, heilige Scheiße.

Er schnappte sich die Abzüge und machte sich auf den Weg ins Büro.

An seinem Schreibtisch nahm er den Brief noch einmal genauer unter die Lupe. Er konnte sich auf vieles beziehen. Am wahrscheinlichsten, das musste er zugeben, wohl auf Angela Diamonds familiäre Situation. Oder auf diesen Krankenhausfall. Sie verteidigte eine Frau, die in den Augen der Ärzte dort eine Ratte war. Die würden sie liebend gerne zum Abendessen verspeisen.

Keine Anrede, keine Unterschrift. Eine weit verbreitete Computerschrift, wahrscheinlich Garamond. Er sah noch etwas genauer hin. Kleine, blasse Wellenlinien. Was war das? Er ging noch einmal zu Rodney.

Der Labortechniker befand sich in der Dunkelkammer. Red klopfte an. »Was?«, ertönte Rodneys gereizte Stimme.

»Sie müssen sich mal einen der Abzüge anschauen, die Sie mir gemacht haben.«

»Moment.«

»Es ist wichtig!«

»Bin ja gespannt, ob Sie jemals was nicht so Wichtiges haben«, meinte Rodney, als er die Tür aufmachte.

Red zeigte ihm den Abzug. »Was ist denn das da im Hintergrund? Diese Wellenlinien?«

Rodney beugte sich näher und verengte die Augen zu Schlitzen. »Irgendwas im Papier. Verklebte Fasern. Oder es war zusammengeknüllt. Soll ich es vergrößern?«

»Ja. Jetzt sofort, okay?«

»Fünf Minuten müssen Sie mir schon geben. Hab gerade was in der Brühe liegen.«

Während der Wartezeit ließ Red den Blick noch einmal über die anderen Sachen aus der Aktentasche gleiten. Er legte einen Abzug zur Seite und nahm den nächsten zur Hand. Aber irgendetwas drängte ihn, den bereits abgelegten noch einmal zur Hand zu nehmen.

Stirnrunzelnd schaute er sich den Bogen an – eine Rechnung der Babysitterin. Er wusste nicht, was ihn daran so beschäftigte. Yasmin Atul, achtundzwanzig Stunden in der Zeit vom 15. bis 30. Januar 2001. Angela hatte darauf geschrieben »Bezahlt, $ 219, 02.02.01.«

Na und?

Er las sich die einzelnen Positionen durch. Soundso viele Tage mit soundso vielen Stunden à $ 7 plus Einkäufe plus Abführmittel.

Er schaute unter Samstag, 20. Januar, nach. Die Babysitterin hatte den Eintrag mit dem 19. Januar kombiniert. Ihre Abendschicht hatte anscheinend an diesem Abend mit der Feier der Fells begonnen und erst nach Mitternacht geendet. Dann war sie am nächsten Morgen noch einmal wiedergekommen und etliche Stunden geblieben. Diese Zeit war für Samstag separat eingetragen.

Plötzlich sprang Red auf. Er riss sein Notizbuch heraus und blätterte darin herum.

Angela hatte angegeben, dass sie schon um 23.30 Uhr zu Hause gewesen sei.

Eigentlich hätte der Freitagabend für die Babysitterin nicht bis in den Samstag hinein dauern dürfen.

Rodney kam aus der Dunkelkammer. Die Vergrößerung hielt er an einer Ecke fest. Red konnte den Entwickler riechen. »Wie ich vermutet habe«, meinte Rodney. »Zerknüllt. Ist Ihnen das beim Fotografieren nicht aufgefallen?«

»Da waren etliche zerknüllte Sachen dabei. Danke. Ich schulde Ihnen eine Cola.«

»Wie viele wären das mittlerweile?«

Wieder am Schreibtisch angelangt, legte Red seine beiden Errungenschaften nebeneinander. Er besah sich den Brief. Die Knitterfalten waren nun deutlich erkennbar, und jetzt fiel ihm auch wieder ein, dass ein paar der Sachen, die er in Windeseile fotografiert hatte, sehr viel zerknitterter gewirkt hatten als die anderen, so, als hätten sie nicht nur in einer vollen Aktentasche gesteckt, sondern als wäre es absichtlich geschehen.

Er klopfte mit dem Finger auf den Abzug. Angenommen, das Blatt war bewusst zerknüllt worden. Durch Angelas Hand? Oder eine andere? Er ging davon aus, dass Angela die Empfängerin der Nachricht war, aber stimmte das? Hatte sie selbst den Zettel zerknüllt, nachdem sie ihn erhalten hatte? Oder hatte sie ihn geschrieben und dann doch nicht abgeschickt? Oder keines von beiden? Sie konnte ihn auch gefunden haben. Aber wo? Und warum sollte sie ihn dann aufbewahren?

Er merkte, dass er Durst hatte. Er stand auf und ging nach unten, warf ein paar Münzen in einen der Automaten im Keller und holte sich eine Sprite. Auf dem Rückweg kam ihm Rodney entgegen.

»Oh, Sie haben daran gedacht«, sagte Rodney und nahm ihm die Büchse aus der Hand. »Okay, Sprite schmeckt mir auch. Danke.«

Red dachte plötzlich, dass es vielleicht einen Grund dafür gab, dass der Brief keine Anrede hatte. Vielleicht hatte er ja in einem Umschlag gesteckt. Die meisten Menschen fummelten nur ungern Briefumschläge in einen Drucker. Sie beschrifteten sie von Hand.

Er hetzte nach oben und durchsuchte seine Abzüge nach einem Briefumschlag.

29

Mittwoch, 7. Februar bis Donnerstag, 8. Februar 2001

Red hatte keinen Briefumschlag gefunden. Er hatte an seinem Schreibtisch ausgeharrt und hatte eine Erklärung nach der anderen für diesen Brief gefunden. Obwohl er immer noch Durst hatte, wollte er seine Überlegungen nicht unterbrechen.

»Du glaubst, Dir könnte nichts geschehen. Aber das stimmt nicht. Du wirst verlieren. Es ist alles vorbei.«

Aus diesem Brief ließ sich ebenso gut ein Zusammenhang mit dem Fell-Mord wie auch mit Angelas Ehedesaster herstellen.

Leider war die einzige Person, die Licht in diese Frage bringen konnte, Angela selbst – und sie konnte er damit nicht konfrontieren. Er konnte ihr weder sagen, dass er ihre Aktentasche gefilzt hatte, noch konnte er geheimnisvolle Andeutungen machen. Eine Rechtsanwältin wusste ganz genau, wann ihre Rechte mit Füßen getreten wurden. Außerdem war es nicht notwendig, dass sie Verdacht schöpfte. Sonst passte sie anschließend nur besser auf und machte es ihm noch schwerer, ihr auf die Schliche zu kommen.

Aber die Babysitterrechnung… damit konnte er ihr kommen. Dafür hätte er ihr nicht unbedingt hinterherspionieren müssen.

Ich saß Nina gegenüber und tat so, als würde ich von dem Schwertfisch essen, den ich gekocht hatte. Dabei beobachtete ich sie.

Ihre kleinen Finger waren allesamt rund um die Nägel

herum gerötet, überall dort, wo sie an der Nagelhaut gerissen hatte. Es war ein Alarmsignal, dass sie sich meine Stressreaktionen zu Eigen machte.

Ich legte die Gabel hin.

Nina brauchte unbedingt regelmäßigere Therapiesitzungen. Ich musste nur das Geld dafür auftreiben.

Es klingelte an der Tür, und wir zuckten beide zusammen.

Barry hatte sich zwar nicht angekündigt, aber das hatte nichts zu sagen. Während ich zur Tür ging, ballte ich krampfhaft die Hände zusammen. Ich hatte heute keine Kraft mehr, um mich mit Barry herumzuschlagen.

Aber es war Red Straker. »Bitte schenken Sie mir ein kleines bisschen Ihrer Zeit«, sagte er und trat ein.

»Jetzt?«

»Jetzt sofort.«

Ich schüttelte den Kopf. »Das hier ist mein Haus und meine Freizeit. Morgen bin ich gerne bereit, mich mit Ihnen zu unterhalten.«

Reds Blick zuckte in Richtung des Geräusches, das Nina beim Aufstehen mit ihrem Stuhl verursachte. Er sagte leise: »In der Mordnacht sind Sie nicht um halb zwölf zu Hause gewesen. Es war zwei Stunden später. Sie stecken mit Sean unter einer Decke, stimmt's? Sie haben ihm geholfen, den Wagen irgendwo zu verstecken.«

Hinter meinem Rücken drückte ich die Fingernägel in meine Handfläche, ohne dass meine Miene das Geringste verriet.

Die drei Rehe, die ich aufgeschreckt hatte, fielen mir wieder ein, die einzigen Geschöpfe, die wussten, wo der Jaguar sich befand und dass ich die einzige Insassin gewesen war. Weder konnte jemand beobachtet haben, wie ich vom Tatort zu meinem Auto gegangen war, um meine Sportsachen und die Laufschuhe zu holen, noch, wie ich zurück zum Jaguar gerannt war... und niemand konnte gesehen haben, wie ich von der verlassenen Garage zurück zu den Fells gelaufen war, um mein Auto zu holen. Wenn mich irgendjemand dabei beobachtet hätte, Red hätte es schon längst erfahren. Was immer er also in der Hand haben mochte, es konnte nicht viel sein. Er wollte mich nur ködern. Ich würde nicht anbeißen.

»Da liegen Sie falsch«, sagte ich. »Ich war um halb zwölf zu Hause.«

Durch Ninas geschlossene Zimmertür drang leise Musik – MTV. Ich fühlte mich dadurch aber nicht abgelenkt, ganz im Gegenteil. Die Geräusche sorgten dafür, dass ich mir sehr genau bewusst wurde, was ich da tat und für wen ich es tat und dass ich es sehr sorgfältig tun musste. Das war auch der Grund dafür, dass ich in der Lage war, Reds Blick standzuhalten, während ich verzweifelt überlegte, was er wohl wissen konnte.

»Hören Sie doch mit diesem Blödsinn auf, Angela. Sie waren bis halb zwei unterwegs. Ich habe Beweise.«

»Das ist ausgeschlossen. Was immer Sie da in der Hand haben, es ist falsch.«

Die Versuchung war wirklich groß, es ihr zu sagen, zu erleben, wie sie nach einer Erklärung suchte. Es war schon spät, sie war erschöpft, und ihre Tochter war gleich im Zimmer nebenan.

Aber er widerstand. Trotz dieses eigentlich verletzlichen Zeitpunktes log sie ausgezeichnet. Eine bessere Zeit, eine größere Überraschung würden noch kommen.

Stattdessen wollte er sich um die Babysitterin kümmern – heute Abend noch, bevor Angela sie sprechen konnte. Und falls Angela das Mädchen gleich anrief, nachdem er gegangen war, dann wäre das ein schönes Geschenk, ein hübscher Leckerbissen auf der Telefonrechnung, genau das Richtige, um den Scheinwerfer auf sie zu richten.

Hätte er ihr doch den Abzug mit dem Foto des anonymen Briefes unter die Nase halten können. Sollte sie doch versuchen, sich aus beidem gleichzeitig herauszuwinden. Wie gerne hätte er sie damit gequält. Nur die Gewissheit, dass er sich damit selbst ein Bein gestellt hätte, hielt ihn davon ab.

Als ich hörte, wie Red den Motor seines Wagens anließ, fiel es mir ein.

Yasmin.

Ich sackte auf meinem Stuhl am Esstisch zusammen und hielt mir den Magen. Der Fischgeruch, der immer noch über meinem Teller hing, und die Panik, die ich während Reds Anwesenheit unterdrückt hatte, lieferten mich jetzt der Übelkeit aus.

Ich blieb still sitzen und versuchte, tief und gleichmäßig zu atmen. Meine Lungen verlangten nach einem schnelleren Rhythmus, mein Blut pochte.

Ich hatte nicht daran gedacht, dass Yasmin befragt werden könnte, weil ich mich gar nicht als potenzielle Verdächtige gesehen hatte. *Das hätte ich aber tun sollen.* Das war das Werk meines Verdrängungsmechanismus.

Red machte seine Arbeit gründlich. Er würde keinen einzigen Gang des Labyrinths auslassen.

Wie dumm von mir, dass ich nicht so weit vorausgedacht hatte. Ich hätte von Anfang an sagen sollen, dass ich in der Nacht noch gelaufen war. Das hätte den Zeitrahmen ungenauer werden lassen. Und es wäre ein Alibi gewesen, falls mich doch jemand gesehen hatte.

Ich stellte den Versuch, ruhig zu atmen, ein und stand auf. Dabei hielt ich mich an meinem Stuhl fest. Ich konnte mein Herz schlagen hören. Jetzt wurden die MTV-Klänge

Teil meiner Panik. Anstatt mir bei der Konzentration zu helfen, verhöhnten sie mich und machten mir den unaussprechlichen Verlust deutlich, der auf mich zukam.

Vierzig Minuten vor Sonnenaufgang war ich immer noch wach. Ich hatte alle Lampen eingeschaltet und saß, umgeben von Aktenordnern und Notizzetteln, auf meinem Bett.

Ich lechzte danach zu erfahren, was Yasmin Straker erzählt hatte. Um acht Uhr würde ich Yas anrufen – jede Minute früher würde zu sehr nach Schuldeingeständnis aussehen. Aber jetzt musste ich mich unbedingt konzentrieren, so wie ich es schon die ganze Nacht über versucht hatte, um herauszufinden, was ich vielleicht sonst noch übersehen haben konnte.

In den Akten zu dem Fall war ich bereits auf drei Tippfehler bei Zahlenangaben gestoßen, die ich zuvor einfach übersehen hatte. *Übersehen, weil ich die Wahrheit kannte* und deshalb anders las. Damit musste sofort Schluss sein. Ich musste so lesen, als wüsste ich auch nicht mehr als die Polizei oder sonst irgendjemand.

Davon hingen Leben ab.

Ich rieb mir die Augen und nahm mir noch einmal alle Unterlagen auf dem Bett vor, las noch einmal jedes einzelne Wort, glich die Tatsachen mit den neuen, systematisierten Notizen ab, die ich im Laufe der Nacht angefertigt hatte.

Als das Tageslicht langsam zu den Jalousien hereindrang, betrug die Zahl der Fehler nach wie vor nur drei. Sie stammten alle aus den Polizeiberichten. Einmal war die Hausnummer der Fells verdreht worden, 301 statt 310, der Todeszeitpunkt war mit 00:30 statt mit 11:30 angegeben und Seans Alter mit 37 anstatt mit 36.

Ich musste eine Pause machen. Zwar würde ich nicht

mehr schlafen können, aber ich konnte auch nicht mehr weiterlesen. Mein Kopf und mein Körper hatten alles gegeben. Wenn ich ihnen jetzt noch mehr abverlangte, dann würden sie mich im Stich lassen – so wie schon einmal, begünstigt durch meine Schuldgefühle, meine Furcht und mein Verdrängen.

Mein leerer Magen brannte, wie schon die ganze Nacht über.

Vier Dinge hatte ich übersehen, von denen eines mich vielleicht jetzt schon in eine ausweglose Lage gebracht hatte. Wie schlimm es wirklich war, würde ich erfahren, sobald ich Yasmin erreicht hatte. Was mich angesichts der anderen Fehler erschreckte, waren nicht die konkreten Informationen, um die es dabei ging, sondern die Tatsache, dass ich sie übersehen hatte.

Was hatte ich sonst noch übersehen, was war mir bis jetzt noch nicht aufgefallen? Welche belastenden Einzelheiten blieben meinem Blick verborgen, weil mein Schuldgefühl offensichtliche Dinge einfach ausblendete?

Welche Tretminen warteten noch darauf, unter mir zu explodieren und Nina und mich in Stücke zu reißen?

Zum zwanzigsten Mal ging ich zu meiner Aktentasche und holte den Brief heraus, den jemand in mein Büro gelegt hatte. »Du glaubst, dir könnte nichts geschehen. Aber das stimmt nicht. Du wirst verlieren. Es ist alles vorbei.«

Die Worte hatten sich auf der Innenseite meines Schädels eingebrannt.

Ich hätte den Briefumschlag aufbewahren sollen. Aber als ich schließlich daran gedacht hatte und ihn aus dem Papierkorb holen wollte, da war dieser schon geleert worden. Hätte ich mehr unternommen, hätte ich nur unnötig Aufmerksamkeit auf mich gelenkt.

Es war wirklich grotesk, aber ich hoffte inständig, dass der Zettel von einem von Carols Gegenspielern aus dem

Krankenhaus kam. Oder von den Carnows und dass es lediglich – *lediglich!?* – um Nina ging.

30

August 1999

Jim Fell trat aus der Raststätte in den feuchtwarmen Wind hinaus. Gegen Ende des Hochsommers konnte man so etwas sogar in Neu-England erleben.

Als er und Sean noch Kinder waren, waren sie manchmal mit der ganzen Familie für eine Woche hier hochgefahren und hatten sich in einem Haus in Wellfleet eingemietet. Er konnte sich zwar nicht mehr daran erinnern, dass es derartig heiß gewesen war, aber wer wollte ernsthaft daran zweifeln? Man hatte damals noch nicht so viel Komfort gehabt. Klimaanlagen im Auto waren längst nicht so weit verbreitet gewesen wie heute. Der Lincoln seines Dad hatte jedenfalls keine besessen. Deshalb hatten sie immer nur ein Ziel gehabt: so schnell wie möglich am Kap zu sein, um sich im Atlantik abkühlen zu können. Er und Sean waren immer schon im Wasser gewesen, wenn seine Eltern noch damit beschäftigt waren, die Fenster im Haus zu öffnen.

Damals hatte es an den Raststätten immer Cola und Eiskrem gegeben. Er hatte sich jedes Mal eine Tüte ausgesucht, entweder Kirsch-Vanille oder Minze mit Schokoladenstückchen. Manchmal dachte er heute an diese Eistüten, wenn er an denselben Raststätten Zigaretten holte. Das Eis hatte immer sehr schnell angefangen zu tropfen, sodass man oben und unten ein regelrechtes Wettrennen mit der Zunge führen musste.

Jim schloss den Jaguar auf und stieg ein. Die Luft im Wagen war kühl, dank einer Vorrichtung, die den Innenventilator bei Bedarf noch zwanzig Minuten nach dem Abschalten des Motors nachlaufen ließ. So setzte man sich im Winter immer ins Warme und im Sommer ins Kühle. Fantastisch.

Alles an dem Jaguar war fantastisch. Sean hatte ihn gebeten, die Farben zu bestimmen, aber alles andere hatte er selbst erledigt, hatte bezahlt und ihm den Wagen als Dankeschön überreicht … als Anerkennung für seine konstant gute Arbeit.

Danke, Bruder. Danke, Marblehead Fish.

Er riss die Marlboro-Packung auf, nahm sich eine Zigarette, klopfte damit auf seine Armbanduhr und zündete sie an. Er zerknüllte die Plastikfolie und stopfte sie sorgfältig in den kleinen, eingebauten Aschenbecher.

Dann ließ er den Motor an. Noch fünfzig Minuten bis Boston.

Direkt vor dem *Bobby's East* war ein Parkplatz frei. Nicht, dass das eine Rolle gespielt hätte – hier oben bekam der Jaguar nie einen Strafzettel. Eine höfliche Geste. Sehr zivilisierte Stadt.

Jim klappte die Sonnenblende herunter und kontrollierte mit Hilfe des beleuchteten Spiegels sein Äußeres. Das silbrige Haar war perfekt geschnitten, wie immer. Aber trotzdem hatte er noch immer dieses Baby-Gesicht, das niemals zu altern schien. Um die Nase herum zeigten sich ein paar zusätzliche feine, rote Linien, wie Flüsse auf einer Landkarte, aber das war schon okay. Alle wussten, woher sie kamen. Ein bisschen zu lange an der Bar. Wirklich mies sah man nur aus, wenn man anderes nahm, und das war einer der Gründe, wieso er es noch nie probiert hatte. Er beschränkte sich aufs Geschäftliche.

Er betrat das Restaurant. Langsam ging es auf den Feierabend zu, sodass schon etliche Leute im Salon saßen, sich an ihren Cocktails festhielten und Cashewnüsse knabberten. Geistesabwesend hörte Jim sie schnattern, registrierte ihren ulkigen Akzent, wie näselndes Eselsgeschrei. Dann blickte er sich nach Tory Vilardi um, dem Geschäftsführer. Ach, da kam er gerade aus der Küche und entdeckte Jim.

»Na, wie geht's?«, fragte Tory und schüttelte ihm die Hand. In Wirklichkeit hieß er Salvatore, und so sah er auch aus. Sein längliches, zerfurchtes Gesicht hätte perfekt in einen toskanischen Weinberg gepasst. »Gute Fahrt gehabt?«

Jim lächelte. Er hatte immer gehört, dass Boston von den Iren regiert wurde. Aber wer das noch glaubte, der hatte nicht aufgepasst. Tory und den Vilardis aus Marblehead hatte er es zu verdanken, dass er jetzt hier stehen konnte, im Lauren-Jackett und in Bally-Schuhen, und dass man ihn wie King Käse behandelte. Selbstverständlich galt das auch umgekehrt.

»Nicht schlecht«, sagte Jim. »Ich fahre heute Abend noch zurück.«

»Also nur eine kleine Kontrolle?«

»Genau«, antwortete Jim. »Ist der Lieferwagen schon da?«

»Steht hinten.«

Er ging hinter Tory her durch die Küche. Hier liefen die Vorbereitungen für das Abendessen auf Hochtouren. Die Hände der Köche bewegten sich fast zu schnell für Jims Augen. In der Küche zu Hause in Rye würde es jetzt genau gleich zugehen – der Duft nach Knoblauch und Zimt, die Deckenventilatoren, die erfolglos gegen die Gerüche und die Feuchtigkeit ankämpften.

Zu Hause würde Sean an der Tür stehen, die Älteren,

die früh zum Essen kamen, zu ihren Plätzen geleiten, ein paar Scherze mit den Kunden an der Bar austauschen. Er würde mehr Kontakt mit der Küche halten als sonst, weil Jim nicht da war. Würde sich darauf verlassen müssen, dass Mark Wolf die Einnahmen ordentlich verbuchte, weil Jim nicht da war.

Morgen Abend war Jim dann wieder zuständig, und alle würden sich darüber freuen.

Er folgte Tory bis hinaus auf den unangenehm riechenden, gepflasterten Hinterhof des Restaurants. Er war gerade groß genug für die Autos der Angestellten und einen Müllcontainer. Der Wind hatte im Lauf des heißen Nachmittags Abfall herausgeweht. Papierschnipsel und Essensreste lagen im Rinnstein, und Tauben pickten daran herum.

Tory ging zur hinteren Tür eines Marblehead-Fish-Lieferwagens. Er zog den Schlüssel aus der Tasche und schloss auf. In einem Schwall kalten Nebels kam ihnen Kühlhausluft entgegen. Sie kletterten beide hinein.

Der Kühlwagen war voller Kartons mit unterschiedlichen Aufschriften: »Schneekrabben-Schenkel«, »Quahogs«, »Cape-Cod-Bucht-Muscheln«, »Venusmuscheln«… Jim ging ohne Zögern auf den Stapel mit den Krabbenschenkeln zu, fing an, die Kisten aufzumachen und in jede einen kurzen Blick zu werfen. Nachdem er alle durchgeschaut hatte, steckte er einen Finger hinein, zog ihn wieder heraus und steckte ihn in den Mund.

»Okay?«, fragte Tory.

»Genau richtig. Du kannst ihn zwanzig Minuten nach meiner Abfahrt losschicken. Wir treffen uns an der üblichen Stelle. Aber sag dem Jungen, er soll nicht zu schnell fahren. Letzte Woche war er noch vor mir da.«

»Ich richte es ihm aus. Das war nicht okay von ihm.«

»Aber schlag ihn nicht.«

Tory lachte und ließ dabei seine großen Zähne sehen. »Ich würde doch niemanden schlagen.«

Bevor er sich auf den Rückweg machte, aß Jim noch ein Sandwich im Salon. Das Brot hätte ein wenig frischer sein können, und die Honig-Senf-Soße schmeckte irgendwie konserviert. Aber die selbst gemachten Pommes waren Spitze. Das musste er Sean erzählen.

Es war mittlerweile voller und lauter geworden. Er konnte das Shampoo der Mädchen riechen, die sich in seine Nähe gesetzt hatten. Eine holte gerade eine Zigarette aus ihrer Handtasche. Er hatte die Hand schon an seinem Feuerzeug, doch dann überlegte er es sich noch einmal. Das hier war weder die Zeit noch der Ort, um auf die Pirsch zu gehen.

Er aß die letzten Pommes frites auf und steckte einen Zehner unter den Salzstreuer. Dann stand er auf. Das Mädchen mit der Zigarette schaute ihm nach, das wusste er.

Vielleicht ein andermal.

Er ging durch die Küche wieder hinaus in die feuchte Nacht. Die Tauben waren verschwunden – mussten sich wohl in irgendeiner Dachrinne oder in einem Abwasserkanal schlafen gelegt haben.

Das war etwas, was unbedingt anders werden musste, dieses Mitwohnen im Haus von jemand anderem, als Untermieter … Er war zu alt und verdiente zu gut dafür. Manchmal fuhr er in seiner freien Zeit mit dem Jaguar durch Westchester und Connecticut und schaute sich in den Gegenden, von denen er früher immer geträumt hatte, Häuser an.

Jetzt hatte er die Möglichkeiten dazu. Er konnte bei jedem Maklerarschloch hier in der Umgebung auftauchen und anfangen zu suchen. Aber es war noch zu früh. Zu verdächtig.

Er stieg ins Auto, ohne in den Kofferraum zu blicken. Die Versuchung war da. Aber es war nicht notwendig. Sie hatten das Geld mit Sicherheit eingeladen, sobald sie den Wagen nach hinten gefahren hatten. Dort lag es jetzt, in Geldtaschen, deutlich sichtbar und doch gut getarnt. Tory hatte seinen Anteil abgezogen. Der Rest war für Jim und seinen Partner.

31

Mittwoch, 7. Februar bis Donnerstag, 8. Februar 2001

Die Frau, die ihm die Tür aufmachte, musste die Mutter der Babysitterin sein. Sie war groß gewachsen, hatte dickes, schwarzes Haar mit grauen Strähnen und war alles andere als erfreut darüber, dass so spät nachts noch ein Mann vor ihrer Wohnungstür stand.

Red zeigte ihr seine Dienstmarke. »Detective Straker, Kriminalpolizei Rye. Mrs. Atul, ich bin mit der Untersuchung des Todes von James Fell befasst. Ich würde mich gerne mit Yasmin unterhalten.«

Die Frau musterte ihn eine knappe Sekunde lang. »Yas!«, rief sie nach hinten.

Red und das Mädchen saßen am Küchentisch. Die Mutter hatte das Zimmer verlassen, aber es war klar, dass sie lauschte. Egal.

Red arbeitete die üblichen Eröffnungsfragen ab, machte sich ein Bild von ihrer Tätigkeit und arbeitete sich dabei langsam auf den Tag des Mordes zu. Yasmin war aufmerksam, gab direkt und bereitwillig Auskunft und erwiderte seinen Blick aus hellen Augen.

»Wann ist Nina schlafen gegangen?«, fragte er.

Yasmin überlegte. »So etwa um neun. Aber danach ist sie noch ein paar Mal aufgestanden. Das macht sie öfter.«

»Um welche Uhrzeit ist sie das letzte Mal aufgestanden?«

Das Mädchen zuckte mit den Schultern. »Ich habe nicht auf die Zeit geachtet. Halb elf, vielleicht.«

Red tat so, als würde er nachlesen, was er schon längst auswendig wusste, als ginge es ihm nur um eine Kleinigkeit.

»Dann hat Nina also schon etliche Stunden geschlafen, als ihre Mutter so gegen halb zwei nach Hause gekommen ist?«

Yasmin hatte sich schon gefragt, wieso der Detective jetzt erst zu ihr kam und nicht direkt nach Mr. Fells Tod, wenn ihre Aussage wirklich so wichtig war. Sie hatte bis jetzt noch keine Antwort darauf gefunden. Aber vielleicht waren sie jetzt an einem entscheidenden Punkt. Wenn Angela ihr doch nur gesagt hätte, was sie sagen sollte. Jedenfalls hatte er eindeutig den Zeitpunkt des Mordes im Visier.

»Ich kann mich ehrlich gesagt gar nicht erinnern, dass es so spät gewesen ist«, sagte Yasmin und hielt seinem Blick stand.

»Wie viel Uhr war es denn dann?«

»Als Angela nach Hause gekommen ist? Ich weiß nicht mehr genau. Ich hatte an diesem Abend eine Menge für die Uni zu erledigen und hatte damit und mit Nina genug zu tun. Da habe ich nicht so auf die Uhr geachtet.«

Red klappte eine Aktenmappe auf seinem Schoß auf und schob Yasmin ein Blatt über den Tisch – ihre Arbeitszeitabrechnung. Die Stunden vom 19. auf den 20. Januar hatte er mit Kugelschreiber eingekreist.

»Ein Uhr dreißig«, sagte er.

Yasmin schaute genauer hin. »Das waren andere Stunden.«

Er beugte sich zu ihr. »Was heißt das?«

Sie blickte ihn an. »Angela hat mir noch ein paar Stunden geschuldet, die ich noch nicht abgerechnet hatte. Die habe ich zusätzlich oben draufgeschlagen.«

»Wie viele waren das genau?«

»Das weiß ich nicht mehr. Ich habe ihr meine Rechnung gegeben, sie hat bezahlt, und anschließend habe ich nicht mehr weiter darüber nachgedacht.«

»Aber Sie müssen doch noch Aufzeichnungen haben.«

Yasmin schüttelte den Kopf.

Red ließ erst einmal locker, stellte ein paar andere Fragen und griff dann noch einmal an. Aber es kam nichts dabei heraus. Entweder konnte sie sich tatsächlich nicht mehr erinnern, oder sie wollte ihn absichtlich im Unklaren lassen. Sein Gefühl sagte ihm, dass das Zweite richtig war. Er kannte zwar nicht viele Pakistanis, aber er hatte noch nie einen kennen gelernt, der sich nicht genau an alles erinnern konnte, an das er sich erinnern wollte.

Jetzt bereute er, dass er zugelassen hatte, dass die Mutter des Mädchens lauschte.

Er steckte sein Notizbuch ein und ließ die Abrechnung zurück in seine Mappe gleiten. Dann stand er auf.

»Danke, dass Sie mir Ihre Zeit geschenkt haben«, sagte er zu Yasmin.

Auf dem Weg nach draußen hielt er noch einmal an, als wäre ihm gerade etwas eingefallen, und wandte sich direkt an die Mutter. »Um wie viel Uhr ist Yasmin in der Nacht auf den zwanzigsten Januar nach Hause gekommen?«

»Ich weiß es nicht«, sagte die groß gewachsene Frau. »Ich war an dem Wochenende nicht da. Auf Wiedersehen.«

Um zwanzig nach sieben – ich war gerade dabei, die dritte Kanne Kaffee aufzusetzen – klingelte das Telefon.

»Angela? Hier ist Yas.«

Ich umklammerte den Hörer. »Ich wollte dich schon anrufen. Hat sich ein Detective bei Ihnen gemeldet?«

»Ja, gestern Abend noch.«

Ich sackte auf einen Küchenstuhl, die Hand auf den Magen gepresst.

»Ich erzähle Ihnen mal, wie es abgelaufen ist«, sagte das Mädchen mit ernster Stimme. »Er wollte wissen, wie lange ich schon für Sie arbeite, woher ich stamme und all so was. Dann hat er mir verschiedene Fragen zu dem Abend gestellt, an dem Mr. Fell gestorben ist – um wie viel Uhr ich bei Ihnen war, wann Nina schlafen gegangen ist, und so weiter. Er hat behauptet, dass Sie um ein Uhr dreißig nach Hause gekommen sind. Ich hatte den Eindruck, er wollte, dass ich ihm das bestätige. Er hat mir meine Abrechnung gezeigt.«

Ich hörte mit angehaltenem Atem zu. Möglicherweise wurde ich noch heute verhaftet. Ich wollte das Lodern in meinem Bauch durch noch größeren Druck bekämpfen.

»Angela, ich … ich habe ihm keine konkrete Antwort gegeben. Ich habe gesagt, ich hätte noch ein paar übrig gebliebene Stunden draufgeschlagen, die mir von irgendwann noch zugestanden hätten.«

Meine Stimme war nur noch ein heiseres Flüstern. »Was … was hast du gesagt, wann ich nach Hause gekommen bin?«

»Ich habe gesagt, ich wüsste es nicht mehr. Und ich bin die Einzige, die dazu etwas sagen kann. Meine Eltern waren an dem Wochenende gar nicht da.«

Meine Tränen fielen auf den Küchentisch. Einen verführerischen Augenblick lang war alles vorbei gewesen:

Sie hatten mich geschnappt, ich war so gut wie verurteilt. Endlich war es vorbei.

Yasmin redete weiter. »Ich weiß nicht, was an diesem Abend geschehen ist. Aber ich weiß, dass Sie eine wunderbare Mutter sind, die sehr hart arbeitet. Ich weiß, wie es Nina geht, wenn sie bei ihrem Vater und ihren Großeltern war. Sie spricht manchmal darüber. Ich kann mit eigenen Augen sehen, was sie ihr antun.«

Ich wischte mir die Tränen aus dem Gesicht. »Yas …«

»Angela, bitte, sagen Sie nichts. Sagen Sie mir nur, ob ich das Richtige getan habe.«

»Ja«, schluchzte ich.

32

Agentin Barbara Powell brauchte jetzt unbedingt eine Zigarette.

Die Ermittlungen im Fall Fell brachten völlig unerwartete Ergebnisse ans Licht.

Bei dieser ganzen Überprüfung lief wirklich gar nichts nach Plan.

Sie hatte sich sehr bewusst für die Arbeit bei der Steuerfahndung entschieden, um mit genau diesem Zeug nichts zu tun haben zu müssen. An der Ermittlungsarbeit hatte sie viel Spaß, verfügte über die notwendige Intelligenz und den dazugehörigen Mut – so lange es um Dollars ging, aber nicht um so was. Nicht um Mord und Drogen.

Jetzt musste sie diejenigen alarmieren, die das konnten.

»Straker.«

»Agentin Barbara Powell. Detective, können Sie sich noch an mich erinnern?«

»Aber natürlich, Agentin Powell. Schon schwach geworden?«

Sie lachte. Das tat gut. »Fast. Wenn ich jetzt eine in die Finger bekäme, ich würde sie rauchen.«

Red ertappte sich dabei, wie er lächelte. Er stellte sich vor, wie Agentin Powell mit ihrer Sucht kämpfte. Wenn er ihr süffisantes Grinsen vor sich sah, dann dachte er, dass sie eine Menge hinter ihrer geschäftsmäßigen Miene verbarg. Und nicht zum ersten Mal überlegte er, welche Miene sie wohl in einer anderen Umgebung aufsetzen würde, einer Umgebung, bestehend aus Sektgläsern und romantischer Musik.

Er wartete ab. Sie räusperte sich.

»Ich habe, wie Sie wissen, zusammen mit Agent Mauro die Finanzen von Sean Fell und seinen Restaurants überprüft. Dabei sind wir zu einigen Erkenntnissen gelangt, die nicht in unsere Zuständigkeit fallen. Das betrifft insbesondere einen florierenden Kokainhandel.«

Straker sprang auf. Dabei wäre um ein Haar sein Stuhl umgefallen. *»Sean?«*

»Wir wissen nicht, ob und in welchem Ausmaß Sean Fell persönlich darin verwickelt ist, Detective. Aber beide Restaurants haben Dreck am Stecken.«

»Heilige Scheiße.«

»Mal ganz unter uns gesagt… ich kann mir beim besten Willen nicht vorstellen, dass Sean nichts damit zu tun hat.«

Red wühlte in seiner mittleren Schreibtischschublade nach einem funktionierenden Stift. »Bitte, sagen Sie mir alles, was Sie wissen.«

Einmal mehr standen sich Red und Sean im Büro des Restaurants gegenüber. Seans müde Augen und seine gebeugte Körperhaltung verrieten seine Anspannung.

Red suchte den Blickkontakt mit seinem Opfer und dachte: *Vielleicht ist jetzt gleich alles vorbei.*

Er stützte sich auf dem Schreibtisch ab. »Wir haben das fehlende Mosaiksteinchen gefunden.«

»Wie meinen Sie das?«, fragte Sean. »Haben Sie den Mörder meines Bruders entdeckt?«

Red seufzte. »Versuchen Sie bitte nicht, mich zu verarschen, Mann. Sie stehen doch bereits unter Anklage. Aber jetzt wissen wir auch, warum. Buchstabieren Sie mal: K-O-K-S. Wie ist es gelaufen? Haben Sie die Deals abgewickelt? Jim ist dahinter gekommen, wollte einen Batzen davon haben und Sie haben ihn kaltgemacht? Oder waren es Jims Geschäfte, Sie haben es rausgekriegt, aber er wollte Sie nicht mit ins Boot nehmen?«

Sean neigte sich in Reds Richtung, die schwarzen Augen weit aufgerissen. »Wovon in Gottes Namen reden Sie da?«

Red reagierte mit boshaftem, schallendem Gelächter, ohne Sean eine Sekunde lang aus den Augen zu lassen. Diese Augenblicke, wenn ein Lügner auf frischer Tat ertappt wurde, waren Gold wert. Reds Radar war auf größtmögliche Empfindlichkeit eingestellt.

»Verdammt noch mal!« Sean brüllte los, als Red ihm keine Antwort gab. »*Was wollen Sie mir jetzt schon wieder unterjubeln?* Nein. Warten Sie.« Mit erhobenen Händen machte er einen Schritt zur Seite. »Ich habe die Schnauze voll davon, zu glauben, dass alles ein gutes Ende nehmen wird, solange ich die Wahrheit sage. Von Anfang an habe ich nichts als die verdammte Wahrheit gesagt, seit diese … diese Horrorshow begonnen hat. Aber das ist ja offensichtlich scheißegal. Sie treiben mich nur immer weiter in die Enge. Ich will kein Wort mehr hören. Und ich sage auch kein Wort mehr. Ich will meine Anwältin sprechen.«

»Böse Geschichte, Detective«, sagte Angela in den Telefonhörer. »Sie haben meinem Klienten eine Falle gestellt.«

»Nun ja«, sagte Red, während er auf dem Perserteppich in Seans Büro auf und ab ging. »Ich bin hier, und er ist auch hier im Restaurant. Wie wär's, wenn Sie dazukommen?«

»Nein«, entgegnete Angela. »Sie kommen zu mir. Geben Sie mir noch einmal Sean.«

»Ange...«, setzte Sean an.

»Du sagst ab sofort keine einzige Silbe mehr. Lass dich nicht von ihm provozieren. Setz dich in dein Auto, und komm zu mir ins Büro. Der Detective soll selber fahren.«

Ich legte auf. Mein Herz hämmerte. Welche »neuen Informationen« hatte Straker gemeint? Mit Yasmin konnte das nichts zu tun haben, sonst wäre Straker ja nicht zu Sean, sondern direkt zu mir gekommen.

Ich ging zum Fenster und legte die Hände auf das Fensterbrett. Sie zitterten. Mein Spiegelbild in der Glasscheibe offenbarte eine Blässe, mit der ich einem gewieften Detective, der meinen Klienten gerade mit allen Mitteln der Kunst bearbeitete, unmöglich gegenübertreten konnte.

Ich starrte mich unbarmherzig an, versuchte, bis zum innersten Kern vorzudringen. Ich dachte an Nina. Und an Barry.

»Du glaubst, dir könnte nichts geschehen. Aber das stimmt nicht. Du wirst verlieren. Es ist alles vorbei.«

Ich hatte den Briefumschlag vor Augen, er schwebte durch mein Gehirn. Mein Name von Hand geschrieben. Von wessen Hand? War das festzustellen? Ich hätte doch den Müllcontainer auf den Kopf stellen sollen.

Da ertönte Kathys Stimme in der Gegensprechanlage. »Angela? Mrs. Fell auf Leitung drei.«

Ich nahm den Hörer ab. »Hallo Nancy.«

»Angela, was ist denn los? Ich habe gerade Sean angerufen. Er hat gesagt, er sei auf dem Weg zu dir ins Büro. Aber er wollte mir nicht sagen, wieso. Seine Stimme hat sich furchtbar angehört.«

»Es ist nur eine Besprechung«, sagte ich.

Schweigen. Ich hörte Nancy unter Tränen Atem holen.

»Das glaube ich dir nicht«, sagte sie.

Ich hielt mir die Hand vor die Augen und suchte verzweifelt nach einer Antwort. Ich hatte keine Ahnung, welche Bombe Straker platzen lassen würde. Ich konnte ihr keine falschen Hoffnungen machen.

Aus dem Empfangsbereich drangen nun Männerstimmen herein. Auch Kathy war zu hören. Sean und Straker waren angekommen.

»Ich rufe dich später zurück, Nancy, okay? Wir fangen jetzt an. Ich melde mich, sobald wir fertig sind.«

Nancy Fell starrte auf den Telefonhörer in ihrer Hand. Das kalte Gefühl in der Brust, das sie in letzter Zeit so häufig befiel, war wieder da. Es wurde nur durch das Zusammensein mit ihrer Familie, mit Sean und Bruce, gemildert. Wenn Sean direkt vor ihr stand, gelang es ihr, das Entsetzen zumindest so weit zurückzudrängen, dass ihr nicht schlecht wurde.

Sie beugte sich von ihrem Platz in der Küche nach vorne, um einen Blick auf die Standuhr im Esszimmer zu werfen. Elf Uhr fünfundzwanzig. Wie lange würde die Besprechung wohl dauern? Eine halbe Stunde? Vierzig Minuten? Womit konnte sie sich in der Zwischenzeit ablenken?

Sie ging zum Kühlschrank und machte ihn auf. Sie konnte etwas kochen. Manchmal tat das gut, es war eine Möglichkeit, für andere zu sorgen. Sie suchte im Tiefkühlfach herum und entdeckte ein Paket mit Rippchen. Im Gemüsefach lagen Karotten und ein paar Perlzwiebeln. Sie würde das Fleisch mit Knoblauch, Gewürzen und ein wenig Mehl anbraten, es dann mit etwas Rotwein ablöschen. Ein vertrautes, selbst gekochtes Essen, das hatte etwas Tröstendes …

Sie stellte die Rippchen zum Auftauen in die Mikrowelle. Dann bückte sie sich, holte ein Schneidebrett aus dem Schrank und legte es auf den Tresen. Das war schwierig. Sie hätte nicht gedacht, dass das Brett so schwer war.

Anschließend griff sie nach ihrem Lieblingsmesser und schlitzte die Packung mit den Karotten auf. Sie sahen ungewöhnlich aus, rötlich-braun, irgendeine neue Züchtung. Sie nahm eine Karotte, wusch sie und setzte das Messer an. Sie war gespannt, wie das Innere aussehen würde.

Aber das Messer rührte sich nicht von der Stelle. Sie drückte fester, ohne dass es die Karotte durchschnitt. Blöde Wissenschaftler – was gab es an einem perfekten Gemüse eigentlich zu verbessern? Sie hatten eine Karotte mit neuer Farbe gezüchtet, die aber hart wie Granit war.

Jetzt legte sie ihr ganzes Gewicht auf das Messer. Nichts geschah, bis das Messer und die Karotte und das Brett irgendwie komisch aussahen, verschwommen und schmierig, als würden sie miteinander verschmelzen …

Das war ihr letzter bewusster Gedanke, bevor sie langsam am Schrank entlang auf den Küchenfußboden sackte.

33

Ich nahm Red ins Visier. Abgestandene Luft hing in meinem Büro. Eigentlich hatte ich ein Fenster öffnen wollen, hatte es aber nicht gewagt. Es war kalt. Ich hätte möglicherweise angefangen zu zittern.

Ich fragte Red: »Wollen Sie Sean verhaften? Falls nicht, gibt es nichts, worüber wir sprechen müssten.«

Red gab ein widerwilliges Grunzen von sich. Bevor die Männer hereingekommen waren, hatte ich noch schnell die Stühle so arrangiert, dass Sean direkt neben mir saß, dem Detective gegenüber.

»Jetzt stellen Sie sich nicht so an«, sagte Red. »Vielleicht gibt es ja doch ein bisschen Spielraum.«

Ich zwang mich zu einem Lächeln. »Na dann, schießen Sie los.«

Ich spürte, wie Sean mich durchdringend ansah, ignorierte es aber.

Red streckte die Beine aus und lehnte sich ein wenig zurück. Ich hatte ihm absichtlich einen sehr unbequemen Stuhl gegeben. Seine Lässigkeit war genauso aufgesetzt wie meine. Ich wollte wissen, wie weit er gehen würde, wie viel von seinen bis jetzt gesammelten Erkenntnissen er enthüllen würde, was er von einer Absprache halten würde. Nicht, dass ich vorhatte, mich auf etwas dergleichen einzulassen. Alles, wodurch Sean die Schuld an Jims Tod auf sich nehmen musste, war inakzeptabel. Aber diese Drogengeschichte, die der Angelegenheit eine so überraschende Wende gegeben hatte, war ein neues, komplexes Element, über das ich noch mehr erfahren musste. Die einzige Möglichkeit, die ich dazu hatte, war, dem Detective so viel wie möglich zu entlocken.

Red sagte: »Widmen wir uns doch mal diesem Kokshandel. Entweder Sean hat ihn aufgezogen, und Jim ist dahinter gekommen und musste zum Schweigen gebracht werden – oder Jim war der Dealer, und er wollte Sean nicht mit ins Boot nehmen und musste deshalb zum Schweigen gebracht werden. Aber egal, wie man es sieht, immer ist Sean der Täter. Er hat zu seinem eigenen Schutz und Vorteil gehandelt. Es sei denn, es gibt noch ein anderes Motiv.«

Red hielt den Blick starr auf mich gerichtet. Dann fuhr er fort: »Sie wissen, dass ich nicht für die Staatsanwaltschaft sprechen kann. Aber ich überlege mir natürlich schon, was ich dem Staatsanwalt sage, wenn er mich nach meiner Meinung fragt. Ich könnte mir vorstellen, dass ich ihm nahe lege, von einer zusätzlichen Anklage abzusehen – falls Sean bereit ist, uns einige Dinge mitzuteilen, die … wie soll ich sagen … zur Aufklärung des Mordes beitragen.«

Ich war mir ziemlich sicher, dass der Detective damit einen Versuchsballon steigen ließ. Ich sollte mich auf die Mordanklage einlassen, und um das Ganze für Sean schmackhafter zu machen, gab er mir gleichzeitig noch einen Köder mit.

Vorsichtig fragte ich: »Soll das heißen, dass die ›neuen Informationen‹, die Sie erwähnt haben – so es sie denn überhaupt geben sollte –, die momentane Lage irgendwie verändern würden?«

»An einer bereits bestehenden Anklage kann ich nichts mehr ändern.«

»Aber was die weitere Entwicklung des Falls betrifft …« Ich brachte den Gedanken absichtlich nicht zu Ende.

Sean neben mir holte Luft. Er wollte etwas sagen. Ich konzentrierte mich nur darauf, ihn daran zu hindern. *Mach es mir nach*, rief ich ihm schweigend zu. *Sei ganz natürlich*. Der Gedanke war so absurd, dass ich beinahe lachen musste.

Red sagte: »Sie wollen also wissen, ob jemand, der Sean wegen Mordes verurteilen will, sich milder stimmen lässt, wenn Sean Jim die Dealerei anhängt?«

»Nein, ich will wissen, wo Sie den Zusammenhang zwischen diesem Kokainblödsinn und einem Mord, den mein Klient nicht begangen hat, sehen.«

Red zog die Beine an und setzte sich gerade. Aber noch bevor er reagieren konnte, wurde meine Bürotür aufgerissen, und Kathy sagte mit erstickter Stimme: »Dr. Fell ist am Telefon. Mrs. Fell ist gerade mit dem Notarztwagen ins Krankenhaus gebracht worden.«

Bruce Fell saß alleine auf einer Plastikbank im Warteraum der Notaufnahme des Westchester County Medical Center. Wieder und wieder durchlebte er den Albtraum, wie er seine Frau bewusstlos auf dem Küchenboden gefunden hatte, unfassbar bleich, ein Messer in der Hand. Für einen Augenblick hatte er gedacht, sie hätte sich erstochen. Aber es war kein Blut zu sehen gewesen, und sie hatte auf eine so schrecklich merkwürdige Weise geatmet, schnell und zitterig. Es war ihm nicht gelungen, sie aus ihrer Bewusstlosigkeit zu wecken. Selbst als er neben ihr gehockt und ins Telefon gebrüllt hatte, um den Notarztwagen zu rufen, hatte sie sich nicht gerührt.

Ein Herzinfarkt, so meinten sie.

Seine süße Nancy, die kaum einmal über Kopfschmerzen geklagt hatte.

Er rieb sich die feuchten Augen und versuchte gar nicht erst, die Wiederholung des Grauens, das sich in der Küche abgespielt hatte, in seinem Kopf zu verhindern.

Zumindest musste er solange nicht daran denken, dass er sie ganz verlieren könnte.

Ein paar Minuten später lenkte ihn aber nichts mehr ab. Er stand auf und ging zum Empfangsschalter. »Wo ist der Dienst habende Arzt?«, fragte er mit seiner durchdringenden Präsidentenstimme, die ihm immer die notwendige Aufmerksamkeit sicherte. »Ich muss wissen, wie es meiner Frau geht.«

»Ich sehe gleich nach, Sir«, sagte eine Schwester. »Bitte setzen Sie sich.«

»Nein. Ich warte hier.«

Die Schwester wollte anfangen, mit ihm zu streiten, und ließ es dann doch sein. Manche Leute mussten einfach immer ihren Willen durchsetzen, und manchmal war es das Einfachste, sich auf keine Diskussionen einzulassen.

Ich fuhr so schnell ich mich traute. An den vereisten Stellen passte ich besonders auf.

Sean saß neben mir wie gelähmt. »Was habe ich ihr nur angetan?«, fragte er dumpf.

»Gar nichts hast du getan«, sagte ich. *Ich war's.*

Mein Herz fühlte sich an, als wäre es in tausend Stücke gerissen worden. Zwei Familien hatte ich mit meinen Handlungen und Entscheidungen zerstört. Mit jeder neuen Tragödie verlor ich ein Stückchen mehr von mir selbst. Und jetzt ... arme Nancy. Ein Sohn tot ... der andere in furchtbaren Schwierigkeiten ... alles meine Schuld.

Wenn es nicht um Nina ginge, ich hätte schon längst aufgegeben. Aber was machte ich da eigentlich? Ich versuchte, mein Kind, meine eigene Haut zu retten, und zwar auf Kosten einer anderen Mutter. Einer unschuldigen Mutter, einer, die keine einzige Missetat zu verbergen hatte.

Immer noch mit Grabesstimme sagte Sean: »Ich würde diesen Detective am liebsten umbringen. Ihn aufschlitzen.

Ich habe Jim nicht getötet, und Kokain habe ich noch nie im Leben gesehen, höchstens im Film. Was müssen meine Eltern denn noch alles ertragen?«

»Sie bringen sie jetzt auf die kardiologische Station«, sagte Bruce zu Sean und Angela. »Sie ... sie wissen noch nicht, was sie als Nächstes unternehmen sollen.«

Sean blickte in die hellen Augen seines Vaters. Sie waren jetzt noch heller als sonst, ausgelaugt. Er griff nach seinen Händen. Eigentlich hatte er erwartet, dass sie sich kalt anfühlen würden, aber sie waren heiß, fiebrig.

Eine Ärztin kam näher. Sie war zierlich und dunkelhaarig, genau wie Nancy, und jung genug, um noch echtes Mitleid zu empfinden.

»Mrs. Fells Zustand ist jetzt stabil«, sagte sie. »Wir haben eine Infusion gelegt, die ihr Herz stabilisieren müsste. Wir verlegen sie in die Kardiologie, damit wir bei jeder Zustandsveränderung sofort reagieren können.« Sie berührte Bruce am Arm. »Sie wollen natürlich wissen, ob sie wieder gesund wird, aber das kann ich jetzt noch nicht sagen. Wir müssen einfach abwarten.«

Seans Griff um Bruces Hände wurde noch fester, als dieser die Augen schloss.

»Alles wird gut, Dad.«

34

Ardis Palmer saß auf der Couch. Mit nach vorne geneigtem Oberkörper starrte sie ihren Fernseher an. Ihren Teebecher, der auf einem Tischchen zu ihrer Rechten stand, hatte sie vergessen. Der Korrespondent für Westchester, Greg Dunn, beendete gerade seine Live-Reportage für die »Meldungen aus New York«, die um halb sieben auf Channel 2 liefen.

Anscheinend hatte Sean Fells Restaurant nicht nur mit sonnengetrockneten Tomaten gehandelt. Bei einer Steuerprüfung waren Unregelmäßigkeiten ans Tageslicht gekommen, die sich nach einer gründlichen Untersuchung durch das Drogendezernat als schwunghaftes Kokaingeschäft erwiesen hatten. Es ging dabei angeblich um viele Millionen Dollar. Noch wusste man nicht, ob es zwischen diesem Fall und dem Tod von James Fell einen Zusammenhang gab. Von Seiten des Drogendezernats gab es dazu keinen Kommentar, ebenso wenig von der Steuerbehörde oder von der zuständigen Polizei in Rye.

Ardis hob ihre kalt gewordene Teetasse an und setzte sie wieder ab. Sie hatte schweißnasse Hände.

Das Geheimnis in ihrem Keller konnte nicht länger dort bleiben.

Ardis traf Sean in seinem Restaurant. »Das mit Ihrer Mutter tut mir so Leid«, sagte sie und setzte sich auf den Stuhl, den Sean ihr anbot. Sie befanden sich in seinem Büro. »Wie geht es ihr?«

Sean zuckte die Schultern. »Bis jetzt hat sie's geschafft. Die Ärzte haben gesagt, während der ersten vierundzwanzig Stunden sei das Risiko am größten. Mittlerweile sind wir sieben Stunden darüber.«

Er sah furchtbar aus. Seine Hände – gräulich und mit schmutzigen Fingernägeln – hatte er auf den Schreibtisch gelegt. Ardis hatte noch nie einen Fell gesehen, dessen Erscheinung nicht makellos gewesen wäre. Sie waren eine wunderbare Familie, vornehm und wohlhabend, aber zugleich großzügig, auf das eigene Wohl und das der anderen gleichermaßen achtend.

Und jetzt war ein Familienmitglied tot, eines stand unter Anklage wegen Mordes und Drogenhandels, und eines lag schwer krank im Krankenhaus.

Ardis sagte: »Ich wünschte, ich müsste Ihnen das jetzt nicht sagen. Ihr Bruder hat in meinem Keller Geld versteckt. Er hat mich darum gebeten. Er hat gesagt, es seien ein paar tausend Dollar. Ich habe selber nie nachgesehen.«

Sie registrierte, wie Sean die Hände vor Mund und Nase presste und darauf wartete, was noch alles kommen würde.

Wenn sie doch nur aufhören könnte, dieses ganze Treffen einfach vergessen. Dieser Ort war so voller Schmerzen. Sollte sie den Menschen nicht helfen, indem sie einen Teil davon auf ihre eigenen Schultern lud?

Aber jetzt war sie schon zu weit gegangen. Sie musste es zu Ende bringen, das war keine Frage.

»Natürlich hat die Polizei das Haus durchsucht, aber sie hat nichts gefunden. Als die Beamten weg waren, bin ich nach unten gegangen und habe die Tasche vorgeholt. Es war viel mehr Geld drin, als ich gedacht hatte. Ungefähr eine halbe Million Dollar.«

Sean schloss die Augen.

Ardis fuhr fort: »Eigentlich wollte ich erst gar nichts unternehmen. Aber als ich heute Abend die Nachrichten gesehen habe ... die Drogenvorwürfe ... da war mir klar, dass Sie es erfahren müssen.«

Sie sah, wie Sean sich zurücklehnte und sich mit den fahlen Händen das Gesicht rieb, und deutete seine Reaktion falsch.

Sie beugte sich zu ihm. »Ich habe es niemandem verraten. Und das werde ich auch weiter nicht tun.«

Sean setzte sich gerade und schüttelte seinen dunkel behaarten Kopf. »Das müssen Sie aber. Detective Straker, die Polizei muss es erfahren.«

Ardis war gegangen, aber ihre Worte hingen noch immer in der Luft.

Sean reckte seine Arme und ließ den Kopf auf die Tischplatte sinken.

Da klingelte das Haustelefon von unten. Er blickte die blinkende Taste an und drückte schließlich darauf.

»Wir sind völlig überlaufen hier unten«, sagte die Empfangschefin.

Sean seufzte. »Ich komme gleich.«

Die traurige Berühmtheit des Inhabers schien das Geschäft angekurbelt zu haben. Die Zahl der Reservierungen war ebenso angestiegen wie die Laufkundschaft. Die Umsätze kletterten auf Rekordwerte.

Aber das neue Schwert, das sich in Seans Eingeweide gebohrt hatte, ließ diesen Erfolg nur noch absurder erscheinen.

Wie lange hatte er sich eigentlich vorgemacht, dass – egal, was sonst passieren mochte – Jim niemals etwas tun würde, was zu Seans Lasten ging?

Er gab vor, die Reservierungen zu prüfen. Aber sein gesenkter Kopf sollte die Tatsache verbergen, dass er mit den Tränen kämpfte.

Er erinnerte sich an einen Abend vor zwei Jahren. Es war ein verrückter Freitag gewesen, Bar und Speisesaal zum Bersten gefüllt. Sean musste an acht Stellen gleichzeitig sein. Beim Kassensturz nach Geschäftsschluss hatte er ein Minus von über vierhundert Dollar entdeckt.

Trotz müder Augen und eines müden Geistes hatte er die Zahlen noch zweimal überprüft. Das Ergebnis war jedes Mal dasselbe gewesen.

Am nächsten Tag hatte er Jim und Mark Wolf angewiesen, darauf zu achten, ob System dahinter stecke und ob ihnen ein möglicher Schuldiger auffiel.

Jim hatte gewartet, bis er mit Sean alleine war.

»Ich war's«, hatte er gesagt, mit demselben traurigen Blick, mit dem er als Kind den Diebstahl von Seans Yo-Yo gestanden hatte. »Ich wollte es möglichst schnell wieder zurückzahlen. Aber ich habe Bargeld gebraucht.«

Sean war so wütend geworden, dass er selbst darüber entsetzt war. Am liebsten hätte er mitten in das Kleine-Jungen-Gesicht geschlagen. »Du Dreckschwein! Ständig helfe ich dir. Und jetzt gehst du hin und bescheißt mich um ein paar hundert Dollar? Stiehlst *mein* Geld?«

Jedes Mal, wenn er Zweifel an Jims Ehrlichkeit gehabt hatte, hatte er an jenen Abend zurückgedacht. Aber die Erinnerung hatte mit der Zeit einen versichernden Charakter bekommen: Nie hatte er seinen Bruder schuldbewusster gesehen als damals. Daraus hatte er den tröstenden Schluss gezogen, dass Jim begriffen hatte, was er mit seinem Betrug angerichtet hatte, und dass er ihn für genauso schlimm hielt wie Sean selbst.

Mein Bruder, sagte Sean nun zu sich selbst, *du warst nichts weiter als ein Märchen.*

Er hob den Kopf und blickte sich um, sah die geschäftigen Tische, das umherhastende Personal.

Ich habe mich nicht getäuscht, ich habe das hier mit dir zusammen aufgebaut. Niemals hätte ich gedacht, dass du gegen mich arbeitest, dass du dir mit Drogengeschäften eine erbärmliche Beute gesichert hast. Du hast meine gute Arbeit mit Fäulnis untergraben und gleichzeitig wie ein Parasit davon gelebt.

Er konnte die Tränen nicht länger zurückhalten. Sie liefen ihm die Wangen hinunter.

Selbst im Tod bist du noch ein Parasit, sogar noch ein viel schlimmerer. Schau dir doch das Chaos an, in dem wir uns befinden. Mom wäre beinahe gestorben. Dad ist völlig am Boden. Ich muss wahrscheinlich ins Gefängnis, weil du tot bist. Und jetzt kann nicht einmal deine Familie mehr die Augen davor verschließen, dass du nichts weiter warst als ein charakterloses Stück Scheiße, eine Verschwendung menschlichen Gewebes.

Die Leute fingen an, ihn anzustarren. Er seufzte tief.

Er war sich nicht sicher, ob in ihm überhaupt noch etwas von seinem alten Selbst war.

Yasmin Atul schaltete die Nachrichten aus. Es kam ihr so vor, als würden sich die Verdachtsmomente gegen die Familie Fell jedes Mal, wenn sie etwas sah oder hörte, vermehren.

Sie hatte Nina sehr gerne und mochte ihren Job. Nina war ein einfaches Kind, und Angela hatte Verständnis dafür, dass Yasmin, auch wenn sie bei ihr war, viel Zeit mit Lernen verbringen musste.

Aber ständig passierte etwas Neues, und Yasmin wurde ein wenig unruhig.

35

Beim ersten Geräusch wurde Ardis noch nicht richtig wach. Sie schlief immer mit geöffnetem Fenster, sodass die Geräusche der Nacht hereindrangen. Sie war es gewöhnt, sie zu registrieren und nicht weiter zu beachten, sie gar nicht erst ins Bewusstsein dringen zu lassen.

Aber das hier klang irgendwie ungewöhnlich. Ruckartig setzte sie sich auf, die Augen weit aufgerissen, die Hände in die gestreifte Decke gekrallt.

Leise, bedächtige Schritte im unteren Stockwerk wollten nicht gehört werden. Bewegung, dann Zögern. Suchten nach etwas.

Sie beugte sich zur Seite und griff nach dem Telefon. Aber jetzt war von unten kein Laut mehr zu hören. Hatte sie ein Geräusch gemacht, wodurch der Eindringling aufmerksam geworden war?

Sie verharrte regungslos. Nach einer Minute hörte sie die leisen Schritte wieder.

Das Telefon hielt sie in der Hand. Sie könnte die 911 wählen. Aber …

Da fiel ihr etwas ein, was Jim ihr beigebracht hatte. Sicherheitshinweise eines ehemaligen Polizisten. Wenn der Einbrecher nicht wusste, dass man wach war, war die Chance, nicht verletzt oder vergewaltigt zu werden, größer. Lass ihn einfach machen, bis er wieder verschwunden ist.

Das Telefon würde bei jedem Tastendruck ein Piepsen von sich geben.

Sie wartete ab, hielt es weiterhin fest in der Hand, lauschte. Sie hörte, wie die Kellertür geöffnet wurde und Schritte nach unten gingen.

Ihr Herz pochte.

Sie fällte eine Entscheidung. Sie würde bleiben, wo sie war, würde keinerlei Geräusch von sich geben und nichts unternehmen. Aber wenn sie hörte, dass der Eindringling sich auf den Weg nach oben zu den Schlafzimmern machte, dann würde sie anrufen.

Jetzt wurden die Geräusche lauter, hallten in dem steinernen Keller leicht nach. Die Füße scharrten über den Dreck, der den Boden bedeckte. Leises Quietschen. Was war das denn?

Dann das Schleifen der Tasche, und Ardis wusste Bescheid. Das Geld. Wie dumm von ihr.

Sie entspannte sich ein wenig, die Lähmung ließ nach.

Konnte das Sean sein? Oder hatte er jemandem Bescheid gesagt? Sie versuchte sich zu erinnern, ob im Restaurant jemand in der Nähe gewesen war, als sie miteinander geredet hatten.

Da waren die Schritte wieder, kamen jetzt die Kellertreppe herauf. Würden sie im Erdgeschoss bleiben und verschwinden?

Ardis hielt immer noch das Telefon umklammert und lauschte angestrengt nach einem ersten Schritt auf der Treppe, die zu ihr nach oben führte.

Stattdessen hörte sie einen heftigen Schlag und den Laut einer Stimme.

Sie hielt das Telefon mit beiden Händen fest und versuchte, die Geräusche zu einem stimmigen Bild zusammenzusetzen. Was war vorgefallen? Sie glaubte, die Lösung zu haben: Die betreffende Person war gegen irgendetwas gestoßen, und der Laut war ein spontaner Ausdruck des Schmerzes gewesen.

Noch mehr Schritte, ein bisschen schneller jetzt. Entfernten sich von der Treppe, die zum Schlafzimmer führte. Gott sei Dank.

Dann hörte sie, wie mit leichtem Quietschen die Hintertür geöffnet und wieder zugezogen wurde.

In dieser Nacht schlief Ardis nicht mehr. Lange saß sie nur im Bett, vollkommen still, und lauschte angestrengt nach weiteren Geräuschen. Jetzt kamen ihr sogar die vertrauten Laute verdächtig vor.

Schließlich, noch vor Sonnenaufgang, stand sie auf und ging in den Keller. Wie erwartet war die Geldtasche verschwunden.

Sean. Wer sonst? Was sollte sie jetzt tun? Was würde Jim von ihr wollen?

Sie machte sich einen Tee, aß ein halbes Brötchen und wartete auf den Beginn der Bürozeit. Dann zog sie ihren Parka an und machte sich auf den Weg zu Angela.

»Ich wusste nicht, an wen ich mich wenden soll«, sagte Ardis. »Sean hat gesagt, ich solle zur Polizei gehen. Aber das war vor heute Nacht.«

Ich erhob mich von meinem Schreibtischstuhl. »Lassen Sie uns einen kleinen Spaziergang machen.«

»Jetzt?«

»Ja. Ich könnte etwas frische Luft gebrauchen.«

Während wir die Treppe hinuntergingen, dachte ich, dass alles, was ich in letzter Zeit von mir gab, wie eine verharmlosende Miniaturausgabe der Wahrheit klang. *Ich könnte etwas frische Luft gebrauchen.* Dabei erstickte ich. Mit jeder neuen Erkenntnis brach ein Stück mehr von Seans Leben weg... von meinem Leben, von Ninas Leben.

Ich machte die Tür zur Straße auf und freute mich über die Kälte. Schneefall war angesagt, aber noch war nichts davon zu sehen. Eigentlich hätte es schon gestern Abend schneien sollen. Schade, dass die Vorhersagen falsch gewesen waren – dieser Blödsinn, dass Sean bei Ardis eingebrochen sein sollte, hätte sich schnell erledigt, wenn der wahre Einbrecher Fußspuren hinterlassen hätte.

Aber bin ich mir wirklich so sicher, dass es nicht Sean war?

»Absolut«, sagte ich laut.

»Was?«, meinte Ardis.

»Entschuldigung, ich habe nur mit mir selbst geredet.«

»Das mache ich auch gelegentlich.«

Ich hörte meine Atemlosigkeit und zwang mich dazu, langsamer zu werden.

»Danke, dass Sie mit nach draußen gekommen sind.« Ich berührte Ardis am Arm.

Sie sagte: »Draußen zu sein wirkt sehr beruhigend.«

Ungefähr eine Minute lang gingen wir schweigend den Bürgersteig entlang. Aus dem Augenwinkel betrachtete ich die vertrauten Schaufenster, die vermummten Menschen auf der Straße. Es lag so etwas wie Erwartung in der Luft. Die Menschen warteten auf den Schnee.

Ardis' Worte berührten mich auf eine Art und Weise, wie ich es nicht erwartet hätte. Es war schon lange her, dass sich jemand überhaupt darum gekümmert hatte, was ich dachte oder empfand, und ich fühlte mich peinlich berührt. Ich hatte kein Recht auf Gefühle.

Ardis sagte: »Ich höre immer wieder diese Stimme von gestern Nacht. Aber ich kann beim besten Willen nicht sagen, ob es sich um Sean oder um jemand anderen gehandelt hat.«

»Sind Sie sich denn sicher, dass es eine männliche Stimme war?«

»Ich ... glaube schon. Aber, verdammt, ich kann mir einfach nicht vorstellen, dass Sean irgendetwas mit Kokain zu tun hat, ganz zu schweigen von einem Einbruch in mein Haus.«

»Und Jim?«, fragte ich schnell. »Sie haben ihn gekannt. Könnte Jim mit Kokain gedealt haben?«

Ardis zog die Nase hoch. Ob es an der Kälte lag oder an ihrer Gefühlslage ließ sich nicht sagen. »Jim war ... ein merkwürdiger Mensch. Er hatte viele Geheimnisse. Und jetzt dieses viele Geld ... und er ermordet ... es würde schon zusammenpassen.«

Sie seufzte schwer, und dieses Mal hörte ich auch die Tränen, die sie zu unterdrücken versuchte. »Ich will es einfach nicht glauben.«

»Ich auch nicht«, log ich.

»Tja, was soll ich jetzt Ihrer Meinung nach tun? Soll ich mit dem Detective reden?«

Ich fasste Ardis an der Schulter, damit sie stehen blieb. Auf dem Bürgersteig direkt vor Starbucks blickten wir einander in die Augen. Ich sagte: »Ihnen muss aber klar sein, dass jeder Ratschlag, den ich Ihnen gebe, ein Ratschlag von Seans Rechtsanwältin ist. Anders geht es nicht.«

»Das ist mir klar. Aber ich möchte es hören.«

»Also gut.« Ich setzte mich wieder in Bewegung. »Ich finde, Sie sollten das vorerst für sich behalten. Wir wissen nicht, wer bei Ihnen eingebrochen hat, aber der Detective würde annehmen, dass es Sean war. Und ich finde, es ist nicht notwendig, dass er schon wieder einen Tiefschlag versetzt bekommt. Aber selbstverständlich müssen Sie diese Entscheidung selbst treffen.«

»Schon geschehen«, sagte Ardis. »Ich glaube schlicht und einfach nicht, dass Sean bei mir im Haus war.«

Ich auch nicht, dachte ich später. Ich stand am Fenster meines Büros und ließ mir das Gespräch noch einmal genauestens durch den Kopf gehen. Ich kannte Sean nur als durch und durch ehrenhaften, sanftmütigen, moralischen Menschen. Im Lauf der Jahre hatte ich beobachtet, wie er sich gegenüber Sarah, seinen Eltern, seinem Bruder verhielt. Und auch mir und Nina gegenüber. Sean hatte einen natürlichen Kern aus reiner, unantastbarer Güte. Und Jim war das genaue Gegenteil gewesen.

Draußen kämpfte sich ein sehr alter Mann mit einem schweren Mantel und einer spitzen Mütze den Bürgersteig entlang. Er ging merkwürdig breitbeinig, aber er ging unbeirrt weiter, seinem Ziel entgegen.

So hatte ich Sean immer durchs Leben gehen sehen: auf einem geraden Weg, immer auf Kurs, egal, welche Schwierigkeiten auch kommen mochten. Kein Mensch war unbestechlicher als er.

Eine Wolke zog vorüber, sodass das Licht sich veränderte. Plötzlich sah ich im Fenster mein eigenes Spiegelbild. Ich sah den gehetzten Blick, den ich nie jemandem zeigte, direkt vor mir. Die Körperhaltung, die ich unwillkürlich eingenommen hatte, offenbarte Elend, Schuldbewusstsein und Geschlagenheit.

Aber mein Gesicht verriet noch etwas anderes. Es war verborgen in all der Schlechtigkeit, weil es selbstverständlich auch schlecht war: die Liebe. Ich liebte Sean, war krank vor Liebe. Das war weit mehr als nur die flüchtige Erinnerung an einen Kuss.

Wie lange schon? Seit damals wahrscheinlich, und je stärker sich seine Verbindung mit Sarah entwickelt hatte, desto tiefer hatte ich meine Liebe vergraben.

Und wie hoffnungslos?

Das Fensterglas offenbarte mir alles, was ich nicht wissen wollte.

Hoffnungslos. Leben hingen von mir ab. Ninas Leben, Seans Leben.

Anonyme Waffen waren auf mich gerichtet… jemand beobachtete mich, belauschte mich, erfuhr meine Geheimnisse.

Meine Aufgabe bestand eigentlich darin, die beiden zu retten. Und Carol Carranza dazu. Vielleicht ging es meinem nebulösen Quälgeist ja tatsächlich um Carol. Und ich war vor lauter Schuldgefühlen so mit mir selbst beschäftigt, dass ich das nicht erkennen konnte. Die Leute vom Krankenhaus hatten sehr viele Motive und außerdem die Möglichkeiten dazu.

Ich hatte die Verantwortung für all diese Menschen aus freien Stücken übernommen. Aber die Kontrolle über das, was geschah, hatte ich nicht mehr. Und es gab jemanden, der wollte, dass ich das wusste.

36

Dienstag, 13. Februar 2001

Barry saß neben seinen Eltern in dem kleinen Gerichtssaal. Alle drei waren tadellos gekleidet, hundertprozentig passend zum Anlass – mir mein Kind wegzunehmen.

Ich hatte Nina zur Schule geschickt, als wäre es ein ganz normaler Tag. Wenn der Richter sie anhören wollte, dann würde er es sagen.

Inzwischen saß ich alleine ein paar Bänke hinter meinen Gegenspielern. Sollten sie sich doch den Hals verrenken, wenn sie mich anglotzen wollten.

Die Aussage meines Mannes war genauso vorhersehbar wie grässlich. Von mir sprach er als »die Mutter«. Die Mutter schob das Kind zur Babysitterin ab. Die Mutter war in einen gefährlichen und zwielichtigen Kriminalfall »verwickelt«, wo es um Mord und Drogenhandel ging, außerdem noch in einen Medizinskandal. Sie war im Zusammenhang mit ihrer Arbeit angegriffen und verwundet worden. Die Mutter wurde von ihren beruflichen Ambitionen beherrscht und war nicht in der Lage, ihre erzieherischen Aufgaben wahrzunehmen. Aufgrund dessen war Nina gesundheitlich nicht auf der Höhe, übergewichtig und träge. Die Mutter wollte sich an Ninas Vater, einem anerkannten Arzt, rächen und verhinderte deshalb, dass das Mädchen mehr Zeit mit ihm verbrachte.

Ich hatte mir für die Anhörung keine Strategie zurechtgelegt. Die Fragen des Richters konnte ich lediglich mit meinen Gefühlen beantworten.

Ansonsten wollte der Richter nur noch eine weitere Meinung hören, nämlich die von Rick Saltonstall, Ninas Therapeuten. Ich beobachtete, wie er in den Zeugenstand ging. Er setzte sich entspannt und machte einen fachkundigen und dennoch lebendigen Eindruck.

Er antwortete auf die Fragen des Richters und skizzierte seine Erkenntnisse über Nina. Als es um die Frage des Sorgerechts ging, schien er seine Worte besonders sorgfältig zu wählen.

»Ich bin der Ansicht, dass man der Depression dieses Mädchens am ehesten damit begegnen sollte, dass man sie in ihrer gewohnten, vertrauten Umgebung belässt. Sie hat eine sehr enge Beziehung zu Mrs. Diamond, ebenso wie zu ihrer Tagesmutter. Beides sind schon lange bestehende, stabile Beziehungen. In Bezug auf ihren Vater äußert sie jedoch gespaltene Gefühle, denen ich nur sehr zögerlich näher komme. Sie hat eine Bindung an Dr. Carnow, aber gleichzeitig ist eine gewisse emotionale Distanz festzustellen, eine Art Unbehagen …«

Barry stand auf. Aufgrund meiner jahrelangen Erfahrung konnte ich genau sehen, wie er gegen die Wut ankämpfte.

Er sagte: »Euer Ehren, dieser Mediziner ist mir unbekannt, und er hat nie ein Wort mit mir gesprochen. Dr. Saltonstall wurde von der Mutter ausgesucht. Ich nehme an, er arbeitet für eine Sozialhilfeeinrichtung. Habe ich nicht das Recht, einen Fachmann meiner Wahl damit zu beauftragen, meine Tochter zu untersuchen und hier seine Meinung zu äußern?«

Zum ersten Mal war ich dankbar für Barrys rüpelhaftes Auftreten. Für den Unterschied zwischen Familien- und Strafgerichtshof hatte er kein Gespür. Er hielt die Verhandlung fälschlicherweise für einen politischen Machtkampf. Er dachte, er könne beim Richter punkten, indem er andeutete, dass er, der Richter, und ein promovierter Mediziner seiner Wahl das A-Team bildeten, das der einzig wirklich glaubwürdigen Experten, während

Rick Saltonstall nichts weiter war als ein Sozialamtsdilettant.

Der Richter blickte Barry an. »Ich verstehe Ihre Bedenken zu würdigen, Herr Doktor. Aber Dr. Saltonstall hat gerade eben seine Empfehlung für das emotionale Wohlergehen Ihrer Tochter abgegeben, und zwar auf der Basis einer therapeutischen Beziehung. Ich gehe davon aus, dass Sie nicht ernsthaft behaupten möchten, weitere klinische Untersuchungen durch fremde Ärzte wären diesem Ziel förderlich, oder?«

Ich sah, wie Barrys Knöchel weiß wurden, als er die Tischkante umkrallte.

»Euer Ehren, alles, was ich weiß, ist, dass ich meine Tochter liebe und dass sie mich liebt – und dass ich absichtlich daran gehindert werde, meine Vaterrolle angemessen auszufüllen. Natürlich möchte ich, dass es ihr gut geht. Aber ich sehe nicht ein, warum einzig und allein Dr. Saltonstall mit seiner einseitigen Sichtweise darüber entscheiden soll, ob meine Tochter nicht doch besser bei mir aufwachsen sollte.«

Je wütender Barry wurde, desto ruhiger wurde der Richter. Er wartete, bis Barry sich wieder abgeregt hatte. Dann lehnte er sich zurück.

»Das hier ist eine ganze Sammlung unterschiedlicher Sichtweisen«, sagte der Richter und zeigte auf einen Stapel Aktenordner auf dem Richtertisch. »Eine Familienanhörung soll dem Gericht helfen, gestützt auf Ermittlungsergebnisse und persönliche Aussagen, festzustellen, was das Beste für das jeweils betroffene Kind ist. Sie hatten reichhaltig Gelegenheit, Ihre Sichtweise darzustellen, und sie wird im Rahmen der Nachforschungen weiter vertieft werden. Ihre Gefühle werden hier keineswegs gering geachtet, ganz bestimmt nicht. Aber aufgrund der vorliegenden Informationen und aufgrund meiner neunzehnjährigen Erfahrung als Familienrichter wird hiermit entschieden, dass das Kind Nina Kama Carnow vorübergehend in der elterlichen Obhut der Mutter verbleibt. Die Angelegenheit wird um sechzig Tage vertagt.«

Ich stand vor dem Spiegel auf der Damentoilette und konnte nicht aufhören zu weinen, als ich sah, wie die Tür aufging. Barrys Mutter kam herein.

»Ihr Anwälte steckt doch alle unter einer Decke«, sagte Pat.

Nein, dachte ich. Das muss ich mir nicht antun. Ich wischte mir mit den Fingern über das Gesicht und rannte auf den Flur hinaus.

Ich kam bis zu meinem Auto. Barry hatte auf mich gewartet. Er sprach mich von hinten an, als ich die Tür aufschloss.

»Als Mutter bist du wirklich das Allerletzte«, sagte er.

Ich schnellte herum, um ihn direkt anzusehen.

»Wie kannst du es wagen? Du und deine Eltern, ihr quält sie mit euren überhöhten Anforderungen und sadistischen Strafen. Für dich ist deine Tochter doch gar kein Kind, sondern bloß ein … ein Ding, das deinen überhöhten Ansprüchen nicht gerecht wird. Dir geht es doch gar nicht um das, was für Nina gut ist! Du willst *mich* zerstören, egal, wie sehr *sie* darunter leidet!«

Ich hörte auf. Mein Schreien gellte mir in den Ohren. Barry schaute mich angewidert an.

Das hatte er schon immer gekonnt – mich mit einer einzigen messerscharfen Bemerkung zur Weißglut bringen, sodass mir der Rauch zu den Ohren herausquoll. Dann spielte er den geplagten Ehemann, der unter der Fuchtel eines kreischenden Drachens zu leiden hatte.

Ich konnte die Blicke der anderen Menschen auf dem Parkplatz regelrecht spüren.

Aber ich würde nicht so einfach nachgeben. Ich war froh, dass ich ihn angebrüllt hatte, auch wenn er das, so gut er konnte, zu seinem Vorteil ausnützen würde.

Ich legte die Hand auf den Türgriff. Barry beugte sich näher zu mir.

»Angela.« Er sprach so leise, dass ich ihn kaum verstehen konnte. Seine Stimme zitterte vor Hass und Wut. »Ich werde meine Tochter zu mir holen. Daran kann auch ein drittklassiger Windbeutel von Richter nichts ändern. Ich bringe sie dahin zurück, wo sie hingehört.«

Die Verhandlung war schon eine Stunde vor Schulschluss zu Ende gewesen, aber ich fuhr direkt zur Schule und wartete dort.

Vor dem Gebäude war es ruhig. Noch keine Busse, keine anderen Eltern. Ich legte die Arme auf das Lenkrad und ließ den Kopf darauf sinken.

Von nun an musste ich immer in Ninas Nähe bleiben, musste sie persönlich beschützen, überall mit ihr hingehen. Ich musste der Schule Bescheid geben, dass sie Nina nur noch an mich übergeben durften. Es war Barry zuzutrauen, dass er seine Drohung wahr machte. Aber wahrscheinlich waren meine Bemühungen sowieso vergeblich.

Eine plötzliche Übelkeit überkam mich, so wie nachts oder beim Aufwachen oder nach den kurzen Phasen der Arbeit, durch die ich mich immer wieder ablenken konnte. Ich war eine Mörderin. Ich würde hinter Gitter kommen. Ich zögerte es nur hinaus, indem ich das einzig Mögliche tat und Sean verteidigte. Aber seine Position wurde immer schlechter und schlechter. Dieser Drogenhandel – noch so eine von Jims Katastrophen. Dieses Mal machte er sich noch vom Grab aus an seiner Familie schuldig, indem er seine Eltern in die Verzweiflung stürzte und seinen Bruder belastete.

Ich musste einfach weiterhin an meinem Glauben festhalten, dass niemand von meinem Mord an Jim Fell wusste. Das war der einzige Hoffnungsschimmer für Ninas Zukunft. Ich betete inständig, dass ich ihn aufrechterhalten konnte. Groß war meine Hoffnung nicht. Voller Verzweiflung wünschte ich mir, dass die anonymen Anschuldigungen ihren Ursprung in meiner kleinen, privaten Welt hatten, vielleicht bei meinen bösartigen Schwiegereltern... oder in dem Krankenhausfall. Aber Gewissheit hatte ich keine...

An diesem Nachmittag rief ich Carol Carranza an.

»Wie wär's mit einer Pause?«, fragte ich Carol. »Trinken wir eine schnelle Tasse Kaffee zusammen?«

Carol hielt die Luft an. »Gibt es etwas Neues?«

»Nein. Tut mir Leid. Es geht um mich.«

Wir trafen uns in der Cafeteria des Krankenhauses. Bei meiner Ankunft saß Carol bereits vor einer dampfenden Tasse.

»Kakao«, sagte sie, nachdem wir uns umarmt hatten, und deutete auf ihre Tasse. »Irgendjemand muss ja nett sein zu mir, und im Augenblick bin ich das selbst.«

Ich spürte das Eis, das uns umgab. Überall im Saal sprachen die Menschen miteinander, aber niemand warf auch nur einen Blick in unsere Richtung.

»Was ist denn los?«, fragte Carol. »Sie sehen richtig traurig aus.«

Ich erwiderte: »Heute war die Sorgerechtsanhörung. Nina bleibt bei mir. Aber nur befristet, zwei Monate Verlängerung.«

»Na, das ist doch prima! Oder etwa nicht?«

Ich strich meine Haare zurück. »Ich hatte gehofft, dass heute schon eine endgültige Entscheidung fällt.«

»Aber zumindest geht es voran.«

»Ja. Es ist bloß … alles ist so diffus, das gefällt mir überhaupt nicht. Hinter jeder Ecke lauern irgendwelche Gefahren.«

Carol blinzelte. »Meinen Sie mich damit? Meinen Fall?«

»Nein, nein. Andere Fälle.«

Mit einem Mal wurde mir klar, dass ich gerade ein winziges bisschen Luft aus einem prall gefüllten Luftballon ließ. Aber ich konnte Carol nicht so viel sagen, dass es eine wirkliche Erleichterung gewesen wäre. Noch schlimmer: Ich offenbarte einer Klientin meine eigene Unsicherheit.

Carol schien meine Gedanken zu ahnen. Sie berührte meine Hand. »Sie können mit mir reden. Wir sind ja auch Freundinnen.«

»Ja, das sind wir«, sagte ich. *Aber ich kann nicht.*

Ich fragte sie: »Haben Sie in letzter Zeit irgendwelche anonymen Anrufe bekommen, Carol?«

Sie hob die Augenbrauen. »Nein. Sie?«

»Ja, ein paarmal. Und einen Zettel.«

»Und, was stand drauf?«

»›Gib auf, Du wirst verlieren‹, so was in der Richtung.«

»Und am Telefon? War das eine Männerstimme?«

»Schwer zu sagen.«

Carol trank einen Schluck Kakao. »Glauben Sie immer noch, dass Ihr Ex dahinter steckt?«

»Anzunehmen. Zumal Sie ja keine anonymen Drohungen bekommen haben.«

Carol lachte bitter. »Meine Widersacher bemühen sich gar nicht erst, anonym zu bleiben.«

37

Red Straker sah zu, wie Mandu vom Fensterbrett aus Vögel beobachtete. Der Kater war eindeutig ein Pseudokiller. Jedes Mal duckte er sich so flach wie möglich unter den Fensterrand, wedelte mit dem Schwanz, gab ein merkwürdiges Klicken von sich … und hörte dann auf. Wenn der Vogel weggeflogen war und der nächste auf der Bildfläche erschien, fing das Ganze wieder von vorne an. Red hatte ernsthafte Zweifel, ob Mandu überhaupt wusste, dass es bei diesem Spiel noch einen nächsten Schritt gab.

Andererseits – genauso wollten die Menschen ihre Katzen haben.

Mit dem organisierten Verbrechen verhielt es sich ähnlich. Wenn man sich zum Beispiel *Goodfellas* ansah oder die *Sopranos* oder all die anderen Kinofilme und Fernsehserien, immer wurden Mafiosi als liebenswerte Trottel dargestellt, die eben gelegentlich gezwungen waren, jemanden umzubringen.

Red hatte nur sehr wenig Erfahrung mit diesen Herren gesammelt, und das war, soweit er das beurteilen konnte, bei Sean Fell wohl genauso. Anders verhielt es sich mit dem toten Bruder. Das ließ Seans Behauptung, dass er weder mit der Steuerhinterziehung noch mit dem Kokainhandel etwas zu tun gehabt hatte, durchaus glaubwürdig erscheinen.

Mandu hatte keine Lust mehr, auf weitere Vögel zu warten, und sprang vom Fensterbrett auf den Küchentisch. Vor Reds Hand hielt er kurz an, um sich streicheln zu lassen, bevor er sich auf die Suche nach weiteren Abenteuern machte.

Geistesabwesend kraulte Red seinem Kater den Hals

und dachte: Es passt nicht zusammen. Die eine Logik deutet auf Sean, die andere nicht. Mit den Restaurants verdient er sehr gut. Er hat noch nie etwas mit den Randbereichen der Gesellschaft zu tun gehabt und braucht auch nicht permanent sein Ego künstlich aufzublasen. Das alles traf viel eher auf den Bruder zu … vielleicht auch auf eine ganze Gruppe von Personen. Red hatte im Umfeld des Restaurants viele Fragen gestellt und hatte beim Personal durchaus den einen oder anderen entdeckt, der dafür in Frage kam, besonders dieser Wolf.

Trotzdem, Sean blieb weiterhin seine Nummer eins. Vielleicht lag die Lösung ja gerade im Kontrast. Es wäre nicht das erste Mal, dass ein scheinbar makelloser Charakter eine sorgfältig verborgene dunkle Seite hatte.

Als Red am nächsten Morgen aufwachte, war ihm klar, dass er mit Agentin Powell sprechen musste.

Dabei merkte er, dass er sich darauf freute, ihre Stimme zu hören.

Es war noch zu früh für einen Anruf, also ging er zur nächsten Straßenecke, um sich einen Kaffee zu besorgen. Es war zwar kalt, aber schön hell. Die ersten Sonnenstrahlen entlockten den Schnee- und Eisresten in den Bäumen ein eindrucksvolles Farbenspiel.

Um Punkt neun Uhr rief er an, und sie meldete sich.

»Barbara Powell.«

»Hallo, hier ist Red Straker.«

»Hallo Detective.«

»Gibt es etwas Neues?«

»Nein«, erwiderte Agentin Powell. »Gerade eben habe ich über den Fall nachgedacht. Aber eigentlich sind wir noch keinen Schritt weitergekommen.«

Hier ging es um berufliche Dinge, um wichtige berufliche Dinge, aber Red hatte, ohne dass er etwas dagegen unternehmen konnte, vor Augen, wie Agentin Powells weiches Haar sich über ihre zierlichen, mit kleinen Perlen geschmückten Ohren legte.

»Mir ist da was eingefallen«, sagte Red. »Was wäre, wenn Sean tatsächlich nichts von der Steuerhinterziehung oder dem Koks gewusst hat?«

»Wie soll das denn gehen?«

Vorsichtig machte Red weiter. »Das könnte das Mordmotiv sein. Sean findet heraus, dass sein Bruder die Restaurants, für deren Existenz er so hart gearbeitet hat, missbraucht hat. Er kommt hinter diesen Betrug, und der gesamte Frust über seine lebenslange Rolle als Beschützer und Aufpasser kocht in ihm hoch. Es kommt zur Explosion.«

Schweigend dachte Barbara die einzelnen Schritte durch. »Könnte schon sein. Hören Sie, nicht, dass ich Ihnen einen Strich durch die Rechnung machen möchte, aber ich glaube, ich weiß, worauf Sie hinauswollen. Vielleicht wiegen die Vorwürfe, die sich aus den Ermittlungen der Polizei in Rye ergeben, doch schwerer als die Anklagepunkte der Steuerfahndung.«

»Spielt das eine Rolle?«

Agentin Powell lachte. »Hätten Sie das auch gesagt, wenn unsere taktischen Positionen vertauscht wären?«

Red atmete hörbar aus. »Na gut, vielleicht will ich ja wirklich auf was Bestimmtes raus.«

Sie lachte erneut. »Vielleicht.«

»Ich finde tatsächlich, dass die Öffentlichkeit sehr viel mehr daran interessiert sein müsste, einen Kerl wegen des Mordes an seinem Bruder einzusperren und die Bevölkerung vor ihm zu schützen, als ihm wegen einer Geldgeschichte, von der er keine Ahnung hatte, an die Eier zu gehen.«

»Aha«, erwiderte Agentin Powell, »damit wären wir

also wieder am Anfang. Sie wollen, dass wir uns zurückhalten. Das kann ich nicht entscheiden, Detective, und wer immer es kann, wird es nicht tun, das kann ich Ihnen versichern. Wieso lassen Sie nicht locker? Wie könnte die Steuerfahndung der Wahrheit und der Gerechtigkeit im Weg stehen? Ihre Beweise können nicht besonders überzeugend sein, wenn Sie Angst davor haben, dass unsere Ermittlungen Ihre gefährden.«

Nach dem Ende des Telefonats blieb Barbara Powell noch eine Weile sitzen. Sie machte gerade eine sehr merkwürdige Erfahrung.

Es stimmte, Sie hatte bei Strakers Anruf tatsächlich an den Fall Fell gedacht – allerdings weniger an den Fall an sich als an den Betroffenen.

»Böses Mädchen«, flüsterte sie vor sich hin. »Bist scharf auf einen Verbrecher. Auch noch auf einen, gegen den du selber ermittelst.«

Es gelang ihr nicht, Sean Fell aus ihren Gedanken zu verbannen. Der Aktenstapel auf ihrem Schreibtisch, beschriftet mit seinem Namen, wirkte wie ein Bild. Jedes Mal, wenn sie in diese Richtung blickte, sah sie Sean neben sich sitzen. Diese schwarze Haarsträhne, die er immer mit seinen langen, grazilen Fingern zurückstrich … seine Lippen, voll und ausgeprägt … und, mein Gott, diese kräftigen Schenkel auf der Sitzfläche …

Noch während Red den Hörer auflegte, fehlte sie ihm bereits. Er überlegte, wie es ihr wohl mit dem Rauchen ging …

Am liebsten hätte er sie sofort noch einmal angerufen und sich erkundigt.

Da Mandu nicht in der Nähe war, um sich anschnauzen zu lassen, fluchte er eben lauthals vor sich hin.

Das kam überhaupt nicht in Frage. Sein Leben gefiel ihm so, wie es war.

Er schnappte sich sein Jackett und machte sich auf den Weg ins Büro.

Barry Carnow saß zu Hause in seiner rot-schwarzen Küche und war bei den letzten Bissen seines Frühstücks angelangt – der armenische Joghurt aus dem Bioladen, den er so gerne aß, dazu etwas Ananas und Toast. Gleich würde er zur Arbeit gehen. Er spülte das Geschirr ab und stellte es in die Geschirrspülmaschine.

Er schlüpfte in sein Jackett und in den Mantel und griff nach seiner Aktentasche. Dann kontrollierte er alle Türen und ging vom Haus direkt hinunter in die Garage mit den drei Stellplätzen. Er betätigte den automatischen Garagentoröffner und legte die Hand an den Türgriff der Corvette.

Dr. Carnow hatte Hunderte von Menschen operiert, aber er hatte sich nie Gedanken darüber gemacht, wie seine Patienten den Augenblick erlebten, wenn sie anästhesiert wurden und vom Wachen ins Vergessen hinüberglitten.

Aber genau das erlebte er jetzt, als auf dem einsam gelegenen Anwesen ein schallgedämpfter Schuss erklang und er auf den sauber gewischten Garagenboden fiel.

In der Notaufnahme kam er wieder zu sich. Es war sehr verwirrend, nach oben blicken zu müssen.

»Dr. Carnow, können Sie mich verstehen?«, fragte ein Arzt.

»Ja.«

»Wissen Sie, was vorgefallen ist?«

»Sagen Sie's mir.«

»Sie wurden angeschossen. Eine Kugel. Sie ist auf der

Seite unterhalb Ihrer rechten Schulter ein- und wieder ausgetreten. Können Sie meine Finger zusammendrücken?«

Barry drückte und stöhnte auf. »Aah.«

»Tut das weh?«

»Natürlich tut es weh. Wer hat auf mich geschossen?«

»Das wissen wir nicht.«

Die Polizisten belästigten ihn, anstatt rauszugehen und ihre Pflicht zu tun.

»Sie sollten lieber meine Garage und meinen Garten nach Spuren absuchen«, sagte er zu den beiden Beamten.

»Wir haben bereits Leute da draußen«, antwortete Elliot Duhart. »Sie selbst kennen Ihre persönliche Situation ja besser als jeder andere. Deshalb sind wir ...«

»Welche *Situation* denn?«

Duhart knirschte mit den Zähnen. »Das sollen Sie uns ja gerade verraten, Doktor. Wer könnte auf Sie geschossen haben?«

38

Mittwoch, 14. Februar 2001

Dr. Saltonstall hatte ein paar coole Sachen auf seinem Schreibtisch stehen. Nina wusste, dass sie dazu dienten, ihr und den anderen Kindern, die hierher kamen, die Anspannung zu nehmen, aber sie gefielen ihr trotzdem. Besonders das pelzige Wiesel mit dem Ball vor der Schnauze: wenn man auf eine Taste an dem Ball drückte, fing er an herumzuhüpfen, sodass es so aussah, als würde das Wiesel damit spielen.

Der Doktor folgte ihrem Blick. »Ist das das Beste?«, fragte er.

Er wollte ihr ein Lächeln entlocken, aber das zeigte sie immer seltener. Immerhin erreichte er ein leichtes Zucken der Lippen.

»Ja«, sagte sie. »Es wirkt fast lebendig.«

Genau wie du, dachte Rick Saltonstall.

»Wie geht es deinem Dad? Hat man ihn schon aus dem Krankenhaus entlassen?«, fragte er.

»Ja«, sagte Nina.

»Vielleicht willst du ihm ja eine Karte schreiben oder ihn besuchen. Vielleicht aber auch nicht. Du weißt, dass beides völlig in Ordnung ist, oder?«

Nina zuckte mit den Schultern und hielt den Blick gesenkt.

Das Mädchen zog sich immer weiter zurück, und seine Versuche, das zu verhindern, waren bislang nicht besonders erfolgreich gewesen. Er hätte es am liebsten gesehen, wenn der Kontakt zu ihrem Vater und seiner Familie vollständig unterbunden worden wäre. Aber ohne Prellungen, Blut- oder Spermaspuren war diesbezüglich bei den Gerichten nichts zu machen.

Ninas Verletzungen waren nicht sichtbar, und dennoch waren sie erheblich. Rick war sehr besorgt angesichts ihrer zunehmenden Passivität. Manchmal war es fast so, als würde man versuchen, jemanden mit einer Überdosis wach zu halten.

Ich blickte auf meine Armbanduhr. Ninas Sitzung war fast zu Ende. Da öffnete sich auch schon die Tür, und der Therapeut kam zusammen mit Nina heraus.

Ich küsste Nina auf die Stirn und nahm sie an der Hand.

Rick sagte: »Wie wäre es denn, wenn Nina mich für eine Weile dreimal pro Woche besuchen würde?«

Ich runzelte die Stirn, aber er nickte aufmunternd. »Ich denke, es wäre gut, wenn Nina und ich ein bisschen mehr miteinander reden könnten, okay?«

Ich blickte sie an. »Was sagst du denn dazu, Schätzchen?«

»Heißt das, ich bin noch kränker?«

»Du bist doch nicht krank!«

»Aber Daddy sagt das. Er sagt, dass du mich ganz krank im Kopf machst.«

Empört schaute ich den Therapeuten an. Dann hockte ich mich vor Nina und schaute ihr direkt ins Gesicht. »Daddy sagt manchmal komische Sachen. Das liegt daran, dass er seine eigenen Sorgen hat…«

»Aber er ist ein Doktor.«

Rick hockte sich neben mich. »Ich bin auch ein Doktor. Um genau zu sein, ich bin ein Kopf-Doktor. Dein Dad ist ein Bauch-Doktor. Wenn mit deinem Bäuchlein etwas nicht stimmt, dann weiß er darüber besser Bescheid als ich. Aber bei Köpfen weiß ich besser Bescheid. Du bist überhaupt nicht krank im Kopf. Darauf kannst du dich verlassen, Nina. Und die Gefühle, die dir wehtun, werden bestimmt besser, wenn wir mehr miteinander reden.«

Da traf ich eine Entscheidung. »Haben Sie noch ein paar Minuten Zeit? Für mich?«, fragte ich Rick.

Er blinzelte und blickte auf seine Uhr. »Ich habe jetzt noch zehn Minuten. Oder wir machen einen Termin, und Sie kommen später noch einmal…«

Wenn ich jetzt nicht reden konnte, würde es mich zerreißen. »Ich würde gerne jetzt kurz mitkommen.«

Ich drückte Nina ein Buch in die Hand und betrat Ricks Büro. In dem Augenblick, in dem ich mich auf seinen Patientenstuhl setzte, spürte ich, wie ich zerbrach. Ich holte tief Luft, so tief ich konnte, aber die Tränen bahnten sich dennoch ihren Weg, rollten mir die Wange hinab wie Münzen aus einem Spielautomaten. Dieses Bild war so absurd, hatte so wenig mit der Wirklichkeit zu tun, dass ich lachen musste.

Rick versuchte gar nicht erst, seine Verwunderung zu verbergen. »Was ist denn los? Erzählen Sie's mir.«

Ich zwang mich zur Ruhe, schnäuzte mir die Nase und machte noch einen schmerzhaften Atemzug.

»Barry hat der Polizei gegenüber ausgesagt, dass er glaubt, ich habe auf ihn geschossen.«

Ricks Augenbrauen hoben sich. »Aber Sie wollen mir doch nicht erzählen, dass die Polizei ihm geglaubt hat?«

»Zumindest halten sie es nicht für ausgeschlossen. Ich bin sicher, dass ich zu den Verdächtigen gehöre. Aber es geht um sehr viel mehr. Ich werde bedroht«, sagte ich mit belegter Stimme.

Ricks Augenbrauen legten sich in Falten. »Bedroht? Wie denn?«

»Durch Telefonanrufe. Die Stimme klingt seltsam, verstellt. Und im Büro habe ich einen Brief vorgefunden. Darin stand, dass alles vorbei sei und dass ich verlieren würde. Wahrscheinlich geht es dabei um Nina ...«

»Wahrscheinlich?«, fragte Rick in scharfem Ton.

»Entweder um Nina oder um den Krankenhausfall.«

»Ich habe davon gehört. Die betroffenen Ärzte wollen sich von niemandem in die Karten schauen lassen, schon gar nicht von einer gewieften Rechtsanwältin. Ich würde annehmen, dass Sie am ehesten eine Bedrohung darstellen.«

»Da könnten Sie Recht haben.«

Ich hatte einen schwerwiegenden Fehler begangen. Ich hätte meinen Mund halten sollen. Ich war diesem liebenswerten Mann gegenüber viel zu offen. Und außerdem unterhielt ich mich hier nicht mit einem Durchschnittsmenschen, der das, was irgendwie merkwürdig klang, vielleicht einfach ausblendete oder überhörte. Ich versuchte, mein Herz nur zu einem Teil auszuschütten, und das bei einem Menschen, dessen Beruf es war, genau das zu hören, was nicht gesagt wurde.

Ich schaute ihm ins Gesicht, und mir war klar, dass ich in eine Falle getappt war. Ich konnte unmöglich weiterreden.

Ich sagte: »Ich glaube, ich hätte gleich auf Ihren anderen Vorschlag eingehen sollen. Wir machen einen Termin, und ich komme später wieder. Meine Gedanken sind noch zu wirr.«

Rick beugte sich über den Couchtisch, der zwischen unseren Stühlen stand. »Sind Sie sicher? Sie wirken mit Ihren Kräften ziemlich am Ende.«

Ich schüttelte den Kopf, stand auf und zwang mich zu einem kurzen Lächeln. »Ich bin ganz durcheinander. Es ist für uns beide einfacher, wenn ich wieder klar bin.«

Rick war ebenfalls aufgestanden. »Um auf diese Drohungen zurückzukommen: Haben Sie der Polizei davon erzählt?«

Ich spürte einen dicken Kloß im Hals. »Wenn ich wiederkomme, erzähle ich Ihnen die ganze Geschichte.«

Draußen war der Wind wieder stärker geworden. Ich band Ninas Schal fester. Zumindest konnte ich so tun, als wäre der Wind an meinen Tränen schuld.

Ich hatte auf der anderen Straßenseite geparkt. Also nahm ich Nina an der Hand und blickte nach links und rechts, bevor wir die Straße überquerten. Als wir losgingen, wischte ich mir über die Augen.

Plötzlich spürte ich von rechts etwas kommen. Instinktiv machte ich einen Schritt zurück, riss Nina nach hinten und spürte einen heftigen Schlag gegen meinen Oberschenkel, als ich von einem Auto zur Seite gefegt wurde.

Ich schrie auf und drehte mich nach hinten, um Nina noch weiter zurückzustoßen.

Als ich den Blick wieder auf die Straße richtete, verschwand der Wagen gerade mit quietschenden Reifen um eine Häuserecke.

Ich hielt den Atem am. Mir wurde so übel, dass ich mich nach vorne beugen musste.

Es war ein schwarzer Jaguar.

Wieder fuhr ich die Anderson Hill Road entlang, vorsichtig darauf bedacht, die vorgeschriebene Höchstgeschwindigkeit nicht zu überschreiten. Das Blut hämmerte in meinen Ohren, während ich nach den alten Steinsäulen Ausschau hielt, die das Versteck kennzeichneten. Seitdem ich den Jaguar in der alten Garage abgestellt hatte, war ich nicht mehr hier gewesen. Obwohl es dunkel war, fühlte ich mich wie auf dem Präsentierteller, verwundbar.

Eigentlich hatte ich sofort, nachdem der Wagen mich gerammt hatte, hier herausfahren wollen, hatte mich dann aber zur Vernunft gezwungen. Ich war mit Nina nach Hause gefahren und hatte ihr etwas zu essen gemacht. Sobald Yasmin da war, hatte ich eine Sitzung vorgeschoben und war weggefahren.

Jetzt wurde ich langsamer, suchte aufmerksam nach den Säulen. Plötzlich sah ich sie direkt vor mir. Ich bog in die demolierte Auffahrt ein, noch langsamer als zuvor, um ja keinen unnötigen Lärm zu verursachen. Jedes Geräusch war verräterisch. Selbst das leise Schnurren des Honda-Motors kam mir ohrenbetäubend laut vor.

Wie beim letzten Mal standen Rehe vor der Garage, aber heute waren es nur zwei. Ich sah, wie sie die Köpfe drehten und mich aus sanften Augen unsicher betrachteten, ohne jedoch wegzulaufen.

Ich hielt an, stieg aus und ließ die Tür leise ins Schloss

fallen. Dann griff ich nach einer der beiden fauligen Holztüren, die das Garagentor bildeten.

Mit lautem Zischen sog ich zwischen zusammengepressten Zähnen die Luft ein und schlug damit die Rehe letztendlich doch in die Flucht.

Die Garage war leer.

Ich hatte weiche Knie vor Panik, wagte es aber nicht, dazubleiben. Ich wendete den Honda und schlich wieder hinaus auf die Anderson Hill Road.

Seit dem Augenblick, wo wir fast überfahren worden wären, hatte ich mir immer wieder das Auto ins Gedächtnis gerufen, hatte nach einem Hinweis auf den Fahrer oder nach sonstigen besonderen Kennzeichen gesucht. Ohne Erfolg. Ich hatte keine Ahnung, ob ein Mann oder eine Frau am Steuer gesessen hatte, ob die Person groß oder klein gewesen war. Auch an die Sitzpolster oder den Zustand des Autos hatte ich keine Erinnerung. Außerdem war ich zu durcheinander gewesen, um mir das Nummernschild merken zu können.

Ich hatte flehentlich gehofft, dass es nur ein grausamer Zufall gewesen war, nichts weiter als ein anderer schwarzer Jaguar, der aus Unachtsamkeit zu schnell gefahren war. In Westchester gab es genügend davon.

Aber jetzt wusste ich es.

Der Wagen konnte unmöglich durch Zufall entdeckt worden sein.

Irgendjemand hatte gewusst, dass er in dieser Garage war, dass ich ihn dort versteckt hatte.

Irgendjemand weiß, dass ich Jim umgebracht habe.

39

Mein Gasfuß zitterte. Meine Hände glitschten über das Lenkrad.

Ich musste aufhören, so schnell zu atmen, sonst begann ich zu hyperventilieren.

Ich fuhr auf vertrauten Wegen nach Hause und achtete auf die Geschwindigkeitsbegrenzungen. Ich wusste ganz genau, was ich tun würde, sobald ich da war: Jedes einzelne Blatt Papier, das irgendwie mit diesem Fall zusammenhing, herauskramen und jedes Wort noch einmal gründlich lesen. Irgendetwas musste ich übersehen haben, irgendetwas, das mir einen Hinweis darauf geben konnte, was hier eigentlich vor sich ging.

So musste es einfach sein.

Aber meine Eingeweide wussten es besser. Es war, als hätte mein Unterbewusstsein alle Notizen und Akten und Berichte bereits noch einmal durchgesehen. Es gurgelte und blubberte in meinen Gedärmen. Ich musste konzentriert bleiben, wenn ich mich nicht innerlich auflösen wollte.

Sean war vorübergehend ins Haus seiner Eltern gezogen. Er wollte seinen Vater im Auge behalten und in der Nähe sein, wenn neue Nachrichten über den Gesundheitszustand seiner Mutter eintrafen. Er musste der Fels in der Brandung sein, es gab sonst niemanden … abgesehen von Angela. Ihre Stärke gab ihm Kraft.

Er wusste, dass sie mehr als genug mit ihren eigenen Schwierigkeiten zu kämpfen hatte. Das arme Mädchen, das Arschloch von Vater, das sie beide quälte … man müsste den Drecksack einem Rudel Rottweiler zum Fraß vorwerfen. Wer immer ihm diese Kugel verpasst haben mochte, Sean hätte ihm liebend gerne ein Bier ausgegeben.

Aber irgendwie gelang es Angela immer wieder, sich selbst aufzurichten, und ihn ebenfalls.

Er hatte sie so vor Augen, wie er sie zuletzt gesehen hatte. Sie hatte einen weichen, grauen Anzug getragen und unter dem Jackett irgendetwas mit Spitzen. Gegen Nachmittag fing ihr gepflegtes Aussehen dann in der Regel ein wenig an zu leiden – das Make-up verwischte, das Haar verwuschelte.

Prioritäten setzen... das war etwas, was Sean immer schon an ihr gemocht hatte. Es gab vieles an ihr, was er mochte.

Unter anderen Umständen hätte er sehr viel mehr daran gedacht. Hätte sich ausführlicher mit ihrem süßen Atem beschäftigt, wenn sie sich zu ihm beugte, um ihm einen Hinweis zu geben. Hätte sich an den Bewegungen ihrer Augenbrauen erfreut. Sie waren buschig und sehr ausdrucksstark, wenn sie wütend oder fröhlich war. Er würde nach ihrer Hand greifen, nach beiden Händen, und hätte das Bedürfnis, ihre weiche Haut zu küssen...

Es war schon spät. Sein Vater lag in seinem Schlafzimmer und tat so, als sei er eingeschlafen. Sean wusste, dass Bruce schon bald ins Gästezimmer wechseln und dort versuchen würde zu schlafen. So war es bisher jede Nacht gewesen, seitdem Nancy ins Krankenhaus gekommen war.

Sean selbst machte mittlerweile oft nicht einmal mehr den Versuch zu schlafen. Es klappte besser, wenn er einfach nicht daran dachte. Wenn er vor dem Fernseher oder über der Büroarbeit saß, dann überfiel ihn der Schlaf manchmal, aber nicht, wenn er ihn dringend herbeisehnte.

Er hatte Hunger und ging zum Kühlschrank. Die Küche wirkte so anders ohne Nancy. Jetzt hieß es, dass sie vielleicht in einer Woche nach Hause kommen könnte, unter der Voraussetzung, dass sie ihr eine private Krankenschwester und ein paar kardiologische Apparate besorgten.

Er hatte das idiotische Bedürfnis, diese Neuigkeit der Küche zu erzählen.

Im Gemüsefach befanden sich eine einzelne Birne und ein paar schwärzliche Bananen. Er ließ die Birne für Bruce übrig, nahm sich eine Banane, schnitt sie in Scheiben und legte sie auf einen Klecks Hüttenkäse.

Kauend stand er am Küchentresen, aber nach ein paar Bissen fühlte sich das Essen wie Klebstoff an. Er spuckte es in den Müll.

Er sehnte sich nach frischer Luft, also machte er die Hintertür auf und setzte sich auf die Stufen. Es war eine ruhige Nacht. Der Halbmond zeichnete Muster auf die Büsche und den übrig gebliebenen Schnee. Es würde nicht mehr lange dauern, bis er verschwunden war.

Wer weiß, vielleicht erging es ihm selbst ja genauso.

Detective Mary Sable machte eine Zusatzschicht, in Vertretung von Denise Cassidy, die eigentlich diese Woche Nachtschicht hatte, aber einen Elternabend an der Schule ihres Sohnes besuchen musste. Von acht bis vier und dann von vier bis zwölf, das war eindeutig zu viel. Marys Gehirn war schon regelrecht zähflüssig geworden. Aber Denise hatte dasselbe auch schon für sie getan und würde es wieder tun.

Für einen kurzen Augenblick dachte sie darüber nach, dass manche Dinge sich wahrscheinlich nie änderten. Sie und Denise wurden auf dem Revier genauso respektiert wie die Männer, aber wenn man eine Verpflichtung hatte, die mit den Kindern zusammenhing, dann wandte man sich wegen der Vertretung automatisch an eine Frau.

Mary blickte auf ihre Armbanduhr. Noch zwei Stunden. Sie konnte es kaum erwarten, nach Hause zu kommen, sich ein Sandwich zu machen und dann damit und mit dem Comedy Channel ins Bett zu gehen.

Der Computer piepste. Sie klickte und las die neue E-Mail durch. Sie war an Red Straker gerichtet.

Dort stand: »Gehen Sie zu Sean Fell nach Hause. Sie werden dort etwas Wichtiges finden, vermutlich in einem der Schränke.«

Na gut. Jetzt war sie wieder hellwach. Sie wählte Reds Privatnummer.

Straker stellte sein Auto ab und ging leise auf die Rückseite von Sean Fells Haus zu. Der Mond schien hell genug, sodass er seine Taschenlampe gar nicht einzuschalten brauchte. Gut so. Hier in der Gegend machten die Leute nämlich mit Vorliebe das, was die Polizei ihnen immer riet: die Augen nach verdächtigen Personen auf den Nachbargrundstücken offen halten.

Er hätte es auch Sable machen lassen können, sie wäre dazu bereit gewesen, aber er wollte persönlich reingehen. Sie hatten dieses Haus schon zweimal auf den Kopf gestellt, ohne irgendetwas wirklich Interessantes zu finden.

Mal sehen, was sich jetzt entdecken ließ.

Es dauerte vierzig Minuten. Jetzt saß Red auf dem Fußboden in Seans Küche. In der Hand hielt er die Kostbarkeit, die er in der hinteren Ecke eines Besenschrankes gefunden hatte: ein blassbraunes Hemd mit zwei großen Blutflecken auf dem rechten Ärmel.

Er betrachtete das Etikett. *Fletcher* stand da in vornehmer Schrift. Ein Maßschneider in Rye. Sean Fell ließ alle seine Hemden maßanfertigen. Und er trug oft Braun, im Gegensatz zu Red oder allen anderen Menschen, die Red kannte. Deshalb war es ihm aufgefallen.

Ich hatte mich an die Kissen gelehnt und die Beine angezogen. Meine Notizen und die Akten hatte ich sortiert und nebeneinander auf dem Bett gestapelt. Vor über einer Stunde schon war ich fertig geworden, und seither starrte ich auf das durch die Papierstapel entstandene Muster. Mein Verstand spielte sämtliche möglichen Variationen durch und suchte nach der dahinter steckenden Logik. Es musste eine Logik geben, es gab immer eine. Wenn ich die Aktenangaben nur lange genug und gründlich genug überprüfte, dann würde ich sie erkennen.

Der Mond schien hell am nächtlichen Himmel, und ich hatte jede Lampe im Schlafzimmer eingeschaltet. Aber auch wenn ich alle Lampen aus dem ganzen Haus zusammenholte und das Zimmer wie eine Filmszenerie ausleuchtete – die Papierstapel waren und blieben das einzig erkennbare Muster.

Das Muster, das sich aus den Akten ergab, war absolut unmöglich.

Deshalb hatte ich es bisher nicht wahrgenommen. Es war unmöglich.

Zwei weitere Stunden vergingen. Ich war mittlerweile völlig verkrampft, aber ich wollte meine Körperhaltung nicht verändern. Allein der Gedanke daran verursachte mir Panik. Mir war vollkommen klar, was ich da tat: Ich verschloss auf kindische Weise die Augen vor der Realität.

Ich hatte nur einen Wunsch: nichts mehr zu sehen.

Aber schließlich gewann doch der durch die Erstarrung hervorgerufene Schmerz die Oberhand. Ich reckte die

Beine, rieb mir die Arme und stieg vom Bett. Es war kurz nach vier. Draußen war es immer noch dunkel.

Ich trat auf den Flur und hörte, wie Nina im Schlaf vor sich hin murmelte. Ich wollte Kaffee machen, obwohl ich eigentlich keine Lust hatte, ihn zu trinken. Ich sehnte mich nach frischer Luft, aber auch das war nur ein Ablenkungsmanöver.

Wenn ich mich beschäftigte, wenn ich die Kaffeemaschine einschaltete oder die Tür entriegelte und aufmachte, dann musste ich mich nicht mit jener Realität auseinander setzen, die ich beim besten Willen nicht begreifen konnte.

Ich ging wieder in mein Zimmer zurück. Dort lagen immer noch die Papierstapel, in denen die Fakten zu finden waren.

Verschiedene Fakten, die alle auf eines hinausliefen: die Angabe des Todeszeitpunktes im Polizeibericht war kein Tippfehler gewesen. Auch im Bericht des Gerichtsmediziners wurde, wie in allen anderen Dokumenten, festgestellt, dass Jim um 0.30 Uhr gestorben war. Ein Schlag mit einem stumpfen Gegenstand und unmittelbarer Todesfolge.

Aber ich habe ihn doch um 23.30 Uhr umgebracht...

Ich konnte mich an jede einzelne Sekunde erinnern, hatte alles Hunderte Male durchlebt, im Wachen wie im Schlaf.

Was, in Gottes Namen, ging denn hier bloß vor sich? Wo kamen plötzlich all diese neuen »Indizien« her? Wie konnte der Jaguar entdeckt worden sein, und wer war gestern damit gefahren?

Wie war es möglich, dass ein anderer mehr Mosaiksteine in den Händen hielt als ich – obwohl ich doch die Mörderin war?

40

Donnerstag, 15. Februar 2001

Es war ein nebliger Vormittag. Red gelangte kurz nach zehn zum *Bobby's* und entdeckte Sean auf dem Parkplatz des Restaurants.

Obwohl die Sonne gar nicht schien, hielt Sean sich schützend die Hand über die Augen, als er dem Detective gegenüberstand. »Was denn noch?«, fragte er.

Red sagte: »Ich komme gerade vom Bezirksstaatsanwalt. Ich habe beantragt, dass Ihre Freilassung auf Kaution widerrufen wird.«

Sean starrte ihn wütend an. »*Wieso?*«

»Gestern Abend habe ich Ihrem Haus einen Besuch abgestattet. Dabei habe ich eines Ihrer Leinenhemden gefunden. Es war versteckt, und das Blut darauf stammt von Ihrem Bruder. Das haben wir anhand seiner Krankenakten feststellen können, die wir schon vor einiger Zeit angefordert hatten.«

Sean hielt sich an der Tür seines Wagens fest. »Nein. Ausgeschlossen. Das kann nicht sein. Falls Sie das tatsächlich gefunden haben, dann hat es irgendjemand bewusst da hingelegt.«

Red saß in seinem Wagen und beobachtete, wie Sean in das Restaurant ging. Falls der Richter dem Antrag der Staatsanwaltschaft zustimmte, dann saß Sean wahrscheinlich schon am Nachmittag wieder hinter Schloss und Riegel.

Er musste zugeben, dass es ihn irgendwie störte, wie gut alles zusammenpasste. Ein anonymer Hinweis, abgeschickt von einem öffentlichen E-Mail-Terminal aus... das Blut des Opfers, das sich bequemerweise auf einem

Kleidungsstück findet, das nachweislich dem Verdächtigen gehört...

Er überlegte weiter, wer wohl die E-Mail abgeschickt haben könnte. Gut möglich, dass es etliche Leute gab, die Sean in die Pfanne hauen wollten. Das Personal im *Bobby's*. Die Mitbewohnerin Jims, diese Ardis. Etliche Figuren aus der Vergangenheit der beiden Brüder – sie schienen ein aktives Liebesleben gehabt zu haben.

Was aber Seans Behauptung betraf, dass ihm jemand das Hemd untergeschoben habe – Red konnte nicht erkennen, wie das zusammenpassen sollte.

»Mrs. Diamond?«

»Ja?«

»Mein Name ist Dwight Bazik. Ich bin ein Mitarbeiter von Bezirksstaatsanwalt Sternberg. Man hat mich gebeten, Sie darüber in Kenntnis zu setzen, dass wir beantragt haben, die Freilassung auf Kaution im Fall Fell zu widerrufen.«

Ich griff mir an den Hals. »Zu widerrufen? Warum?«

»Neue Beweislage. Das Blut des Opfers auf einem Hemd, das Ihrem Klienten gehört. Es war in einem Schrank versteckt. Mr. Sternberg ist mit den Kriminalbeamten einer Meinung, dass dieser Fund die Fluchtgefahr vergrößert. Ich gehe davon aus, dass Sie Widerspruch einlegen wollen?«

»Natürlich will ich Widerspruch einlegen!«

»Dann richten Sie sich bitte auf Montag, vierzehn Uhr ein.«

Sean und Bruce saßen in Seans Büro und warteten auf ihr Mittagessen.

»Du siehst furchtbar aus«, sagte Bruce zu Sean.

»Du auch«, entgegnete Sean.

Früher hätten sie darüber zumindest kurz aufgelacht.

Es klopfte an die Tür, und Sean stand auf, um den Kellner mit dem Tablett hereinzulassen. Der Mann stellte das Tablett ab und ging nach einem Kopfnicken von Sean wieder hinaus.

»Zumindest einen Hühnchensalat solltest du essen«, sagte Sean, nahm den Deckel vom Teller und stellte ihn vor seinem Vater auf den Tisch.

»Was isst du denn?«, wollte Bruce wissen.

»Das Gleiche.«

»Ich habe eigentlich keinen Hunger.«

»Ich auch nicht. Aber du weißt doch, was Mom jetzt sagen würde. Wir müssen etwas essen. Und wenn du isst, dann esse ich auch. Wir erledigen das sofort hier an meinem Schreibtisch. Ich weiß sowieso nicht mehr, wofür ich ihn sonst benutzen soll.«

Eine ganze Weile war kein anderes Geräusch zu hören als das Klappern der Gabeln. Sean brach ein Rosinenbrötchen entzwei, bestrich es mit Butter und reichte Bruce eine Hälfte.

Schließlich sagte Sean leise: »Ich denke, wir sollten uns lieber darauf einstellen, dass ich in ein paar Tagen wieder im Gefängnis sitze. Und dass ich schuldig gesprochen werde.«

»Nein«, sagte Bruce und ließ das unberührte Brötchen fallen.

»Ja, Dad. Ich will mir nichts vormachen. In diesem Fall gibt es keine Unschuldsvermutung. Verdammt noch mal, Jims Blut auf meinem Hemd… Als wäre ich wirklich so blöd. Diese ganze Drogengeschichte… Gott allein weiß, was Jim sich dabei gedacht hat. Ich jedenfalls weiß es nicht. Aber die Schuld muss ich auf mich nehmen. Es sieht so aus, als wäre ich ein durch und durch schlechter Mensch.«

»Nein«, sagte Bruce noch einmal. Er hatte inzwischen

jeden Versuch aufgegeben, so zu tun, als würde er essen. »Du hast doch gar nichts getan. Und du hast eine hervorragende Rechtsanwältin…«

Sean schüttelte den Kopf. »Angela ist wirklich großartig. Aber zaubern kann sie auch nicht.«

»Aber fast. Sie hat verdammt viel Talent, sie gehört zur Familie, und sie kennt dich sehr, sehr gut. Wenn überhaupt jemand deine Unschuld beweisen kann, dann sie.«

»Das ist es ja gerade, Dad.« Sean konnte nicht mehr still sitzen. Er stellte ihre fast vollen Teller auf das Tablett. »Ich glaube, niemand kann das. Die Scheiße wächst mir über den Kopf. Verdammt noch mal, so wie es aussieht, würde ich mich ja sogar *selber* schuldig sprechen.«

»Spülwasser.« Nancy Fell rümpfte die Nase und stellte ihre Teetasse auf das Tablett zurück. Das White Plains Hospital hatte zwar so erfreuliche Dinge wie hübsch gemustertes Porzellan anstelle des üblichen Anstaltsgeschirrs zu bieten, aber die Verpflegung war trotzdem miserabel.

Sean stand auf. »Ich hol dir welchen aus der Cafeteria.«

»Lass gut sein, Schatz«, meinte Nancy. »Setz dich. Erzähl mir, was alles passiert ist. Macht Angela Fortschritte?«

»Nein«, sagte Sean.

Bruce runzelte die Stirn. Nancy registrierte es.

»Was ist denn?«, fragte sie Sean. »Sag schon.«

Bruce blickte sie besorgt an. Sie war immer noch bleich im Gesicht, sogar ihre Lippen waren farblos. Ihre feingliederige Gestalt wirkte noch zerbrechlicher als sonst.

Er berührte Sean am Arm. »Lass uns über etwas anderes reden.«

»Nein«, sagte Nancy und setzte sich ein wenig aufrechter. »Die Forsythienknospen im Garten interessieren mich nicht. Ich mag vielleicht geschwächt sein, aber immerhin bin ich noch am Leben. Sagt mir, was sich im Zusammenhang mit dem Mord getan hat.«

Sean räusperte sich. Er blickte sie an, blickte in das schmale Gesicht, in die Augen seiner Mutter, die erbarmungslos auf ihn gerichtet waren, wie früher, wenn er und Jim etwas ausgefressen hatten.

»*Sag's* mir, Sean. Ich will es wissen.«

»Also gut.« Er stand auf und setzte sich auf den Rand ihres Bettes. »Es gibt eine Menge... neuer Erkenntnisse. Abgesehen davon, dass Jim Einnahmen beiseite geschafft hat, hat er auch mit Kokain gedealt. Nicht nur im *Bobby's*, sondern in beiden Restaurants.«

Er sah, wie sich die Züge seiner Mutter zu jener Mischung aus Traurigkeit und Wut verhärteten, mit der sie auch jede von Jims Jugendsünden zur Kenntnis genommen hatte.

Bruce sagte: »Die Behörden glauben, dass Sean auch für diese anderen Verbrechen verantwortlich ist.«

Sean schüttelte den Kopf. »Ich *bin* dafür verantwortlich. Darum geht es gar nicht. Aber jetzt sind sie sicher, dass ich Jim umgebracht habe. Sie glauben, dass ich ihm auf die Schliche gekommen bin und ihn deshalb getötet habe.«

»O Gott.« Nancy griff nach Seans Hand. »Wenn ich denen doch nur klar machen könnte, dass ich mir nicht vorstellen kann, dass dein Bruder so etwas tun würde.«

»So geht es uns allen«, sagte Bruce leise.

»Mit jedem Tag sehe ich nur noch schuldiger aus. Aus heiterem Himmel tauchen immer wieder neue Beweise auf. So genannte ›Beweise‹. Jetzt hat die Polizei eines meiner Hemden gefunden, beschmiert mit Jims Blut. Ich habe keine Ahnung, wie das Blut darauf gekommen sein kann.«

Sean stand auf und schenkte sich aus dem bereitstehenden Krug eine Tasse Eiswasser ein. Es schmeckte nach Krankenhaus. Wie würde wohl das Wasser im Gefängnis schmecken?

Nancy sagte: »Was für ein Hemd?«

Sean rieb sich den Nacken. »Eines meiner Anzughemden. Die Polizei hat es versteckt in meinem Besenschrank gefunden, und am Ärmel klebte Jims Blut.«

»Hast du es auf unserer Feier getragen?«

»Nein.«

»Ist es vielleicht schon älter?«

»Das muss es sein. Ich habe ihn ja auch ein paarmal aus irgendwelchen Kneipenschlägereien herausgeholt.«

»Na, siehst du«, sagte Nancy. »Und dann hast du es in den Schrank geworfen und vergessen.«

»Oder jemand hat es da hineingelegt.«

»Wer sollte denn so etwas tun?«, fragte Nancy.

Sean zuckte die Schultern. »Vielleicht jemand, der persönlich etwas gegen mich hat. Oder die Polizei selbst, damit sie Ermittlungsergebnisse vorweisen kann. Ich könnte mir alles Mögliche vorstellen, weil das, was sie glauben, nicht die Wahrheit ist.«

Bruce sagte: »Was sagt Angela dazu? Wie lautet ihr Plan? Sie bastelt doch bestimmt schon an ihrer Verteidigungsstrategie.«

»Ich habe sie noch nicht nach den Einzelheiten gefragt. Wahrscheinlich will ich nur nicht hören, wie aussichtslos die Lage ist.«

»Wenn du sie nicht gefragt hast, dann kannst du es auch nicht wissen. Frag sie«, sagte Nancy.

Bruce brachte ein kleines Lächeln zustande. »Das klingt wieder ganz nach dir.«

»Ich meine es auch so. Sag Angela haargenau, was du denkst. Gib ihr Denkanstöße.« Nancy lehnte sich in ihr

Kissen zurück. Sie hätte sich eigentlich erschöpft fühlen müssen – das war das erste Mal seit ihrem Herzinfarkt, dass sie länger als zwei Minuten lang über etwas gesprochen hatten, was wichtiger war als zum Beispiel Handcreme – das Feuer loderte wieder in ihren Augen.

Gott sei Dank, dachte Bruce.

41

Freitag, 16. Februar 2001

Ich saß auf meinem Schreibtischstuhl. Das Fenster war offen, weil es mir mittlerweile egal war, ob die Kälte mich zittern ließ. Ich spielte noch einmal durch, was ich sagen wollte.

Einen kurzen Augenblick, bevor Bruce und Sean mein Büro betraten, dachte ich: Ich kann es ihnen nicht sagen.

Ich schlug die Hände vors Gesicht.

Ich hörte Kathys Schritte im Flur und die der beiden Männer. Ich versuchte, einen möglichst neutralen Gesichtsausdruck aufzusetzen. Aber wozu die Mühe?

Ich küsste Bruce und Sean zur Begrüßung und hielt sie ein wenig länger umarmt als sonst. Das war das letzte Mal, dass einer von ihnen – oder vielleicht überhaupt jemand – mich freiwillig anfassen würde.

Sean bot Bruce einen Stuhl an und nahm sich dann selbst einen. Ich blickte ihm direkt ins Gesicht.

»Ich bin total deprimiert, das muss ich zugeben«, sagte er. »Ich habe eine verfluchte Angst, und mir ist nicht klar, was überhaupt noch gegen meine Verurteilung sprechen könnte. Mit diesem ganzen Dreck, von dem ich keine Ahnung hatte … aber wer soll mir das schon abnehmen?

Die Geschworenen urteilen nach der Beweislage, und die Beweise erdrücken mich. Ich habe vorhin zu meinen Eltern gesagt, dass du eine hervorragende Anwältin bist, aber eben keine Zauberin...«

»Sean.« Ich stand auf. »Du kommst nicht ins Gefängnis.«

Ich sah, wie Bruces Lippen sich zum Ansatz eines Lächelns formten, und beeilte mich fortzufahren, um der Erleichterung Einhalt zu gebieten.

»Hört mir genau zu«, sagte ich. Ich schaute von einem zum anderen, bevor ich in die Augen des Mannes blickte, den ich lange Zeit geliebt hatte. »Du wirst mich von jetzt an hassen, Sean. Aber ich will diese Lüge nicht länger aufrechterhalten. Die Wahrheit ist, dass du niemals für den Mord an Jim bestraft werden wirst, weil ich den unumstößlichen Beweis für deine Unschuld habe. Dieser Beweis besteht in meiner eigenen Schuld. Ich bin es, die ins Gefängnis gesteckt wird. Weil ich es war. Ich habe Jim umgebracht.«

Bruce sprang auf. »Das glaube ich nicht. Du könntest weder Jim noch sonst einen Menschen töten.«

»Ich habe es getan, Bruce.«

Sein Gesicht war gerötet, feucht. »Ist das ein Ablenkungsmanöver? Irgendeine Taktik, um Sean von dem Fluch zu befreien? Was soll das, Angela?«

Sean stand auf. »Ich möchte, dass du jetzt nach Hause gehst, Dad. Wir lassen dir von Kathy ein Taxi rufen. Ich komme bald nach.«

Sobald die Tür sich hinter Kathy und Bruce geschlossen hatte, griff Sean nach meinem Arm.

»Sag schon«, zischte er.

Die Stellen, an denen sich Seans Finger in mein Fleisch

bohrten, schmerzten, aber ich riss mich nicht los. »Es stimmt«, sagte ich und blickte Sean direkt ins Gesicht.

Seine Augen wurden zu schwarzen Schlitzen. Ich sah, wie er Luft holte. Der Griff seiner Finger wurde noch fester, seine Nägel drangen noch tiefer in meine Haut.

Ich fuhr fort: »Jim und ich hatten … eine gemeinsame Geschichte, von der ich dir nie erzählt habe …«

»Eine *Geschichte*? Was für eine Geschichte?«

»Sie reicht weit zurück. Da kanntest du Sarah noch nicht. Jim hat mich erpresst.« Ich musste wieder gegen eine aufkommende Übelkeit kämpfen. »Wir haben uns auf der Feier deiner Eltern gestritten. Jim … hat mir aufgelauert. Ich habe einen Stein vom Boden aufgehoben und ihm damit auf den Kopf geschlagen. Ihn getötet. Ich wollte, dass es so aussieht, als hätte ihn irgendjemand umgebracht, dem es um das Auto gegangen war. Also habe ich den Wagen in einer verlassenen Garage im Wald von Purchase versteckt. Dann bin ich zum Haus deiner Eltern zurückgelaufen und habe mein Auto geholt. Dass ich eine gute Läuferin bin, weißt du ja. Ich hätte nie gedacht, dass ich es einmal auf diese Weise brauchen würde.«

Ich beobachtete Seans Gesicht, in dem sich die furchtbarsten Gefühle widerspiegelten. Natürlich hasste er mich jetzt. Aber ich wollte seiner Feindseligkeit nicht ausweichen.

»Ich hatte gehofft, dieses Geheimnis vielleicht für mich behalten zu können. Deshalb habe ich letztendlich auch deine Verteidigung übernommen. Niemand wünscht sich deinen Freispruch sehnlicher als ich – und außerdem hatte ich für den Notfall einen einzigartigen Plan in der Hinterhand. Nicht jede Rechtsanwältin kann ihren Klienten vor dem Gefängnis retten, indem sie sich zu dem Verbrechen bekennt, dessen er beschuldigt wird. Aber was jetzt passiert, das begreife ich nicht. Eigentlich kann niemand sonst von meiner Tat wissen. Und trotzdem gibt es jemanden. Jemanden, der gewusst hat, wo Jims Auto steht und der es sich geholt hat. Nina und ich sind gestern beinahe von ihm überfahren worden. Jemanden, der Barry angeschossen hat, der seinerseits jetzt überall herumerzählt, dass ich das gewesen bin. Jemanden, der dir dieses Hemd untergeschoben hat. Jemanden, der irgendwie den Todeszeitpunkt manipuliert hat. Jemanden, der mich am Telefon und in einem Brief verspottet hat. Ich habe zuerst gedacht, dass es dabei um meine familiäre Situation oder um einen anderen Fall geht, aber …«

»Gott verflucht noch mal.« Sean ließ meinen Arm fallen. »Was hast du uns da angetan – uns allen? Beinahe hättest du auch noch meine Eltern umgebracht – und mich dazu. Davon werden wir uns doch niemals erholen!«

Er beugte sich dicht zu mir und sagte – nur Zentimeter von meinem Gesicht entfernt. »Genauso gut hättest du meine gesamte Familie mit einer Axt ausrotten können. Und das würde ich jetzt am liebsten mit deiner machen.«

Sean saß in seinem Auto auf dem Parkplatz hinter Angelas Bürogebäude. Er hatte das Gefühl, in Eisnebel gehüllt, vollkommen unbeweglich zu sein.

Er zwang sich, den Zündschlüssel umzudrehen. Er drehte die Heizung voll auf, aber natürlich kam nur kalte Luft heraus.

Er wollte sich nicht in Bewegung setzen, aber er wollte auch nicht hier in Angelas Nähe bleiben. Zu seinem Vater nach Hause konnte er nicht. Er konnte Bruce nicht stützen, vielmehr hätte er selbst der Unterstützung durch Bruce bedurft.

Unter keinen Umständen konnte er jetzt ins *Bobby's*

fahren und sich auch nur annähernd normal verhalten.

Zehn Minuten entfernt, ein Stück östlich von Portchester, befand sich zwischen den Schienen der New Haven Line und einem Stück sumpfigem, salzigem Marschland eine heruntergekommene Kneipe, das »Hula«. Sean war einmal durch Zufall dort hineingeraten. Eigentlich hätte das ganze Haus abgerissen werden müssen. Kein Mensch konnte sagen, wieso es überhaupt noch stand. Aber es lag weit entfernt von allem anderen, angenehm unsichtbar, also machte sich niemand die Mühe, den zuständigen Behörden reinen Wein einzuschenken.

Bis zu seiner Ankunft dort war der Motor noch immer nicht richtig warm geworden. Sean zitterte. Dann sprang er die abblätternden Treppenstufen des verwitterten Gebäudes hinauf und betrat die schummrige Bar.

Es war früher Nachmittag, und es gab sogar etwas zu essen – ein paar Reste standen vor den beiden einzigen Gästen am Tresen. Aber niemand kam wegen des Essens hierher. Dass man einen Burger oder ein Sandwich bekommen konnte, war nur die Legitimation für den Besuch, dessen wahrer Grund im Trinken lag.

Sean griff nach einem Barhocker.

»Was kann ich dir bringen?«, fragte die Barfrau, eine erschöpfte Blondine mit bemerkenswert schöner Haut.

»Wodka, Eis. Einen Doppelten.«

Sie nickte. »Was zu essen?«

»Nein.«

Erst als er mit dem zweiten Doppelten fast fertig war, hörte das Zittern endgültig auf. Eine der beiden anderen Gestalten war weggegangen. Ihren Platz hatte ein jüngerer Kerl mit Kopftuch eingenommen, der aussah, als gehörte er zu einem Bautrupp. Sean beobachtete, wie der

Jungspund ein Bier nach dem anderen in sich hineinschüttete. Seine aufgeraute linke Hand strich fast zärtlich an der langhalsigen Flasche entlang. Er erinnerte Sean ein bisschen an den jungen Jim.

Bei dem Gedanken fing er wieder an zu zittern. Per Handzeichen bestellte er noch einen Wodka.

Aber schließlich setzte das Bild von Angela und Jim sich durch, gegen seinen Widerstand, gegen den Alkohol. Jims blutiger Kopf, der Stein in Angelas Hand. Sein Bruder, leblos auf dem Boden, aller Perspektiven für immer beraubt, während seine Schwägerin … sein Traum, sein unerreichbarer Schatz … in aller Ruhe Autos umparkte und falsche Spuren legte.

»Jim und ich hatten eine gemeinsame Geschichte …«

Eine Geschichte?

Das konnte alles Mögliche bedeuten.

»Da kanntest du Sarah noch nicht …«

Hatten Angela und Jim etwas miteinander gehabt? Noch während sie mit dem Doktor zusammen war?

»Jim hat mich erpresst …«

Okay, falls es sich um eine Affäre handelte, dann hätte der Doktor das natürlich liebend gerne erfahren. Vielleicht hatte Jim sie damit unter Druck gesetzt. Widerlich, keine Frage, aber …

Aber Angela hatte ihn umgebracht. Und geschwiegen, während man Sean der Tat beschuldigt hatte. Und zugelassen, dass Sean angefangen hatte, sich in sie zu verlieben …

Nein, sei ehrlich, sich noch mehr in sie zu verlieben …

Das Kopftuch machte die Barfrau an, nur der Form halber, ohne dass wirklich etwas dahinter steckte. Sean sah, wie ihre schöne Haut sich rosa färbte.

Angelas Verfehlungen türmten sich zu einer Pyramide auf. Sie hatte ihn gemeinsam mit seinen Eltern hinters

Licht geführt. Sie hatte sie alle verraten, und Nina verriet sie immer noch, weil sie das Mädchen in dem Glauben ließ, dass ihre Mom auch weiterhin für sie da war und sie beschützte. Sie hatte zugelassen – nein, sie hatte es so eingerichtet, dass seine Eltern nicht nur den Tod des ermordeten Sohnes erdulden mussten, sondern auch noch, dass der andere Sohn unter Anklage stand.

Drei doppelte Wodkas, und er blickte immer noch nicht richtig durch. Seine Frau tot, sein Bruder tot … schon das hatte er als Folter empfunden. Aber dann ging der Albtraum immer weiter, hörte einfach nicht auf, wurde schlimmer und schlimmer …

Der Bauarbeiter steckte das Kleingeld ein und ließ vier Einer-Scheine auf der Bar liegen. Sehr hübsches Trinkgeld, aber nicht das, wonach die Frau sich sehnte. Sean sah in ihrem Blick, dass sie die Hoffnung nie aufgeben würde.

Sean setzte zunächst einen Fuß auf den Boden, dann den anderen. Er spürte gar nicht richtig, was er tat. Er war ziemlich zugedröhnt.

Einen kurzen Augenblick lang dachte er daran, wie gefährlich es war, in diesem Zustand zu fahren. Dann wurde ihm die Absurdität dieses Gedankens bewusst. Die Tränen, die bisher nicht herausgekommen waren, drängten nun plötzlich als Lachen hervor, merkwürdig gepresst und unterbrochen von keuchenden Atemzügen. Die Barfrau und der junge Mann blickten ihn besorgt an. Der andere Gast schaute nur kurz von seinem Glas auf.

Sean lachte immer weiter.

42

»Angela?«, sagte Carol am Telefon. »Jetzt haben sie's geschafft. Sie haben mich rausgekickt.«

»O nein. Wie denn?«

Carol räusperte sich. Ich wusste, wie ihr zu Mute war. Sei ein tapferes Mädchen. Nicht weinen.

»Mit einer uralten Masche. Ich hätte nicht gedacht, dass sie es überhaupt probieren, angesichts der Tatsache, dass der Fall so starkes öffentliches Interesse hervorgerufen hat. Mein Vorgesetzter hat gesagt, weil nur noch so wenige Ärzte mit mir zusammenarbeiten wollen, müssten sie meine Stelle mit einem – du wirst es nicht glauben – »kundenfreundlicheren« Anästhesisten besetzen. Das hat er wortwörtlich so gesagt. Aber sie würden mir gerne einen neuen Job anbieten. Als OP-Assistentin. Mit beschissenen Arbeitszeiten. Für ein Drittel meines bisherigen Gehaltes.«

»Oh, Carol.«

»Da habe ich natürlich gekündigt.«

»Wir könnten den Vorgang anfechten. Man hat dich ja praktisch zur Kündigung *gezwungen*...«

»Nein, Angela. Mir reicht's. Ich habe es satt, immer nur zu kämpfen. Ich suche mir eine neue Stelle.«

»Keine Anrufe mehr«, sagte ich zu Kathy. »Ich hole Nina ab.«

Ich lief hinunter auf den Parkplatz und setzte die Sonnenbrille auf. Es war ein strahlend schöner Tag, aber ich brauchte sie auch, um die Folgen einer weiteren grauenhaften Nacht zu verbergen. Trotz zweier Valium hatte ich kaum geschlafen.

»Genauso gut hättest du meine gesamte Familie mit einer Axt ausrotten können...«

Sean hatte natürlich Recht. Die Fells hatten Sarah und mich in ihre Familie aufgenommen … und zum Dank hatte ich sie der Reihe nach zerstört.

Als ich den Honda aufschloss, fiel mir auf, dass er schief stand. Ich schaute nach. Verdammt … der linke Vorderreifen war platt.

Hastig machte ich den Kofferraumdeckel auf und schaute auf die Uhr. Fünfzehn Uhr fünfundzwanzig. In zwanzig Minuten kam Nina raus. Zehn brauchte ich bis zu Schule … also hatte ich maximal zehn Minuten, um den Reifen zu wechseln. Eher weniger. Es war gut möglich, dass Barry tagtäglich auf seine Chance lauerte. Die Schule hatte zwar Anweisung, Nina nur an mich zu übergeben, aber Barry konnte sehr überzeugend auftreten.

Ich zerrte Wagenheber und Ersatzreifen hervor und machte mich an die Arbeit. Die Sonne schien kräftig, aber trotzdem war es kalt, sodass meine Finger durch die Berührung mit dem eisigen Metall schnell taub wurden.

Nach fünfzehn Minuten war ich fertig. Ich warf das Werkzeug auf die Rückbank und brauste los.

Um fünfzehn Uhr fünfzig stand ich vor der Schule. Nina wartete normalerweise an der Tür, bis sie mein Auto sah, und rannte dann los. So stand sie schon am Straßenrand, wenn ich anhielt. Ich setzte ein Lächeln auf.

Aber Nina stand nicht am Straßenrand, genauso wenig an der Tür, wo sie eigentlich hätte warten sollen.

Mein Autotelefon klingelte. Ich drückte die Taste auf dem Armaturenbrett. »Hallo?«

»Hallo, Liebes, ich bin's, Nancy. Ich bin aus dem Krankenhaus entlassen worden!«

»Oh, Nancy, wunderbar. Das freut mich sehr. Ich rufe dich gleich zurück, okay?«

»Was ist denn los?«

»Ich stehe gerade vor der Schule, um Nina abzuholen, aber ich kann sie nirgendwo entdecken. Ich muss los.«

Ich rannte den Weg zum Eingang entlang. Nina hatte sich wahrscheinlich nach innen ins Warme verzogen.

Ich stieß die Tür auf und suchte das Foyer und den Flur ab. Zwei Mädchen und ein Junge standen vor einer Reihe mit Schränken und unterhielten sich, aber keine Spur von Nina.

Schnell ging ich zu den dreien. »Kennt ihr vielleicht Nina Carnow? Ich bin ihre Mutter. Habt ihr sie gesehen?«

Zwei schüttelten den Kopf.

»Ich kenne sie«, sagte die Dritte, ein zierliches Mädchen mit einem dunkelblonden Pferdeschwanz. »Gerade eben war sie noch da.«

»Hat sie da draußen vor der Tür gewartet?«

»Ja.«

Das Herz rutschte mir in die Kniekehlen. »Wo ist sie jetzt?«

»Ich weiß nicht«, sagte das Mädchen.

»Ist... ist sie abgeholt worden? Von ihrem Vater vielleicht?«

Ihr Pferdeschwanz hüpfte, während sie den Kopf schüttelte. »Ich habe nichts gesehen.«

Auf dem Weg ins Büro der Schulleitung versuchte ich, die aufkeimende Panik zu unterdrücken. Ich traf Reyna Lopez, die stellvertretende Direktorin, an ihrem Platz an.

»Hallo, Angela«, sagte sie. »Wie geht es Ihnen?«

»Nina ist weg.«

Reyna blinzelte.

»Ich bin zu spät gekommen. Ich hatte einen Platten. Sie hätte eigentlich vor der Tür auf mich warten sollen.«

»Natürlich.« Reyna kam hinter ihrem Schreibtisch hervor und berührte mich am Arm. »Kommen Sie. Wir finden sie schon. Sehen wir mal auf der Toilette nach.«

Tränen rannen mir übers Gesicht. Ich hustete. »Bestimmt war Barry hier. Vielleicht hat er sogar das Loch in meinen Reifen gestochen, damit er seine Chance bekommt. Ich muss ihn anrufen.«

»Sie können vom Büro aus telefonieren. Bitte versuchen Sie sich ein wenig zu beruhigen, Angela. Er wird ihr nichts tun.«

»Büro Dr. Carnow.«

»Hier spricht Angela Diamond. Ich bin Ninas Mutter. Ich muss unbedingt mit Barry sprechen.«

»Er ist nicht da, Madam.«

»Wo ist er denn? Bitte!«

Es entstand eine kurze Pause. »Er ist im Krankenhaus. Soll ich versuchen, ihn dort zu erreichen, damit er Sie zurückrufen kann?«

Ich hustete noch einmal. Reyna reichte mir ein Papiertuch, aber ich beachtete sie nicht. »Ich muss jetzt sofort mit ihm sprechen. Bitte geben Sie mir die Nummer des Krankenhauses.«

»Gastroenterologie.«

»Dr. Barry Carnow, bitte.«

»Ich werde versuchen, Dr. Carnow zu erreichen. Einen Augenblick, bitte.«

Aus dem Stimmengewirr hinter mir hörte ich Ninas Namen heraus. Ich drehte mich um. Reyna sprach gerade mit einer Lehrerin. Sie hatte die Hand vor den Mund geschlagen.

»Was ist denn?«, wollte ich wissen. »Was ist los?«

»Grace hat etwas gesehen«, sagte Reyna. »Nina ist abgeholt worden …«

»Ich wusste es. Hallo? Sind Sie noch dran?« Ich rieb mir die Augen. »Ist ja auch egal. Er ist doch sowieso nicht im Krankenhaus. Er war ja gerade erst hier.« Ich wandte mich an die Lehrerin. »Nina darf nur mit mir weggehen, mit niemandem sonst! Ich habe allen hier Bescheid gesagt, dass darauf geachtet werden muss, falls Ninas Vater versuchen sollte …«

»Dr. Carnow meldet sich nicht«, sagte die Stimme aus dem Krankenhaus.

Ich legte auf.

Reyna sagte: »Grace war krank und ist gerade erst wieder im Dienst. Sie ist noch nicht vollständig auf dem Laufenden und wusste nichts von den Vorsichtsmaßnahmen bezüglich Nina. Aber, Angela – Nina ist nicht von Barry abgeholt worden.«

»Ich war ganz in der Nähe«, sagte die Lehrerin. »Nina wirkte völlig normal. Sie ging an seiner Hand. Es war ein Polizist.«

Mein Atem ging schwerer. Meine Lungen brannten. Was hatte denn ein Polizist hier zu suchen? »In Uniform?«

»Ja.«

»Sind sie mit einem Streifenwagen weggefahren? Mit dem Schriftzug ›Rye‹?«

»Es war kein Streifenwagen«, erwiderte die Lehrerin. »Es war ein großer, schwarzer Luxusschlitten. Ein Jaguar, glaube ich.«

Ich stützte mich auf Reynas Schreibtisch. Er roch nach Holz und nach Jahrzehnten der Arbeit mit wohl behüteten Kindern, deren Eltern keine Mörder waren. Es fiel mir schwer, mich gerade zu halten. Ich wählte Red Strakers Nummer.

»Hier spricht Angela Diamond. Nina ist verschwunden. Angeblich mit einem Polizisten …«

»Was soll das heißen?«

Ich hustete in den Hörer.

»Mein Ex-Mann will sie zu sich holen. Er … hat auch schon damit gedroht. Also bringe ich Nina jeden Tag persönlich zur Schule und hole sie wieder ab. Heute bin ich ein paar Minuten zu spät gekommen, und da war sie …«

Ich hatte das Gefühl, als würde ich mich buchstäblich an den Worten verschlucken. Wenn sie nicht nach draußen dringen konnten, vielleicht waren sie dann nicht wahr. Tränen strömten mir übers Gesicht, auf das Kinn, das Telefon, den Schreibtisch.

»Sprechen Sie weiter«, sagte Straker.

»Da war sie schon abgeholt worden. Eine Lehrerin hat es beobachtet. Der Mann hatte eine Polizeiuniform an. Bitte, bitte …«

»Ich weiß nichts davon. Haben Sie schon mit der Funkzentrale gesprochen?«

»Nein! Ich wollte mit Ihnen sprechen! Wir kennen uns doch!« Meine Worte waren ein einziger Klumpen. Mein Mund wollte sich nicht schnell genug bewegen.

»Langsam, Angela. Ich fasse noch einmal zusammen …«

»Ich weiß ja, dass ich völlig hysterisch bin. Das *alles* hier ist ein totales Chaos. Red, dieser Polizist ist mit einem schwarzen Jaguar vorgefahren!«

Stille am anderen Ende der Leitung. »Dem mutmaßlich gestohlenen Wagen?«

»Ich weiß nicht. Aber vor zwei Tagen wollte ich mit Nina eine Straße überqueren und wäre von so einem Wagen beinahe überfahren worden. Er hat genauso ausgesehen wie Jims. Vielleicht ist es ja dasselbe Auto. Gott …«

Ich brannte darauf, die Wahrheit auszuspucken, endlich alles zu gestehen. Die Worte rotteten sich unterhalb meiner Kehle zusammen. Indem ich an meinen Lügen festhielt, hielt ich auch Informationen zurück, die dazu beitragen konnten, dass Nina wiedergefunden wurde. Nur ich hatte alle Mosaiksteine in der Hand, und daher war ich auch für die Lücken verantwortlich. Nur ich wusste, dass und wie viele Dinge nicht so waren, wie sie schienen.

Aber ich konnte nicht, noch nicht. Red wäre gezwungen, mich festzunehmen. Ich könnte nicht nach Nina suchen.

Red sagte: »Geben Sie mir mal die Lehrerin, die den Beamten gesehen hat.«

Ich konzentrierte mich auf das, was Grace auf Reds Fragen antwortete.

Ein paar Minuten später reichte sie mir den Hörer. »Er möchte Sie noch mal sprechen.«

Ich griff danach. »Red?«

»Angela, in aller Kürze. Es gibt im ganzen Polizeibezirk Rye keinen Beamten, auf den die Beschreibung zutrifft. Die Funkzentrale hat keinerlei Anrufe verzeichnet, die dazu passen würden. Die Lehrerin hat an der Uniform des Mannes weder das Abzeichen des Bezirks Rye noch sonst irgendeine Kennung gesehen.«

Ich fing an zu schluchzen. Wie lange würde es wohl dauern, bis alle Polizeibezirke in der Umgebung überprüft waren?

»Jetzt warten Sie doch«, sagte Red. »Das bedeutet nicht, dass er gar kein Abzeichen getragen hat. Die Leute nehmen eine Polizeiuniform automatisch als offizielles Kleidungsstück zur Kenntnis, ohne genauer auf bestimmte Details zu achten, das ist ganz normal. Es besteht durchaus die Möglichkeit, dass der Mann zu einem anderen Polizeibezirk gehört, dass Ihr Ex ihn losgeschickt hat.«

»Die *Möglichkeit*? Wie meinen Sie das? Was soll denn sonst dahinter stecken?«

»Das weiß ich noch nicht.«

Mit einem Teil meines Bewusstseins registrierte ich die leichte Veränderung im Tonfall des Detectives von kurz und knapp zu behutsam, und sämtliche Alarmglocken begannen zu schrillen. Welchen Gedankenschritt hatte er bereits vollzogen, ohne dass ich es mitbekommen hatte? Was hatte ich da verpasst?

Natürlich. Der Jaguar. Den hatte ich vorübergehend einfach ausgeblendet. Es war gar kein Polizist gewesen, jedenfalls kein echter.

Einen Sekundenbruchteil später war meine gesamte aufgesetzte Besonnenheit von mir abgefallen. Völlig außer mir vor Panik versuchte ich mich in die relative Sicherheit der Illusion zu flüchten, dass Ninas Verschwinden lediglich – *lediglich* – eine weitere von Barrys Finten im Kampf um das Sorgerecht war. Mein Atem ging nur noch stoßweise, keuchend, immer zu wenig Luft.

»Was… wer hat sie entführt?«, krächzte ich.

»Angela.« Reds Stimme hatte immer noch diesen beschwichtigenden Ton. »Ich möchte, dass Sie jetzt nach Hause gehen. Sie werden dort von ein paar Polizeibeamten Besuch bekommen. Sie werden noch einige Informationen von Ihnen brauchen. Wir suchen bereits nach dem Jaguar. Und außerdem sollten Sie zu Hause bleiben, um… um ans Telefon gehen zu können. Fühlen Sie sich in der Lage, selbst zu fahren?«

»Fahren kann ich«, flüsterte ich.

»Ich kann Sie sonst auch abholen lassen…«

»Nein, nein, verschwenden Sie keine Zeit! Ich bin in fünf Minuten da.« Ich machte eine Pause und überlegte krampfhaft, was ich sonst noch fragen musste. Dann wurde mir klar, dass es nichts weiter gab, weil ich keine weiteren Antworten mehr haben wollte, außer der einen, nämlich dass man Nina gefunden hatte und dass es ihr gut ging.

Ich hatte mich kaum ins Auto gesetzt, da klingelte das Telefon. Ich hieb auf die Taste.

»Liebes, hier ist Nancy. Ist mit Nina alles in Ordnung?«

Die Tränen ließen die Welt um mich herum verschwimmen. Ich legte trotzdem den ersten Gang ein und fuhr los. »Nein, ist es nicht. Sie ist... verschwunden.«

»Was... was soll das heißen, Angela?«

Ich hätte es ihr liebend gerne angenehmer gemacht, aber für die Wahrheit konnte ich keine anderen Worte finden. »Wir haben keine Ahnung, wo sie ist. Irgendjemand hat sie von der Schule abgeholt, noch bevor ich da war.«

Ich hörte, wie ihr der Atem stockte. »Wer?«

»Ich weiß nicht. Ich kann jetzt nicht mehr sprechen, Nancy. Ich... ich versuche es später noch mal...«

Nancy legte das Telefon beiseite. Genauso war ihr zu Mute gewesen, als sie von Jims Tod erfahren hatte. Am liebsten hätte sie nur noch geschlafen. Der Schmerz war zu groß.

Nina war irgendwo an einem furchtbaren Ort, zusammen mit einem Unbekannten... falls sie überhaupt noch am Leben war. In ihrem Kopf tauchten Bilder auf – Nachrichtensendungen mit Meldungen über die schrecklichen Dinge, die man den armen, kleinen Mädchen angetan hatte... was man später erfuhr, waren die Aussagen des Verbrechers, falls man ihn überhaupt erwischte, oder die der Ärzte, die aus den kläglichen Spuren ihre Schlüsse ziehen mussten. Man las es, und man versuchte sich vorzustellen, was diese Mädchen wohl durchgemacht haben mussten. Grausamkeiten, die schlimmer waren als das, was die meisten Menschen im ganzen Leben durchzumachen hatten. Und man konnte nie hinter das Geschehene zurückblicken, weil man nichts weiter in Händen hielt, keinen Abschiedsbrief wie bei einem Selbstmörder, keine letzten Worte auf dem Totenbett …

Sie griff noch einmal nach dem Telefon und wählte Bruces Büronummer.

Bruce saß am Schreibtisch. Er war gerade im Gespräch mit einem Universitätsassistenten und hatte einen weiteren wichtigen Anrufer in der Leitung. Trotzdem nahm er Nancys Anruf sofort entgegen. Er war jetzt ununterbrochen in Sorge um ihre Gesundheit.

Er hatte sich mit Sean vor kurzem darauf verständigt, ihr nichts von Angelas Geständnis zu sagen. Dazu war sie noch zu gebrechlich. Bruce hatte eigentlich noch mehr erfahren wollen, aber Sean war nicht in der Lage gewesen, darüber zu sprechen. Daraufhin hatte er selbst sich in sein Büro geflüchtet, aus Angst, dass Nancy seine Anspannung spüren könnte.

»Ich muss dir etwas Schlimmes sagen«, flüsterte seine Frau.

Großer Gott. Hatte Sean ihr von Angela erzählt? War er so betrunken gewesen, dass er sich verraten hatte?

Aber Nancy sagte: »Es geht um Nina. Irgendjemand hat sie entführt. Direkt vor der Schule …«

»Nein«, krächzte er. »Wann? Was ist passiert?«

»Vor einer halben Stunde. Ich habe Angela im Auto angerufen. Sie wollte Nina gerade von der Schule abholen und war nervös, weil sie sie nirgends entdecken konnte. Dann habe ich sie immer wieder angerufen, bis ich sie schließlich erreicht habe und … da hat sie es mir erzählt.«

»Heilige Mutter Gottes. Steckt Dr. Carnow dahinter?«

»Ich weiß auch nicht mehr als das, was ich dir erzählt habe. Angela konnte kaum sprechen.«

»Er war es, bestimmt. Bleib ganz ruhig, mein Liebes. Er wird sie nicht behalten dürfen.«

»Aber Angela war so aufgeregt, es muss mehr dahinter stecken. Vielleicht bringt er Nina außer Landes…«

»Ich komme nach Hause«, sagte Bruce. Dann legte er auf.

43

»Und außerdem sollten Sie zu Hause bleiben, um ans Telefon gehen zu können…«

Den gesamten Heimweg über nagten diese Worte an mir. Ich versuchte, mich durch alle möglichen Tricks auf andere Gedanken zu bringen. Nina an Halloween, in ihrem Schneckenkostüm, wie sie mit den Fühlern wackelte, die ich aus Kleiderbügeln und Styroporkugeln gebastelt hatte. Wir beide gemeinsam am Strand von Rye, in den Sand eingegraben, mit völlig überdrehtem Lachen.

Das Telefon…

Die Vorstellung war zu grässlich.

Noch vor zehn Minuten hätte ich eine Entführung im Zusammenhang mit dem Sorgerechtsstreit als Erleichterung empfunden. Jetzt hätte bereits eine normale – *normale?* – Entführung denselben Effekt gehabt. Doch stattdessen zerfraßen mir die düstersten Gedanken über das, was sich ereignet haben könnte, die Eingeweide. Das Schlimme an ihnen war, dass sie sich nicht konkret fassen ließen. Die Nackenschläge, die mich in den letzten Tagen getroffen hatten, die mir das Gefühl gegeben hatten, von meinem Verstand abgeschnitten zu sein… der Dämon, der hinter all dem steckte, hatte jetzt mein Kind in seiner Gewalt.

Das rote Lämpchen am Telefon in meiner Küche blinkte. Hastig drückte ich auf den Knopf, um die aufgezeichnete Nachricht abzuhören. Mein Herz stockte kurz, als ich Ardis Palmers Stimme hörte und nicht die von Red Straker oder Barry oder einem Entführer.

»Ich muss sofort mit Ihnen reden. Ich habe es schon in Ihrem Büro versucht. Bitte rufen Sie mich an …«

Ich konnte mich jetzt nicht mit Ardis' Problemen beschäftigen. Also löschte ich die Nachricht und griff zum Telefon. Ich wollte Red anrufen. Er hatte versprochen, sich zu melden, sobald es etwas Neues gab, aber ich hielt es nicht mehr aus.

Ich hatte seine Nummer schon halb eingegeben, da hielt ich inne. Mein Zeigefinger verharrte in der Luft.

Vielleicht hatte Ardis ja etwas im Zusammenhang mit Nina zu sagen. Ich konnte mir zwar nicht vorstellen, wo es da einen Zusammenhang geben konnte, aber das hieß ja nicht, dass das nicht der Fall war. Mittlerweile ergab sowieso nichts mehr einen Sinn.

Ich rief Ardis an.

»Hallo?«

»Ardis, hier ist Angela …«

»Oh, Gott sei Dank. Hören Sie zu. In der Mittagszeit bin ich nach Hause gekommen, und da war dieser Kerl in meinem Keller, der bei Sean arbeitet. Mark Wolf. Da liegen noch viele Sachen von Jim, müssen Sie wissen, und dieser Widerling hat darin herumgewühlt!«

»Mark? Was hat er gewollt?«

»Er hat gesagt, er würde nach etwas suchen, das ihm gehöre. Aber dann ist er gleich gegangen. Soweit ich sehen konnte, hat er nur einen Karton mit Jims alten Sachen von der Polizeischule mitgenommen.«

Mein Magen krampfte sich zusammen. »War auch eine Uniform dabei?«

»Ja.«

»Oh, mein Gott…«

»Aber, Angela, da ist noch etwas. Als ich seine Stimme gehört habe, da ist mir aufgefallen, dass es dieselbe Stimme war, die ich in der Nacht gehört habe, als das Geld gestohlen wurde. Es war Mark, ohne jeden Zweifel.«

Als ich auflegte, klingelte es an der Tür. Dort standen zwei Beamte des Polizeibezirks Rye, ein sehr junger Mann und eine groß gewachsene Frau mit einem langen, leuchtend blonden Zopf.

»Ich habe gerade einen Anruf erhalten«, sagte ich. »Ich kenne den vermeintlichen Entführer meiner Tochter. Mark Wolf, der Geschäftsführer im Restaurant meines Schwagers.«

»Wie kommen Sie darauf, Madam?«, fragte die Blondine.

»Er hat eine Polizeiuniform gestohlen. Und Nina wurde von einem Mann abgeholt, der ein solche Uniform getragen hat.«

Ich beobachtete ungeduldig, wie sie versuchten, aus diesem weiteren zusammenhanglosen Hinweis schlau zu werden.

Das Telefon klingelte. Ich raste in die Küche.

»Angela, hier spricht Red. Ich muss sofort mit Mary sprechen, sie ist Detective. Aber danach brauche ich Sie noch einmal.«

Ich ging aufgeregt im Zimmer hin und her, während Detective Sable Red auf den neuesten Stand brachte. Ein paar Minuten später reichte sie mir den Hörer.

Red sagte: »Ich habe ein paar Leute auf die Verkehrsüberwachungsaufnahmen angesetzt, und ich glaube, wir haben den Jaguar entdeckt. Es gibt eine Aufnahme vom Connecticut Turnpike, an der Abfahrt zum Interstate 91.

Darauf ist ein schwarzer Jaguar mit einem uniformierten Mann am Steuer zu sehen.«

»Und Nina?«

»Es sieht so aus, als wäre er alleine im Wagen. Aber die Aufnahmen aus diesen Kameras sind nicht besonders gut. Sie können nur das erfassen, was durchs Fenster gut zu sehen ist. Und bei Ninas Größe…«

Meine Kehle war fast vollkommen zugeschnürt. »Könnte Nina… vielleicht ist sie…«

»Nicht in aufrechter Position?«, half Red behutsam aus. »Denken Sie nicht weiter, Angela. Sorgen Sie dafür, dass Ihr Kopf so frei wie möglich bleibt. Das ist wichtig für Sie und wichtig für uns. Wir können nicht mit Sicherheit sagen, ob sie überhaupt bei ihm ist. Wir halten nach wie vor Ihren Ex-Mann und seine Familie für den wahrscheinlichsten Tipp.«

»Aber wir wissen, dass sie mit einem Mann in Uniform weggefahren ist…«

»Gut möglich, dass der Mann sie bereits Ihrem Ex übergeben hat. Angela, ich möchte Ihnen eine Frage stellen. Schon die ganze Zeit über waren Sie fest davon überzeugt, dass Jim Fell nicht von seinem Bruder umgebracht worden ist. Könnte der Doktor vielleicht der Mörder sein?«

»Barry? Jims Mörder? Nein.«

»Warum sind Sie da so sicher?«

»Das kann ich Ihnen jetzt nicht erklären. Aber ich weiß es.«

Red sagte: »Wir denken darüber nach, welche Rolle dieses Auto bei der ganzen Sache spielt. Wenn Barry den Wagen hätte…«

Ich holte Luft, um zu antworten, doch dann ließ ich es sein. Ich wusste, dass Barry nicht Jims Mörder war. Aber ich wusste nicht, ob er nicht den Jaguar aus der alten Garage geholt hatte.

Wie sollte er gewusst haben, dass er dort stand? Wieso hätte er ihn an sich nehmen sollen?

Red sagte: »Der Jaguar ist im ganzen Bundesstaat zur Fahndung ausgeschrieben. Aber ich habe auch ein paar meiner Leute zu den Carnows geschickt. Zu allen Familienmitgliedern. Mir kommt es so vor, als würde es sich hier um eine Sorgerechtsentführung handeln.«

»Das ist es nicht.«

»Ich frage Sie noch mal: Woher wissen Sie das?«

Ich wusste es nicht. Aber mein schlechtes Gewissen hörte nicht auf, mich mit grausamen Bildern von Nina zu bombardieren... Nina als Geisel, als Gefangene... oder noch schlimmer...

Was war mit meiner juristisch geschulten Logik los? Ich brauchte sie jetzt, unbedingt.

»In welche Richtung ist er gefahren?«, fragte ich.

»Der Kerl im Jaguar? Auf dem Interstate 91 nach Norden.«

»Das ist der Weg zur Connecticut Police Academy in Meriden.«

»Und?«

»Das ist die Polizeischule, die Jim Fell besucht hat. Er war doch eine Zeit lang Polizist. Die Uniform, die Mark Wolf gestohlen hat, hat ihm gehört – sie war in einem ganzen Haufen Sachen im Keller des Hauses, in dem Jim gewohnt hat. Mark hat dort außerdem vor ein paar Tagen einen Batzen Geld gestohlen, eine halbe Million Dollar in bar...«

»Mein Gott. Wieso erfahre ich erst jetzt davon?«

»Weil auch ich erst jetzt davon gehört habe.«

»Wie denn?«

»Ardis Palmer hat mich angerufen. Jims Vermieterin. Sie hat heute Mark Wolf in ihrem Keller dabei überrascht, wie er Jims Uniform an sich genommen hat.«

»Und das Geld?«

»Das mit dem Geld ist schon vorher passiert. Aber...«, versuchte ich sein Fluchen zu übertönen, »... Ardis ist erst heute klar geworden, dass das mit dem Geld ebenfalls Mark gewesen ist.«

»Hat es Sinn, Sie zu fragen, was eine halbe Million Dollar dort zu suchen hatte?«

»Ich weiß es nicht.«

»Na klar.«

»Ich *weiß* es nicht.«

Ich hörte, wie Red seufzte. Dann sagte er: »Ich glaube wirklich, dass wir bei den Carnows anfangen sollten.«

»Nein, Red.« Ich ging hastig in der Küche auf und ab. Die Bewegung wirkte wie ein mildes Betäubungsmittel, sehr viel schwächer, als ich es eigentlich nötig gehabt hätte. »Ich spüre genau, dass Nina bei Mark ist und dass er auf dem Weg zu dieser Polizeischule ist.«

»Aber Sie können mir nicht sagen, wieso.«

»Nein.«

»Die Polizeiakademie in Westchester hat jetzt Winterferien. Ich nehme an, das ist in Connecticut nicht anders.«

Ich erstarrte. Während meiner Studienzeit hatte ich die Akademie in Connecticut einmal besucht. Neben den Verwaltungs-, Schul- und Wohngebäuden gab es dort eine Fülle ausgebrannter Häuser, Schießplätze, Autowracks und Wohnwagen zu Übungszwecken. Hunderte Hektar Wald, die als Versteck dienen konnten...

Ich sagte: »Ich fahre hin.«

»Tun Sie's nicht.«

»Dann schicken Sie Beamte dahin. Verständigen Sie die Dienststelle in Meriden.«

»Das habe ich bereits getan. Sie bleiben zu Hause. Ich rufe Sie an, sobald ich etwas Neues erfahre.«

44

»Ich gehe«, sagte ich zu den Beamten in meinem Wohnzimmer. »Ich fahre zu der Polizeischule rauf.«

»Madam«, sagte der Mann. »Wir haben den Auftrag, bei Ihnen zu bleiben.«

»Ich bin aber nicht verhaftet, oder?«

»Nein, natürlich nicht.«

»Dann fahre ich jetzt.«

Sean stand auf den Steinfliesen seiner Terrasse. Den fein gearbeiteten, gusseisernen Tisch und die dazu passenden Stühle, die Sarah ausgesucht hatte und auf denen sie bei schönem Wetter gemütlich gefrühstückt und den Spatzen und Backenhörnchen Brötchenkrümel zugeworfen hatten, hatte er schon längst aussortiert. Aber nach wie vor umgaben die nunmehr kahlen Steinkrautbeete die Terrasse. Die Erde wirkte puderig und grau. Sarah und Angela hatten sie regelmäßig mit Kaffee- und Seifenpulver bestreut.

In seinem Herzen klaffte ein Loch von der Größe eines Autoreifens.

Die Temperaturen lagen unter dem Gefrierpunkt. Der Wind schnitt kalt in sein Gesicht. Er hatte gelesen, dass es Menschen gab, die in einer Zeit großer seelischer Schmerzen begonnen hatten, sich selbst Verletzungen beizubringen, weil der körperliche Schmerz dann den anderen überdeckte.

Wahrscheinlich war das der Grund, weshalb er auf die Terrasse gegangen war.

Noch nie im Leben hatte er einen solchen Schmerz empfunden.

Aber die Kälte konnte die Gedanken nicht aufhalten.

Angela und Jim … sein Blut an ihr. Sein Bruder, durch Angela zu Tode gekommen. Und sein eigenes Schicksal die ganze Zeit in genau diesen Händen …

Das Telefon in der Küche klingelte. Er ging nach drinnen. Sein Körper sträubte sich gegen die lindernde Wirkung der Wärme.

»Hallo?«

»Sean, hier ist Red Straker. Ich muss mit Ihnen über Mark Wolf sprechen.«

»Was ist mit Mark?«

»Vertrauen Sie ihm?«

»Ich vertraue nicht einmal mehr dem Papst. Verarschen Sie mich nicht, Mann. *Was ist mit Mark?*«

»Angeblich hat er Geld aus dem Haus entwendet, in dem Ihr Bruder gewohnt hat. Geld, das Ihr Bruder möglicherweise dort versteckt hatte. Und … es könnte sein, dass er Nina Carnow entführt hat.«

Überall diese toten Käfer um sie herum, der ganze Boden des Wandschranks war voll davon, wie buschige, schwarze Kieselsteine. Aber sie musste versuchen, nicht so viel Angst zu haben, weil sie sonst mit dem Tuch vor dem Mund nur noch schlechter Luft bekam.

Sie sehnte sich so furchtbar nach ihrer Mom …

Nina erinnerte sich an eine Geschichte, die sie, als sie noch jünger war, gelegentlich zusammen gelesen hatten. Mom hatte ihr geholfen, die langen Wörter zu buchstabieren. Die Geschichte handelte von einem Jungen mit einem Stofftiger, den alle nur für ein Stofftier hielten. Aber wenn der Tiger und der Junge allein waren, dann konnte der Tiger sprechen und war der beste Freund des Jungen.

Der Tiger hatte dem Jungen gesagt, dass er immer, wenn er in Schwierigkeiten steckte und Hilfe brauchte, die Augen schließen und ganz fest an ihn denken sollte.

Dann würde der Tiger die Botschaft erhalten und kommen, um ihn zu retten.

Nina ballte die gefesselten Hände und verdrängte die Gedanken an die toten Käfer. Dann stellte sie sich ihre Mom vor und dachte an sie. Zusätzlich rief sie sich noch etwas in Erinnerung, was sie besonders gern hatte: den Mom-Duft… Parfüm und Kaugummiatem und etwas, was so ähnlich war wie der Geschmack eines Kugelschreibers, wenn man seine Mine anleckte.

Ich bin hier, und ich brauche deine Hilfe…

Ich verfluchte den Nachmittagsverkehr. Zu einer anderen Tageszeit hätte ich hundertzwanzig Stundenkilometer schnell fahren können, aber so konnte ich froh sein, wenn es für siebzig reichte.

Zumindest sorgte die Anspannung dafür, dass das blanke Entsetzen mich nicht völlig in Beschlag nehmen konnte.

Und dennoch schob es sich näher und näher, wie giftiger Rauch, trotz all meiner Versuche, mich dagegen abzuschotten. Hatte Nina Angst, war sie bereits verletzt, blutete sie? Lag sie irgendwo tot, versteckt, von einem Monster missbraucht und weggeworfen? Oder wollte ihr Entführer lediglich Geld? Oder seine Freiheit?

Lediglich…

Wirklich verwunderlich, wie schnell aus Horrorvorstellungen Hoffnungen wurden.

War Mark ein Erpresser? Sollte Nina ihm als Verhandlungsgrundlage dienen? Oder war er etwas anderes?

Da kam der Rauch wieder, in giftgrünen Wolken, als ich an Ninas zarte Haut dachte, ihre Babyhaare, die hübschen Finger und Zehen. In den Händen eines grausamen Widerlings, jetzt, in diesem Augenblick…

»Nina!«, weinte ich, »Nina! Gleich bin ich da!«

Der Polizeibeamte Steve Place lenkte den Streifenwagen hinter das Verwaltungsgebäude der Akademie, an den Rampen vorbei, wo sie während seiner Rekrutenzeit vor drei Jahren ihre Ausbildungseinheiten zur Bekämpfung von Schwerverbrechern absolviert hatten. Diese Tür da führte zur Kantine. Schreckliches Essen, aber insgeheim hatte er es gemocht, die fetttriefenden Putenschnitzel und das allwöchentliche Chili, über das sie ihre derben Witze gerissen hatten.

Er fuhr an der Zapfsäule vorbei und folgte dann der linken Fahrspur, eine Steigung hinauf bis zum Schießstand und den Übungszentren. Ziemlich unheimlich hier, wenn Ferien waren. Normalerweise standen jede Menge Polizeifahrzeuge aufgereiht am Straßenrand, und das ganze Gelände wimmelte von Polizisten in Ausbildung, die auf dem Weg zur nächsten Stunde waren. Hier und da begegnete man auch ein paar Lehrkräften, die lachend beisammenstanden und Zigarren rauchten, weil sie es sich leisten konnten.

Aber jetzt waren hier nur Bäume, es war beängstigend ruhig.

Auf der Kuppe machte die Straße erneut einen Linksknick auf die Übungsplätze zu. Auf der rechten Seite befand sich ein kleines Unterrichtsgebäude, davor ein geteerter Platz mit einer ganzen Reihe ausgiebig genutzter Schießstände. Links vom Straßenrand, versteckt zwischen den Bäumen, standen zwei große Wohnwagen und etliche unterschiedlich stark zerstörte Fahrzeuge. Hier hatten Steve und seine Jahrgangskameraden Durchsuchungen, Festnahmen, Hinterhalte und all die anderen Sachen geübt, die ihm nach wie vor besonders widerlich waren.

Da sah er etwas glitzern, jenseits der asphaltierten Straße, hinter einem winterfesten Gebüsch. Zentimeterweise ließ Steve den Streifenwagen näher gleiten. Dort stand ein Auto. Es sah nicht so aus, als würde jemand darin sitzen.

Er schaute es eine Minute lang an. Eigentlich dürfte hier kein Auto stehen.

Er hatte schon öfter nach flüchtigen Personen Ausschau gehalten. In der Regel standen die Chancen, dass sich die gesuchte Person überhaupt im Bundesstaat Connecticut aufhielt, eins zu tausend, von seinem Zuständigkeitsbereich einmal ganz zu schweigen.

Er verständigte die Zentrale von seiner Entdeckung. Dann stieg er aus, seine Dienstwaffe im Anschlag.

Mark fluchte. Diese verdammten Deckenplatten. Er hatte es darauf ankommen lassen und gehofft, dass er nicht zu lange nach dem Päckchen in dem Wohnwagen suchen musste, aber das Risiko hatte sich nicht ausgezahlt. Jetzt blieb ihm keine Zeit mehr. Er hatte keine Wahl, er musste abbrechen, die fünfhunderttausend einsacken und dann nichts wie weg, bevor ihm noch jemand auf die Schliche kam.

Plötzlich hörte Mark inmitten der Krähenschreie und des Knarrens, das der Wohnwagen verursachte, wenn man sich darin bewegte, wie eine Autotür ins Schloss gedrückt wurde. Er wirbelte herum. So vorsichtig er konnte ging er zum Fenster des Wohnwagens.

Ein gottverdammter Streifenwagen, ein uniformiertes Bürschchen, das aussteigt, auf das Auto zugeht…

45

Ich fuhr vom Turnpike ab auf den Interstate 91. Hier hatte die Überwachungskamera den Jaguar geblitzt. Hier war meine Tochter gewesen.

Wieder stieg Panik in mir auf. Ich kämpfte sie nieder. Denk über Mark nach. Fiel mir irgendetwas ein, das mich weiterbringen konnte?

Seit Jahren schon war er Sean ein vertrauenswürdiger Geschäftsführer gewesen und davor sein Buchhalter.

Vertrauenswürdig. Genau wie ich…

Er hatte Zugang zu sämtlichen finanziellen Vorgängen in beiden Restaurants. War es denkbar, dass Mark und Jim Fell heimlich Partner geworden waren? Waren die Unterschlagungen und der Drogenhandel ein gemeinsames Projekt gewesen, das Mark mit Jims Tod sozusagen »geerbt« hatte?

Das konnte eine Erklärung dafür sein, weshalb Mark jetzt eine solche Verzweiflungsaktion gestartet hatte. Die Adleraugen der Steuerfahndung, die sich im Laufe der Wochen seit Jims Tod auf die Restaurants gerichtet hatten, mussten Mark in Panik versetzt haben. Er war nicht bei Ardis eingebrochen, um etwas zu stehlen. Vielmehr wollte er das Geld, von dessen Existenz er gewusst hatte, in Sicherheit bringen, bevor alles über ihm zusammenbrach…

Hatte er Nina als eine Art Versicherung mitgenommen? Um eventuelle Verfolger in Schach zu halten? Wieso hatte er mir mit dem Jaguar einen solchen Schrecken eingejagt? War das eine Warnung gewesen? Eine Drohung? Vielleicht hatte er gedacht, ich würde ihn verdächtigen. War Mark der geheimnisvolle Anrufer? Hatte er mir den Zettel hinterlassen?

Nur noch zwanzig Minuten...

Und was dann?

Ich würde bei der Polizeischule ankommen, wo ich – davon war ich mittlerweile überzeugt – Nina finden würde.

Aber wenn ich nun nicht Recht hatte? Ich dachte noch einmal zurück, wollte überprüfen, wie ich überhaupt darauf gekommen war. Konnten meine Schlussfolgerungen überhaupt richtig sein? Der Interstate 91 führte an alle wichtigen Orten im Landesinneren von Neu-England vorbei. Mark konnte Nina überallhin verschleppt haben.

Wer weiß, vielleicht bedeutete sie für ihn doch etwas anderes als eine Versicherung.

Ich weinte schon wieder. Ich hatte versucht, mich mit Hilfe der Logik selbst zu trösten, so wie ich es mit meinen Klienten oft machte. Fakten und Hypothesen waren eine saubere Angelegenheit. Sie hielten einen davon ab, im Schmutz zu wühlen.

Die Tränen fielen mir in den Schoß. Eine hübsche Geschichte hatte ich mir da zusammengezimmert, die aber wahrscheinlich nichts mit der Wirklichkeit zu tun hatte. Ich versuchte, an die wenigen Male zurückzudenken, als ich Mark in Gegenwart Ninas oder eines anderen kleinen Mädchens erlebt hatte. Hatte er irgendetwas ausgestrahlt, was meiner Aufmerksamkeit entgangen war?

Mir fiel nichts ein, aber das hatte nichts zu sagen. Diese Ungeheuer wissen genau, wie sie sich zu verhalten haben, um normal zu wirken. Ich hoffte inständig, dass es anders war, aber natürlich war es trotzdem denkbar, dass Mark ein kranker, pädophiler Schweinehund war, der mit meinem Kind Gott weiß wohin fuhr.

Was würde ich in der Polizeischule vorfinden? Sollte ich wirklich weiterfahren?

Dieser Gedanke hätte beinahe meine so mühsam erlangte Selbstbeherrschung zunichte gemacht. Wenn ich nicht an dem ursprünglichen Teil meiner Mission festhielt, dann blieb mir überhaupt nichts mehr.

Sean saß in der eisigen Stille seines Hauses, die Hand am Telefon. Red Straker hatte ihm versprochen, er würde sich melden, sobald es etwas Neues gab.

Mark? Nina? Es gelang ihm einfach nicht, eine Verbindung zwischen diesen beiden herzustellen oder einen Zusammenhang zu irgendeinem der vielen anderen Ereignisse zu erkennen. Die Tatsachen schwebten für ihn alle unabhängig voneinander im Raum umher – und zu Tatsachen wurden sie einzig und allein deshalb, weil sie aus dem Mund des Detectives gekommen waren.

Eines allerdings steckte ihm wie ein Messer in den Eingeweiden. Nina war entführt worden.

Sarah und er hatten nie die Kinder bekommen, die sie sich gewünscht hatten. Aber Sarah hatte, genau wie Sean, ihre Nichte vergöttert. Er freute sich jedes Mal darauf, sie wiederzusehen, freute sich auf ihr aufgewecktes Geplapper. Es bereitete ihm körperlichen Schmerz, mit ansehen zu müssen, was ihr Vater ihr antat. Sean hatte oft das Bedürfnis gehabt, Nina zu sich zu nehmen, um sie von diesem Idioten fern zu halten, um ihr die unbeschwerte Kindheit zu ermöglichen, die ihr eigentlich zustand. Sie mit seiner Liebe zu heilen.

Nina und Angela, alle beide.

Er ließ den Kopf in die Hände sinken.

Das Telefon klingelte. »Sean, Red hier. Mark Wolf ist von den Beamten aus Meriden auf dem Gelände der Police Academy aufgegriffen worden.«

Sean krächzte: »Nina?«

»Nein.«

»Mein Gott.«

»Er sagt, er hat keine Ahnung, was mit Nina geschehen ist.«

»Aber vielleicht, wo sie ist?«

»Wir wissen es nicht. Wir weiten unsere Suche aus.«

»Wo ist …« – nur mit Mühe gelang es ihm, diesen Namen auszusprechen – »… Angela?«

»Sie ist irgendwo im Auto unterwegs. Hören Sie zu, Sean. Mark Wolf wird jetzt in die Kaserne in Waterbury gebracht. Die Kollegen haben bis jetzt kein Wort aus ihm rausgekriegt. Wie wäre es denn, wenn wir zusammen dorthin fahren, und Sie probieren es selbst mal?«

»Ja«, sagte Sean sofort. Endlich konnte er etwas tun, um diese lähmende Hilflosigkeit abzuschütteln. Ja, er wollte mit Mark sprechen. Er konnte es kaum erwarten.

Ein Streifenwagen fuhr vor. Sean hatte schon den Mantel an. Das Telefon klingelte. Er überlegte kurz, ob er überhaupt noch abnehmen sollte, doch dann griff er nach dem Hörer und hörte die matte, niedergeschlagene Stimme seines Vaters.

Rasch brachte er Bruce auf den neuesten Stand.

»Ich möchte mitkommen«, sagte Bruce.

Seans erste Reaktion war Abwehr. Aber warum sollte er seinem Vater die Möglichkeit verwehren, sich auch als aktiv Beteiligter zu fühlen, anstatt sich durch diese ständig neuen Tragödien, die wie fauliges Obst vom Himmel fielen, niederschmettern zu lassen?

»Wir holen dich ab«, sagte Sean.

Ich fuhr den Hügel hinauf und gelangte zum Verwaltungsgebäude der Akademie. Bisher kannte ich es nur, wenn Hochbetrieb herrschte. Aber jetzt lag es verlassen da.

Ich fuhr weiter, auf die Rückseite des Gebäudes, an den

Eingängen und an der Zapfsäule für die Streifenwagen vorbei. Nichts rührte sich, nur der Wind in den kahlen Zweigen der Bäume und in den Ästen der immergrünen Büsche, die teilweise von Pilzen befallen waren.

Ich machte das Seitenfenster einen Spalt weit auf. Es war eiskalt hier oben, sehr viel kälter als in Rye. Kein einziges Gebäude auf dem Gelände war beheizt. Wenn Nina hier war …

Wo waren die Ausbildungszentren? Ich konnte mich an Wohnwagen und ausgebrannte Häuserteile erinnern, versteckt im Unterholz, das die natürliche Tarnung für die Übungen der Spezialeinheiten bildete. Ich fuhr weiter, die nächste Kuppe hinauf …

… und bemerkte, inmitten eines Tannenhains, ein schwarzes Funkeln.

Mit pochendem Herzen schaltete ich die Zündung ab und stieg aus. Die Tür ließ ich angelehnt, um mich nicht durch das Einrasten des Schlosses zu verraten.

So leise ich konnte, schlich ich um die Tannenzweige herum, bis ich genau sehen konnte, was es war.

Ich erstarrte. Es war ein schwarzer Jaguar.

46

Seans gesamter Schmerz, seine Verletzungen und Enttäuschungen und all seine zerstörten Sehnsüchte waren auf Mark Wolf gerichtet.

Sie saßen sich an einem zerkratzten Holztisch gegenüber. Zu Beginn der Befragung waren noch alle im Raum gewesen – Bruce Fell, Detective Straker, zwei höhere Beamte und die Streifenpolizisten aus Meriden, die Mark festgenommen hatten. Aber nach ein paar Minuten hatte

Sean sie alle hinausgebeten. Er und Mark hatten etwas zu erledigen, und er würde dafür sorgen, dass es erledigt wurde, egal wie. Er hatte die Zähne bereits an Marks Halsschlagader gelegt.

»Ich weiß überhaupt nichts über das Mädchen. Ich schwöre es«, sagte Mark.

»Du hast sie von der Schule abgeholt. Du hast eine Polizeiuniform getragen.«

»Nein.«

Sean hatte schon den Geschmack seiner Haut auf der Zunge. Wie gerne er zugebissen und auch das Blut geschmeckt hätte.

»Macht es dir Spaß, kleine Kinder zu ficken?«

»Sean, um Gottes willen. Du kennst mich doch…«

»Ist sie tot, Mark? Hast du sie gefickt und dann umgebracht?«

»Nein! Nein!«

Sean konnte die anderen nicht sehen, aber er spürte ihre Gegenwart hinter dem Einwegspiegel, wo sie zusahen und zuhörten. Er wusste nicht, was ein Polizist jetzt an seiner Stelle unternommen hätte, aber er wusste, dass seine völlig überreizten Emotionen ihm einen besonders scharfen Instinkt verliehen. Er spürte es, und Mark spürte es auch. Mark hatte die Hosen gestrichen voll.

»Sag mir die Wahrheit, Mensch. Was soll ich denn noch glauben?«, sagte Sean leise.

Mark lehnte sich auf seinem harten Stuhl zurück. Es war kalt im Raum, aber sein Gesicht war schweißnass. Sean konnte es riechen. Schmecken und riechen.

»Es hat vor zwei Jahren angefangen«, sagte Mark. »Dein Bruder hatte die Idee: Wenn wir beide zusammenarbeiteten – also er und ich –, dann konnten wir einen großen Teil der Bareinnahmen zur Seite schaffen, ohne dass es dir aufgefallen ist.«

Sean starrte ihn durchdringend an. »Also du warst das. Du hast das Geld unterschlagen.«

»Wir beide. Aber es war Jims Idee.«

Sean schluckte eine wütende Antwort hinunter. Da war noch mehr zu erwarten. Er wollte nicht riskieren, dass Mark sich wieder zurückzog.

Was würde ein Kriminalbeamter jetzt tun? Er überlegte, wie Red Straker es geschafft hatte, dass er sich so unglaublich unwohl gefühlt hatte. Eine unkonkrete Frage stellen.

»Und was war mit dem Kokain?«

Mark schluckte. »Das hat auch dazugehört, ja.«

»Und weiter?«

»Ich weiß nicht recht, Sean. Ich glaube, ich könnte jetzt einen Anwalt gebrauchen.«

Sean beugte sich über den Tisch. Seine Augen waren zu Schlitzen geworden, mit denen er Marks verängstigten Blick festhielt. »Weißt du, was du gebrauchen könntest?«, sagte er mit leiser Stimme. »Dass dir dein eigener abgehackter Kopf in den Arsch geschoben wird. Du willst mir und den Bullen da draußen ernsthaft erzählen, dass du Nina nicht entführt hast? Dass du kein Kinderficker bist? Dann solltest du mir lieber ganz genau verraten, was du *wirklich* getan hast. Alles, jedes noch so winzige Detail.«

Sean hörte sich die ganze ekelhafte Geschichte an. Mark und Jim hatten neben den Unterschlagungen, an denen sie sich bereichert hatten, mit Hilfe der beiden Restaurants auch einen florierenden Kokainhandel aufgebaut. Jim hatte es besonders amüsant gefunden, dass er seinen Anteil in verlassenen Teilen des Trainingsgeländes der Polizeiakademie versteckt hatte. Das gab ihm den letzten Kick.

Mark hatte nicht gewusst, dass Jim auch in Ardis' Keller Bargeld versteckt hatte. Aber dann hatte er das Gespräch zwischen Ardis und Sean belauscht, war bei ihr eingebrochen und hatte sich bedient.

Nachdem sich die Ermittlungen bezüglich Jims Tod und der Unregelmäßigkeiten in den Restaurants ausgeweitet hatten, war Mark klar geworden, dass er nicht länger bleiben konnte. Er war zu sehr in die Sache verwickelt. Aber ohne das Geld, das noch auf dem Akademiegelände versteckt war, wollte er auch nicht gehen. Also war er noch einmal bei Ardis eingebrochen und hatte in Jims Sachen nach irgendeinem Hinweis auf das Versteck gesucht. Allerdings hatte er nichts gefunden und deshalb beschlossen, es auf gut Glück zu versuchen und zur Not eben mit dem zu verschwinden, was er bereits hatte. Und dabei hatte man ihn erwischt.

Sean hörte sich selbst mit den Zähnen knirschen. Erneut verspürte er das dringende Bedürfnis, Mark zu vernichten … weil Mark sich auf die Seite derjenigen gestellt hatte, die sein Vertrauen missbraucht hatten.

Dann fiel Sean etwas auf. Er war so sehr damit beschäftigt gewesen, sich in seiner eigenen Wut zu baden, dass er einen entscheidenden Punkt vergessen hatte.

Er durfte doch nicht wissen, wer Jim ermordet hatte. Es war ja gar nicht erwiesen, dass Mark es *nicht* gewesen war.

Außer Bruce beobachteten und belauschten fünf Polizisten jede einzelne Sekunde dieses Gesprächs. War es schon zu spät? Oder konnte er die Situation noch retten?

»Also gut«, sagte er zu Mark. »Und jetzt kommt der größte Brocken. Warum hast du meinen Bruder umgebracht? Hat dir dein Anteil nicht gereicht?«

Marks Atem stockte. Er ließ den Mund etliche Sekunden lang sperrangelweit offen stehen. »Das war ich nicht!«

Sean wartete ab.

»Ich war es wirklich nicht! Ich könnte nie jemanden umbringen!«

Sean bearbeitete ihn noch eine Weile, während er sich immer wieder fragte, warum er das eigentlich machte. Er nahm damit lediglich Angela in Schutz, und das war idiotisch ...

Ich stand regungslos da. Der schwarze Wagen wirkte durch die grünen Zweige bedrohlich wie ein Leichenwagen. Das war er, das musste er einfach sein.

Die Kälte durchdrang meinen Mantel. Meine Zähne hatten zu klappern begonnen. Ich presste sie so fest wie möglich aufeinander. Meine Tochter war hier irgendwo. Ich benötigte all meine Sinne, um sie zu finden. Keine Ablenkung, kein Lärm.

So blieb ich noch ein paar Minuten stehen, lauschte und lauschte ...

... bis ich ein Geräusch hörte, ein Scharren, wie eine Schuhsohle auf Holz.

Ich lauschte noch konzentrierter, suchte nach dem winzigen Laut, der nicht zu den Geräuschen des Waldes passte. Da war es wieder.

Langsam drehte ich mich um, versuchte, die ungefähre Richtung, aus der es gekommen war, festzustellen. Ich war von zahlreichen Wohnwagen und Gebäudeteilen umgeben, die alle nicht besonders weit entfernt waren. Nina konnte überall sein ... oder nirgends ...

Und dann sah ich es, entdeckte die Antwort, das leichte Flirren der Luft, das auf Hitze hindeutete, direkt über einem grünen Wohnwagen, ungefähr zwanzig Meter zu meiner Linken.

Ich drehte mich um und ging darauf zu. Meine taub gewordenen Füße trampelten über Zweige hinweg, aber jetzt war es mir egal, ob ich Lärm machte oder nicht. Ich suchte die dreckverschmierten Fenster ab, konnte aber nichts dahinter entdecken. Ich stieg die beiden Treppenstufen zur Tür hinauf, drehte am Griff und stieß sie auf. Sie kreischte laut in den Angeln.

Vor mir stand ein Polizist. Er hatte eine Waffe in der Hand, und diese Waffe war auf mich gerichtet.

Aber es war kein echter Polizist. Es war ein Mann, den ich kannte und der eine Polizeiuniform trug.

Es war Jim Fell.

47

Jims Grinsen war ein Alptraum, das Grauen der Vergangenheit, selbstgefällig und ekelhaft wie immer.

»Ich bin nicht tot«, sagte er.

Ich bekam keine Luft mehr.

Sein Grinsen wurde breiter. »Überrascht? Ein bisschen wenigstens?«

Ich konnte nur den Kopf schütteln. Er hatte schwarze Haare und trug eine Schildpattbrille, aber es war Jim. *Habe ich Halluzinationen? Geschieht das jetzt wirklich? Oder bin ich… verrückt geworden?*

Er kam näher. Mit dem Daumen streichelte er über den Pistolenrücken. Das Lächeln verschwand.

»Nein«, sagte er im Plauderton. »Ich bin nicht tot. Aber eigentlich spielt das keine Rolle, weil ich so tun muss, als wäre ich es.«

Er hob die Pistole und setzte mir die Mündung auf die Stirn. »Warum sollten Sean und du ein nettes Leben führen, während ich nicht einmal mehr existiere? Du führst bestimmt keines mehr. Das garantiere ich dir. Sean kommt für den Mord an mir ins Gefängnis. Damit wäre das erledigt. Und du …«

Er erhöhte den Druck des Pistolenlaufs. »Hm, nein, tiefer, glaube ich. Dann geht sie direkt durch das Gehirn. Da.« Er ließ die Mündung bis zu einem Punkt zwischen meinen Augenbrauen gleiten. »Das eine oder andere habe ich hier ja doch gelernt.«

Da hörte ich ein Geräusch links von mir. Ich versuchte, den Kopf zu drehen, aber Jim drückte mir die Pistole noch fester auf die Stirn.

War Nina hier? Hatte Jim sie die ganze Zeit schon in seiner Gewalt gehabt? Würde Nina zusehen müssen, wie ich starb?

»Was glotzt du denn so?«, knurrte er.

Bevor ich ihm antworten konnte, stieß er mit der Pistole noch einmal zu und ließ dann die Arme sinken.

»Ich werde dich nicht erschießen. Obwohl ich es wahnsinnig gern täte, aber ich tu's nicht. Ich will, dass du weiterlebst.«

Jim drehte sich um und riss eine Tür zu meiner Linken auf.

Nina saß auf dem Boden, mit Seilen an Händen und Füßen gefesselt. Über ihrer Mundpartie straffte sich ebenfalls ein Seil und sorgte dafür, dass das Knäuel, das ihr im Mund steckte, nicht herausfallen konnte.

Ich blickte Nina direkt in die stumpfen, hohlen Augen. Es war klar, dass sie schon jenseits aller Tränen war, jenseits aller Angst, hoffnungslos. Ich kniete nieder und drückte sie an mich, spürte die Kordhose, die ich ihr am Morgen selbst herausgelegt hatte, und hörte das zarte Geräusch ihres Atems, der durch die Nase ein- und ausströmte.

Jim ließ mich einen Augenblick lang bei ihr bleiben. Dann stieß er mich mit einer Hand grob beiseite und griff mit der anderen nach Ninas gefesselten Armen. Er warf sie sich über die Schulter. Sie hüpfte wie ein Spielzeug auf und ab.

»Deshalb lasse ich dich am Leben, Angela. Damit du lebst und doch tot bist, genau wie ich. Vielleicht noch ein Luftküsschen?«

Dann war er zur Tür des Wohnwagens hinausgeschlüpft und verschwand zwischen den Bäumen.

Ich brüllte wie ein Tier. Ich raste zur Tür, stolperte in der Dämmerung über eine Stufe, sprang wieder auf. Dabei verlor ich einen Schuh. Ich kickte auch den anderen weg.

»Keine Bewegung!«

Ich erstarrte. Ein Polizist kam um die Ecke des Wohnwagens. Er hielt eine Pistole in den Händen.

»Wer sind Sie?«, bellte er.

»Angela Diamond. Meine Tochter …«

»Nach der suchen wir gerade. Ist sie hier?«

Ich deutete in die Richtung. »Er … ein Mann hat sie mitgenommen! Gefesselt! Er trägt eine Polizeiuniform!«

Ich wollte gerade loslaufen, da versperrte mir der Polizist den Weg. »Hier bleiben.« Dann hakte er sein Funkgerät vom Gürtel los.

Ninas Kinn hüpfte auf Onkel Jims Schulter auf und nieder. Es tat weh, aber eigentlich tat alles weh. Sie wollte nur noch schlafen. Aber sie hatte es versucht, immer und immer wieder, ohne dass es geklappt hatte. Sie war schon halb bewusstlos, aber schlafen konnte sie nicht.

Moms Hände auf ihrem Gesicht und ihren Armen … das hatte sich so gut angefühlt. Oder hatte sie das nur geträumt?

Sie gingen jetzt irgendwo hinein, in ein anderes dunkles, kaltes Haus. Zumindest war das letzte irgendwann warm geworden. Aber hier drin roch es so komisch, irgendwie nach Pfeffer, sodass es in den Augen und der Nase kitzelte …

»Das Munitionsdepot«, sagte einer der Polizisten. Davon waren mittlerweile eine ganze Menge aufgetaucht. Überall auf dem Gelände der Akademie war das elektronische Knistern der Funkgeräte zu hören.

Ich folgte der Herde an die Stelle, wo meine Tochter war. Meine Füße bluteten in den ruinierten Schuhen, die ich inzwischen wieder angezogen hatte, die Strumpfhose war zerfetzt, jeder Schritt schmerzte. Es war der einzige Trost, den ich hatte.

Sie hatten mich gefragt, ob ich wusste, wer der Mann war. Es war zu verrückt, um es erklären zu können, also hatte ich gesagt: Jim Fell. Sie waren nicht stutzig geworden. Sie hatten noch keine Verbindung hergestellt.

Wir erreichten das Gebäude, einen verwitterten, weißen Schuppen, der über und über mit Warnschildern gepflastert war. Ja, richtig, das Munitionsdepot, das hatten sie gesagt. Nina war da drin, zusammen mit Jim, seiner Waffe und einem Haufen Sprengstoff.

Ich hörte, wie aufgeregt diskutiert wurde. Einige der Beamten wollten trotz eintretender Dunkelheit in den Schuppen eindringen. Aber der, der wie der Hauptverantwortliche wirkte, entschied sich für Verhandlungen. Er nahm ein Megafon vor den Mund.

»Jim«, sagte er. Dröhnend hing der Name in der aufgeladenen Atmosphäre. »Jim, hier spricht Sergeant Matt Marsten. Haben Sie ein Handy?«

Stille.

»Soweit ich weiß, sind Sie ein ehemaliger Polizeibeamter. Wir können über alles reden. Vielleicht brauchen Sie etwas, Jim. Wenn Sie das Fenster direkt neben der Tür einen Spalt weit aufschieben, dann werfe ich Ihnen ein Handy hinein.«

Abgesehen vom Rauschen des Megafons war nichts zu hören.

»Jim, nehmen Sie das Telefon. Wir müssen miteinander reden. Machen Sie das Fenster auf.«

Ich wollte beten, aber mir fehlten die Worte. Ich war zum wilden Tier geworden. Ich musste meine gesamte restliche Energie aufbieten, um mich nicht gegen diese Tür zu werfen.

Der Polizist sprach in sein Megafon. »Jim? Ich weiß, dass Sie nicht wollen, dass wir näher kommen. Also werfe ich dieses Telefon jetzt durch das Fenster, und zwar von meinem Standort aus.«

Er legte das Megafon zur Seite. Ein anderer Polizist reichte ihm ein mit Plastik umwickeltes Päckchen.

»Achtung! Es ist *nur ein Telefon*. Jetzt kommt es.«

Das Fenster zerbrach. Ich hörte hinter mir ein Geräusch und drehte mich um. Red Straker war da, begleitet von einigen Polizisten, sowie Sean und Bruce.

»Sean«, sagte ich tonlos. Dann stand er neben mir, seine Hände krallten sich in meine Schultern.

»Mein Bruder ist hier?«

»Ja. Da drin. Er hat Nina.«

Seans Blick ging von mir zu dem Gebäude. »Das ist doch nicht möglich.«

»Es ist Jim, Sean. Ich habe selbst mit ihm gesprochen. Von Angesicht zu Angesicht.«

Nun war eine Rückkoppelung zu hören, dann beherrschte die Stimme des Sergeants die Umgebung. »Ich habe jetzt eine Verbindung zu Ihrem Handy, Jim. Können Sie mich hören?«

Sean ließ mich los und kämpfte sich zu Marsten durch. Ich hielt nach Bruce Ausschau, aber er stand auf der anderen Seite der Menschenmenge. Wie würde er das überstehen? Und Nancy, die Arme, die zu Hause saß und die Hölle durchmachen musste ...

Ich beobachtete, wie Sean Marsten ansprach. Der Sergeant hatte das Megafon gegen ein Handy eingetauscht. Er hielt es nach unten, auf den Boden gerichtet, während Sean hastig auf ihn einredete. Sie diskutierten etwas, dann gab er Sean das Telefon.

Nun war es Seans Stimme, die zwischen den Bäumen widerhallte. »Jim? Jim? Hier ist Sean.«

Zunächst herrschte Stille, doch dann drang Jims tiefes Lachen aus dem Lautsprecher. Sean beugte sich nach vorne, die Hand über die Augen gelegt.

»Yes, it's me, and I'm in love again«, sang Jim. »Von wem war das noch mal? Richtig, Fats Domino. Du weißt ja immer auf alles die richtige Antwort. Bloß dieses eine Mal nicht.«

Ich sah, wie Sean zusammensackte, und machte mich auf den Weg zu ihm.

Da erklang erneut Jims Stimme. »In ein paar Minuten werde ich tot sein. Wirklich tot, nicht nur vorgetäuscht. Zusammen mit der Kleinen. Aber vorher noch ein paar Kleinigkeiten. Bloß damit du weißt, wer dir dein Leben so zerstört hat.

Ich habe dir ein paar Millionen in bar vor der Nase weggeschnappt. Du hattest nicht mal eine Ahnung. *Ich* habe dir die Steuerprüfer und die Drogenfahndung auf den Hals gehetzt. *Ich* habe dafür gesorgt, dass alles, was du aufgebaut hast, in Flammen aufgeht.

Ach ja, und das mit dem Auto war eine besonders hübsche Idee, nicht wahr? Hat dir den Todesstoß versetzt. Du hast mich umgebracht, du hast den Jaguar versteckt.

Ich hatte einen Nachschlüssel – nur für den Fall, dass er mal gestohlen werden würde.« Er lachte wieder. »Konnte der Versuchung einer kleinen Spritztour einfach nicht widerstehen, sodass Angela mitkriegen dürfte, wie der Wagen auf die Kleine losging. Ich hab auch ihren Reifen zerstochen. Die Zeit hab ich gebraucht, um ein paar stille Stunden mit meiner Nichte verbringen zu können. Und natürlich habe ich immer wieder von mir hören lassen. Angela hat Nachricht von mir erhalten. Hat sich wahrscheinlich immerfort ihr kluges Köpfchen zerbrochen. Wenn ich bei ihrem Mann besser gezielt hätte, dann hätte sie sogar noch einen *richtigen* Mord an der Backe gehabt.

Verdammt, es ist schon erstaunlich, wie einfach die Dinge werden, wenn einen alle für tot halten. Die Sicherheitsmaßnahmen in deinem Büro, Angela, die taugen rein gar nichts. Und, Sean, das Hemd, das hast du überhaupt nicht vermisst, stimmt's? Das kommt davon, wenn man zu viel einkauft.«

Endlich war ich bei Sean angelangt. Er stand nun wieder gerade, hörte zu, verarbeitete das Unmögliche.

»Nina kann überhaupt nichts dafür«, sagte Sean zu Jim und allen anderen. »Wenn du sterben willst, okay. Deine Entscheidung. Aber warum sie?«

»Angela hat eine Lektion verdient.«

»Was für eine Lektion?«

Jim sang: »R-E-S-P-E-C-T...«

Sean beugte sich zu mir. »Was meint er damit?«

Ich blickte ihn an. »Ich wollte nicht tun, was er von mir verlangt hat.«

Sean hatte schon zu einer Antwort angesetzt, doch dann ließ er es blieben. Er war sich sicher, dass nicht mehr viel Zeit blieb. Sein Bruder war bereit zu sterben.

»Jim«, sagte er. »Wie hast du das bloß alles hingekriegt,

Mann? Uns alle so an der Nase herumzuführen. Wir haben dich doch sogar beerdigt.«

Erneut erklang Jims Lachen, tief und bösartig ergoss es sich in die Menge.

»Frag Dad«, sagte er.

48

Sean blieb einige Sekunden lang wie gebannt stehen. Dann drehte er sich um und fing Bruces Blick auf. Der Ausdruck auf dem Gesicht seines Vaters machte ihn genauso fassungslos wie alles andere, was er heute bereits gehört oder gesehen hatte.

Mit dem Handy in der Hand ging er zu Bruce.

Sergeant Marsten stand direkt neben mir. Ich sagte: »Das dauert zu lange. Wir müssen Nina jetzt da herausholen.« Mir war schlecht und schwindelig, und ich war kurz davor, ohnmächtig zu werden.

Er hielt mich fest. Da tauchte Red Straker auf. »Ich weiß«, sagte er, nachdem ich mich vergeblich bemüht hatte, einen Satz hervorzupressen. »Ich weiß, dass Sie jetzt völlig fertig sind. Das sind wir alle. Aber immerhin haben Sie Nina gerade noch mit eigenen Augen gesehen. Sie lebt. Das zumindest wissen wir. Und diese Leute hier verstehen ihr Handwerk. Matt hat eine Menge … Erfahrung mit Geiselnahmen.«

»Was haben Sie vor?«, fragte ich.

»Im Augenblick noch nichts. Der Kerl ist noch nicht am Ende«, sagte Matt. »Er hat immer noch ein paar Rechnungen zu begleichen. Das können Sie mir glauben.«

»Nicht damit«, sagte Bruce und deutete auf das Handy. »Nur wir beide. Unter vier Augen.«

»Dad. Hier stehen jede Menge Polizisten herum. Dein angeblich verstorbener Sohn lebt, hat deine Großnichte entführt und sich mit ihr zusammen in diesem Schuppen da verschanzt. Er will sich und sie umbringen, *jeden Augenblick kann es so weit sein*! Was weißt du darüber. *Sag's mir!*«

»Er wird Nina nichts tun«, sagte Bruce. »Bestimmt nicht.«

»Ach nein?«, brüllte Sean. »Das alles hier hätte ihm auch niemand zugetraut!«

Als würde sie magnetisch angezogen, humpelte Angela zu Sean und Bruce, die hitzig aufeinander einredeten. Als sie Angela bemerkten, hörten sie auf damit. »Was ist denn?«, fragte sie.

»Dad hat uns offensichtlich etwas mitzuteilen.«

Barry Carnow saß in einem Streifenwagen auf der Einundneunzig nach Norden. Sie näherten sich der Akademie. Der Fahrer hatte die Sirene und das Blaulicht eingeschaltet, aber Barry ging es trotzdem nicht schnell genug.

»Machen Sie schon«, sagte Barry. »Los jetzt, die fahren doch alle zur Seite, geben Sie Gas!«

Der Beamte, der sich seit Westchester das dämliche Gequatsche des Doktors anhören musste, presste seine Standardantwort hervor: »Ich tu, was ich kann.« Na klar, die kleine Tochter dieses Typen war irgendwo eingeschlossen, zusammen mit einem Perversen, seltsame Geschichte, er kannte sie nur bruchstückhaft... sehr bedauerlich, wirklich, aber irgendwie fand er, dass der Doktor ihn etwas mehr unterstützen könnte, anstatt ihn vierzig Minuten lang ununterbrochen zu beschimpfen.

»Vierzehn«, ließ sich die Zentrale über Funk vernehmen. Das war seine Nummer.

»Jawoll«, sagte er.

»Der Sergeant verlangt äußerste Zurückhaltung. Gangster und Geisel sind im Munitionsdepot. Beim Ausbildungszentrum parken und dann weiter zu Fuß.«

Der Doktor hätte beinahe den Sicherheitsgurt zerfetzt. »Munitionsdepot? Meine kleine Tochter ist in einem Munitionsdepot?«

»Ja. Das bedeutet: keinerlei Lärm, Sir. Ab sofort, okay?«

»Ich wusste nicht genau, woher Jim es hatte. Aber wir haben das Geld gebraucht«, sagte Bruce.

»Wir?«

»Deine Mutter und ich. Für die Familie.«

»Aber Dad, ich habe dir doch auch Geld gegeben! Und du hättest gerne noch mehr bekommen, wenn du etwas gesagt hättest!«

»Dein Bruder … wollte auch gerne in der Lage sein, etwas beizusteuern.«

Durch den Schock hindurch nahm Sean Geräusche aus dem Handy in seiner Hand wahr. Er legte es ans Ohr.

»Ich habe alles gehört«, sagte Jim. »Der Alte ist zum Schreien.«

Bruce schnappte Sean das Telefon weg. »Du dummes Arschloch!«, brüllte er hinein. »Du wolltest schon immer nur deinen Dickschädel durchsetzen. Hättest du auf mich gehört, dann wären wir jetzt nicht hier!«

»Dad …«, unterbrach ihn Jim.

»Du Blödmann! Alles war in Ordnung! Aber du konntest es ja nicht dabei belassen! Du hast mir geschworen, du würdest ins Ausland gehen!«

»Dad«, ließ Sean sich vernehmen, »hast du etwa gewusst, dass Jim noch am Leben war?«

»Natürlich habe ich das gewusst.«

Ich hielt den Atem an. »Woher? Woher hast du das gewusst?«

Bruce gab nicht sofort eine Antwort, und mit einem Mal wurde ich von einer unglaublichen Wut gepackt. Ich packte den alten Mann am Arm. »*Du hast es gewusst*! Du hast gewusst, dass Sean ihn nicht umgebracht hat, weil er gar nicht tot war! *Du hast zugelassen, dass Sean unter Anklage gestellt wird!* Du hast mich angebettelt, ihn zu verteidigen!«

»Aber natürlich«, erwiderte Bruce. Er blickte auf die Stelle an seinem Arm, wo meine Finger sich in sein Fleisch gruben, neugierig, als untersuchte er ein eigenartiges Insekt. »Niemand war besser dafür geeignet. Du *musstest* ihn von den Vorwürfen befreien, sonst wärst du ja möglicherweise selbst vor dem Richter gelandet. Und solange du davon überzeugt warst, dass du ihn umgebracht hast, hätte alles wie am Schnürchen laufen können. Jim sollte das Geld nehmen, nach Tortola fliegen und mir von dort aus meine Hälfte schicken. Er sollte hier verschwinden, verdammt noch mal, und im Geschäft bleiben. Aber er *hat es nicht gemacht*!« Mit einem Schrei endete Bruce.

Ich drückte fester zu. »Du hast also von Anfang an gewusst, dass Jim lebt?«

Er blickte mir direkt ins Gesicht. »Ja. Ich bin euch beiden nach draußen gefolgt. Ich habe gesehen, wie du Jim niedergeschlagen hast. Ich habe dich wegfahren sehen. Aber er war nur bewusstlos. Nicht tot.«

»Und wen haben wir dann beerdigt?«, fragte Sean.

Bruce seufzte. Er blickte zu mir. »Könntest du vielleicht meinen Arm loslassen? Das tut nämlich weh.« Dann wandte er sich wieder an Sean. »Einen jungen Mann namens Wayne Campion. Einen unserer Studenten. Siehst du, ich kenne ja meine Leute. Ich weiß, wer von niemandem vermisst wird. Wayne hatte keine Familie. Ich habe ihn angerufen und ihn gebeten, mir bei irgendwelchen Schwierigkeiten mit meinem Auto zu helfen. Als er dann da war…, da habe ich ihn von seiner einsamen und traurigen Existenz befreit. Als die Polizei gekommen ist, da hat sie seine Leiche vorgefunden.«

»Und du«, sagte Sean langsam, »hast den Leichnam als deinen Sohn identifiziert.«

Bruce breitete die Arme aus. In dem altbekannten, herablassenden Ton, der Jim jedes Mal am Boden zerstört und Sean kalt gelassen hatte, sagte er: »Welche Wahl habe ich denn gehabt? Das ist alles Jims Schuld. Ich musste doch dafür sorgen, dass wir nicht untergehen. Und ich konnte nicht zulassen, dass Angela dazwischenfunkt. Sie musste unbedingt glauben, dass sie ihn umgebracht hatte. Der einzige Stolperstein war der Todeszeitpunkt. Aber ich wusste, dass sie es nicht wagen würde, ihn in Frage zu stellen.«

Er berührte Sean an der Schulter. »Mein Sohn, ich hätte nie gedacht, dass man dich dieser Tat beschuldigen würde. Das tut mir wirklich sehr Leid. Ich hätte dich niemals ins Gefängnis gehen lassen.«

»Wieso denn nicht?«, schnappte Sean. »Weil der Goldesel dann nicht mehr da gewesen wäre?«

»Ruhe!«, sagte ich mit solchem Nachdruck, dass wirklich alle still waren. »Sean, mach das Telefon aus, damit Jim nicht mithören kann. Bruce, du bist widerwärtig. Du setzt dich als gütigen Erzieher und Lehrer in Szene, als großes Vorbild und Familienmensch, aber du bist schlimmer als jeder Betrüger – du bist ein Verräter und ein Mörder! Du hättest beinahe deine eigene Frau zugrunde gerichtet, du hast deine Söhne verraten – und jetzt *wird mein kleines Mädchen gequält und muss vielleicht sterben wegen dir*!«

Sean legte mir seinen Arm um die Schulter, aber ich schüttelte ihn ab.

Mein Gesicht war nur wenige Zentimeter von Bruces entfernt. »Der Einzige, der Jim auf dieser gottverdammten Welt jemals etwas bedeutet hat, bist du! Deine Anerkennung hat er gewollt!

Nur du kannst jetzt noch etwas ändern! *Du musst Nina retten*!«

Hinter mir war eine plötzliche Unruhe, ein Schieben und Drängeln zu bemerken. Ich drehte mich um. Da hinten rangelte Barry mit mehreren Polizeibeamten gleichzeitig.

»Er will sie in die Luft jagen!«, kreischte Barry. »Erschießt ihn! *Holt mein Kind da raus!*« Bei Sean angelangt, riss er das Handy an sich, brüllte hinein, bemerkte, dass es ausgeschaltet war, und schaltete es ein.

»Du durchgeknalltes Arschloch! Du kranker Wichser!«, brüllte er Jim an. »Ich bringe dich eigenhändig um!«

Der Polizist, der ihn gefahren hatte, fiel Barry von hinten an und brachte ihn zu Fall. Ein anderer drückte dem Doktor die Hand auf den Mund.

»Das wär's dann, Leute«, erklang Jims Stimme aus dem Telefon. »Ich verabschiede mich.«

»Warte«, rief ich und wandte mich Bruce zu. Ich legte die Hand über die Sprechmuschel. »Könnte ja sein«, sagte ich leise, »dass du eine Chance bekommst, doch nicht in der Hölle schmoren zu müssen, obwohl du's eigentlich verdient hättest. Du kannst Nina das Leben retten.«

Bruce wirkte jetzt erschöpft, einem Zusammenbruch nahe. Ich hielt ihm das Handy vors Gesicht, immer noch die Finger auf der Muschel. »Du holst die beiden da raus. Du weißt, was du zu tun hast.«

Er schüttelte langsam den Kopf. »Ich dachte, Jim würde sich an die Absprache halten. Das hat er immer getan. Aber er konnte einfach nicht in Deckung bleiben. Er musste unbedingt versuchen, Sean den Hals zu brechen. Und dir auch.«

»Das spielt doch jetzt keine Rolle mehr«, zischte ich ihm zu. »Was glaubst du denn, wieso Jim Geld von mir erpressen wollte? Jetzt ist es klar – siehst du das denn nicht? Er wollte noch mehr in seine Drogengeschäfte investieren! Um noch mehr Geld für dich zu beschaffen! Um dich zu beeindrucken! Das war das Einzige, was er jemals geschafft hat!«

Bruce blickte durch mich und durch Sean hindurch, auf den Schuppen und noch weiter. Er nahm mir das Telefon ab.

»Jim, hier ist Dad.«

»Ich weiß.«

»Ich bin hier draußen.«

»Ja, ich kann dich sehen.«

»Ich habe einen großen Fehler gemacht. Ich … ich habe dir nicht genügend Respekt entgegengebracht.«

Jim lachte. Bisher hatte sein Lachen mit jedem Mal grässlicher geklungen, aber nun war der Klang etwas weicher geworden. »Das ist doch lächerlich, Dad. Sogar für deine Verhältnisse.«

»Du kennst mich zu gut.« Bruce legte eine Pause ein. »Mein Sohn, ich möchte nicht, dass du dir etwas antust. Oder Nina. Ich möchte, dass du hier herauskommst.«

»Natürlich, Dad. Damit du den Helden spielen kannst.«

»Nein, Jim. Damit *du* es kannst.«

49

Freitag, 16. Februar bis Sonntag, 27. Mai 2001

Agentin Barbara Powell schaute die Nachrichten an, während sie den Tisch abräumte. Schon den ganzen Tag lang verfolgte sie die Berichterstattung über die Fells.

Da zeigten sie noch einmal diesen Filmbericht. Angela Diamond saß auf dem Rücksitz eines Polizeiautos, die Beine ragten noch zur Tür heraus. Sie hielt ihre Tochter umklammert. Angelas Füße waren bandagiert, und Sean Fell kniete vor ihr, als wollte er ihr einen Heiratsantrag machen.

Er war nur im Profil zu erkennen, aber selbst wenn er der Kamera den Rücken zugewandt hätte, hätte seine Körpersprache ihr verraten, was sie gar nicht wissen wollte.

Sean war verliebt in Angela.

Tja, schöner Mist, Tochter gerettet, Füße der Mutter zerschnitten, die Familie in tausend Teile zerrissen … Barbara hatte nicht die geringste Chance.

Sie sah sich den Film noch weiter an. Sean war einer der schärfsten Männer, die sie je gesehen hatte. Selbst sein urplötzlich wieder auferstandener Bruder war nicht schlecht. Oder sein Vater.

Sie musste laut über sich selbst lachen. Viel Trost war da nicht zu erwarten …

Red Straker musste in die Sonne, unbedingt. Zur Auflösung des schwarzen Nebels, den der Fall Fell hinterlassen hatte, würde es eine Menge Sonnenstrahlen brauchen.

Gerade teilte er sich ein Putensandwich mit Mandu und wünschte sich irgendwohin, wo es Sand und Ananascocktails gab. Von Salatblättern, Brot oder Mayonnaise wollte der Kater nichts wissen, nur das Fleisch, vielen Dank, und keine Unterbrechungen, bitte.

Red war sauer darüber, dass er sich mit dem »Mord« so hatte aufs Kreuz legen lassen. Er war dem Plan des Herrn Universitätspräsidenten voll und ganz auf den Leim gegangen. Es gab also einen Toten, was schlimm genug war, aber es war der falsche. Und der »Mörder«, gegen den er ermittelt hatte, war der unschuldigste Mensch von allen in diesen Fall verwickelten Personen. Und dann hätte beinahe noch ein Kind sterben müssen.

Er fühlte sich schuldig und dumm.

Nach einer Weile merkte er, dass er sich in Gedanken mit Barbara Powell unterhielt. Sie war ihm bei der Analyse dessen, was er bei der Bearbeitung dieses Falls getan und was er unterlassen hatte, behilflich.

Du hast eine Leiche gehabt, die deiner Meinung nach eindeutig identifiziert war, sagte sie. *Vielleicht hättest du weniger Dinge hinnehmen und mehr nachforschen sollen. Aber andererseits hat dich ein sehr fantasiebegabter Mann, der genau wusste, was er wollte, in ein sorgfältig orchestriertes Szenario gelockt.*

Sie behandelte ihn nicht von oben herab, nicht mehr jedenfalls, als er es im umgekehrten Fall auch gemacht hätte. So hätte sie wohl auch in Wirklichkeit mit ihm geredet.

Er lächelte. Orchestriert? Ein typisches Agentin-Powell-Wort.

Mandu grapschte nach dem Sandwich in Reds Hand, und er gab ihm noch ein bisschen Putenfleisch.

Er dachte noch einmal an den Sand und die Ananas. Und er dachte an die kleinen, schlanken Hände von Agentin Powell und an ihr verschmitztes Lächeln. Wäre doch prima, mit ihr in solch einer Umgebung zu plaudern, oder?

Na ja. Falls er sie jemals in ein Tropenparadies locken wollte, dann musste er wohl erst einmal mit Cocktails und einem Abendessen anfangen.

Das Telefon lag hinter Mandu, und Red griff danach.

Dienstag, 27. März 2001

Es war wieder bewölkt und kalt, aber ich lächelte. Ich hielt Ninas Hand fest, und Sean hielt meine andere, während wir die Stufen des Gerichtsgebäudes heruntergingen.

»Danke, Mom«, sagte Nina.

Ich schaute zu ihr hinunter. »Wofür?«

»Dass ich bei dir blieben darf.«

»Aber ich habe doch nie etwas anderes gewollt. Der Unterschied ist allein der, dass das Gericht es bestätigt hat.«

Sean sagte: »Dein Dad ist und bleibt dein Dad. Daran ändert sich nichts. Du kannst ihn so oft besuchen, wie du willst.«

Nina blieb stehen und blinzelte Sean an. »Wirst du denn jetzt nicht mein Dad?«

Sean lächelte. »In zwei Monaten bin ich dein Stiefvater.«

»Aber warum kann ich nicht mit euch nach Paris kommen?«

»Weil frisch verheiratete Paare immer alleine auf Hochzeitsreise gehen«, entgegnete ich sanft.

»Hey.« Sean blieb auf dem Bürgersteig stehen. »Wie wäre es denn mit einer Familien-Hochzeitsreise, nach der Ehepaar-Hochzeitsreise? Du, ich und Mom? Ein paar Wochen irgendwo in die Sonne. So, dass wir zu den Prozessen rechtzeitig zurück sind?«

Oder auch nicht, dachte ich.

»Oder auch nicht«, sagte Sean. »Deine Mom hat vielleicht auch etwas Besseres zu tun.«

Ich grinste – ein Regenbogen nach dem Gewitter. »Vielleicht haben wir alle etwas Besseres zu tun.«

Freitag, 25. Mai 2001

Ich flüsterte Carol zu: »Hat es das schon mal gegeben, dass eine Frau ihren Abschied vom Singledasein im Restaurant ihres Bräutigams gefeiert hat?«

»Schon oft, ganz bestimmt. Überleg' doch mal, wie viele Prominente sich ein Restaurant halten.«

Die Sonne ging gerade unter. Sie schickte ihre orangefarbenen Strahlen herein und entflammte das Glasgeschirr auf unserem Tisch. Sean hatte einen Bereich beim Fenster durch hoch gewachsene Zimmerpflanzen abtrennen lassen. Nina und Jill hatten die Pflanzen und den Tisch mit Kamelien und weißen Schleifen geschmückt. Dieses Essen war Carols Hochzeitsgeschenk. Mein zweiter Gast war Nancy.

Manchmal wollte Nancy nicht an unseren Zukunftsplänen teilhaben, aber Sean und ich bestanden darauf. Ich war mir ziemlich sicher, dass ihr das half. Sie sah jedes Mal ein wenig lebendiger aus.

Nur eines machte ich nicht: Wenn sie Jim und Bruce im Gefängnis besuchte, dann begleitete ich sie nicht. Aber ich sorgte immer dafür, dass jemand anders mitkam, eine ihrer Freundinnen oder eine Verwandte.

Und ab morgen war ich Nancys Schwiegertochter. Ich hatte Dad besucht und es ihm erzählt, genauso wie alles andere. Bestimmt war nur meine Einbildung schuld daran, dass ich ein kleines Lächeln auf seinem Gesicht entdeckt hatte, als es um die Hochzeit ging.

Ich habe ihm von meiner Freundschaft mit Carol berichtet und dass der Prozess mit dem Krankenhaus fast die Summe erbracht hat, die wir gefordert hatten – nachdem ich noch mehr Unterlagen beschafft hatte, durch die weitere Fälle der Vernachlässigung sowie tragische Irrtümer ans Tageslicht gekommen waren, von denen Carol gar nichts geahnt hatte.

Ja, ich weiß, *beschaffen* hört sich ein bisschen geheimniskrämerisch an, aber dazu möchte ich nur sagen, dass ich jetzt Teilhaberin bin und dass Batten, Hogue & Fairstein ihr Geld schlechter anlegen könnten.

Nina kam herüber und schmiegte sich an meinen Arm. »Mom, zwei Schnecken wollen über die Straße. Was sagt die eine zur anderen?«

»Ich weiß nicht, Schätzchen. Was denn?«

»›Pass auf, in drei Stunden kommt der Bus.‹«

Sonntag, 27. Mai 2001

Sean und ich standen neben der Fahrstuhltür in der Lobby des Ritz Carlton Paris. Ich strich ihm mit den Fingern durch das samtige Haar. So lange hatte ich es immer nur anschauen und mich daran erinnern können, wie es sich anfühlte, ohne es berühren zu dürfen.

Sean legte mir die Hand auf den Rücken und drückte genau die Stelle, die durch den langen Flug ein wenig verspannt war. Dann glitten seine Finger nach oben und legten sich auf meinen Nacken. Sanft biss er mich ins Ohr.

Die Fahrstuhltür glitt auf, und wir traten hinein. Eng umschlungen gingen wir auf unser Zimmer.

Wir tasteten einander ab wie Blinde, entdeckten uns mit Mund und Händen. Alles das, wovon ich geträumt und woran ich niemals mehr geglaubt hatte, überrollte mich wie eine wunderbare Flut. Schniefend drängte ich die Tränen zurück.

Sean hob mich hoch und legte mich aufs Bett. Ein Baldachin aus smaragdgrüner Seide über unseren Köpfen verlieh ihm Katzenaugen. Er knöpfte meine Bluse auf.

»Ich hätte nie gedacht, dass wir jemals hier landen würden«, flüsterte ich.

Er lächelte über mir. »Sind wir aber. Und wir haben es verdient. Genießen wir's. Ab sofort.« Er beugte sich zu mir herab und bedeckte meinen Mund mit seinem.